AtV

DANIELLE THIÉRY, geboren 1947, zwei Kinder, Kriminalkommissarin in Paris und in den siebziger Jahren die erste Frau an der Spitze eines französischen Kommissariats. 1991 findet sie endlich die Zeit zu schreiben. Seitdem hat sie eine Fernsehserie entwickelt, an mehreren Fernsehproduktionen mitgearbeitet, einen autobiographischen Roman (Prix Bourgogne 1997) und acht Krimis (Prix Polar 1998) veröffentlicht. Jahrzehntelange Tuchfühlung mit dem Verbrechen, große Menschenkenntnis und ein Händchen für spannende Plots ergeben jene unverwechselbare Mischung, mit der sie sich in Frankreich eine stattliche Fangemeinde erobert hat. Im Aufbau Taschenbuch Verlag sind außerdem von ihr erschienen:

Der letzte Klient des Maître Renoir
Die fatale Lust der Mademoiselle Julie
Die verhängnisvolle Liebe der Madame Claude

Allzu eilig hatte Marions ehemaliger Vorgesetzter den Tod der kleinen Lili-Rose Patrie als Unfall abgetan und die Akte geschlossen, obwohl sie einige Unstimmigkeiten aufwies. Als Marion fünf Jahre später Lili-Roses Kinderschuhe auf ihrem Briefkasten findet, deutet sie das als Aufforderung und beschließt, den Fall wieder aufzurollen. Doch alle Verbindungen scheinen gekappt: Lili-Roses Mutter ist seit dem Vorfall in einer psychiatrischen Anstalt, der Vater ein obdachloser Säufer, der debile Bruder Mikaël in einem Heim. Außer diesen dreien befand sich niemand auf dem einsamen Hof der Patries, als Lili-Rose in den Brunnen fiel. Aber woher kam das Formalin, mit dem ihr Haar und ihr Jäckchen getränkt waren? Und die Kralle des dreitausend Jahre alten ägyptischen Wanderfalken in ihrer Tasche? Dieses vernachlässigte Beweisstück führt Marion ins Naturkundemuseum von Lyon, wo sie eine erstaunliche Entdeckung macht. Kann es ein Zufall sein, daß Dr. Olivier Martin, der dortige Spezialist für antike Vögel, wenige Tage nach Lili-Roses Tod überraschend seine Stelle aufgab und die Stadt verließ?

Danielle Thiéry

Der tödliche Charme des Doktor Martin

Kriminalroman

Aus dem Französischen
von Sabine Schwenk

Aufbau Taschenbuch Verlag

Die Originalausgabe unter dem Titel
Affaire classée
ist 2001 bei den Editions Robert Laffont erschienen.

ISBN-10: 3-7466-2192-5
ISBN-13: 978-3-7466-2192-0

5. Auflage 2006

Umschlaggestaltung Torsten Lemme
unter Verwendung eines Fotos von Gina Boffa, getty images
Druck und Binden Oldenbourg Taschenbuch GmbH, Plzeň
Printed in Czech Republic

www.aufbau-taschenbuch.de

ENGELSMORD

1

Sonntag, Abenddämmerung

Der Fahrgast mit der schwarzen, trotz der milden Luft tief ins Gesicht gezogenen Mütze hat im hinteren Teil des Busses Platz genommen. Der Fahrer, der an Sonntagabenden schon so manche Unannehmlichkeit erlebt hat, ist beruhigt: Mit dem wird es keine Probleme geben. Im übrigen scheint er eingenickt zu sein, das Kinn ruht auf der Brust. Weder dem *Centre médico-pédagogique des Sources*, das sich am Ortseingang von Saint-Genis hinter einer Mauer aus hellgelbem Sandstein versteckt, noch der Metropole Lyon, erkennbar in der Ferne an ihrem Hochhaus, das wie ein glitzernder Phallus aus dem Stadtteil Part-Dieu emporragt, schenkt er einen Blick.

Hätte der Fahrer den einzigen Insassen seines Busses genauer betrachtet, so wäre ihm aufgefallen, daß er keinerlei Gepäck bei sich hat, nur ein in braunes Papier gehülltes Paket, das er fest an seinen Bauch drückt.

Saint-Genis. Endstation.

Place du Marché. Der Reisende steigt aus und bleibt auf dem Bürgersteig stehen, unentschlossen. Der Busfahrer wirft ihm nur einen kurzen, abwesenden Blick zu: Er hat zu tun, und mit etwas Glück wird er an diesem Sonntagabend noch den Spätfilm erwischen.

Der Unbekannte hat einen Stadtplan entdeckt. Mit leicht schlingerndem Gang steuert er darauf zu. Diese etwas seitwärts gerichtete Gangart ist störend, bringt ihn fast aus dem

Gleichgewicht. Die Tafel ist schwach beleuchtet, und außer dem Pfeil, der den Standort anzeigt, ist kaum etwas zu erkennen, die Liste der Straßennamen im unteren Teil des Schildes ist fast unleserlich. Um die Rue des Mésanges, die Meisenstraße, zu finden, muß der Bote nach einem Viertel suchen, in dem die Straßen nach Vögeln benannt sind.

Allée du Rossignol, Nachtigallenallee, Rue des Moineaux, Sperlingstraße, Place de l'Alouette, Lerchenplatz, Rue des Mésanges ... Von der Place du Marché kommend, bedeutet das mindestens einen Kilometer Fußmarsch.

Der Fremde ist müde, aber entschlossen. Er weiß genau, was er tun muß.

Er hört, wie sich die Bustür zischend schließt und der Motor wieder zu brummen beginnt. Das Fahrzeug wendet, und bald sieht der einsame Fußgänger durch eine Wolke von Auspuffgasen hindurch nur noch das grüne Hinterteil des Busses, auf dem ein Werbeplakat prangt. Dennoch hat er bemerkt, daß der Fahrer sich seine Schirmmütze wieder aufgesetzt hat.

Trägt Marion eigentlich manchmal Uniform? Und die Männer, die ihr unterstehen? Er zermartert sich das Hirn, um auf präzise Erinnerungen zu stoßen. Bilder tauchen auf, Gefühle. Bald bittersüß wie die Spuren getrockneter Tränen oder der ferne Widerhall erstickten Schluchzens. Bald herb und brutal wie der Schweiß, der ihm auf einmal über den Rücken läuft.

Plötzlich die Furcht: Und wenn *sie* nicht da ist? Überprüfen. Eine funktionierende Telefonzelle finden, die Anweisungen lesen: »Nehmen Sie den Hörer ab, führen Sie die Karte ein.« Welche Karte?

Glücklicherweise sind es zwei Zellen, die andere nimmt Münzen an.

Alles ist mühsam, sogar das Atmen, doch die Mühen schrecken ihn nicht. Er denkt nicht daran, während er aus dem

Kopf eine Telefonnummer wählt, den Blick fest auf einen fernen Punkt gerichtet, hoch oben am Firmament.

Irgendwo am noch hellen Himmel ist ein Stern aufgegangen.

2

Marion hörte auf, die Tastatur ihres Macintosh zu bearbeiten, und warf sich mit einer Grimasse auf ihrem Stuhl zurück. Der Rücken tat ihr weh, und ein schleichender Krampf verspannte ihre rechte Wade. Sie gähnte und überlegte, wieviel Zeit sie noch für diese Arbeit, um die Richter Ferec dringend gebeten hatte, würde opfern müssen. Mehrere Stunden, die sie damit zubringen würde, im kalten Gerichtsjargon zu schildern, wie sich der gemeine Mord an einem zehnjährigen Mädchen zugetragen hatte, das man totgeprügelt und erwürgt hatte. Vor ihr lag über den Schreibtisch verstreut die Akte mit den brutalen Bildern, die sie zwangen, sich am Ende eines warmen, friedlichen Sonntags von der Welt draußen zu verabschieden.

Von ihrer Welt, und das war Nina, Marions Adoptivtochter, wobei die Adoption noch nicht endgültig abgeschlossen war. Sie konnte hören, wie Nina im Nachbarzimmer gerade Lisette anherrschte, ihre Großmutter mit dem stets so traurigen Gesicht. Lisette sollte Nina ein sonderbares Lied vorsingen, was ihr jedoch nicht gelang: Sie krächzte nur mit tonloser Stimme, wogegen die Kleine sogleich protestierte. Es folgte eine gedämpfte Unterhaltung, in der Ninas gereizte, manchmal aggressive Stimme den Ton angab. Seit dem frühen Nachmittag hatte Marion sie nicht ein einziges Mal lachen hören.

Durch das offene Fenster, das auf die Straße ging, drangen die vertrauten Geräusche der Nachbarschaft in das Zimmer im ersten Stock, das als Büro eingerichtet war. Hier lagerte Marion auch all das, was ihr anderswo im Weg herumstand. In einer Ecke stapelten sich seit über einem Jahr einige Kartons, über deren Inhalt sie kaum noch hätte Auskunft geben können.

Draußen hörte man das Lachen der Kinder, die ihre letzten freien Ferientage in vollen Zügen genossen. Kommissarin Edwige Marion, die alle nur Marion nannten, fragte sich, wie viele Kinder wohl fehlen würden, wenn in ein paar Tagen die Schule wieder begann. Wie die kleine Märtyrerin, deren Fotos sie vor sich ausgebreitet hatte.

Eine Minute lang oder auch zwei bemühte sie sich, die Übelkeit zu unterdrücken, die ihre Kehle hochstieg, und machte sich wieder an ihren Bericht. In Großbuchstaben tippte sie die Kapitelüberschrift:

TATORTBESICHTIGUNG

Der Körper des Opfers liegt mit dem Gesicht zum Boden, die Beine sind leicht gespreizt, die Füße nach außen gedreht. Seine Kleidung ist naß und mit abgerissenen Pflanzenteilen übersät. Der Kopf steckt in einer grünweißen Plastiktüte von Prisunic. *Die Haare sind hochgesteckt, und das Genick weist eine tiefe bläulichrote, horizontal verlaufende Furche auf …*

Das Telefon klingelte. Marion fuhr zusammen. Sosehr sie sich auch bemühte, ihre Ruhe wiederzufinden, das Telefon war seit Léos Tod ein Streßfaktor, der sich gänzlich ihrer Kontrolle entzog.

Auf dem Treppenabsatz hörte sie Nina poltern und mit ihrer Sirenenstimme »Telefon!« rufen. Dann die Schritte von Lisette, die in wehleidigem Ton – wie immer, wenn sie verärgert war und sich nicht traute, es zu sagen – versuchte, ihre Enkelin zum Schweigen zu bringen.

Marion sprang auf und stürzte zur Treppe. Eine jähe, unsinnige Furcht.

»Warte, Nina, geh nicht ran!«

Nina blieb unvermittelt in der Wohnzimmertür stehen, blickte zu ihrer Mutter hoch und verschränkte die Arme vor ihrem weißen Wickel-T-Shirt, auf dem ein paar längliche graue Flecken prangten.

»Warum denn nicht?« gab sie patzig zurück, während der Anrufbeantworter seinen Willkommensgruß abspulte.

»Ich will nicht gestört werden.«

»Aber vielleicht ist es Mathilde, oder Talon ...«

»Die sprechen aufs Band, dann rufen wir zurück.«

Nina war alles andere als erfreut, und das sah man. Mit ihren neun Jahren war sie ein lebhaftes, spontanes Kind und mit Heiterkeits- und Wutausbrüchen gleichermaßen schnell bei der Hand.

Das Band war abgelaufen, und schon ertönte das Piepen, das anzeigte, daß der Anrufer aufgelegt hatte.

»Siehst du«, sagte Marion befangen, »das war ein Störenfried oder ein Rüpel. Ich hasse Leute, die auflegen, ohne ein Wort zu sagen.«

Lisette verzog das Gesicht. Sie mißbilligte Marions direkte Ausdrucksweise.

»Ich kann sie verstehen«, sagte sie mit zusammengekniffenen Lippen. »Ich persönlich mag diese modernen Geräte auch nicht.«

Nina, deren nackte braune Beinchen aus fransigen Shorts ragten, stieg flugs die Treppe hinauf und baute sich vor Marion auf.

»Bis wieviel Uhr arbeitest du noch?«

»Bis spät, mein Schätzchen«, antwortete Marion und zog das Mädchen an sich. »Ich muß diese Arbeit morgen früh abgeben. Aber ihr hättet doch ein bißchen rausgehen können, warum habt ihr das nicht getan?«

»*Sie* wollte nicht ...«

Nina deutete mit einer hochmütigen Kinnbewegung auf ihre Großmutter, die nachgekommen war. Dann fügte sie, den Blick auf ihre blauen Stoffsandalen geheftet, schmollend hinzu:

»Mir ist langweilig.«

»Sieh doch ein bißchen fern.«

»Fernsehen ist total blöd. Wenn ich wenigstens eine Playstation hätte ...«

»Nina«, unterbrach Marion sie, »darüber haben wir schon gesprochen.«

Nina äffte Marion nach:

»Ja, ich weiß, das ist zu teuer, Weihnachten sehen wir weiter ... Das ist einfach blöd! Alle meine Freundinnen haben schon eine.«

»Nina, bitte«, schimpfte Marion. »Das reicht. In drei Tagen hast du wieder Hausaufgaben auf, da wirst du dich nicht mehr so langweilen.«

»Eben! Und ich hab noch nicht mal meine Sachen für die Schule ...«

»Die kaufe ich morgen. Das hatten wir doch so abgemacht, oder? Vergiß nicht, mir die Liste zu geben.«

»Kann ich nicht mitkommen?«

»Ich glaube, das wird nicht gehen.«

»Und dann kaufst du wieder nicht das, was ich will, das ist immer so, ich hab's satt!«

Nina war eindeutig in streitbarer Stimmung. Aber Marion spürte, daß sich hinter ihren bissigen Worten und ihrem funkelnden Blick tiefer Kummer verbarg. Ein Kummer, den sie auch in Lisettes Augen las, auf denen ein grauer Schleier lag, und an ihren Händen, die unruhig vor dem Bauch flatterten wie Vögel in einem Käfig. Seit Nina bei Marion lebte, quälte die alte Dame der Gedanke an ihre beiden anderen Enkel, Louis und Angèle, die nicht so viel Glück hatten wie ihre jüngere Schwester und dem Ende der Sommerferien im Waisenhaus der Polizei entgegensahen. Wenn Waisenkinder ein gewisses Alter überschritten haben, finden sich keine Adoptiveltern mehr, und Ninas ältere Geschwister würden wahrscheinlich kein neues Zuhause bekommen. Lisette Lemaire, die alt und häufig krank war, kam nicht darüber hinweg, daß sie nicht mehr für die Kinder tun konnte.

Wieder ließ das Klingeln des Telefons alle drei hochfahren. Nina stürzte los, doch Marion hielt sie zurück. Und wie ein Nachhall folgte dem Willkommensgruß auch diesmal der abgehackte Piepton.

»Wer ist das?« wollte Nina wissen, der die verärgerte Miene ihrer Mutter nicht entgangen war.

»Ich weiß nicht. Da hat sich bestimmt jemand verwählt.«

3

Langsam und mit großer Vorsicht biegt der Unbekannte in die Rue des Mésanges ein, und mit einem Mal macht sich die ganze Müdigkeit bemerkbar. Das Schlingern in seinem Gang wird immer heftiger, man könnte fast meinen, er sei betrunken.

Rue des Mésanges Nummer sieben. Das zweistöckige Haus ist neueren Datums, Fertigbauweise, anonym. Eins jener Häuser, in denen die wechselnden Mieter sich nicht heimisch genug fühlen, um Blumen in die Fenster zu stellen. An der Fassade kein Licht. Ist Marion nicht da? Was bedeutet die Nachricht auf dem Anrufbeantworter: »Wir sind nicht zu Hause«? Wer verbirgt sich hinter dem »wir«? Ein Mann? Ein Ehemann?

Das Tor ist geöffnet, und auf dem kurzen Weg, der zur Haustür führt, steht ein grauer Peugeot. Dann ist sie also da, hier, hinter diesen seelenlosen Mauern – es sei denn, sie hat das Haus zu Fuß verlassen.

Die Straße ist menschenleer. Aus Fenstern, die noch geöffnet sind, dringen Musikfetzen und die Geräusche eines Fernsehers.

Der Unbekannte schlüpft hinter die Hecke, die Marions Garten von dem der Nachbarn trennt. Dort sitzen Menschen beim Essen zusammen, Grillgerüche ziehen herüber. Eine Frau gähnt, erinnert daran, daß am nächsten Morgen eine neue Woche beginnt. Es ist ein Sonntagabend voller Trägheit, erfüllt vom Duft welkender Rosen.

Vorsichtig nähert sich der Besucher dem Peugeot und stemmt sich mit seinem ganzen Gewicht gegen den Wagen. Ein schrilles Alarmsignal ertönt, das ihn zurück hinter die Zypressenhecke flüchten läßt. Geduld, ein paar Sekunden Geduld. Aus einem Fenster im ersten Stock dringt plötzlich Licht, und eine vertraute Silhouette zeichnet sich ab. Marion. Sie ist zu Hause.

Und auf einmal bricht alles zusammen, die Bilder verschwimmen, die Luft wird schwer von sich vermischenden Düften: Neben Marion schüttelt eine schmächtige, zarte Silhouette ihre blonden Zöpfchen, die sich in der Fensterscheibe spiegeln. So kann man sich nicht täuschen ... Der Bote preßt beide Hände auf sein Herz, das ihm allzu laut gegen die Rippen schlägt.

Dann ist es also wirklich wahr. Der Traum hat nicht gelogen. Marion hat das Kind genommen, und das Kind ist da, hier, hinter diesem Fenster.

4

Als das Telefon seinen dritten Angriff startete, hätte Marion beinahe abgehoben und wüste Beschimpfungen in den Hörer gebrüllt. Doch dieses Mal hallte gleich nach dem Piepton die Stimme von Lieutenant Talon durch den Raum. Marion nahm ab und meldete sich schnaufend.

»Alles in Ordnung, Chef?« fragte der Beamte ruhig. »Sie hören sich an, als wären Sie gerannt.«

»Nein, ich bin nur gereizt. Ich habe ein paar Anrufe bekommen, bei denen sich keiner gemeldet hat.«

»Im Ernst? Ich hoffe, Sie denken nicht ...«

»Doch, genau daran denke ich, stellen Sie sich vor!«

Kaum verblaßte Erinnerungen überfielen sie und schnürten ihr die Kehle zu. Marion warf einen Blick durch die Terrassentür. Die Ruhe in der Rue des Mésanges, das gewohnte Treiben in der Nachbarschaft beruhigten sie nicht. Sie schrieb ihre Bangigkeit dem üblichen sonntagabendlichen Trübsinn zu und gab sich einen Ruck:

»Also, Talon, was gibt's Neues?«

»Totale Flaute ... Tödlich langweilig, der Bereitschaftsdienst dieses Wochenende. Ich hatte nur einen Bombenalarm im *Musée Saint-Pierre* – ein Bluff, aber wir haben trotzdem evakuiert – und einen Einbruch in eine Brillenfabrik. Ich frage mich, was die mit dreitausend Brillen ...«

»Gut«, sagte Marion. »Und sonst?«

»Stör ich Sie vielleicht, Chef?«

Talon hatte in der Stimme seiner Vorgesetzten eine gewisse Ungeduld wahrgenommen, die fast schon an Gereiztheit grenzte. Seit einiger Zeit häuften sich diese Launen.

»Ich muß noch arbeiten.«

»Der Zoé-Brenner-Bericht?«

»Ganz genau ... Bis morgen, Talon«

»Ja. Ach, Chef, fast hätte ich's vergessen ...«

Marion stieß einen resignierten Seufzer aus.

Talon fuhr fort, ohne sich aus der Ruhe bringen zu lassen:

»Wir haben einen Zeugen.«

Marion schwieg höflich. Sie hörte Nina, die sich schon wieder mit Lisette stritt, dachte an die Gefahr, die immer noch präsent war. An alles, was sie in ihrem Leben als Frau ohne

Mann erwartete. Nina tauchte in der Tür auf, einen Finger im Mund, schmollend.

Talons besorgte Stimme:

»Chef?«

»Ja, ja … Einen Zeugen wofür?«

»In der Sache mit dem Friedhof …«

»Hm?«

»Gut, okay, ich sehe schon. Sie erinnern sich nicht an die Müllsäcke mit den Fleischstücken …«

Marion hüllte sich bis zum Ende von Talons Bericht in feindseliges Schweigen. Zwei Wochen zuvor hatte ein Unbekannter längs der Mauer um den *Cimetière de la Guillotière* sechs Müllsäcke verstreut, in denen sich Teile eines Frauenkörpers befanden, dem der Kopf fehlte und der noch nicht identifiziert werden konnte. An diesem Abend war völlig überraschend ein Zeuge aufgetaucht. Im Überschwang des für die Jahreszeit viel zu heißen Sonntags hatte er sich nach einem Dutzend Bieren unvorsichtigerweise einer Kneipenbekanntschaft anvertraut.

»Was mache ich damit?« fragte Talon, nachdem er vergeblich auf eine Antwort gewartet hatte.

»Was Sie wollen, Talon, kochen Sie sie, essen Sie sie.«

Der Beamte am anderen Ende schnalzte mit der Zunge, was bei ihm, der nur selten Gefühle zeigte, ein Ausdruck großen inneren Aufruhrs war. Er wappnete sich mit Geduld.

»Ich wollte sagen: Was mache ich mit dem Zeugen?«

»Was ist bloß mit Ihnen los, Talon? Sie wissen doch, was Sie zu tun haben! Sie stellen vielleicht dumme Fragen …«

Talon hatte geglaubt, daß Marion dabeisein wollte, wenn das zu erwartende Geständnis zu Protokoll genommen würde. Sie betrachtete den Augenblick, in dem der Verdächtige ins Wanken geriet, als einen der aufregendsten Momente einer Ermittlung. Der Verdächtige wurde zum »Täter«, und der formelhafte Ausdruck »Ermittlung gegen Unbekannt« verschwand – häufig nur durch einen klitzekleinen Satz, etwa: »Ja, ich habe Mademoiselle Soundso umgebracht.« – aus den Protokollen. Unbekannt hatte endlich einen Namen.

»Und rufen Sie mich bloß nicht an, um mir zu sagen, was er mit dem Kopf dieser armen Frau gemacht hat«, sagte sie abschließend.

Während Marion noch eine Reihe von Silben ausstieß, die man besser nicht alle verstand, legte Talon auf, und plötzlich wurde ihr bewußt, daß Nina vor ihr stand und sie vorwurfsvoll anstarrte. Sie biß sich auf die Lippen und verfluchte innerlich ihre Unbeherrschtheit. Sie würde mit der Kleinen darüber reden, ihr sagen, daß es ihr leid tat.

Nina kam ihr zuvor:

»Ich habe Hunger«, sagte sie in herablassendem Ton.

»Könnten Sie etwas kochen, Madame Lemaire? Für Nina und für sich selbst?«

Trotz wiederholter Aufforderungen seitens der alten Dame gelang es Marion nicht, sie »Omi« zu nennen.

»Und Sie, wollen Sie nichts essen?« erkundigte sich Lisette, nicht gerade begeistert von der Vorstellung, sich an den Herd zu stellen.

Marion zog eine Grimasse.

»Du lieber Himmel, nein! Mir liegt noch das Mittagessen im Magen, und ich bin schrecklich in Verzug. Im Kühlschrank ist noch kaltes Hühnchen … Sie könnten Nudeln dazu kochen.«

Lisette ergab sich unwillig, und Marion ging die Treppe hinauf, dicht gefolgt von Nina. Das Mädchen zog an ihrem beigefarbenen Baumwollhemd.

»Mama!«

Marion drehte sich gerührt um, wie immer, wenn Nina sie »Mama« nannte.

»Ja, Mäuschen?«

Nina sah ihre Mutter flehend an.

»Spielen wir was, danach?«

Marion setzte sich auf eine Stufe und zog das Kind an sich, während Lisette unten in der Küche mit den Töpfen klapperte.

»Es tut mir so leid, meine kleine Nina. Ich weiß, daß es nicht lustig ist für dich. Ich verspreche dir, daß ich in Zukunft versuchen werde, keine Arbeit mehr mit nach Hause zu bringen.«

»Das sagst du immer.«

»Nein, Nina, du übertreibst, so oft passiert das auch nicht.«

Nina beugte sich vor, um ihrer Mutter ins Ohr zu flüstern:

»Die Omi geht mir auf den Wecker.«

»Du bist ungerecht, sie tut, was sie kann.«

Marion ertappte sich dabei, wie sie ebenfalls flüsterte.

»Weißt du«, fing Nina wieder an, »ich muß dir was sagen ...«

In diesem Moment baute sich Lisette in der Küchentür auf und verkündete mit einer merkwürdigen Stimme, so als hätte sie die letzten Worte ihrer Enkelin mitbekommen, daß sie die Nudeln nicht finden könne. Sie hatte offensichtlich einen schlechten Tag, und während Marion den Vorratsschrank durchwühlte, äußerte sie den Wunsch, gleich nach dem Essen nach Hause zu fahren. Als Marion ihr vorschlug, sie heimzubringen, lehnte sie ab: Sie würde ein Taxi rufen. Für gewöhnlich überredete Nina ihre Großmutter, den Vorschlag anzunehmen. Sie wußte, daß Marion sie niemals nachts allein zu Hause lassen würde, das nutzte sie aus und bettelte auf der Rückfahrt dann so lange, bis ihre Mutter einem kleinen Umweg durch das Rotlichtviertel in der Innenstadt zustimmte, wo Nina die Prostituierten bei der Arbeit beäugen konnte. Sonderbare Attraktion. Viele der Mädchen kannten die Kommissarin, was den Reiz des Ausflugs noch steigerte.

An diesem Abend schwieg Nina, und als Marion, die keine

Nudeln finden konnte, Lisette einen Beutel Basmatireis in die Hand gedrückt hatte, stellte sie fest, daß Nina verschwunden war.

Die Kleine schreckte nicht einmal zusammen, als Marion sie in ihrem Arbeitszimmer entdeckte, auf dem alten Bürostuhl, den Blick auf die Fotos des grausam mißhandelten Körpers der kleinen Zoé Brenner geheftet. Vor sich hatte sie die abscheulichste Aufnahme, die gemacht worden war, gleich nachdem Marion das Mädchen auf den Rücken gedreht und ihm die Plastiktüte vom Kopf gezogen hatte. Die starken Kontraste des Abzugs unterstrichen das Weiß der aufgerissenen Augen, die blauen, fast schwarzen Blessuren an Wangen und Stirn, den halb geöffneten Mund mit den krummen Zähnchen. Eine fette Nacktschnecke an der Wange des Kindes schien jeden Moment zwischen die bleichen Lippen kriechen zu wollen.

Marion wäre gern dazwischengetreten, um Nina zu schützen, hätte die Bilder der Toten am liebsten aus ihrem Gedächtnis gestrichen. Doch die Kleine hatte hingesehen, und jetzt war es gewiß besser, nicht zu dramatisieren. Im übrigen blickte Nina mit gelassener Miene zu ihrer Mutter auf, ganz so, als hätte sie ein Album mit Familienfotos vor sich.

Marion streckte ihr die Hand entgegen.

»Nach dem Abendessen gehst du in die Badewanne«, sagte sie und schlang ihre Arme um das Kind, »das hast du mehr als nötig ... Vergiß auch nicht, dir die Zähne zu putzen. Dann komme ich noch mal an dein Bett und gebe dir ein Küßchen, in Ordnung?«

Schweigend nickte Nina, die erschütterter war, als sie nach außen hin zeigte.

5

Der Bote hat lange gebraucht, um sich zu beruhigen. In seinem konfusen Hirn herrschte ein einziges Stimmengewirr. Die des Kindes, die der Polizisten, die zeitweise alles übertönten. Dann das Poltern von Stiefeln und aufgeregtes Hundegebell.

Marion hat trotz der kreischenden Alarmanlage das Haus nicht verlassen. Sie hat nur durchs Fenster gesehen. Eine gute Stunde später ist ein Taxi gekommen, und eine alte Dame ist eingestiegen. Niemand hat sie zur Tür begleitet, vielleicht wohnt sie dort. Ist sie der Grund, warum Marions Stimme auf dem Anrufbeantworter sagt: »Wir sind nicht da«? Ach was, natürlich nicht. »Wir«, das sind Marion und das Kind.

Der Unbekannte, der mit kribbelnden Beinen und so schwerem Kopf, daß er ihn kaum noch halten kann, hinter der Hecke auf den Fersen hockt, ist müde. So müde. Nur der Gedanke an das Kind gibt ihm die Kraft, wieder aufzustehen.

6

Es war nach zehn, und der Bericht für Richter Ferec war beinahe fertig. Marion tippte die Überschrift ihres Schlußkapitels und hielt inne.

Die Erinnerung an das auf dem Obduktionstisch ausgestreckte Kind ließ sie nicht los. Ganze Nächte hindurch hatte sie mit Alpträumen gekämpft. Sie hatte sich geweigert, einige scheinbar eindeutige Tatsachen anzuerkennen, und sich darauf versteift zu beweisen, daß dieser Fall von Körperverletzung mit Todesfolge einem Serienmörder zuzuschreiben war, der es auf Kinder abgesehen hatte. An diesem Abend mußte sie schwarz auf weiß zu Papier bringen, daß die Person, die dem

Mädchen eine Wäscheleine um den Hals gelegt und so lange daran gezogen hatte, bis der Tod eintrat, niemand anders war als seine eigene Mutter. Sie gab sich einen Ruck und schrieb weiter, so schnell es ging, um diesen Horror endlich hinter sich zu bringen. Alles tat ihr weh, und ihre Augen brannten.

Als sie endlich so weit war, den Bericht zu unterschreiben, ließ ein Geräusch sie aufhorchen. Sie hielt in ihrer Bewegung inne und spitzte die Ohren. Es war ein schwaches, unheimliches Geräusch, wie das leise Fauchen eines Tieres, das Angst oder Schmerzen hat. Es kam aus Ninas Zimmer.

Marion blieb im Türrahmen stehen. Nina lag auf dem Bauch, den Kopf zum Fenster gedreht, den zarten, schmalen Rücken unter dem hochgerutschten Schlafanzugoberteil zur Hälfte entblößt, die Beine leicht gespreizt auf der Decke. Regungslos.

Die Bilder des Mädchens, dessen Martyrium Marion gerade beschrieben hatte, schoben sich über das Bild der schlafenden Nina. Sie sah die blutbefleckten, schlammverschmierten Kleider, die tiefe Furche im Nacken, die Tüte über dem Kopf, die nackten Füße und die zum Himmel gedrehten Handflächen. Sie hörte den herabrieselnden Regen, der die Ufer des großen Tümpels überschwemmte, roch den Schlamm, die Erde und die vermoderten Blätter. Ein namenloses Entsetzen raubte ihr den Atem, und sie öffnete den Mund, um wieder Luft zu bekommen, aufzuschreien. Doch aus dem rosa-weißen Kopfkissen drang jetzt ein tränenerstickter, kummervoller Seufzer, wie das Maunzen eines verlorenen Kätzchens. Ninas Rücken bebte. Das Bild der kleinen Toten verblaßte, und der warme Körper ihrer Tochter nahm wieder seinen Platz in dem Zimmer ein, das nach Lavendelseife roch und nach dem Leder der neuen Schultasche, die Lisette ihr zum Schulanfang geschenkt hatte. Wieder ein leises Schluchzen, ein Schnüffeln, erstickt im feuchten Kopfkissenbezug. Nina weinte.

Lautlos ging Marion um das Bett herum und mußte sich dabei ihren Weg durch die auf dem Boden verstreuten Spielsachen und Bücher bahnen. Sie hockte sich neben dem Kopf ihrer Tochter nieder und strich vorsichtig die blonden Strähnen zurück, hinter denen Nina ihre Tränen verbarg. Dann begann sie, zusammenhangslos daherzureden, sagte Worte, die eher dem, der sie ausspricht, Erleichterung bringen, als den zu beruhigen, an den sie gerichtet sind. Marion glaubte, daß Nina traurig war wegen dieses unausgefüllten Sonntags und wegen ihrer Mutter, die der eigenen Tochter ein Gerichtsverfahren vorgezogen hatte. Sie dachte, daß die Fotos des toten Mädchens Nina schockiert hatten und daß sie einen Alptraum gehabt hatte. Sie sagte, es sei alles ihre Schuld, und schwor, sich zu bessern. Doch es war verlorene Liebesmühe, das Schluchzen wurde nur heftiger. Marion fuhr fort in ihrem Monolog, bat um Verzeihung, wollte mehr über diesen unendlichen Kummer wissen.

Ninas Aufschrei ließ sie erstarren:

»Ich will Mama, ich will meine Mama!«

Nina war an dem Tag, an dem ihre Eltern beerdigt wurden, in Marions Leben getreten. Das traurige Ereignis hatte die junge Frau schlagartig dreißig Jahre zurückversetzt, und sie sah sich selbst vor einem anderen Sarg stehen, der düster war und unendlich groß, von einer blauweißroten Fahne bedeckt und umringt von einer Schar graugekleideter Herren, die von einem Helden sprachen und von einer Waise.

An jenem Morgen, auf einem Friedhof im Norden Frankreichs, hatte Marion beschlossen, Nina zu adoptieren. Die Adoption sollte nicht die Erinnerung an ihre Eltern auslöschen, im Gegenteil. Marion erzählte ihr häufig von ihnen, besonders von ihrem Vater, dessen Vorgesetzte sie gewesen war. Die fast gleichgültig wirkende Gelassenheit, die Nina jedes Mal, wenn von ihren Eltern die Rede war, an den Tag legte, hatte etwas Überraschendes, aber Marion mußte zugeben, daß sie darüber nicht unglücklich war.

An diesem Abend war die Realität aus irgendeinem Grund über Nina hereingebrochen. Sie, die von sich aus beschlossen hatte, Marion »Mama« zu nennen, verlangte nun voller Verzweiflung die ihre zurück. Hilflos wartete Marion darauf, daß sie all ihren Kummer aus sich herausgeweint hätte. Sie begnügte sich damit, sich neben ihre Tochter zu legen, sich an sie zu schmiegen, sie in den Arm zu nehmen und zu wiegen, in der Hoffnung, daß sie die Kraft ihrer Liebe spüren könnte. Tatsächlich kam Nina allmählich wieder zur Ruhe. Dann zerriß ihre hohe, noch tränenerfüllte Stimme die Stille:

»Ich weiß, daß meine Mama gestorben ist. Aber ich erinnere mich nicht richtig an sie. Warum weiß ich denn nicht mehr, wie sie war, Marion?«

Marion schnürte es die Kehle zu, während sie sich alle Mühe gab, ihre Angst zu verbergen.

»Das ist normal, mein Engel, du warst noch so klein.«

»Warum ist sie gestorben?«

Es war das erste Mal, daß Nina diese Frage so klar stellte. Marion, die darauf nicht gefaßt war, fragte sich, ob dies der richtige Zeitpunkt war, Nina von der Ermordung ihrer Eltern zu erzählen.

»Deine Eltern hatten einen Unfall«, sagte sie ausweichend, »und derjenige, der dafür verantwortlich war, ist auch gestorben.«

Wieder wurde es still, eine Stille so leicht wie Marions Atem im Haar der Kleinen, die mit dieser Antwort zufrieden schien.

Sie zog die Nase hoch und nahm die Hand ihrer Mutter, um sie mit aller Kraft zu drücken und an ihr Gesicht zu halten, so als wolle sie sich vor einer Gefahr schützen.

»Du bist jetzt meine Mama.«

»Ja, Nina, das bin ich. Aber deine richtige Mama darfst du nicht vergessen.«

»Ich werde sie aber doch nie wiedersehen ... Warum darf ich sie dann nicht vergessen?«

»Du mußt dich an sie erinnern. Sie hat dich geliebt, sie hat euch alle drei geliebt, und dein Papa auch.«

»Wo sind sie jetzt?«

»Auf dem Friedhof, in Lille.«

»Ach ja, ich weiß wieder! Sie waren in den Särgen?«

»Ja, mein Schatz.«

»Dann sind sie immer noch da, oder? Können wir zu ihrem Grab fahren?«

»Ich werde mit dir hinfahren.«

»Mit Angèle und Louis?«

»Mit Angèle und Louis.«

Nina schwieg. Plötzlich zuckte sie und mußte laut schlukken. Da war noch etwas, das ihr auf dem Herzen lag.

»Ich will nicht, daß Omi mitkommt. Sie ist nicht nett.«

»Warum sagst du das? Hat sie dir irgend etwas getan?«

»Sie sagt, daß du nicht meine richtige Mutter bist und daß es nicht normal ist, daß ich dich Mama nenne. Ich habe geantwortet, daß du meine Mutter bist, weil die andere tot ist. Die Omi kapiert überhaupt nichts.«

»Hör mal zu, Liebes, so etwas darfst du nicht sagen. Du mußt auch versuchen, sie zu verstehen. Deine Mama war ihre Tochter, und sie ist traurig wegen Louis und Angèle, die so weit weg sind.«

»Könnten sie nicht bei uns wohnen?«

Marion vermied es, nein zu sagen, um Ninas Nöte nicht noch zu vergrößern. Aber ja sagte sie auch nicht. Nina plus zwei Jugendliche, und dann auch noch ...

»O Gott ...« murmelte sie.

An diesem Abend ging wirklich alles schief. Die Situation

begann ihr über den Kopf zu wachsen, und es war höchste Zeit, daß sie einmal ein ernstes Wörtchen mit Lisette sprach. Während sie noch nach einer Antwort suchte, die die Kleine zufriedenstellen würde, ohne ihr allzu viel zu versprechen, bemerkte sie mit einem Mal ihren ruhigen, regelmäßigen Atem. Nina war eingeschlafen wie ein Stein, der in die Tiefen des Wassers sinkt.

Den Kopf auf die Hände gestützt, wußte Marion nicht, ob sie sich einen dieser lauten, befreienden Weinkrämpfe gestatten sollte, bei denen mit den Tränen für einen Moment auch der Streß fortgespült wird, oder ob sie lieber eine Schlaftablette nehmen sollte, um wenigstens für ein paar Stunden die düsteren Wolken zu vergessen, die am Horizont aufzogen. Sie war in ihr Arbeitszimmer zurückgegangen und starrte auf die Fotos der kleinen Zoé. Ihr Bauch fühlte sich so an, als drückte jemand mit einer schweren Stange darauf. Vorsichtig massierte sie ihre angespannten Bauchmuskeln und versuchte, nicht an die umwälzenden Veränderungen zu denken, die sich hier, unter ihren Fingern, anbahnten. Wie sollte sie das alles nur schaffen? Wie sollte sie dieses Leben weiterführen, mit Nina und einem Baby?

Konnte sie Kinder großziehen, während sie ständig von den Bildern anderer Kinder heimgesucht wurde, mit deren gepeinigten, massakrierten, vergewaltigten Körpern sie täglich in Berührung kam?

An diesem Abend wußte sie mit Gewißheit, daß sie sich, wenn sie Kriminalkommissarin bliebe, nur eine Zukunft für ihre Kinder würde vorstellen können: eine üble Begegnung mit einem Mörder, einem nichtswürdigen Pfarrer oder einem pädophilen Lehrer. Das war unerträglich. Sie hatte Nina auf den ersten Blick geliebt, hatte sie zur Tochter haben wollen, ohne auch nur eine Sekunde zu zweifeln oder zu zögern. Doch eine Mutter zu sein, die letztlich an der Menschheit verzweifelte, hieße, sich selbst und vor allem ihren Kindern ein Leben zu bieten ohne Lachen und ohne Träume. Das war Betrug.

Sie richtete sich wieder auf, verblüfft, wie offensichtlich das alles war.

Marion hatte ihren Bericht auf Diskette gespeichert, um ihn am nächsten Morgen im Büro auszudrucken, und ihren Computer ausgeschaltet. Hektisch wühlte sie in ihrer Aktentasche und zog ein paar Blätter daraus hervor: eine Liste der freien Stellen, die die Direktion der Polizeiverwaltung allen Kommissaren, unabhängig von Herkunft und Dienstgrad, anbot. Sie überflog rasch die ersten Seiten, ohne allzu genau hinzusehen: die Kripo, das war nichts mehr für sie. Genausowenig wie die Grenzpolizei ... Zuviel Außendienst, zuviel körperlicher Einsatz. Auf der vorletzten Seite, gleich vor dem Spionageabwehrdienst, fand sie, was sie suchte: den polizeilichen Staatsschutz.

Ja, genau, der Staatsschutz. Großartig ... Mal sehen, murmelte sie. Lyon ... Nein, das ist zu nah. Weg von hier, alle Verbindungen müssen gekappt werden, ein Bein, das brandig geworden ist, legt man nicht in Gips. Marseille? Nein. Bordeaux, Toulouse ... Hier, Versailles.

Sie ließ ihre Gedanken schweifen, versuchte, sich das Schloß vorzustellen (das sie bislang nur auf Fotos gesehen hatte), seine Gärten und Springbrunnen ... Nina auf einem Pferd, während der Kleine glucksend unter einem Rasensprenger umherhüpfte. Sie sah sich in einer hellen Wohnung mit Zierleisten und Stuck, großen französischen Fenstern und einem Kamin bäuchlings vor dem prasselnden Feuer liegen, ein Buch in der Hand. Kein Krimi, bloß nicht, eher ein Liebesroman oder ein historischer Roman. Bei der Vorstellung, einen geruhsamen Posten zu haben, auf dem sie vor bösen

Überraschungen gefeit wäre, umspielte ein Lächeln ihren Mund. Alles in ihrem Leben wäre geplant und organisiert. Sie würde ruhige Abende mit Nina verbringen, zwischen einer politischen Kundgebung und einer Versammlung streikender Brummifahrer. Sie würde Berichte über die einschlägigen Kreise von Versailles und Umgebung verfassen und irgendwann, auch wenn es dauern würde, bestimmt in der Lage sein, Perspektiven zu entwickeln, die nicht mehr nur vom Anblick entstellter Körper geprägt waren. Eigentlich ein ganz normales Leben, das ihr die Möglichkeit geben würde, sie über den fehlenden Mann an ihrer Seite hinwegzutrösten. Es sei denn, sie würde am Ende doch noch einen aufgabeln, schließlich hätte sie ja mehr Freizeit. Einen leitenden Angestellten oder einen Lehrer. Jemand Solides, dessen Vergangenheit und dessen Bekanntschaften man nicht zu fürchten brauchte. Er würde die Vaterschaft für die Kinder übernehmen, und sie würde ihm Kräutertees kochen.

Sie schaltete ihren Computer wieder ein und begann, ohne länger über dieses ungewohnte Traumleben nachzudenken und damit einen Meinungsumschwung zu riskieren, ihren Versetzungsantrag zu tippen.

Hiermit möchte ich Ihnen mitteilen, daß ich mich um die Stelle des stellvertretenden Direktors des polizeilichen Staatsschutzes im Departement Yvelines bewerbe. Et cetera. Schnell noch mal durchgelesen, es bleibt dabei, Unterschrift …

Als sie wieder aufblickte, hatte sich die Stange, die ihr die Eingeweide zusammendrückte, wie von Zauberhand aufgelöst. Zwischen Versailler Parkett und Kindergelächter. Dem Gelächter *ihrer* Kinder. Sie ließ ihren Blick durchs Zimmer schweifen und war froh, daß sie all die aufeinandergestapelten Kartons noch nicht ausgepackt hatte. In Wirklichkeit wußte sie sehr genau, was sich darin befand: zehn Jahre Polizeidienst mit all seinen Erinnerungen, Beutestücken und Geschenken, all dem Tand und den wertlosen Kleinigkeiten, die das Dasein eines Polizisten begleiten und die stets gewissenhaft aufbewahrt werden wie lächerliche Trophäen. Diese Kartons aufzumachen hieße die Büchse der Pandora zu öffnen, die Toten aufzuwecken. Sie würde sie so, wie sie waren, mitnehmen und in einem anderen Arbeitszimmer, das gar kein richtiges Arbeitszimmer mehr wäre, übereinanderstapeln. In einer großen Wohnung. Nein, einem Haus, das wäre besser für die Kinder: ein kleines Häuschen aus hellem Sandstein, mit türkisfarbenem Keramikfries um die Fenster, marineblauen Fensterläden, einem Dreirad im winzigen Hof …

Zum zweiten Mal an diesem Abend schrillte die Alarmanlage ihres Dienstwagens. Während sich ihr Magen wieder zusammenkrampfte, lauschte sie auf das gellende, synkopische Geräusch und trat ans Fenster. Im Garten nebenan nahm das Abendessen der Nachbarn kein Ende. Sie konnte sie nicht sehen, hörte aber den gedämpften Klang ihrer Stimmen. Ein Mann schrie:

»Ruhe, du Scheißkarre!«

Den Rest verstand sie nicht, schnappte nur noch das Wörtchen »Polente« auf und vermutete, daß sie der Gegenstand des sich erhebenden Gelächters war.

Von ihrem Fenster im ersten Stock aus nahm sie rasch die menschenleere Umgebung in Augenschein, und sie wollte es gerade wieder schließen, um über die Techniker herzuziehen, die es nicht schafften, diese Alarmanlage ein für alle Mal richtig einzustellen, als ihr plötzlich so war, als hätte sich an der Zypressenhecke etwas bewegt.

»Ist da jemand?« fragte sie mit gedämpfter Stimme, um Nina nicht zu wecken.

Ein leichter Wind war aufgekommen, und sein Rauschen in den drei Birken auf dem Rasen war die einzige Antwort, die sie erhielt. Aber im Garten war jemand, da war sie sich sicher.

Sie holte ihre RMR 73 aus der Schublade, in der sie sie eingeschlossen hatte, vergewisserte sich, daß das Magazin voll war, und schob die Waffe hinter den Gürtel ihrer Jeans. Sie zog ihre Nikes an, die sie nicht mehr benutzte, seit sie mit dem morgendlichen Jogging aufgehört hatte, und ging ins Erdgeschoß hinunter. Von der Terrassentür im Wohnzimmer aus starrte sie, ohne Licht zu machen, angespannt nach draußen. Sie sah nichts, kam aber nicht umhin, den zweifachen Alarm ihres Wagens und die anonymen Anrufe miteinander in Zusammenhang zu bringen. Und da sie nicht mehr an Zufälle glaubte, bedeutete das für sie: Achtung, Gefahr ...

Die Alarmanlage war nach den vorgeschriebenen dreißig Sekunden wieder verstummt.

Marion trat ins Freie, ohne sich zu verstecken oder besondere Vorsichtsmaßnahmen zu ergreifen, sie legte nur die Hand auf den Kolben ihres Revolvers. Mit geübtem Blick suchte sie die Umgebung ab, überprüfte die Schlösser und Türen ihres Autos, die Hecke und die Straße, die wie ausgestorben war.

Während sie langsam wieder umkehrte, stieg ihr der durchdringende Geruch nach gegrillten Würstchen und Zwiebeln, der in der Luft hing, in die Nase. Da war niemand. Und dennoch hatte sie ein so sonderbares Gefühl, daß sie wie angewurzelt stehenblieb. Da war niemand, aber es war jemand dagewesen. Etwas Ungewöhnliches spielte sich hier ab, dessen war sie gewiß, etwas gänzlich Unnormales, das ihr bisher entgangen war und das dennoch vonstatten ging, hier, in unmittelbarer Nähe. Lange blieb sie so stehen, die Nase wie ein Jagdhund schnuppernd in der Luft, fröstelnd im Wind, der sanft über ihre Haut strich. Als sie sich schließlich entschloß, wieder ins Haus zu gehen, sah sie das Paket. Auf dem grünen Briefkasten, der scheußlich war und unsinnig groß. Sie näherte sich und untersuchte es, ohne es zu berühren. Es war von unbestimmter Form, eingewickelt in grobes Packpapier, einfach so, ohne Klebeband, ohne Mitteilung; es machte stutzig, ohne wirklich besorgniserregend zu sein. Sie rief sich einige Grundregeln in Erinnerung, die sie in ihrem Beruf gelernt hatte: niemals ein verdächtiges Paket berühren, das ebensogut das Präsent eines schüchternen Verehrers wie die tödliche Rache eines Verurteilten sein konnte. Seit die Polizei erneut massiv gegen Terroranschläge mobil machte, gab es auch wieder häufiger Bombenalarm; Marion war zwar noch nie selbst ins Visier geraten, doch andere hatten durchaus schon Briefbomben oder Sprengstoffpakete bekommen. Sie wußte, was sie in solch einem Fall zu tun hatte: den Minenräumdienst rufen, sich auf die Spezialisten verlassen. Und sich zum Gespött der Leute machen, wenn es sich – was ja ein Glück wäre – nur um einen geschmacklosen Scherz handelte. Dann streifte sie der Gedanke, daß ihr womöglich der Schlächter der jungen Frau vom Friedhof das fehlende Puzzleteil geschickt hatte: den Kopf des Opfers. Aber dafür war das Paket viel zu klein, und während sie es weiter betrachtete, konnte sie sich einfach nicht vorstellen, daß eine Gefahr davon ausging.

So nahm sie es schließlich an sich – obwohl sie genau wußte, daß das eine Dummheit war – und wickelte es rasch auf. Es dauerte einige Sekunden, bis sie erkannte, ja wiedererkannte, was sie in den Händen hielt. Das erste, was sie sah, war die Asservatenkarte mit dem Wachssiegel darauf, die an einer Schnur hing, welche einen durchsichtigen Plastikbeutel verschloß. Auf dem beigefarbenen Kärtchen standen Talons Name und Unterschrift. In dem Beutel weder ein Kopf noch eine Bombe mit Zeitzünder. Nur ein kleines Paar Kinderschuhe. Bezaubernde kleine rote Schuhe.

Im Schneidersitz auf dem Bett kauernd, betrachtete Marion ungläubig, was ihr ein Unbekannter vor die Haustür gelegt hatte. Nun wußte sie, daß die Alarmanlage nicht ohne Grund zweimal losgegangen war. Jemand hatte bewußt dafür gesorgt, daß sie ansprang. Wenn sie sich versteckt und gewartet hätte, hätte sie vielleicht den Boten sehen können, wie er sich durch die Rue des Mésanges davonschlich. Doch die kleinen Schuhe hatten sie in viel zu große Verwirrung gestürzt. Sie starrte darauf, als würden sie jeden Moment zu sprechen beginnen.

Es waren fast neue purpurrot schimmernde Lackschuhe, elegant geschnitten und mit leuchtend roten Satinschleifen verziert. Die mit gleichmäßigen Stichen vernähten Ledersohlen hatten kaum ein paar Kratzer. Innen, auf dem feinen cremefarbenen Ziegenleder, prangte in altmodischen Lettern der Name des Schuhfabrikanten: Pierre Ducas, Place des Célestins, Lyon. Von den Füßen, die diese Schuhe getragen hatten, war nur ein zarter, kaum sichtbarer Abdruck zurückgeblieben. Es waren Mädchenschuhe, Größe 26.

Die Erinnerungen, die an diese beiden niedlichen Accessoires geknüpft waren, brachen wie eine Sturzwelle über Marion herein. Trotz der Zeit, die seitdem vergangen war, waren alle Gefühle wieder da, unverändert, mit derselben Heftigkeit. Der Schleier, der sich im Lauf der Jahre darübergelegt hatte, war zerrissen und hatte die Bilder, die Ängste, die Empörung wieder freigegebem. Marion blätterte in ihrer Erinnerung wie in einem vertrauten Buch, das lange Zeit im Regal gestanden hatte, erschrocken über die Genauigkeit dessen, was sie nun noch einmal durchlebte.

Sie brach in Tränen aus.

7

Montag

Marion setzte Nina um acht Uhr bei den Lavots ab. Die Kleine war aufgestanden, ohne zu protestieren, und der nächtliche Kummer schien keinerlei Spuren hinterlassen zu haben.

Als sie das Kind Mathilde Lavot übergab, der an jedem Hosenbein ein braunhaariger Wildfang hing – ihre beiden drei- und sechsjährigen Kinder, die sie in Lateinamerika adoptiert hatte –, trauerte sie schon im voraus den Stunden nach, die sie ohne Nina verbringen würde. Doch als sie wenig später neben Lieutenant Lavot hinter dem Steuer ihres Wagens saß, wich das Bedauern rasch einem regelrechten Glücksgefühl. Mit diesem Widerspruch mußte sie tagtäglich zurechtkommen.

Capitaine Lavot setzte sich, ganz der Möchtegern-Playboy, seine Ray-Ban auf die Nase, ohne Marion dabei aus den Augen zu lassen. Er war noch im Vollbesitz seiner Sommerbräune, die er sich mit Hilfe einer hocheffektiven Höhensonne bis Weihnachten erhalten würde, aber die gehaltvollen Speisen – mexikanische *Tacos*, brasilianische *Feijoadas* und andere fett- und stärkehaltige Köstlichkeiten –, die ihm seine Mathilde zubereitete und auf die er ganz versessen war, schlugen sich bereits in einem Bäuchlein nieder, das immer sichtbarer über den Gürtel seiner Jeans schwappte.

»Was glotzen Sie mich so an?« fragte Marion barsch.

»In atemloser Bewunderung erstarrt …«

Sie zuckte die Schultern und brachte den Wagen dicht hinter einem Geländewagen so abrupt zum Stehen, daß ihr Beifahrer sich an den Griff über seiner Tür klammerte.

»Schlechte Laune, Chef?«

»Wie immer um diese Uhrzeit, das müßten Sie doch inzwischen wissen … Ich glaube, heute ist es allerdings noch schlimmer als sonst!«

»Warum?«

Marion hatte nicht die geringste Lust, Lavot ihr Herz auszuschütten, auch wenn er ohnehin schon eine Menge über sie wußte. Morgens war sie einfach grantig, besonders montags und ganz besonders an diesem Montag. Sie hatte zwei Stunden geschlafen, unruhig, mit wirren Träumen. Sie konnte nicht länger so tun, als wäre nichts. Sie mußte sich entscheiden: das Kind behalten oder abtreiben, zum Gynäkologen gehen oder ... Jedenfalls irgend etwas tun. Als sie mit Migräne und einem Gefühl der Übelkeit aufgewacht war, hatte sie sich erst gefragt, was die roten Kinderschuhe auf ihrer Decke machten, bis ihr plötzlich alles wieder eingefallen war. Dann hatte Nina die Milch überkochen lassen, ihre Kakaoschale zerdeppert, genörgelt, weil es kein Nesquick mehr gab, ihr Brot wiederhaben wollen, das sie, wie sollte es anders sein, mit der Marmeladenseite nach unten hatte fallen lassen ... Und zum krönenden Abschluß hatte sie selbst, wie jeden Morgen, ihren Kaffee erbrochen. Aber all das war vollkommen uninteressant für Lavot, der nichtsdestotrotz mit dem ihm eigenen Feingefühl nachhakte:

»Die Kleine hat mir gesagt, daß Sie sich ständig übergeben. Wenn ich nicht alles über Sie wüßte, könnte ich denken, Sie sind ...«

»Erbarmen!« rief Marion aus. »Können wir über was anderes reden? Weil, wirklich, allein der Gedanke ...«

»Sehen Sie ...«

Lavot behielt sie weiter im Auge, wobei er weitaus lockerer tat, als ihm in Wirklichkeit zumute war. Er war ein treuer Weggefährte und hätte sich für Marion in Stücke schneiden lassen. Im übrigen war er ein Mann von Charakter, der niemals log, höchstens notgedrungen oder aus Mitgefühl, etwa wenn es um sein Liebesleben ging. Marion war schon fast so weit, ihm die Wahrheit zu sagen, als eine plötzliche Hitzewallung sie zwang, erst einmal das Fenster herunterzukurbeln. Der Lärm des stockenden Verkehrs mit seinen Hupkonzerten drang in den Wagen.

»Heh, was soll das!« schrie Lavot auf. »Es ist saukalt! Wissen Sie, daß es heute morgen gefroren hat?«

Marion lachte ihn aus.

»Bei wieviel Grad friert es denn in Ihrem Stadtteil? Bei zehn Grad über Null?«

Aus dem Radio knatterte eine abgehackte Nachricht. Eine ferne Stimme fragte nach dem Standort einer Polizeistreife. Entnervt stellte Marion das Gerät ab.

»Ich frage mich wirklich, was mit Ihnen los ist!« empörte sich der Polizeibeamte. »Sie sind total zimperlich geworden, und mit Ihren Launen ist es schlimmer als je zuvor. An der Front kämpfen wir auch nicht mehr, das letzte Mal, daß es richtig zur Sache ging, ist schon Monate her ...«

»Ich bin alleinerziehende Mutter«, verteidigte sich Marion.

»Tja, und ich finde eben, das paßt nicht zu Ihnen. Mir waren Sie vorher lieber. Und das hier jetzt kapier ich erst recht nicht!«

»Was?«

»Daß wir wie zwei Idioten im Stau stehen bleiben!«

8

Fünf Minuten später traf der Wagen alles andere als unbemerkt auf dem Hof des Polizeigebäudes ein, nachdem er einen guten Kilometer auf dem Bürgersteig zurückgelegt hatte, einem halben Dutzend Bussen sowie einem Mülltransporter mit knapper Not ausgewichen war und unzählige Passanten in panische Angst versetzt hatte. Das ganze untermalt vom fröhlichen Heulen des Martinshorns und dem Kreischen der mißhandelten Gangschaltung. Marion hatte wieder ein bißchen Farbe bekommen, und Lavot frohlockte, obwohl er halb taub und schweißgebadet war. Der Haltegriff über dem Fenster hatte seiner Umklammerung nicht standgehalten und sich aus der Verankerung gelöst. Lavot hielt ihn Marion hin:

»In meinem Horoskop war von einer Glanzleistung die Rede ... Die halten nichts mehr aus, diese Karren!«

«Made in France! Ich geh hoch zum Chef ...«

Sie durfte jetzt nicht mehr warten, sich keine Chance geben, doch noch zu kneifen. Bloß nicht den »Jungs« begegnen, lieber gar nicht erst den Aufzug nehmen.

Während Lavot einen Abstecher machte, um den Schließern vom Gewahrsamsdienst hallo zu sagen und nachzusehen, wie voll es in den Zellen war, erklomm Marion im Laufschritt die fünf Stockwerke. Das Sekretariat war leer; Paul Quercy saß gewiß schon in seinem Büro, aber sie war ohnehin nicht darauf erpicht, ihn zu sehen. Einmal kurz den Stempel unten auf ihren Versetzungsantrag gedrückt, und schon landete das Papier in dem Fach, aus dem der Kripochef es in ein paar Minuten herausfischen würde. Er selbst, ohne daß andere ihr erst noch lästige Fragen zu ihrer Entscheidung stellen könnten. Sie würde es ihm erklären, er würde sie verstehen.

Den Jungs würde es schwerer fallen.

9

Ein Stockwerk tiefer waren alle schon da – alle, bis auf diejenigen, die morgens nicht so recht aus den Federn kamen, dafür aber nachmittags als erste zu gähnen begannen. Richtige Arbeitstiere, die ihren Beruf liebten, wurden immer seltener. Marion war noch eins, und sie wußte genau, daß ihr Versetzungsantrag niemals bis in die fünfte Etage gelangt wäre, wenn sie erst im vierten Stock hereingeschaut hätte.

Die erste Stunde nach Dienstantritt war der Moment, den Marion am meisten genoß. Wenn die frische, nach Eau de Toilette duftende Truppe den unrasierten Nachteulen begegnet, die sich mit blau schimmernden Wangen und nikotingelben Fingern auf den Heimweg machen. Ihr Parfum ist der Geruch nach Tabak, nach schmutzigen Gewahrsamszellen und manchmal nach Alkohol. Der Geruch der Nacht, der Spielhöllen, der Puffs. Die Düfte vermischen sich, während die Kaffeemaschine dampfenden, bitteren Espresso ausspuckt. Man liest zerknitterte Zeitungen, *L'Equipe* oder die Regionalpresse, in der bisweilen ein Fall, der die Dienststelle beschäftigt hat, Schlagzeilen macht.

Auch dieser Montagmorgen bildete keine Ausnahme – bis auf den unangenehmen Geruch nach Lösungsmittel, der in den Räumen hing, seit man die Büros gestrichen hatte, ein Wunder, das auf Paul Quercys Konto ging. Marion konnte diese Mischung nicht ertragen und stürzte in ihr Büro, ohne irgend jemanden zu begrüßen, aus Angst, demjenigen auf die Schuhe zu spucken.

Ein Beamter mit langen Haaren in einer braunen Drillichhose, der einen rotgesichtigen Typen in Handschellen vor sich herschob, sah sie mit angelegten Ellbogen vorbeihasten. Verärgert brummelte er ihr ein »Tag, Chef« hinterher.

»Hat die ihr Frauendings, oder was?« meinte er grinsend zu Talon, der gerade vorbeikam.

Der Beamte verzog keine Miene.

Der andere fragte weiter:

»Was mache ich mit dem Dressman hier?«

Er deutete auf seinen schwankenden Begleiter.

»Du bringst ihn zum Duschen und genehmigst dir auch gleich eine, wenn du weißt, was ich meine.«

Talon hielt sich ostentativ die Nase zu, ehe er mit stoischer Miene an Marions Tür klopfte, taub für den langhaarigen Capitaine, der ihn als »Arschloch« und »Schleimer« bezeichnete. Er trat ein, ohne auf eine Antwort zu warten. Marion versuchte gerade vor dem weit geöffneten Fenster den Aufruhr in ihren Eingeweiden niederzukämpfen.

»Tag, Chef. Bericht.«

Langsam beruhigte sich Marions Magen, und sie konnte das Fenster schließen. Sie drehte sich um.

»Hauptversammlung, in einer Viertelstunde«, sagte sie, ohne Talon anzusehen.

Sie hatte sich entschieden, eben im Auto. Wegen Lavot und seines Verdachts, den die anderen natürlich ebenfalls hegten; daran hatte sie nicht den leisesten Zweifel.

Talon spürte, daß ihnen eine böse Überraschung bevorstand, und setzte schnellstens seine grauen Zellen in Bewegung.

»Warten wir nicht die Besprechung mit dem Chef ab?«

»Nein. Ich habe eben eine Nachricht auf meinem Schreibtisch gefunden: Heute gibt's keine Besprechung, Quercy ist in Paris.«

Marion sah Talon aus den Augenwinkeln an, während sie auf der Suche nach der Diskette mit dem Zoé-Brenner-Bericht in ihrer Tasche wühlte.

»Hier«, sagte sie, und warf die viereckige Plastikhülse auf den Schreibtisch, »drucken Sie das aus und lassen Sie es noch heute vormittag Richter Férec zukommen.«

»Aber ...«

»Und daß mir bloß nicht noch jemand damit ankommt.«

»Gut. Was den Friedhof-Fall betrifft ...«

Marion seufzte absichtlich laut, um Talon, der gerade ausholen wollte, zu stoppen. Er tat gleichgültig, doch sie sah, daß er innerlich brodelte wie ein Milchtopf, der jede Sekunde überkocht. Sie erinnerte sich noch, wie sie ihn das erste Mal gesehen hatte. Hier, oder vielleicht auch im Rauschgiftdezernat eine Etage tiefer. Er war ein junger, eifriger Polizeibeamter gewesen, gepflegt, ja fast übertrieben herausgeputzt. Er hatte gerade eine Fortbildung im Ausbildungszentrum des FBI in Quantico hinter sich – in den *States*, wie er damals sagte – und glaubte felsenfest an die Überlegenheit der amerikanischen

Methoden. Vier Monate jenseits des Ozeans hatten ihn vergessen lassen, daß es auch in Frankreich – im Vergleich zu Amerika natürlich nur ein Häufchen Fliegendreck – manchmal hoch hergehen konnte. Marion war seine Homosexualität, die er mit großer Mühe hinter einem tadellosen, distanzierten Auftreten verbarg, nicht entgangen. Heute war sein Haar länger, ungepflegter, und seine Wangen wiesen suspekte Spuren auf, die darauf hindeuteten, daß es mit dem Rasieren wohl etwas schneller gegangen war. Sein Hemd – wie immer pastellfarben – war zerknittert, seine Markenbrille voller Fettflecken, und seine Schuhe waren seit langem nicht mehr mit Schuhcreme in Berührung gekommen. Nach vier Jahren bei der Kripo – vielleicht waren es auch fünf – sah Talon genauso aus wie die anderen. Man hätte meinen können, daß die Polizei nicht in der Lage war, mehr als ein Beamtenmodell hervorzubringen, einen Prototypen, der sich nur ganz allmählich weiterentwickelte.

Der Lieutenant versuchte es ein zweites Mal:

»Der Zeuge, das ist der Typ, den Sie draußen im Gang gesehen haben. Ein Penner, der in der Rue des Haies in einer Art besetztem Haus lebt ... Seit gestern abend wird er ausgenüchtert. Der ist jetzt reif fürs Verhör.«

Er hielt für einen Augenblick inne, so als versuchte er, sich an etwas zu erinnern.

»Ach ja, das hatte ich vergessen: Der Doc möchte, daß Sie zu ihm kommen. Er hat den Körper wieder zusammengesetzt und will, daß Sie ihn sich mal ansehen.«

»O Gott!«

Marion wurde wieder übel. Sie polterte los:

»Jetzt hören Sie endlich auf, von Ihren Fleischstücken zu reden, verdammt noch mal! Ich habe Ihnen doch gesagt, daß ich mich einen Dreck darum schere. Das ekelt mich an, ich will nichts mehr davon hören! So! Sind Sie jetzt zufrieden?«

Talon sammelte seine Unterlagen ein, nahm die Diskette an sich und stand gemächlich auf. Er brauchte diese Sekunden, um schließlich in unpersönlichem, professionellem Ton sagen zu können:

»Hauptversammlung, das heißt …«

»Alle, Talon, die ganze Abteilung, ich meine, alle, die da sind.«

»Darf ich erfahren …?«

»Sie werden es gleich erfahren, zusammen mit den anderen.«

Draußen prallte Talon mit Lavot zusammen, und es kam ihm so vor, als hätte der Capitaine an der Tür gelauscht oder durchs Schlüsselloch gelugt.

In Marions Büro war jetzt eine Art Röcheln zu hören, ein lautes Hicksen, das sogleich vom Radio übertönt wurde, *Europe 1*, auf volle Lautstärke gedreht. Jean-Pierre Elkabach unterhielt sich mit Daniel Cohn-Bendit. Die beiden Beamten wechselten bestürzte Blicke.

»Was ist hier eigentlich los? Ich verstehe überhaupt nichts mehr«, beklagte sich Talon.

Lavot zuckte die Achseln.

»Nichts«, sagte er, »sie kotzt.«

10

Von den zwanzig Polizeibeamten, die zu Marions Abteilung gehörten, waren nicht einmal drei Viertel anwesend. Angesichts der ständigen Urlaube, Krankschreibungen und abgebummelten Überstunden entsprach das so ziemlich dem Durchschnitt. Als Paul Quercy Marion Anfang des Jahres gebeten hatte, sich zusätzlich um alle schweren pädophilen Vergehen zu kümmern, um das Kommissariat für Sexualdelikte zu entlasten, das durch die rapide Ausbreitung des Internets völlig überfordert war, hatte Marion personelle Verstärkung verlangt, einen neuen Anstrich ihrer Büros und einen Besprechungsraum, der diesen Namen verdiente. Ihre Forderungen waren erfüllt worden, wenn auch nicht ohne Widerstand. Die Beschlagnahmung des Zimmers, das bislang als Ruheraum, Küche, Bar und manchmal auch als Spielsalon für wachhabende Beamte gedient hatte, sorgte für große Verblüffung. Marion hatte gewußt, daß die leiseste Andeutung ihres Plans sofort zu heftigem Protestgeschrei und Aktionen seitens der Gewerkschaft geführt hätte. So hatte sie, die eigentlich immer Dialog und klare Absprachen predigte, die Räumlichkeiten mit Unterstützung ihrer Gefolgsleute und mit Quercys Segen in einer Nacht-und-Nebel-Aktion okkupiert und eigenhändig umgewandelt: Das Zimmer war düster und eng, aber anständig ausgerüstet, namentlich mit Audio- und Videogeräten, was auch für längere Verhöre ausgesprochen praktisch war.

Marion ging zunächst wie immer zwischen ihren Leuten, die sich von ihren aufregenden Wochenenden erzählten, auf und ab. Nur Talon und Lavot, die mit dem schlimmsten rechneten, sagten keinen Ton. Schließlich kehrte sie, die Hände auf dem Rücken verschränkt, zur Tür zurück, und die beiden Beamten sahen, daß sie ein Paket umklammert hielt. Sie drehte sich um und räusperte sich.

»Meine Herren!«

»Und was ist mit uns? Sind wir etwa aussätzig?« zischte eine junge Beamtin ihrer Nachbarin zu, dem zweiten weiblichen Mitglied der Abteilung.

»... und Damen!« fuhr Marion fort und warf der jungen Frau einen scharfen Blick zu. »Ich will Sie nicht lange aufhalten. Es gibt zwei Dinge, die ich Ihnen sagen möchte, oder besser, zwei Neuigkeiten, von denen ich Sie in Kenntnis setzen möchte.«

Endlich wurde es still, und alle Blicke richteten sich auf die zierliche Gestalt, die wie immer eine schwarze Jeans und eine weiße Hemdbluse trug, unter der man einen spitzenbesetzten cremefarbenen Büstenhalter erahnen konnte. Man musterte ihr zerzaustes Haar, das kürzer war und nicht mehr so blond wie vor dem Sommer, ihre Augen, die blitzten, weil sie gar nicht anders konnten, und die dennoch etwas von ihrem siegesgewissen Funkeln verloren hatten. Vielleicht wegen der dunklen Ringe, die zusammen mit den geschwungenen Augenbrauen zwei fast perfekte Kreise bildeten.

»Erstens: Ich bin schwanger. Ich sage Ihnen das, weil ich glaube, daß einige von Ihnen so etwas schon vermuteten, und Sie wissen ja, daß ich Gerüchte hasse.«

Die Männer gaben keinen Mucks von sich. Kein Gemurmel war zu hören, nichts, nur ein kaum hörbares Kichern aus der Ecke, wo die beiden jungen Frauen saßen. Talon verzog keine Miene, während Lavot ihm mit einem bedeutungsvollen Blick zu verstehen gab, daß seine Ahnung richtig gewesen sei.

»Zweitens«, fuhr Marion fort, ohne Luft zu holen, »ich gehe. Ich verlasse diese Abteilung.«

Dieses Mal hätten die Reaktionen kaum lebhafter sein können. Nur Lavot und Talon in der ersten Reihe waren wie erstarrt. So als hätte Marion angekündigt, daß sie ins Kloster gehen oder die Königin von England heiraten würde.

»Wohin wechseln Sie, Chef?« wagte einer der Beamten im hinteren Teil des Raumes zu fragen.

»Zum polizeilichen Staatsschutz, nach Versailles«, behauptete sie ohne den geringsten Zweifel an ihrem Vorhaben.

Wieder hagelte es ungläubige Reaktionen. Marion konnte nicht alles verstehen, aber es war nicht zu übersehen, daß das Ziel ihrer Versetzung das Meinungsbarometer wesentlich stärker ausschlagen ließ als die Ankündigung ihrer Schwangerschaft. Die Vorstellung, daß sie anderswo als bei der Kripo arbeiten könnte, schien so absurd, daß sogar jemand die Vermutung äußerte, sie habe sich eine Disziplinarstrafe eingehandelt.

»Das soll wohl ein Scherz sein, Chef«, sagte Lavot schließlich mit tonloser Stimme. »Warum haben Sie uns nichts gesagt?« Sprich: uns, Ihren treuen Gefolgsleuten, Ihren Freunden? Talon beugte sich vor.

»Was ist los? Wollen Sie nicht mehr mit uns zusammenarbeiten? Sie haben die Nase voll von uns, ist es das?«

Marion hatte den Eindruck, daß der für gewöhnlich so beherrschte Talon die Fassung verlor und daß Lavots Stimme merkwürdig bebte.

Sehr schnell wurde das Gemurmel von einer Frage beherrscht: Wer würde ihre Nachfolge antreten? So waren nun einmal die Gesetzmäßigkeiten: Kaum hast du angekündigt, daß du gehst, bist du auch schon weg, man hat dich sofort vergessen. Bloß keine Verbitterung, du hast es selbst so gewollt, dachte Marion.

»Das hat nichts mit Ihnen zu tun«, stellte sie klar, nachdem sie mit einer Handbewegung für Ruhe gesorgt hatte. »Sie sind ein tolles Team, aber ich möchte weiterhin anständige Arbeit leisten, und mit zwei kleinen Kindern wird mir einfach die innere Bereitschaft fehlen. Offen gesagt, habe ich auch Lust, ihnen ein bißchen Zeit zu widmen und ... Lust auf einen Tapetenwechsel. Ich hoffe wirklich, daß Sie mich verstehen können.«

Um ihrer Rührung Herr zu werden, legte sie das Paket auf den erstbesten Tisch und packte es aus. Der Plastikbeutel mit den roten Kinderschuhen kam zum Vorschein. Sie hielt ihn über dem Kopf in die Höhe, um die Jungs, die sich noch immer mit gedämpften Stimmen über die Neuigkeit austauschten, auf sich aufmerksam zu machen.

»Bitte! Da ist noch etwas.«

Alle Blicke waren auf den Beutel über Marions Kopf gerichtet.

»Fällt Ihnen hierzu irgend etwas ein?«

Talon sah sofort die Asservatenkarte mit seinem Namen und seiner Unterschrift darauf. Er runzelte beunruhigt die Stirn und fragte sich, ob er nun über einen verpfuschten Fall ausgefragt werden würde. Durch einen Lichtreflex auf dem Plastikbeutel konnte er den Inhalt nicht sehen, und als er Marion das sagte, riß sie ihn mit einem Ruck auf. Sie zog zwei hübsche rote Schühchen daraus hervor und zeigte sie der versammelten Runde. Ein kaum hörbares Raunen ging durch die Reihen, so als zweifelte man plötzlich an Marions Verstand.

Dabei war es nur ein Versuchsballon. Vielleicht hatte ja einer der Jungs eine Idee oder einen Tip, was den Unbekannten betraf, der ihr die Schuhe vor die Tür gelegt hatte. Doch die Reaktionen ließen auf nichts dergleichen schließen.

So verließ sie rasch den Raum, dicht gefolgt von Lavot und Talon, die ihr nicht von der Seite wichen. Auch die anderen kamen nach und nach aus dem Besprechungsraum, und Marion konnte noch den einen oder anderen Kommentar aufschnappen.

»Wenn ich vorher mit Ihnen darüber geredet hätte«, erklärte sie ihren beiden Untergebenen mit einem matten Lächeln, »hätten Sie es geschafft, mich umzustimmen, ich kenne Sie doch. Ich will meine Meinung nicht ändern. Aber ich habe Sie sehr gern, das wissen Sie. Ich werde Sie nicht vergessen.«

»Ich gehe mit Ihnen«, verkündete Talon.

»Das sehen wir dann, immer mit der Ruhe.«

Als sie durch die Tür ihres Büros trat, um endlich allein zu sein, wurde das Geraune im Flur von einer klaren Stimme übertönt. Marion hörte die Frage, die allen auf der Zunge lag:

»Wer ist eigentlich der Vater?«

11

Nina brannte vor Ungeduld. Ganz aus dem Häuschen, hopste sie aufgeregt um Marion herum, die, beladen mit Einkaufstüten, versuchte, den Autoschlüssel aus ihrer Blousontasche zu fischen.

»Wenn du mir vielleicht einmal helfen könntest!« fuhr Marion sie an, während Nina auf die Pakete starrte, als könnte sie durch das blaue Plastik hindurch ihren Inhalt erahnen.

Schnell klaubte die Kleine den Schlüsselbund aus der Tasche, schloß den Wagen ab und öffnete die Haustür. Bis Marion die Küche erreicht hatte, war sie schon zweimal die Treppe hinauf- und wieder heruntergelaufen, hatte die Post aus dem Briefkasten genommen und dabei um die hundert Sprünge, Purzelbäume und Pirouetten vollführt.

»Bist du eigentlich nie müde?« stöhnte Marion, während ihr das erschöpfte Gesicht von Mathilde Lavot wieder in den Sinn kam – kein Wunder nach einem Schwimmbad- und einem Zoobesuch, einem Mittagessen bei McDonald's, einer Partie Basketball sowie einer Stunde Rutschbahn, von dem endlosen Redefluß der drei Bälger einmal ganz abgesehen.

»Ich?« fragte Nina überrascht.

»Natürlich du! Oder siehst du hier außer uns vielleicht noch jemanden?«

Marion steuerte aufs Wohnzimmer zu und ließ sich aufs Sofa fallen.

»Ich kann nicht mehr«, sagte sie. »So ein Großeinkauf nach einem ganzen Tag im Büro ist einfach grausam ...«

Nina war das herzlich egal, und sie machte sich gar nicht erst die Mühe, das zu verbergen. Sie interessierte nur eins:

»Packen wir die Sachen nicht aus?«

»Darf ich mal zwei Sekunden verschnaufen?«

»Ja, aber ich hab Hunger.«

Marion stand seufzend auf.

»Irgendwann wirst du mich noch zur Strecke bringen ...«

Das letzte Paket war ausgepackt und der Karton auf dem Haufen leerer Plastiktüten gelandet, der sich auf den ockergelben Fliesen des Küchenbodens erhob. Nina, die mit gesenktem Blick auf der Stuhlkante saß und an ihrer Gürtelschnalle herumfummelte, stand die Enttäuschung ins Gesicht geschrieben. Marion warf ihr aus den Augenwinkeln einen prüfenden Blick zu.

»Willst du dir deine Schulsachen nicht ansehen?«

»Doch.«

Die Antwort kam widerwillig. Und genauso widerstrebend begann Nina, die Hefte und Stifte auszupacken, die bald ihre neue Schultasche füllen würden. Sie rief aus:

»Was sollen denn diese Buntstifte? Ich hatte doch gesagt Filzstifte! Und dieses Ringbuch ist ja nur blöd. O nein, keine kleinkarierten Hefte ...«

Marion setzte sich neben sie und zog sie auf ihren Schoß.

»Komm«, sagte sie, während sie ihre Tochter aufmerksam ansah, »erzähl mir, was los ist.«

Nina verschränkte die Arme vor ihrem mit Farbe und Ketchup bekleckerten T-Shirt.

»Nichts.«

»Komm schon! Meinst du, ich kenne dich nicht? Bist du enttäuscht? Was dir nicht gefällt, tausche ich um, das ist nicht so schlimm ... Ja?«

»Ist mir egal.«

»Also gut. Wenn das so ist, reden wir einfach nicht mehr darüber. Was willst du essen?«

»Ich hab keinen Hunger.«

»Aber Nina, vor fünf Minuten warst du noch halb verhungert ...«

Plötzlich fiel bei Marion der Groschen. Die Playstation!

Es folgte ein langes Wortgefecht, Marion dachte nicht daran nachzugeben.

Nina blieb halsstarrig.

»Meine richtige Mutter hätte mir eine gekauft!«

Da Nina die Argumente ausgingen, ließ sie sich zu einem derart niederträchtigen Erpressungsversuch hinreißen. Brutal und unerwartet wie ein Dolchstoß in den Rücken.

»Darauf lasse ich mich nicht ein«, sagte Marion entgeistert. »Ich bin mir sicher, daß deine Mama sich so verhalten hätte wie ich, und weißt du, Nina ...«

Während sich Marion der Magen umdrehte und ihr schwindelig wurde, starrte sie auf die Wolken, die das Gesicht ihrer Tochter verfinsterten. Sie hätte sie gerne einfach weggepustet. Pfft. Mit einem Mal stieß sie Nina zur Seite, warf sich über die Spüle und begann so heftig zu würgen, daß ihr die Augen tränten und sie kaum noch Luft bekam. Ihr leerer Magen stülpte sich um wie ein Handschuh, und sie fürchtete schon, er würde in dem Becken landen, in dem noch das Frühstücksgeschirr stand.

»Mami!« schrie Nina und stürzte zu ihr. »Mami, was hast du?"

Nina war außer sich.

»Mami, bitte, liebe Mami! Entschuldigung, Mami, Entschuldigung!«

Sie umschlang Marions Taille, wobei sie sich auf die Zehenspitzen stellen mußte, und umarmte sie, so fest es ging. Dann begann sie laut zu schluchzen und schwor, daß sie es nicht so gemeint hatte.

»Nina«, flehte Marion, »laß mich los, du erstickst mich ja.«

Sie drehte sich um, nahm ihre Tochter in die Arme und hob sie zu sich hoch. Aneinandergeschmiegt ließen die Große und die Kleine ihre Tränen ineinanderfließen, bis sie lachen mußten, nicht mehr konnten vor Lachen und immer noch eng umschlungen zu Boden sanken, mitten in die leeren Supermarkttüten.

Sie trockneten ihre Tränen, und Nina schwor, daß sie nie wieder um dieses aufwendige Geschenk betteln würde. Aber nur wenige Minuten später ließ Marions Vorschlag, Talon, der alles über Playstations wußte, um Rat zu fragen, Nina doch wieder Hoffnung schöpfen. Und diesmal hätte sie sich nichts vorzuwerfen, schließlich hatte ihre Mutter wieder davon angefangen. So nutzte sie Marions Stimmungsumschwung aus und schlug ihr vor, Talon doch gleich zum Abendessen einzuladen.

Am Telefon erklärte der Polizeibeamte, daß er eigentlich noch einmal ins Büro hatte gehen wollen, um mit seinem makabren Puzzle weiterzukommen.

»Der Zeuge hat nichts rausgelassen. Der hat Schiß. Ich habe Angst, daß wir es mit einem Serienmörder zu tun haben.«

»Auf einen Mord mehr oder weniger kommt es jetzt auch nicht mehr an, Talon. Ich vertraue Ihnen, Sie werden Ihren José Baldur schon zum Reden bringen, morgen. Bitte, Sie müssen kommen, Talon ... Für Nina.«

Nina deckte den Tisch und verlangte von Marion nach jeder Runde ein Küßchen. Sie war völlig überdreht. Während Marion ein Zucchinigratin und eine Lammkeule mit Knoblauch-Croûtons zubereitete, bewunderte sie die außerordentliche Fähigkeit ihrer Tochter, von tiefster Verzweiflung zu größter Sorglosigkeit überzugehen. Dennoch konnte man sich bei Nina niemals sicher sein.

»Was hatte das kleine Mädchen im Mund?« fragte sie aus heiterem Himmel, während sie eine Karaffe mit Leitungswasser füllte.

Marion, die gerade Brot schnitt, erstarrte, das Messer in der Luft.

»Was? Welches Mädchen?«

»Das kleine Mädchen auf dem Foto, in deinem Arbeitszimmer, weißt du? Was war das? Ein Blatt?«

Marion rauschte das Blut in den Ohren. Sie sah Nina an, die sich auf die Zehenspitzen stellte, um mit gleichmütiger Miene die gefüllte Karaffe auf den Tisch zu stellen.

»Ein Blatt ... Ja, genau, ein Blatt.«

»Aha. Na, das ist auch besser so, ich hatte schon gedacht, es wäre eine Schnecke. Igitt, das ist doch eklig, eine Schnecke im Mund, findest du nicht, Mama?«

Schnell das Thema wechseln. Weiterschneiden, sich nichts anmerken lassen, nicht in Panik geraten.

»Hier, Mäuschen, leg das Brot in den Korb.«

»Wo ist der?«

»Genau hinter dir, auf der Anrichte.«

Nina hüpfte und wirbelte umher, ohne daß man ihr auch nur das geringste angemerkt hätte.

»Warum ist das Mädchen umgebracht worden? War der Mann böse?«

»Welcher Mann?«

»Na, der Mann, der das Mädchen umgebracht hat! Ich sag dir gleich, so was würde ich nicht mit mir machen lassen. Ich würde treten und kratzen ... Hast du diesen Dreckskerl erwischt?«

»Aber Nina, also wirklich!«

Marion hatte fassungslos ihr Messer aus der Hand gelegt. Nina stapelte die Brotscheiben sorgfältig in den Korb, ehe sie sich auf die Kante eines Hockers setzte und ihre Mutter mit einem fast spöttischen Blitzen in den Augen ansah.

»Ich bin ja schön blöd! Du erwischst sie doch alle, stimmt's, Mama?«

»Nicht alle, nein ...«

»Wissen Sie, was Nina eben zu mir gesagt hat?«

Talon rührte zerstreut in seiner Kaffeetasse, auf deren Grund nur noch ein Satz geschmolzenen Zuckers klebte. Er zuckte die Achseln.

»Woher sollte ich?«

»Sie wollte wissen, was dem Mädchen aus dem Bericht zugestoßen ist.«

»Der kleinen Zoé? Sie haben ihr von dieser Geschichte erzählt?«

»Nein, sie ist über die Fotos gestolpert, in meinem Arbeitszimmer.«

»Ich verstehe nicht, warum Sie so etwas mit nach Hause nehmen. Das ist doch schließlich kein Familienalbum! Nina sieht und hört sowieso alles. Ist Ihnen das eigentlich bewußt?«

Marion biß sich auf die Lippen. Es war unnötig, Salz in ihre Wunden zu streuen. Aber Talon hatte recht: Sie neigte dazu, den Tod zu banalisieren, und Nina konnte diese Gleichgültigkeit nicht verstehen.

»Und dann: ›Hast du den erwischt, der sie getötet hat? Du erwischst sie doch alle.‹«

»Sicher«, sagte Talon, »das beruhigt sie. Sie sind ihre Heldin. Sie können nicht versagen.«

»Ich habe ihr gesagt, daß mir das schon manchmal passiert. Da hat sie gefragt, was ich tun würde, wenn jemand sie umbringen würde. Und ob ich, wenn ich den Mörder nicht finden könnte, irgendwann aufhören würde, ihn zu suchen.«

Talon sank auf seinem Küchenstuhl zurück, bis sein Rücken an die harte Lehne stieß. Er verzog das Gesicht, und Marion dachte kurz, daß sie auch ins Wohnzimmer gehen könnten.

»Tja, da haben Sie aber schön in der Klemme gesessen ... Was haben Sie geantwortet?«

»Daß sie nicht sterben wird. Daß ich das nicht will und daß ich jedem verbiete ...«

»Ja, ja. Nehmen Sie es mir nicht übel, aber ich muß Ihnen sagen ...«

»Nein, sagen Sie nichts.«

Talon beobachtete Marion, wie sie aufstand, um zwei Dosen Bier aus dem Kühlschrank zu nehmen und ihm zu verstehen zu geben, daß sie das Thema beenden wollte.

Er bewunderte ihren federnden Gang, ihren muskulösen und dabei so weiblichen Oberkörper. Hätte Talon Frauen geliebt, so hätte er Marion heiß begehrt. Er dachte lieber an etwas anderes.

»Gut. Also, Chef, was ist das für eine Geschichte mit diesen Schuhen, die Sie uns mitten in der Besprechung unter die Nase gehalten haben?«

»Den Schuhen?«

»Dachten Sie etwa, daß ich das Thema nicht anschneiden würde. Geben Sie zu, daß die Sache mit Ninas Playstation nur ein Vorwand war ... Eigentlich wollten Sie heute abend doch darüber mit mir sprechen, oder? Gibt es einen Zusammenhang zwischen diesen Schuhen und Ihrer Entscheidung, die Kripo zu verlassen?«

»Nicht direkt ... Aber letztlich schon.«

»Könnten Sie mir das übersetzen?«

»Sie haben sie wiedererkannt, nicht wahr?«

Wie so oft beantwortete Marion eine Frage mit einer Gegenfrage. Talon stützte die Ellbogen auf den Tisch, auf dem sich noch Geschirr mit Essensresten türmte, und legte das Kinn auf die gefalteten Hände.

»Allerdings. Ich habe ja selbst die Asservatenkarte ausgefüllt. Aber ich verstehe nicht, wie diese Schuhe in Ihre Hände gelangt sind. Sie hätten doch nach Abschluß des Falls an die Staatsanwaltschaft übergeben werden müssen.«

»Ich weiß«, sagte Marion geistesabwesend. »Und dank Ninas Kommentar, daß man Mörder so lange suchen muß, bis man sie gefunden hat, verstehe ich jetzt auch, warum der Anblick dieser Schuhe mich so erschüttert hat.«

Talon traute sich nicht zu sagen, daß er immer noch nicht begriff, worauf sie hinauswollte. Es wurde langsam spät, und er war müde.

»Diese Geschichte ist fünf Jahre alt, Chef«, meinte er und unterdrückte ein Gähnen. »Worauf wollen Sie hinaus?«

»Das weiß ich selbst nicht. Ich denke an die kleine Lili-Rose und bin erschüttert. Es ist so, als würde sie mir ein Zeichen geben.«

Na prima, dachte der Beamte. Jetzt kriegt sie ihren Mystischen.

»Ich glaube, daß Sie einfach eine gute Mütze Schlaf brauchen. Ich übrigens auch.«

Er stand auf, um zu gehen. Vorher schlürfte er genüßlich die letzten Tropfen Bier aus der Dose.

»Talon«, sagte Marion, nachdem sie dasselbe getan hatte, »Sie glauben, daß ich dummes Zeug rede, weil Nina mir unangenehme Fragen stellt? Sie denken, daß ich durchdrehe, weil ich irgendwo ein Asservat wiedergefunden habe, das ich aus Versehen nicht bei der Staatsanwaltschaft abgegeben habe? Da liegen Sie schief, mein Freund. Wenn ich sage, daß Lili-Rose mir ein Zeichen gegeben hat, dann weiß ich wohl, daß dieses Zeichen nicht von ihr selbst kommen kann, ich bin schon noch ganz richtig im Kopf. Aber diese Kinderschuhe habe ich nicht aus irgendeiner Ecke meines chaotischen Büros gezogen. Jemand hat sie mir gebracht, hier zu mir nach Hause. Ich denke, daß derjenige mich dazu auffordern will, etwas zu tun.«

»Und was wäre das?«

»Den Fall wieder aufzurollen.«

12

Seit mehr als drei Monaten hatte Marion keinen Fuß mehr ins gerichtsmedizinische Institut gesetzt. Talon redete von seelischer Blockade; Lavot war eher geneigt, eine simple Aversion zu vermuten, die ihm um so verständlicher erschien, als der entspannte Umgang mit Leichen für ihn nur Ausdruck einer Psychose sein konnte; für Marsal wiederum war es eine bloß Laune, und wie so oft lag die Wahrheit irgendwo dazwischen.

Als Marion der Geruch nach Formalin, Desinfektionsmittel und verwesendem Fleisch in die Nase stieg, ging es ihr gleich noch schlechter als das morgens ohnehin der Fall war. Nicht einmal das seltsame, eigentlich ziemlich amüsante Auftreten des Arztes half ihr, sich zu entspannen. Auch nicht die triumphierende Freude, die sein Gesicht wie immer zum Wochenanfang verklärte: An Wochenenden fanden so viele Menschen gewaltsam den Tod – meist in Verkehrsunfällen –, daß der Montag häufig nicht ausreichte, um all diese Reichtümer, die in seiner Abteilung eintrafen, zu inventarisieren.

Über ein geöffnetes Kühlfach gebeugt, betrachtete er aufmerksam einen Körper, den sein Gehilfe Marcello gerade vermaß. Mit seinem zerzausten Haar erweckte der Gerichtsmediziner, der in viel zu großen Kleidern versank und unentwegt nervös mit den Händen zuckte, stets den Eindruck, als würden die Dinge ihm über den Kopf wachsen. Allerdings bemerkte Marion, daß er eine neue Brille hatte.

»Ah! Die blonde Kommissarin!« rief er aus. »Sie muß ich immer schriftlich herbeizitieren, damit Sie mich mit einem kurzen Besuch beehren.«

Und er schenkte ihr ein etwas hämisches Lächeln, was bei ihm von einer ungewöhnlich ausgelassenen Stimmung zeugte. Marion hütete sich, ihm zu sagen, daß es sich bei seiner Vorladung – so gelegen sie ihr in diesem Moment auch gekommen war – ja wohl nur um einen Vorwand handeln konnte. Marsal war ausgesprochen bärbeißig, und sie wollte ihn nicht verärgern.

»Ich habe schon gedacht, Sie hätten Ihr Debakel in Sachen Liebe nicht überlebt«, sagte er freundlich.

»Das hätte Ihnen wohl so gepaßt! Dann hätten Sie mich auch noch in Stücke schneiden können, und was wäre das für ein Genuß für Sie gewesen ...«

»Hören Sie auf, mir läuft ja schon das Wasser im Mund zusammen!«

Marion vergrub die Hände in den Taschen ihres Blousons und vermied es, auch nur einen Blick auf den Leichnam und das scheußliche Etwas zu werfen, das auf einem der beiden Obduktionstische lag. Sie fragte sich, wie lange sie standhalten würde.

Marsal gab ihr ein Zeichen, ihm zu folgen. Er hatte seine Operationskleidung nicht angelegt: Er trug weder Haube noch Obduktionsbrille, sondern nur einen einfachen grünen Kittel, Gummistiefel und Latexhandschuhe. Jetzt konnte Marion nicht mehr umhin, sich anzusehen, was auf dem Tisch lag.

»Ich wollte Ihnen zeigen, was es mit diesen verstreuten Leichenteilen auf sich hat, die ich, soweit das möglich war, wieder zu einem menschlichen Erscheinungsbild zusammengefügt habe. Sie sind die erste, die das Ergebnis zu sehen bekommt. Nicht einmal Lieutenant Talon ist informiert.«

»Ah!«

Marion gab sich größte Mühe, höflich zu sein, aber der fade Geruch des Leichnams, den der Gerichtsarzt – wenn auch ohne Kopf – wieder zusammengesetzt hatte, war so durchdringend, daß es ihr beinahe den Magen umgedreht hätte. Der Doc machte sie darauf aufmerksam, daß sie bleicher sei als seine ausgeblutetsten Kadaver. Schwankend wich sie zurück, kurz davor, in Ohnmacht zu fallen. In diesem Moment eilte Marcello herbei, um sie wortlos in seinen Armen aufzufangen. Eine gute Gelegenheit für ihn, ganz nebenbei den Duft dieser schönen jungen Frau, die seine Phantasie beflügelte, tief einzuatmen. Unwirsch befreite sie sich aus seiner Umarmung.

»Schon gut, schon gut!«

»Sagen Sie mal, junge Frau, besser wird das ja nicht gerade mit Ihnen!«

Der Arzt betrachtete sie argwöhnisch. Die Kommissarin hatte sich immer anmerken lassen, wie sehr es sie vor den Leichen und Obduktionen ekelte, aber sie kam eigentlich besser damit zurecht als die meisten ihrer Kollegen. An diesem Morgen hatte sie irgend etwas anderes. Marsal war so barmherzig, die Belüftung voll aufzudrehen, eine Aufmerksamkeit, die er normalerweise nur den stark verwesten Leichnamen zukommen ließ.

»Es geht schon wieder«, wiederholte sie. »Das ist nur die Müdigkeit ...«

Ehe der Gerichtsmediziner mit seinen Erklärungen fortfahren konnte, unterbrach sie ihn:

»Eigentlich wollte ich Sie etwas fragen. Zwei Dinge.«

»Dachte ich's mir doch.«

»Ich weiß um Ihre Kompetenz, und ich vertraue Ihrem ...«

»Keine unnötigen Schmeicheleien. Kommen Sie gleich zur Sache!«

»Also ... ich würde gerne wissen, welche Fortschritte in der Gerichtsmedizin, der forensischen Chemie, na, eben in all diesen Dingen während der letzten fünf Jahre gemacht worden sind.«

»Gerade Sie stellen mir so eine Frage. Das kann nicht wahr sein! Sie haben wohl die letzten fünf Jahre verschlafen!«

Marion hüstelte, weil sie plötzlich einen Frosch im Hals hatte, was bei ihr, so selten es auch vorkam, Ausdruck einer gewissen Unsicherheit war.

»Nein, habe ich nicht, aber es gibt Gebiete, in denen ich mich nicht gut auskenne, zum Beispiel die ganzen DNA-Analyse-Techniken ... Durch Sie weiß ich ein bißchen über die Fortschritte im Bereich der menschlichen DNA Bescheid, aber was zum Beispiel die DNA von Tieren betrifft ...«

»Auch daran wurde weitergeforscht«, versicherte Marsal. »Aber Untersuchungen über die DNA von Tieren werden bei polizeilichen Ermittlungen kaum in Auftrag gegeben. Aus dem einfachen Grund, daß solche Fälle selten vorkommen und ein Gutachten außerdem sündhaft teuer ist. In diesem Bereich muß noch einiges getan werden ... Dagegen ist der Einsatz von Techniken wie Scanner oder Elektronenrastermikroskop in den letzten Jahren gang und gäbe geworden, und hier könnte man fast sagen, daß wahre Wunder geschehen ...«

Er sah erst auf seine Uhr, dann zu Marion.

»Ich habe in einer Viertelstunde ein Seminar an der Uni. Und ich würde doch gern über das hier mit Ihnen reden.«

Sein in Latex gehüllter Zeigefinger deutete auf eine Stelle des auf dem Tisch aufgebahrten Etwas. Auf den ersten Blick das Becken des Opfers.

»Der Mörder muß so etwas wie ein ziemlich stumpfes, um nicht zu sagen kaputtes afrikanisches Buschmesser benutzt haben, denn die Schnittwunden sind breit und ebenso unregelmäßig wie die Spuren an den Knochen. Dem Druck nach zu urteilen, der auf die Gelenke ausgeübt wurde, um die Knochenenden herauszulösen, muß der Mörder ein stämmiger Kerl sein. Der Unterleib ist in gutem Zustand, obwohl diese Irren es darauf ja meistens besonders abgesehen haben ...«

»Schon gut, ich verstehe.«

Marion wurde wieder übel. Sie hielt sich die Hand vor den Mund. Marsal, jetzt ganz auf das Schambein der Leiche konzentriert, fuhr in seinen Ausführungen fort, ohne zu bemerken, wieviel Mühe es sie kostete, nicht davonzulaufen, raus, an die frische Luft.

»Das hier ist das Schambein: unbeschädigt, und die Vulva auch. Nur daß es eine falsche Vulva ist und eine künstliche Vagina …«

»Im Ernst?« stieß Marion schluckend hervor.

»Diese junge Frau war früher ein junger Mann«, trumpfte der Gerichtsmediziner auf, während hinter ihm Marcello in wieherndes Gelächter ausbrach. »Ich hatte schon ein bißchen mit dieser Möglichkeit gerechnet, denn trotz seiner insgesamt eher schmächtigen Statur sind die Knochen selbst und vor allem die Gelenke dieses Leichnams etwas zu kräftig für eine Frau. Vermutlich weil er sich mit weiblichen Hormonen vollgestopft hat, ist die Körperbehaarung allerdings sehr reduziert …«

»Ein Transsexueller, okay.«

»Da ist noch etwas.«

Mit seinem Skalpell schob er das bräunliche Fleisch am oberen Teil des rechten Beins etwas zur Seite, und Marion mußte sich noch weiter vorbeugen. Sie sah nur den bloßgelegten Oberschenkelknochen, der irgendwie komisch aussah.

»Doppelter Oberschenkelbruch, vermutlich vor fünf bis sechs Jahren. Ein Nagel von zwölf Zentimeter Länge steckt noch drin. Ich habe Röntgenaufnahmen gemacht, das könnte die Identifizierung erleichtern, falls ihn jemand als vermißt meldet und dieses Detail angibt. Soll ich den Röntgenbetrachter anmachen?«

Angewidert wehrte Marion ab.

Marsal verdrehte die Augen, während er seine Chirurgenhandschuhe auszog und in einen Eimer warf. Dann steuerte er auf sein Büro zu, eine verglaste Rumpelkammer, die ihm eine permanente Sicht auf die Aufgebahrten gewährte. Marion folgte ihm.

»Schicken Sie mir Ihren Bericht, Doc.«

»Mehr fällt ihr nicht dazu ein«, knurrte Marsal. »Ich dachte, Sie würden vor Begeisterung einen Luftsprung machen!«

»Das muß am Alter liegen. Wissen Sie, ich habe ja zum Hüpfen kaum noch die Kraft. Aber eben haben Sie gesagt ... Ich meine, was den technischen Fortschritt betrifft ... Könnte man zum Beispiel heute aus Spuren tierischer Herkunft neue Informationen ziehen?«

Marsal hatte seine Gummistiefel ausgezogen. In riesigen Socken, die ihm um die Fußgelenke schlackerten, ging er vor Marion hin und her. Er war so schmächtig, daß er in den Geschäften keine passenden Kleider fand. Vielleicht in der Damenabteilung? dachte Marion.

Er zog seinen Kittel aus und stand nun in einem frühlingsgrünen Hemd vor ihr, dessen Ärmel er mit Hilfe von zwei Gummis auf die richtige Länge brachte. Auch an seine blankgewetzte, uralte braune Kordhose war Hand angelegt worden. Man brauchte nur einen Blick auf die Säume zu werfen, um zu begreifen, daß wohl Marsal der Täter war. Ein einziges Flickwerk. Marion, die es nicht gewohnt war, ihn in Zivil zu sehen, lächelte. Der Arzt antwortete ihr, ohne sie anzusehen:

»Ich sagte Ihnen doch, ja. Vor allem weil die Datenbänke um einiges erweitert wurden. Außerdem herrscht ein reger Informationsaustausch zwischen den Wissenschaftlern. Übers Internet ... Man muß mit der Zeit gehen. Darf ich fragen, woran Sie denken?«

»An einen fünf Jahre zurückliegenden Fall.«

»Haben Sie Gründe, sich erneut damit zu befassen?«

»Ja und nein.«

»Hören Sie zu, mein Kind, sobald Sie mehr wissen, reden

wir weiter. Weil ich jetzt wirklich in Eile bin. Ich bin sogar schon zu spät.«

Marion folgte ihm durch den Gang, wo er sich rasch eine ausgefranste Tweedjacke überstreifte, deren Farbe an Herbstlaub erinnerte – eines weit zurückliegenden Herbstes allerdings …

»Bei dem Fall hatte man organische Spuren gefunden, die wohl von Geflügel stammten«, sagte sie nach Luft schnappend. »Waren Sie vor fünf Jahren schon hier?«

»Natürlich, ich mache diesen Job seit zwanzig Jahren. Aber ich bin nicht der einzige Gerichtsmediziner hier am Institut, und diese Art von Untersuchungen führe ich nicht durch. Fragen Sie im Labor. Oder ist das ein Problem für Sie?«

Er trat durch das große Eingangsportal aus dem gerichtsmedizinischen Institut, ohne Marion den Vortritt zu lassen oder ihr die Tür aufzuhalten, die ihr fast ins Gesicht gedonnert wäre. Draußen hatten graue Wolken die spätsommerliche Sonne vertrieben, und der Westwind kündigte Regen an.

»Nein, nicht im mindesten«, erwiderte Marion schroff. »Danke, Sie sind mir eine große Hilfe.«

Marsal, der die monumentale Treppe des Instituts hinunterhastete, ging nicht darauf ein. Er rannte fast über den Bürgersteig, eine gebeugte, schmächtige Silhouette, die irgendwie an eine Ratte erinnerte. Er gab einem vorüberfahrenden Bus ein Zeichen. Der Fahrer machte eine Vollbremsung und blieb drei Meter weiter stehen. Marion wollte dem Gerichtsarzt schon anbieten, ihn im Auto zur Uni zu fahren, doch da drehte er sich um und rief ihr zu:

»Ich habe mich geirrt, Sie haben sich nicht verändert. Immer noch genauso dickschädelig.«

»Das ist doch eigentlich eine gute Nachricht! Außerdem heißt es ja immer: Gleich und gleich …«

»Ach, übrigens!«

Der Busfahrer faßte sich in Geduld. Marion auch.

»Wollten Sie mich nicht *zwei* Dinge fragen?«

Du altes Schlitzohr, dachte Marion.

Selbstverständlich hatte sie ihre zweite Frage nicht vergessen, aber sie hier anzuschneiden, auf dem Bürgersteig, mit einem Dutzend Fahrgästen als Publikum ... Sie tat erstaunt.

»Ja, ja, die Frauen!« schimpfte der Gerichtsmediziner, während er in den Bus sprang.

13

»Es brodelt in der Gerüchteküche.«

Marion hörte auf, das Brotkügelchen zu kneten, legte es zu dem halben Dutzend Kügelchen, die sie schon geformt hatte, und beobachtete Talon, der eine riesige Gabel Spaghetti in sich hineinstopfte. Sie wandte den Blick ab, doch ihr Nachbar, ein Beamter vom Polizeirevier, der dasselbe Tagesgericht gewählt hatte, bot denselben Anblick. Ekelerregend.

Marion haßte die Mittagessen in der »Toten Ratte«. Das war einer der Spitznamen, die man sich für die Kantine des Polizeipräsidiums ausgedacht hatte. Sie fragte sich, was sie eigentlich hier tat, vor einem Teller mit einem faden, kalten Gericht. Entnervt schob sie ihn von sich, streckte sich und lehnte sich auf ihrem Stuhl zurück.

»Und? Was erzählt man sich in den Gängen?« fragte sie Talon. »Man fragt sich, wer der Vater meines Kindes ist, oder? Wenn Sie glauben, daß ich diese bescheuerten Fragen nicht höre!«

»Sie hören nicht unbedingt alles ...«

Sie neigte den Kopf zur Seite, verärgert über das Interesse, das der Tischnachbar an ihrer Unterhaltung zeigte.

»Kommen Sie, wir gehen woanders einen Kaffee trinken, ich halte diesen Laden hier nicht mehr aus.«

»Und Nina? Weiß sie, daß Sie schwanger sind?« fragte Talon, während sie die Rue Marius-Berliet überquerten.

»Nein, und ich weiß auch nicht, wie ich es ihr sagen soll.«

Als sie die Tür des Cafés mit seiner bunten Fassade aufstießen, legte Talon den durchdringenden Blick, den Marion ihm zuwarf, falsch aus.

»Zählen Sie bloß nicht auf mich!« rief er aus.

»Was bilden Sie sich ein! Ich komme sehr gut ohne Sie zurecht! Ihnen klebt noch Nudelsauce am Mundwinkel«, fügte sie hinzu, während sie sich unter Einsatz ihrer Ellbogen zur Theke vordrängelte.

Talon, der für gewöhnlich mit großen Taschentüchern ausgerüstet war, mit denen er seine Brille auf Hochglanz polierte, wischte sich mit dem Handrücken den Mund ab. Sein Blick schweifte durch den Raum.

»Da hinten ist ein leerer Tisch, kommen Sie, da sind wir ungestört.«

Es war das Lokal, das dem Polizeipräsidium am nächsten war, eine kleine Eckkneipe, die vor sich hingedümpelt hatte, bis das Präsidium in die Nachbarschaft gezogen war. Der Besitzer, ein junger, ehrgeiziger Typ, der einen guten Riecher gehabt und zum richtigen Zeitpunkt gekauft hatte, fuhr jetzt einen Porsche. Er hatte seinen Laden auch umgetauft: der *Panier à salade* hatte *Chez Mimile* zum alten Eisen verbannt.

»Wissen Sie«, sagte Marion, nachdem die Kellnerin die Tassen vor ihnen abgestellt hatte – Kaffee für sie, Tee für Talon –, »ich glaube, für mich ist es wirklich an der Zeit, mir einen neuen Job zu suchen. Diese Bluttaten, für die ich mich so leidenschaftlich interessiert habe – Ihnen brauche ich das nicht zu sagen –, gehen mir allmählich auf die Nerven. Dieser in Stücke geschnittene Transsexuelle, ja früher …«

Talon verzog angesichts ihres geringen Interesses an diesem Mord mißbilligend den Mund. Dabei war es ein exemplarischer

Fall, ein Rätsel, das Marion noch vor einigen Monaten genauso fasziniert hätte wie alle anderen Kollegen auch.

»Außerdem habe ich das Gefühl, alles in den Sand zu setzen«, fuhr Marion fort. »Früher habe ich mich nicht aufs Glatteis führen lassen, da habe ich immer wie ein Profi reagiert.«

»Ich nehme an, Sie meinen den Fall Zoé Brenner?«

»Ja. Ich habe mich auf diesen Pädophilen versteift ...«

»Immerhin ein mehrfacher Wiederholungstäter!«

»Was ändert das? Talon, Ihnen muß ich nicht beibringen, daß der Schein immer trügen kann und daß man erst dann Schlußfolgerungen ziehen darf, wenn man alles in Erwägung gezogen hat. Sie haben mir von Anfang an gesagt, daß die Mutter die Täterin sein könnte. Ich wollte nichts davon wissen. Dabei sah das doch ein Blinder mit Krückstock.«

Talon gab sich versöhnlich:

»So sonnenklar war die Sache nun auch wieder nicht. Schließlich hatte der Pädophile kein Alibi und befand sich in der Nähe des Tatorts, als der Mord begangen wurde.«

»Und wenn man ihn drei Meter neben dem Mädchen gesehen hätte! Ich habe ihn jedenfalls übel in die Mangel genommen. Ich habe mir immer vorgestellt, was er mit diesen Kindern angestellt hat, und war jedes Mal aufs neue außer mir vor Empörung. Ich kann mich nicht daran gewöhnen.«

»Niemand kann sich daran gewöhnen ... Aber wenn Sie Nina nicht hätten, dann hätten Sie wie früher einen kühlen Kopf bewahrt.«

Marion vergrub ihr Gesicht in den Händen.

»Ich habe Schiß, Talon, auch wenn Sie's mir nicht glauben. Ich habe Angst, Nina vor so etwas nicht beschützen zu können.«

Sie leerte ihre Kaffeetasse und zerbiß das Schokoladentäfelchen, das man ihr dazu serviert hatte. Talon bestellte ein Kännchen warme Milch für seinen Tee.

»In einem bin ich mir sicher«, fuhr Marion fort. »Man hat nicht das Recht, einen Fall ungelöst ad acta zu legen, wenn das Opfer ein Kind ist.«

Talon teilte ihre Meinung, das brauchte er ihr nicht zu sagen. Aber er hatte so ein dumpfes Gefühl, daß seine Chefin die Katze noch nicht aus dem Sack gelassen hatte.

»Die ganze Nacht habe ich von den Kinderschuhen und von Lili-Rose geträumt«, sagte Marion. »Sie können sich nicht vorstellen, wie unwohl ich mich gefühlt habe, als ich aufgewacht bin. Wenn ich an diesen Fall denke, plagt mich ein dermaßen schlechtes Gewissen!«

»Ist nicht eher die Tatsache, daß Sie ein Asservat unterschlagen haben, der Grund, warum Sie so durcheinander sind?

Aufgebracht erwiderte Marion:

»Ich sagte Ihnen doch schon: Jemand hat es mir gebracht. Ich weiß nicht, wer, Sie brauchen mich gar nicht so anzusehen. Ich habe nichts unterschlagen, zumindest nichts Kompromittierendes. Außerdem war es mein erster Fall. Unvergeßlich und eine einzige Schlamperei, davon bin ich überzeugt. Ich weiß, daß ich mir den Fall noch einmal vornehmen muß, ehe ich gehe. Sonst kann ich mir nie wieder ins Gesicht sehen.«

»Das macht doch überhaupt keinen Sinn ... Was schwebt Ihnen vor?«

»Ich weiß nicht. Ich werde es herausfinden.«

»Aber was? Alles ist haarklein untersucht worden. Wir konnten nicht beweisen, daß es ein Tötungsdelikt war.«

»Man sieht nie alles, und gerade in diesem Fall sind einige Punkte ungeklärt geblieben.«

»Zum Beispiel?«

»Der Inhalt der Taschen ...«

Talon verdrehte die Augen. Dabei war er von allen noch am meisten dafür, die Naturwissenschaften in den Dienst polizeilicher Untersuchungen zu stellen. Er lenkte ab:

»Man wird Sie nicht lassen, nicht einmal Quercy. Es gibt keinerlei neue Tatbestände, kein Gesuch seitens der Familie ...«

»Das kriege ich schon hin. Ich werde etwas finden.«

Wenn Marion in dieser Stimmung war, hatte es keinen Sinn, sie bekehren zu wollen. Aber auch Talon war halsstarrig.

»Wissen Sie, was ich denke, Chef? Es gibt nichts zu finden. Die kleine Lili-Rose ist von alleine in den Brunnen gefallen. Es war ein Unfall. Ein *Unfall.*«

Marion beugte sich so weit zu ihm vor, daß ihre Nase fast sein Gesicht berührte.

»Und wenn wir uns geirrt haben?«

14

Paul Quercy war zurück. Eine Tatsache, der sich Marion nicht lange verschließen konnte. Kaum war sie durch die Tür des Polizeipräsidiums getreten, verkündeten ihr mindestens drei Kollegen, daß er sie sehen wolle.

Paul Quercy war siebenundfünfzig, mittelgroß, mit dunkelbraunem, zunehmend graumeliertem Haar, und recht attraktiv, sofern man empfänglich für etwas rauhbeinige Typen war. Er trug seine Paris-Uniform – anthrazitfarbener Anzug, weißes Hemd, dunkelblaue Krawatte –, die bei seinen Besuchen der Zentraldirektion der Kriminalpolizei unerläßlich war. Die fünf Jahre unter seinem Kommando hatten seine Gefolgsleute daran gewöhnt, daß er, sobald er aus Paris zurückkam, Jackett und Krawatte ablegte, um sich einen alten, abgewetzten Blouson überzuziehen, in dem er glücklich umherstolzierte.

Als Marion sein Büro betrat, bemerkte sie als erstes, daß er gegen diese Tradition verstoßen hatte. Er war immer noch im Anzug, mit festgezurrter Krawatte und zugeknöpftem Jackett. Schlechtes Zeichen.

Er wedelte mit einem Blatt Papier, ehe er es quer über seinen Schreibtisch flattern ließ. Marion mußte keinen Blick darauf werfen, um zu wissen, worum es sich handelte.

»Was hat Sie bloß geritten, Kommissarin Marion?«

»Nichts. Ich möchte gerne eine andere Tätigkeit ausüben, in einem anderen Bereich, in einer anderen Gegend. Haben Sie etwas dagegen einzuwenden?«

»Das, wogegen ich etwas einzuwenden habe, ist die Eilfertigkeit, mit der Sie Ihren Leuten eine Versetzung ankündigen, von der Sie genauso gut wissen wie ich, daß sie überhaupt noch nicht feststeht. Wer hat Ihnen gesagt, daß der polizeiliche Staatsschutz Sie überhaupt haben will? Wer hat Ihnen gesagt, daß die zentrale Personalstelle Ihre Bewerbung annimmt und daß der Minister sie unterschreiben wird? Ihren Leuten gegenüber tun Sie so, als wären Sie übermorgen weg, dabei ist Ihre Versetzung bisher nicht mehr als eine vage Formulierung auf einem Papier, das ich im übrigen gar nicht weiterleiten muß. Wollen Sie dazu beitragen, daß sich das Unbehagen, das in unseren Reihen herrscht, noch verschlimmert?«

»Welches Unbehagen?«

»Jetzt tun Sie nicht so, als fielen Sie aus allen Wolken. Sie wissen genau, daß bei den Polizisten immer mehr eine gewisse Beamtenmentalität um sich greift, daß es immer schwerer wird, sie zu motivieren. Hier, ein einfaches Beispiel: Allein diese Woche wurden zehn Anträge auf Versetzung in eine ländliche Gegend eigereicht.«

Er wühlte in einer Schublade und zog ein dickes Papierbündel daraus hervor.

»Hören Sie sich das an! Außenstelle Annecy, na gut, das mag ja noch angehen, aber Arcachon, Orange, Le Mans ... Einer will sogar nach Figeac, stellen Sie sich das mal vor! Eine Bluttat alle zehn Jahre, einmal im Monat jemand in Polizeigewahrsam ... Von der Gewerkschaft, deren Einfluß absurde

Formen annimmt, will ich gar nicht erst anfangen. Ständig wird man um eine Unterredung gebeten, ständig wird sich eingemischt, da ist jeder Vorwand recht. Ich grüße einen Beamten nicht, weil ich zerstreut bin oder in Gedanken, und zack, schickt er mir seinen Gewerkschaftsvertreter auf den Hals, der mir schlechtes Personalmanagement vorwirft. Ja, wirklich ... *Personalmanagement*!«

Marion hatte keine Lust zu lachen. Quercy wollte sie ja doch nur dazu bringen, es sich anders zu überlegen. In drei Sekunden würde er sie bitten, von der Versetzung Abstand zu nehmen. Sie kam ihm zuvor:

»Ich kenne das alles, Chef. Mit denselben Gewerkschaften habe auch ich meine Auseinandersetzungen, und die Jungs an die Arbeit zu bekommen ist auch für mich ein Problem. Bei einigen, nicht bei allen, seien wir nicht ungerecht. Aber die Zeiten haben sich geändert. Die Männer und Frauen erheben Anspruch auf ein normales Privatleben. Die Kommissare können keine tyrannischen Potentaten mehr sein, die ihre Untergebenen an der Kandare halten.«

»Sie nennen mich ...«

»Aber nicht doch«, seufzte sie, »ich sage nur, daß es nichts nützt, sich auf die Vergangenheit zu berufen. Die Zeit der Conciergen ist vorbei. Ich bin auch älter geworden. Ich habe Nina und in sechs Monaten noch ein Baby, ich kann nicht mehr. Ich brauche diese Veränderung.«

»Verstehe«, brummelte Quercy, ohne sie weiter zu bedrängen. »Aber überstürzen Sie nichts, vermeiden Sie vorschnelle Ankündigungen und ... denken Sie noch einmal darüber nach. Ich brauche Sie.«

Reine Taktik. Quercy war ein altes Schlitzohr. Fast genauso alt und schlitzohrig wie der Gerichtsarzt. Marion setzte ein Gesicht auf, das so etwas ausdrückte wie »Red du nur«. Er war noch nicht fertig.

»Und was dieses … dieses Baby betrifft, um das es hier geht. Sie hätten mir sagen können, daß Sie schwanger sind, anstatt es mich aus der Gerüchteküche erfahren zu lassen.«

»Sie waren nicht da. Und in der Truppe erzählten sie sich schon die sonderbarsten Dinge, ich mußte es sagen.«

»Werden Sie es behalten?«

»Natürlich, wo ich es schon an die große Glocke hänge.«

»Wissen Sie wenigstens, wer der Vater ist?«

Daß gerade er diese Frage stellte, ihr väterlicher Vorgesetzter, um nicht zu sagen ihr Vorbild – auch wenn sie ihn just in diesem Moment alles andere als vorbildlich fand –, war einfach schäbig.

»Das ist niederträchtig«, sagte sie verächtlich. »Ich dachte, daß Sie … Aber ich habe mich getäuscht, Sie sind genauso wie die anderen, schlimmer sogar.«

Stocksteif machte sie auf dem Absatz kehrt. Er stürzte hinter ihr her, hielt sie zurück.

»Ich wollte Sie nicht angreifen. Wenn ich diesen Eindruck erweckt habe, dann bitte ich Sie um Entschuldigung.«

»Chef, hören Sie auf, mir einen Schmus vorzumachen. Sie gehen mir auf die Nerven mit Ihrem geschwollenen Gerede. Man könnte meinen, es spricht der Präfekt.«

Paul Quercy verbiß sich ein Lächeln. Er liebte Marion wie eine Tochter. Am allermeisten mochte er ihre unverschämte Art, immer schön nach dem Motto »Ich hasse es, mich einzuschleimen, und was soll's, wenn's mich die Karriere kostet«. Im allgemeinen achtete er allerdings sehr darauf, nichts von diesen Gefühlen durchblicken zu lassen, damit sie gar nicht erst auf die Idee kam, sie auszunutzen. Der Blick aus seinen dunklen, etwas tiefliegenden Augen, die unter den dichten Brauen fast verschwanden, wurde weicher.

»Es betrübt mich sehr, daß ich der letzte bin, der davon erfährt. Aber Sie haben recht: Das war niederträchtig, schäbig und dämlich. Saudämlich.«

»Der Vater ist Léo Lunis«, sagte sie langsam und betonte dabei jede Silbe. »Und wenn ich noch mal mitbekomme, daß einer dieses Thema durchhechelt, dann hau ich demjenigen eine rein.«

»Nun ja«, räumte Quercy ein und setzte sich wieder. »Das ist vielleicht doch ein bißchen übertrieben. Sie können die Leute nicht daran hindern, sich Fragen zu stellen.«

»Kümmere ich mich denn um deren Privatleben? Oder um Ihres? Frage ich Sie, mit wem Sie schlafen?«

Für einen kurzen Moment schien Quercy die Fassung zu verlieren. Er wirkte fast verstört, fand Marion. Dann versuchte er es mit Ironie:

»Mit meiner Frau, von Zeit zu Zeit.«

»Dann lassen Sie sich gesagt sein, daß mir das wurscht ist. Kann ich jetzt gehen?«

»Nein, ich muß Ihnen noch eine Frage stellen.«

Von Freundlichkeit, Milde oder gar Nachgiebigkeit keine Spur mehr: Er wurde wieder zum Chef. Da die Frage auf sich warten ließ, sagte Marion:

»Noch eine Frage? Ich komme mir vor wie in einem Fernsehquiz.«

Der bittersüße Ton in ihrer Stimme ließ Quercy eiskalt.

»Man hat mir gesagt, Sie hätten sich in den Kopf gesetzt, einen abgeschlossenen Fall neu aufzurollen?«

»*Man*?«

»Ist doch unwichtig, wer mir das gesagt hat«, fuhr er sie an. »Ich will wissen, um welchen Fall es geht.«

»Weil *man* das nicht weiß?«

Quercy sprang von seinem Stuhl auf und ging um den Schreibtisch herum, die Hände tief in den Hosentaschen vergraben, wo sie nervös ein paar Geldstücke zum Klimpern brachten. Einen Moment lang beobachtete er die über den bleigrauen Himmel jagenden Wolken und drei Tauben, die sich vor dem großen Fenster die Reste seines Sandwichs teilten.

»Ich kann mir den Luxus nicht leisten, abgeschlossene Fälle wieder aufzurollen. Es sei denn, wir können dadurch einen Unschuldigen aus dem Knast holen oder einen Schuldigen verurteilen, der sonst davongekommen wäre. Ist das hier der Fall?«

Marion schüttelte den Kopf.

»Dann vergessen Sie's! Wir brechen ja unter den laufenden Ermittlungen schon fast zusammen. Es vergeht kein Tag, an dem ich nicht von einem Richter zur Ordnung gerufen werde. Sie haben doch gesehen, wie arrogant die geworden sind, in den Medien immer auf der ersten Seite. Wie selbstgefällige Stars ... Und die Politiker werfen sich ihnen zu Füßen! Die gehen gar nicht erst das Risiko ein, einen von denen zu verärgern. Und hier bei uns machen die Jungs keinen Finger mehr krumm, wenn es nicht unbedingt sein muß, da werden Sie jetzt nicht auch noch so eine alte Kamelle aufwärmen!«

»Dieser Fall liegt noch vor Ihrer Zeit. Lili-Rose Patrie. Ein vierjähriges Mädchen ...«

»Ich erinnere mich sehr gut daran, ich selbst habe die Ermittlungsakte mit dem Bericht meines Vorgängers an die Staatsanwaltschaft weitergeleitet. Die Sache wurde ad acta gelegt. Liegt Ihnen ein neuer Tatbestand vor?«

»Nein, aber ...«

»Stop, wenn das so ist! Sorgen Sie dafür, daß Sie Ihre Truppe wieder in den Griff bekommen, die hat's nötig. Bringen Sie die laufenden Ermittlungen voran. Vor allem den Fall dieses Transsexuellen ... Und was das übrige betrifft, davon will ich nichts mehr hören. In Ordnung? Haben wir uns richtig verstanden, Kommissarin Marion?«

»Aber sicher doch, Chef.«

»Also dann, gehen Sie mit Gott, aber gehen Sie! Und vergessen Sie nicht, mich auf dem laufenden zu halten.«

Sie blieb dennoch wie angewurzelt mitten im Raum stehen, den zahlreiche militärische Erinnerungsstücke und alte Stiche diverser Schlachten zierten, und wurde den unangenehmen Gedanken nicht los, daß man sie verraten hatte. Zweimal hatte sie das Gefühl gehabt, daß Quercy informiert worden war.

Quercy beugte sich zur Sprechanlage vor, durch die er mit dem Sekretariat verbunden war, und bat um die Post. Marion wurde hinauskomplimentiert.

»Daß Sie es gleich wissen, Monsieur Quercy, ich werde dieses Kommissariat verlassen, ob mit Ihrem Segen oder ohne, ob mit Ihrer Hilfe oder ohne. Das schulde ich meinen Kindern. Und weil es Ihnen sowieso zu Ohren kommen wird, sollten Sie auch gleich wissen, daß ich bis dahin Gewißheit haben werde, was die kleine Lili-Rose Patrie betrifft. Vorher gehe ich nicht.«

Nachdem sie das Gesicht zu einem Lächeln verzogen hatte, steuerte sie auf die Tür zu.

»Das verbiete ich Ihnen«, rief Quercy ihr hinterher.

15

Marion hatte die aufgeschlagene Ermittlungsakte vor sich. Zuoberst lagen das Protokoll der Tatortbesichtigung sowie die Liste der Dinge, die Talon bei Lili-Rose Patrie und später im Leichenschauhaus sichergestellt hatte. Die Schuhe waren im Garten der Patries entdeckt worden, ganz in der Nähe des Brunnens, in dem man das Mädchen gefunden hatte. Die sichergestellten Gegenstände, Tatortspuren und Schriftstücke sollten »in ihrer Gesamtheit an die Staatsanwaltschaft des Landgerichts weitergeleitet werden, um dort als Beweisstücke zu dienen«, wie es in einem Vermerk am Ende des Protokolls hieß.

Nur daß sie dort niemals angelangt waren, wofür Marion in den Unterlagen, die sie vor sich hatte, keinerlei Erklärung finden konnte. Und solange sie nicht wußte, wo sich diese verflixten Asservate befanden, hatte sie nicht die leiseste Chance herauszufinden, wer ihr die Kinderschuhe in den Hof gelegt hatte.

Es klopfte an der Tür. Lavot kam herein. Sein Blick fiel sofort auf die beiden roten Schuhe, die Marion auf einen wackeligen Papierstapel gestellt hatte, einen halben Meter vor ihrer Nase. Er zog eine mitleidige Grimasse. Marion hob den Kopf und sah seinem geröteten Gesicht an, daß sich hinter der platten Ausrede, die er gefunden hatte, um nicht mit ihr und Talon zum Mittagessen zu gehen, eine Sitzung im Sonnenstudio verbarg.

»Sie schaffen es noch, sich ein Melanom zu züchten«, sagte sie tadelnd.

Er errötete.

»Entschuldigen Sie, ich hab mein Wörterbuch nicht dabei.«

Dann räusperte er sich.

»Ich wollte Ihnen sagen, daß Nina zweimal angerufen hat. Sie ist bei ihrer Großmutter, es scheint wichtig zu sein.«

Adrenalinschub. Marion hatte die Regel aufgestellt, daß Nina nur im Büro anrufen durfte, wenn es ein ernsthaftes Problem gab. Mit trockenem Mund wählte sie so schnell es ging Lisettes Nummer.

Gleich nach dem ersten Klingeln nahm Nina den Hörer ab, und Lavot konnte zusehen, wie Angst, Erleichterung und schließlich Ärger über Marions Gesicht zogen. Und er wurde Zeuge, wie ihr kategorisches Nein so lange untergraben wurde, bis eine bedingungslose Übergabe daraus geworden war. Nachdem sie »Gut, wir gehen heute abend hin« in den Hörer geknurrt hatte, legte sie auf.

»Kinder, ich sag's Ihnen!« murmelte sie.

Lavot fragte nicht, was Nina ihrer Mutter abgerungen hatte. Dank seiner eigenen Kinder wußte er, daß es bei diesen Machtspielchen weniger um das Ergebnis ging als um das Ringen selbst.

Der Capitaine hatte Platz genommen, so als würde er mit einem stundenlangen Gespräch rechnen.

»Ich weiß auch nicht, was ich im Moment habe«, sagte er, »die Arbeit geht mir auf den Geist, ich muß mich antreiben wie einen lahmen Gaul. Ich habe nicht mal mehr Lust auf Weiber.«

»Oh, dann steht es aber wirklich schlimm um Sie. Sie sollten einen Arzt aufsuchen.«

»Das können Sie uns nicht antun, Chef! Was soll denn aus uns werden?«

Marion blieb keine Zeit für eine Antwort. In der Tür, die noch einen Spalt weit geöffnet war, tauchte Talons Kopf auf. Er suchte Lavot, es war dringend. Marion deutete seine verlegene Miene und seinen ausweichenden Blick als schlechtes Vorzeichen.

Als die beiden verschwunden waren, dachte sie einen Moment lang über die Männer nach und darüber, wie kompliziert ihre Beziehungen waren. Selbstverschuldet, in den meisten Fällen. Dann dachte sie an Nina und ihren resoluten Charakter. Und schon drängte sich ihr wieder der Gedanke an die kleine Lili-Rose auf. Marion legte ihre Hände flach auf die Protokolle, deren Papier zu vergilben und deren Tinte zu verblassen begann. Und im Geist fing sie an, sich durch die Ermittlungen voranzuarbeiten, genau wie vor fünf Jahren.

Ein Frauengesicht drängte sich ihr auf, eine etwas plumpe Gestalt. Helle Augen, kalt wie Packeis, eine schneidende Stimme, die kompromißlos Befehle gab. Wenn ihr überhaupt jemand etwas Neues zum Fall Lili-Rose Patrie zu sagen hätte, dann sie.

16

Eva Lacroix war nicht mehr Untersuchungsrichterin, sondern Oberlandesgerichtspräsidentin. Eine Beförderung, um derentwillen sie einige Umwege über kleinere Gerichte in der Gegend um Paris hatte in Kauf nehmen müssen, wie sie Marion in ihrer schroffen Art erklärte – wobei sie weniger die anvisierte Beförderung, als vielmehr den Umweg über die unbeliebte Gegend Seine-Saint-Denis für erklärungswürdig zu halten schien.

Eva Lacroix gehörte zu jenen linken Richtern, die ihre Karriere im Mai '68 auf den Bänken der Universitäten in der Rue d'Assas oder in Nanterre begonnen hatten und wenig später mit gewetzten Messern auf die ersten Posten als Staatsanwälte oder Untersuchungsrichter vorgerückt waren, um endlich mit den Bullen, die man alle für durch und durch korrupt hielt, ein Hühnchen zu rupfen. In zahlreichen Fällen hatten sie die Richtigen im Visier gehabt, in anderen konnte man sich schon die eine oder andere Frage stellen. Bekannte, geradezu als Helden verehrte Kommissare, deren Erfolge von der Presse profitabel vermarktet wurden, waren von der Bildfläche verschwunden, einige nur deshalb, weil sie in Vergessenheit geraten waren, andere – Gott sei Dank nur wenige –, weil es sie in feuchte Gefängniszellen verschlagen hatte. In jener Zeit jedenfalls hatten die Richter ihre Vormachtstellung erlangt, und zwar nur deshalb, weil ehrgeizige junge Leute wie Eva Lacroix ihre Chance erkannt und wahrgenommen hatten.

Die Frau hatte ein paar Kilo zugelegt, und es gab gewisse Anzeichen dafür, daß sie dem Ende ihrer Karriere entgegenblickte, doch ihre Augen blitzten noch genauso eiskalt wie früher, und Marion, die normalerweise alles andere als leicht zu beeindrucken war, erstarrte unter ihrem Blick. Eva Lacroix war wider Erwarten bereit gewesen, sie unverzüglich zu empfangen. Sie hatte an diesem Tag keine Verhandlung, und Marion hatte vermutlich ihre Neugier geweckt, denn es war nicht zu übersehen, daß die beiden Frauen sich im Grunde sehr ähnlich waren: zwei Jagdhunde, die unermüdlich nach neuen Fährten suchten und niemals von einer einmal aufgenommenen Spur abließen.

»Ich erinnere mich sehr gut an Sie«, versicherte die Richterin und zwang sich zu einem Lächeln, das ihren Mund sonderbar verzerrte. »Unsere Zusammenarbeit hat sich auf ein paar Fälle beschränkt, was ich bedauere. Man sagt, Sie seien sehr kompetent ...«

Das waren viele Worte für diese kühle Frau. Marion bedankte sich schüchtern. Dann faßte sie den Stier bei den Hörnern und schilderte ihre Zweifel am Ergebnis der polizeilichen Ermittlungen, an die sich die Richterin ebenfalls erinnerte: Den Tod eines Kindes vergißt man nicht, auch wenn er einen nicht direkt betrifft.

»Ich bin mir sicher, daß nicht alles getan worden ist«, sagte Marion abschließend, »daß man nicht am richtigen Ort gesucht hat, daß der Fall zu schnell ad acta gelegt wurde.«

»Wollen Sie damit sagen, daß Sie meine Fachkenntnis in Frage stellen?«

Das Lächeln der Richterin war erloschen, und ihr eisiger Blick ließ Marion an einen weißen, winterlichen Himmel denken, der Schnee ankündigt.

»Nein, nicht im mindesten«, protestierte Marion. »Wenn ich etwas in Frage stelle, dann vor allem meine eigene Fachkenntnis, ich meine unsere eigene, die der Polizei. Wenn die Staatsanwaltschaft beschlossen hat, den Fall ad acta zu legen, dann nur deshalb, weil die Ergebnisse der Ermittlungen etwas anderes nicht zuließen.«

»Und jetzt verfügen Sie über Erkenntnisse, die die Staatsanwaltschaft umstimmen können? Sonst kann ich nämlich nichts für Sie tun. Sie brauchen ...«

»Ich weiß, Madame Lacroix.«

»Nun, wenn Sie das wissen ...«

Peng! Das hatte gesessen. Eva Lacroix ließ beide Hände flach auf ihren Präsidentinnenschreibtisch knallen und erhob sich. Sie trug weite Kleidung und derbe, bequeme Schuhe. Auch Marion stand auf. In der Stille, die nun eintrat, drang Straßenlärm durch die Doppelscheiben des hochmodernen Gebäudes, in das die meisten Abteilungen der Lyoneser Justiz verlegt worden waren, und erfüllte, wenn auch gedämpft, den Raum.

Marion versuchte sich zu rechtfertigen.

»Hören Sie, Madame Lacroix, wenn ich gesagt habe ›ich weiß‹, dann meinte ich damit, ich weiß, daß ich neue Fakten bringen muß. Die habe ich aber nicht, zumindest nichts, was Ihnen ausreichend erscheinen wird, fürchte ich. Ich weiß noch nicht einmal, wo sich die Familie des Kindes aufhält.«

Eva Lacroix ging auf einen großen, mit Glastüren versehenen Schrank zu, in dem sich unzählige Sammelmappen stapelten, die in allen Farben leuchteten und mit Bergen von Akten gefüllt waren. Sie stellte sich davor und begann nach etwas zu suchen.

»Ich weiß, es ist lächerlich«, fing Marion wieder an, »aber wissen Sie, ich habe eine kleine Tochter, eine Vollwaise, die ich adoptiert habe. Lili-Rose Patrie wäre heute in ihrem Alter. Sie stellt sich viele Fragen, was den Tod betrifft, den Tod ihrer Eltern natürlich, aber auch die Tode der Kinder, von denen sie im Radio hört oder bei mir zu Hause. Vor ein paar Tagen hat mir jemand ein Paket mit Schuhen vor die Tür gelegt, die Lili-Rose Patrie gehörten. Seitdem läßt mir diese Geschichte keine Ruhe mehr. Ich bin sicher, daß damals nicht alles getan worden ist und daß mir irgend jemand genau das zu verstehen geben will. Ich werde diese Stadt bald verlassen, und auch die Kripo. Ich möchte ... Licht in diesen Fall bringen, bevor ich gehe. Um meinen Frieden zu haben. Und um vielleicht dazu beizutragen, daß dieses kleine Mädchen und die Menschen, die es geliebt haben, ihren Frieden finden. Die Person, die mir ein Zeichen gegeben und mir eins der Asservate aus diesem Fall geschickt hat, ist so von Zweifeln geplagt, daß sie ihre Trauer nicht überwinden kann ... Nun ja, so empfinde ich das jedenfalls, ich weiß nicht, ob Sie mich verstehen.«

Eva Lacroix hörte zu, ohne eine Miene zu verziehen. Hätte sie nicht vor dem Schrank gestanden, so hätte man meinen können, sie schliefe, denn die halb geschlossenen Lider verbargen ihren furchterregenden Blick. Wieder war es still. Dann streckte die Richterin ihre Hände aus und zog an den Türflügeln des Schranks, die sich quietschend öffneten.

»Hier«, sagte sie, ohne Marion anzusehen, »das sind meine gesamten Akten. Sie sind alphabetisch geordnet. Suchen Sie, wenn Sie Lust dazu haben. Ich überlasse Ihnen mein Büro, ich habe einen Termin beim Staatsanwalt.«

Marion wollte ihr schon um den Hals fallen, doch der stechende Husky-Blick, der sie plötzlich traf, ließ sie innehalten. Das runde, faltenlose Gesicht der Richterin wurde indessen milder, als sie an der jungen Kommissarin vorbeiging. Sie legte ihr eine Hand, die ein groß r Saphir schmückte, auf den Arm.

»Ich habe sechs Enkelkinder zwischen zwei und zwölf Jahren. Ich bin nicht gläubig, aber trotzdem bete ich täglich zum Himmel ... Merkwürdiges Gebet einer gottlosen Frau, finden Sie nicht? Aber Sie haben recht, man darf nie aufgeben. Gehen Sie nicht, ehe ich wieder zurück bin. Viel Glück.«

Als sie eine gute Stunde später wieder den Raum betrat, fuhr Marion zusammen. Sie war vollkommen in ihre Lektüre vertieft, fünf Jahre zurückversetzt. Im großen und ganzen entsprach die persönliche Akte der Richterin dem, was sie auch in ihren Akten gefunden hatte. Sie enthielt jedoch darüber hinaus die Ergebnisse der Laborgutachten sowie den

Abschlußbericht des Erkennungsdienstes, in dem von den vor Ort gefundenen Fingerabdrücken die Rede war. Vor allem aber enthielt sie den Abschlußbericht von Max Menier, der Paul Quercys Vorgänger gewesen war und mit seinem Bericht maßgeblich dazu beigetragen hatte, daß die Staatsanwaltschaft entschied, die Sache als Unfall zu betrachten, obwohl einige Fragen offen geblieben waren.

Eva Lacroix sagte kein Wort. Sie nahm wieder hinter ihrem Schreibtisch Platz und telefonierte mit dem Sekretariat, um die in ihrer Abwesenheit hinterlassenen Nachrichten abzufragen. Marion sah auf.

»Ich bin fertig«, verkündete sie, sobald die Richterin aufgelegt hatte.

Als Marion sich dennoch nicht rührte, ließ sich Eva Lacroix dazu herab, in ihre Richtung zu sehen.

»Gibt es ein Problem?«

Marion blätterte rasch durch die Schriftstücke, die auf ihrem Schoß lagen. Sie zog eins aus dem Stapel heraus.

»In dem Laborgutachten zur Analyse der organischen, mineralischen und pflanzlichen Spuren in den Taschen des Opfers wird betont, daß in einem Fall eine ›eingehendere Untersuchung erforderlich ist‹. Erstens finde ich diese Formulierung etwas rätselhaft, denn es wird nicht gesagt, worum es sich genau handelt, und zweitens habe ich keinerlei Hinweis auf diese eingehendere Untersuchung finden können. Ich frage mich …«

Wieder war Eva Lacroix' Blick scharf wie eine Messerklinge.

»Daran erinnere ich mich, ja. Ich habe mich damals mit dem Leiter des Labors, unter dessen Aufsicht die Untersuchungen durchgeführt wurden, unterhalten. Es handelte sich um organische Spuren und ging insbesondere um Unterschiede, die man zwischen einigen dieser Spuren festgestellt hatte. Der Laborleiter wollte geklärt haben, woher sie stammten und was es mit einigen mineralischen Partikeln auf sich hatte, die offenbar ungewöhnlich für diese Gegend waren. Um weitere Erkenntnisse zu gewinnen, mußten Spezialisten hinzugezogen werden.«

»Hielten Sie es nicht für richtig, das zu tun?« wagte sich Marion vor, selbstverständlich auf eine scharfe Antwort gefaßt.

»Doch, aber das hat nichts ergeben. Aus diesem Grund enthält die Akte auch keinen Hinweis. Der Staatsanwalt und ich haben in gegenseitigem Einvernehmen beschlossen, es dabei bewenden zu lassen.«

Eva Lacroix hielt inne, als sie das »Warum?« in Marions Augen las. Sie seufzte.

»Sie sind hartnäckig ... Aus der Erinnerung würde ich sagen, daß sich das Labor schon noch einige Fragen stellte, aber nur aus wissenschaftlichem Interesse, nicht weil sie für die Ermittlungen von Bedeutung gewesen wären.«

Wie kann man da so sicher sein? empörte sich Marion insgeheim, behielt ihren Kommentar aber wohlweislich für sich. War es beim Tod eines Kindes nicht angebracht, mehr zu tun, als nur das Routineprogramm abzuspulen?

»Ist das alles, Kommissarin Marion?«

»Nun ja ... eigentlich nicht. Ich bin da auf ein anderes Rätsel gestoßen, das die Asservate betrifft. Sie hätten an die Staatsanwaltschaft weitergeleitet werden sollen, sind dort aber niemals angelangt.«

»Das ist nichts Ungewöhnliches«, sagte die Richterin nach einigem Nachdenken. »Asservate mit organischen oder mineralischen Spuren verschwinden häufig, weil die Experten sie für ihre Analysen verwenden, die nehmen alles, was irgendwie verfügbar ist.«

»Dann hätte man Ihnen die Asservatenkarte wieder zukommen lassen müssen ... Außerdem bin ich auf eine Anweisung zur Rückgabe der persönlichen Gegenstände des

Kindes gestoßen, habe aber keinerlei Hinweis darauf gefunden, daß es dazu wirklich gekommen ist.«

»Dann sind sie wahrscheinlich nicht zurückgegeben worden, und man hat vergessen, mich darüber zu informieren. Oder sie sind doch zurückgegeben worden, und man hat mir die Bestätigung nicht zukommen lassen.«

»Dann hätte man mir die roten Schuhe nicht in versiegeltem Zustand bringen können. Der Beamte hätte das Siegel vor der Rückgabe aufgebrochen.«

Eva Lacroix' Blick wanderte zu einer vergoldeten Pendeluhr, und Marion wurde bewußt, daß es schon spät am Nachmittag war. Ihr Arbeitstag war allerdings längst noch nicht beendet. Sie schob die Schriftstücke systematisch in die Sammelmappe zurück, stellte das Ganze wieder in den Schrank und schloß die quietschenden Türen.

»Ich muß dringend die Scharniere ölen«, murmelte die Richterin. »Sind Sie jetzt enttäuscht?«

»Ein bißchen. Ich hatte gehofft, auf irgendein Detail zu stoßen, das vielleicht Aufschluß über die Person gegeben hätte, die sich die Mühe gemacht hat, zu mir zu kommen.«

Die Richterin zog eine Augenbraue hoch.

»Es ist jemand, der Ihre Adresse kennt.«

»Ich stehe im Telefonbuch.«

»Das ist ziemlich unvorsichtig.«

Marion lächelte bitter.

»Rote Liste oder nicht, wenn jemand Sie finden will, dann findet er Sie.«

Eva Lacroix ging nicht darauf ein, sondern schickte sich an, ihr die Tür zu öffnen.

»Wissen Sie«, sagte sie und reichte ihr die Hand, »es passiert schon einmal, daß Schriftstücke verlorengehen oder in der Nachbarakte landen. Geben Sie nicht zu viel darauf, daß es für die Rückgabe der persönlichen Gegenstände keine Bestätigung gibt. Da die Anweisung dazu vorliegt, ist es eher wahrscheinlich, daß sie auch erfolgt ist.«

»Was bedeuten würde ...«

»Die Person, die Sie suchen, gehört zur Familie.«

17

Marion mußte noch einmal ins Büro, ehe sie Nina bei Lisette abholen würde. Sie war so müde, daß sie das vorschnelle Versprechen, das sie ihr gegeben hatte, schon bereute. Immer häufiger überkam sie zu allen möglichen Tageszeiten eine ungeheure Schläfrigkeit, und sie litt unentwegt unter Kreuzschmerzen. Wie sie gehört hatte, waren solche Unannehmlichkeiten zu Beginn einer Schwangerschaft sehr verbreitet.

Talons Büro war leer. Marion fand den Lieutenant schließlich vor einem Terminal in dem großen, mit Topfpflanzen begrünten Raum, den man für die Beamten eingerichtet hatte, die eingestellt worden waren, um sich ausschließlich mit Verbrechen an Kindern zu befassen. Im hinteren Teil des Raums warteten zwei auf Stand-by heruntergefahrene Computer auf die Rückkehr der beiden Männer, die im Internet Jagd auf pädophile Netzwerke machten. Die Geräte waren alte Kisten und nicht gerade leistungsstark, aber das Team, das unter der Federführung eines Informatik-Autodidakten arbeitete, hatte schon einige ermutigende Erfolge zu verzeichnen. Die Männer waren vermutlich in die Cafeteria gegangen, um sich ein bißchen zu entspannen, was ihnen alle zwei Stunden zustand.

Auf Talons Bildschirm zogen mit Fotos versehene Erkennungsbögen vorüber. Von Zeit zu Zeit notierte sich der Lieutenant auf einem Blatt Papier einen Hinweis.

Marion hatte den Raum lautlos betreten, aber er mußte sich

nicht umdrehen, um zu wissen, daß sie da war. Fünf gemeinsame Dienstjahre schaffen allerhand Nähe. Er arbeitete an dem Fall des ermordeten Transsexuellen.

»Ich schreibe mir alle Vermißtenmeldungen von Personen heraus, die fünfundzwanzig bis dreißig Jahre alt sind. Das Ganze ist allerdings ein bißchen kompliziert, weil ich nicht weiß, ob man einen jungen Mann oder eine junge Frau als vermißt gemeldet hat. Ich habe ein paar Leute zum Standesamt geschickt. Im Prinzip bedeutet eine Geschlechtsumwandlung ja auch, daß sich der Personenstand ändert. Was natürlich nur etwas nutzt, wenn er in Lyon geboren ist. Ich drücke auch die Daumen, daß der Oberschenkelbruch auf dem Fahndungsplakat vermerkt wurde. Um den Zeugen kümmert sich Lavot, ich bete, daß er weich wird, ehe wir ihn aus dem PG entlassen müssen ... Ansonsten ...«

»Können Sie für ein paar Minuten in mein Büro kommen?«

Marion war schon wieder fort. Talon erhob sich seufzend von seinem Stuhl.

Wenig später tauchte er in Begleitung von Lavot bei Marion auf. Sie hatte ihren Computer eingeschaltet und sich in den Server eingeloggt, der ihr Zugang zum Telefonbuch verschaffte. Sie war so vertieft, daß sich ihre Lippen von selbst bewegten. Nach einer langen Minute sah sie schließlich auf. Lavot wirkte verlegen, und Talon wußte nicht, wo er hinschauen sollte. Er gab sich größte Mühe, nicht zu den Kinderschuhen hinzusehen, die noch immer auf ihrem Papierstapel thronten, der, ähnlich wie der schiefe Turm von Pisa, jeden Moment einzustürzen schien. Als sie die beiden aufforderte, Platz zu nehmen, lehnten sie ab.

»Oh, Lavot, nett von Ihnen, daß Sie gekommen sind, aber eigentlich brauche ich vor allem Talon ...«

Lavot warf einen flüchtigen Blick auf seine Uhr, machte aber keine Anstalten, das Büro zu verlassen.

»Gut«, sagte Marion, »wie Sie wollen. Talon, bringen Sie mal Ihr Gedächtnis auf Touren ...«

Der Lieutenant seufzte. Irgendwie schien ihm nicht wohl in seiner Haut zu sein. Marion, in deren Kopf nur noch Platz für ein Thema war, fuhr rasch fort:

»Erinnern Sie sich daran, wie Sie Anweisung erhalten haben, der Familie von Lili-Rose ihre Kleider zurückzugeben?«

Lavot zog plötzlich ein Gesicht wie sieben Tage Regenwetter und errötete wie ein Backfisch. Talon erbleichte.

»Hören Sie, Chef, wir haben keine Zeit herumzutrödeln«, schimpfte Lavot. »Mir bleiben knappe sechs Stunden, um diesen José Baldur weich zu klopfen. In zwei Stunden wird sein Anwalt aufkreuzen. Also entschuldigen Sie bitte, aber lassen Sie uns in Ruhe mit Ihren Geschichten aus der Mottenkiste!«

Puterrot hielt er inne und holte tief Luft.

Marion wandte sich zu Talon, der auf einmal mit übertriebenem Interesse seine Schuhe studierte. Sie ahnte Schlimmes.

»Was ist los?«

Wie zwei Spieler, die entscheiden müssen, wer als erster die Karten aufdeckt, wechselten die Männer einen kurzen Blick.

»Jetzt kommen Sie schon«, sagte sie in möglichst normalem Ton, »was ist hier los?«

»Der Direktor hat uns zu sich zitiert, das ist hier los.«

Lavot hatte den unwirschen Ton angeschlagen, den er wählte, wenn er Ganoven einschüchtern oder seine Gefühle verbergen wollte. Marion schnappte nach Luft: Quercy zitierte ihre Leute niemals zu sich, ohne daß sie, Marion, dabei war, es sei denn in höchst ungewöhnlichen Fällen. Eine Regel, an die er sich als oberster Chef normalerweise peinlich genau hielt, lautete, die mittleren Führungskräfte niemals zu umgehen. Dann hatte er also nicht aufgehört, hinter ihrem Rücken Strippen zu ziehen, und, nach den Gesichtern der beiden Beamten zu schließen, keinesfalls, um ihr einen Gefallen zu tun.

»Ach so! Jetzt verstehe ich auch, warum Sie eben so betreten aus der Wäsche geguckt haben. Was wollte er denn?«

Schweigen.

»Man erwartet von Ihnen, mir nichts darüber zu sagen?«

Die beiden, die auf glühenden Kohlen saßen, schüttelten den Kopf. Marion stand die Fassungslosigkeit immer mehr ins Gesicht geschrieben. Da hatten sich doch ausgerechnet ihre beiden treusten Mitarbeiter einfach so, im Handumdrehen, von einem Quercy herumkriegen lassen, der so ungehalten über Marion war, daß er die beiden Männer dazu gebracht hatte, ihr in den Rücken zu fallen! Sie starrte abwechselnd vom einen zum anderen. Lavot kippte als erster um.

»Also gut, eigentlich ist es mir sowieso wurscht. Ich werde sagen, daß Sie mich gefoltert haben. Er hat uns verboten, für Sie an diesem Fall zu arbeiten. So, das wär's.«

Marion brauchte ein bis zwei Sekunden, um zu begreifen, was Sache war. Sie beugte sich zu den beiden vor.

»Und das haben Sie ihm versprochen?«

»Er ist schließlich der leitende Kriminaldirektor, oder?«

Wie ein bockiges Kind gewann Talon plötzlich wieder Oberwasser und setzte nach:

»Wenn ich mir einen Ratschlag erlauben darf, dann sollten Sie auch aufhören. Seit dieser Transsexuelle gefunden wurde, haben die Jungs Sie nicht einziges Mal gesehen, und das wegen dieser alten Geschichte, nach fünf Jahren, also ehrlich ...«

»Dann haben Sie also versprochen, mir nicht zu helfen, ihn vielleicht sogar zu informieren, falls ich seinen Befehl mißachte? Er hat mir nämlich verboten, die Ermittlungen in diesem Fall wiederaufzunehmen oder da in irgendeiner Weise meine Nase hineinzustecken, das wissen Sie doch hoffentlich, oder?«

Kopfnicken.

»Und Sie wissen auch, daß ich nicht gehorchen werde?«

Erneutes Kopfnicken, diesmal zögernder, aber in vollkommener Synchronie.

»Ohne uns, Chef. Sie müssen doch verstehen ...«

»Was muß ich verstehen?« giftete sie. »Daß Sie Angsthasen geworden sind? Elende Jasager? Daß der Direktor Sie zu sich zitiert und Sie gleich den Schwanz einziehen? Herrgott noch mal!«

»Sie haben gut reden«, verteidigte sich Lavot, jetzt schon eine Tonlage höher. »Sie gehen ja sowieso bald, und wen nimmt der Chef dann aufs Korn? Uns, die beiden Trottel, die ihm eine lange Nase gemacht haben.«

»Schwerer Fall von Befehlsverweigerung heißt das dann«, fügte Talon hinzu.

Marions Blut geriet in Wallungen.

»Jetzt machen Sie sich aber wirklich klein, Talon, klitzeklein machen Sie sich ... Aber Sie haben recht, gehen Sie bloß kein Risiko ein, vielleicht wartet ja noch eine große Karriere auf Sie. Los, verziehen Sie sich! Ich komme auch ohne Sie zurecht.«

Lavot versuchte, ihr die Stirn zu bieten:

»Ich weiß nicht, ob das an der Schwangerschaft liegt, aber Sie sind wirklich ... unerträglich.«

»Und ungerecht«, setzte Talon noch einen drauf. »Wir versuchen, Ihnen zu helfen, und Sie ...«

»Lassen Sie mich! Gehen Sie ruhig weiter katzbuckeln vor dem da oben, der seinen Arsch genausowenig hochkriegt wie Sie, und lassen Sie mich in Ruhe.«

»Wenn Sie ein Kerl wären ...«

»Komm«, sagte Talon, »es hat keinen Sinn.«

Er zog seinen Kollegen zur Tür, aber ehe sie über die Schwelle traten, drehten sich die beiden noch ein letztes Mal um. Marion, von der hinter dem wackeligen Papierberg, der ihren Schreibtisch überragte, nur noch der Kopf zu sehen war, starrte sie an und wußte nicht recht, ob sie ihrem gerechten Zorn nachgeben und das Zimmer verwüsten, die Patrie-Akte zerfetzen und die hübsche Lampe, die ihr die Jungs zum fünfunddreißigsten Geburtstag geschenkt hatten, kaputtschlagen sollte oder ob es besser war, in Tränen auszubrechen. Ihre Lippen bebten, und ihre Finger zogen an einer rebellischen Haarsträhne. Die beiden Beamten, die darauf warteten, daß sich das Gewitter entlud, waren wie versteinert.

»Wegen einem Paar Schuhe werden wir doch wohl keinen Streit bekommen«, murmelte Lavot.

»Doch«, sagte sie und stand auf.

Sie zog sich den Blouson über, ging um den Schreibtisch herum und packte die Kinderschuhe, um sie den beiden Männern mit einer provozierenden Grimasse unter die Nase zu halten, ehe sie sie in ihre Tasche stopfte.

Dann ging sie und schlug wütend die Tür hinter sich zu.

18

»Kannst du nicht schneller fahren? Hast du kein Blaulicht in diesem Auto?«

Nina, die auf der Rückbank des Peugeots saß, schob ihren Oberkörper zwischen die beiden Vordersitze und klammerte sich an den Rückenlehnen fest.

»Das mobile Blaulicht ist für dienstliche Einsätze gedacht, nicht zum Einkaufen …«

Nina ließ sich mißmutig auf ihren Sitz zurückfallen.

»Ich bin sicher, es gibt keine mehr, bis wir da sind.«

»Ich bin sicher, es gibt noch jede Menge!«

»Du machst wohl Witze! Hier, hör dir das an!«

Rasch faltete sie die bunte Doppelseite auseinander, von denen das Einkaufszentrum zwölf- oder fünfzehntausend in den

Briefkästen der Stadt verteilt hatte und die Lisette unglücklicherweise nicht in den Mülleimer geworfen, sondern extra aufgehoben hatte.

»›Die Super-Playstation‹ ... ›zweite Generation, zu einem unschlagbaren Preis. Sonderaktion in Ihrem Einkaufszentrum‹ ... ›ein technisches Wunderwerk für groß und klein‹ ...«

Im unsteten Licht der Straßenlaternen konnte Nina nur stockend lesen. Der Wagen schob sich im Schrittempo durch den Regen voran.

»›Die Playstation‹ ... ›Die Playstation, die Sie brauchen. Blitzverkauf zwischen 20 und 21 Uhr‹«, stotterte Nina. »›Nur solange der Vorrat reicht.‹ Siehst du!«

»Ja, aber das ist nur die Werbung, mein Schatz, die werden nicht überall herumposaunen, daß sie 10 000 von den Dingern haben.«

»Aber ich sage dir, wir müssen uns beeilen. In einer halben Stunde ist Schluß ...«

Sie brauchten noch eine Viertelstunde, um sich aus dem Stau zu quälen, dann fünf Minuten, um am äußersten Ende des brechend vollen Parkplatzes ein Fleckchen für ihr Auto zu finden, wieder zurückzulaufen und einen Einkaufswagen zu ergattern. In der Mitte des Einkaufszentrums herrschte ein einziger Aufruhr.

»Siehst du, ich wußte es doch«, sagte Nina fassungslos zu ihrer Mutter, die nicht weniger bestürzt war.

»Das schaffen wir nie ...«

Die Leute drängelten, Kinder schlüpften den Erwachsenen zwischen den Beinen hindurch, überall hörte man anspornende Rufe und Proteste, manchmal auch Beschimpfungen. Die Regale leerten sich in Windeseile.

Marion gab Nina ein Zeichen.

»Du gehst hier lang, und ich versuch's dort hinten ...«

Als sie völlig außer Atem ihr Ziel erreicht hatte, mußte sie feststellen, daß die Regale auf ihrer Seite leer waren. Erschöpft sah sie in die andere Richtung, um Ninas Chancen einzuschätzen. Tatsächlich hatte auch Nina ihr Ziel fast erreicht, sie schlängelte sich zwischen grimmigen Menschen hindurch, die nicht bereit waren, ihr auch nur einen Zentimeter zu schenken. Es gab nur noch wenige Playstations. Marion eilte ihrer Tochter zu Hilfe. Bis sie bei ihr angelangt war, waren die letzten Kartons verschwunden. Sie sah, wie Ninas Lippen zitterten. Während die Leute schon auf die Kassen zuströmten, kniete sie vor ihr nieder, um sie zu trösten. Just in diesem Moment bemerkte Marion in der hintersten Regalecke eine Schachtel, die übersehen worden war. Merkwürdig, daß niemand diese grau-gelbe Playstation genommen hatte, die hinter ihrem Plexiglas höhnisch zu grinsen schien. Marion griff rasch danach und reichte sie Nina, die das Ding an ihr Herz drückte.

Der Preis, wenn auch radikal gesenkt, stand in keinerlei Verhältnis zu Marions Einkommen, aber Ninas Blick war ihr in diesem Moment Entschädigung genug für solch einen Wahnsinn.

19

Marion hatte das Licht im Wohnzimmer noch nicht angemacht, da sah sie schon den Anrufbeantworter blinken: sieben Nachrichten. Trotz aller Bemühungen, sich einzureden, daß bestimmt ihre Phantasie wieder einmal mit ihr durchging – leider immer in dieselbe Richtung –, trat sie mit zusammengeschnürtem Magen an das Gerät. Sie hörte das Band ab. Sieben aufgezeichnete Anrufe, siebenmal aufgelegt. Sie tippte auf der Tastatur des Anrufbeantworters den Code, der Aufschluß über die Nummer des letzten Anrufers gab. Es war eine Geheimnummer! Der schlechte Scherz sollte wohl nie enden.

Sie fuhr zusammen, als der Raum plötzlich von Licht durchflutet wurde.

»Was machst du denn da im Dunkeln?« fragte Nina, die Hand auf dem Lichtschalter.

»Nichts, mein Schätzchen.«

Sie setzte sich auf die Sofakante, um sich kurz zu sammeln, dann zog sie ihr Handy aus der Tasche und drückte auf Taste 3. Nach dem dritten Klingeln nahm Lavot ab.

»Sie müssen etwas für mich tun«, sagte sie, während sie sich abwandte, damit Nina sie nicht hörte.

Sie ging auf die Terrassentür zu.

»... die Anrufe, die auf meiner Leitung aufgezeichnet worden sind. Ich will wissen, wer heute abend bei mir angerufen hat ... Ja, sieben Anrufe ... Ich weiß nicht, um wieviel Uhr ... Ich bin gerade erst zurückgekommen. Bitte? Ja, stellen Sie einen Antrag auf Überwachung des Anschlusses. Machen Sie das, wie Sie wollen ... Aber machen Sie bitte schnell. Und kontrollieren Sie doch auch gleich die Anrufe von letztem Sonntag, gegen 21 Uhr. Natürlich bei mir zu Hause ... Scheiße!«

Neben Marion schrillte das Telefon, und das Klingeln erschien ihr so laut, daß sie beinahe in Ohnmacht gefallen wäre. Brüsk beendete sie das Gespräch mit Lavot. Wie ein Pfeil kam Nina zum Sofa geschossen und kletterte hinauf, wobei sie die Tasche ihrer Mutter umkippte, deren Inhalt sich auf den Teppich ergoß.

»Nina!« schrie Marion, »du bist unerträglich! Sieh doch, was du gemacht hast!«

Das Mädchen hatte schon den Hörer in der Hand.

»Das ist Omi«, sagte sie und reichte ihn ihrer Mutter. Die ganze Aufregung für nichts und wieder nichts.

Hin- und hergerissen zwischen Erleichterung und Verärgerung, hielt Marion das Gespräch mit Lisette so kurz wie möglich. Die sieben Anrufe ohne Nachricht, das war sie gewesen.

»Das hätte ich mir denken können!« rief Marion ungehalten aus. »Sie wußten doch, daß ich mit Nina im Einkaufszentrum war ... Wenn es so dringend war, hätten Sie mich auf dem Handy anrufen sollen. Ist Ihnen eigentlich bewußt, was für einen Schrecken Sie mir eingejagt haben?«

Doch der alten Dame grauste es nicht nur vor Anrufbeantwortern, sie verabscheute auch Handys, und das auf eine noch irrationalere Weise. Hintergrund ihrer beharrlichen Anrufe war eine Nachricht vom Jugendamt mit der Ankündigung, daß am nächsten Tag zwei Untersuchungsbeamte bei ihr erscheinen würden, die vorhatten, sich im Anschluß daran zur Kriminalpolizei zu begeben, um auch Marion an ihrem Arbeitsplatz einen Besuch abzustatten. Es ging darum, durch persönlichen Augenschein festzustellen, mit welcher Art von Schandtaten das Mädchen nach Büroschluß möglicherweise konfrontiert würde. Erst nach dieser neuen Welle inquisitorischer Untersuchungen würde Ninas Adoption zu einem endgültigen Abschluß gebracht werden. Um Nina nicht zu beunruhigen, verbiß sich Marion jedweden Kommentar. Sie hoffte von ganzem Herzen, daß sich diese weitere Prüfung zur Erlangung des Mutterdiploms als reine Formalität erweisen würde. Und zwar die letzte.

Als sie sich umdrehte, begegnete sie Ninas fragendem Blick.

»Was wollte Omi?«

»Nichts Wichtiges, mein Engelchen. Sie wollte mich nur daran erinnern, daß übermorgen die Schule anfängt und wir total vergessen haben, dir Turnschuhe zu kaufen.«

Nina schlug sich in einer kindlichen Geste die Hand vor den Mund.

»Nicht schlimm, das können wir Samstag machen. So lange ziehe ich noch die alten an. Aber es wundert mich schon, daß Omi deshalb angerufen hat ...«

Marion bückte sich, um den Inhalt ihrer umgekippten Tasche vom Boden aufzulesen: zwölf unnütze Stifte, drei angebrochene Pakete Papiertaschentücher und ein Sammelsurium an Krimskrams, den sie dringend aussortieren mußte, wozu sie aber nie die Zeit fand.

»Weißt du auch, warum?« fuhr Nina hartnäckig fort. »Weil sie eigentlich findet, daß die Turnschuhe vom letzten Jahr noch in Ordnung sind und daß ich bloß neue haben will ...«

»Dann hat sie eben ihre Meinung geändert«, behauptete Marion, während sie eins der roten Schühchen aufhob, die unter den Sofatisch gerollt waren.

Nina sah ihr unschlüssig zu.

»Du könntest mir auch mal helfen! Du kippst meine Tasche auf den Boden, und ich darf alles wieder einsammeln.«

»Warte!« rief Nina aus. »Was sind das für Schuhe? Die sind ja superschön!«

Das Abendessen – grüner Salat, Kalbsbraten und Salzkartoffeln mit etwas Butter und Schnittlauch – wurde in trauter Zweisamkeit eingenommen. Nina war nicht sehr hungrig, aber Marion hatte darauf bestanden: vor dem Essen keine Playstation. Und auch dann nur ein paar Minuten, bloß zum Ausprobieren. Es kam überhaupt nicht in Frage, sich vor dem Schlafengehen noch aufzuregen. Nach dem Nachtisch – einem Glas Milch – begann Nina, mit einem hübschen weißen Schnurrbart über dem Mund, das schmutzige Geschirr in die Spülmaschine einzuräumen, wobei ihre Mutter ihr gerührt zusah. Sie entledigte sich dieser Aufgabe so schnell es nur ging.

»Weißt du, Mama, diese kleinen roten Schuhe, die sind von mir ...«

Marion zuckte die Achseln. Die Müdigkeit drückte ihr aufs Kreuz.

»Hör zu, Nina, sie sind wirklich hübsch, aber viel zu klein für dich. Größe 26, du hast Schuhgröße 34 … Und außerdem kann ich sie dir nicht geben, weil ich sie brauche.«

»Aber ich schwöre dir …«

»Nina, bitte«, schimpfte Marion, während sie den letzten Teller selbst in die Spülmaschine stellte. »Hier, wischst du bitte den Tisch ab? Ich gehe jetzt in die Badewanne, ich kann nicht mehr.«

Bis zum Kinn im Schaumbad, begann Marion gerade, sich aufzuwärmen und zu entspannen, als Nina ein Gebrüll anstimmte, das sie so aufschrecken ließ, daß sie beinahe aus der Wanne gerutscht wäre.

»Was?« schrie sie. »Was ist los, Nina?«

Sie hörte ihre Tochter im Wohnzimmer schimpfen und keifen wie ein Rohrspatz. Eine Minute später stand sie wie eine Furie vor ihr.

»Diebe sind das, Betrüger!«

Marion richtete sich im heißen Wasser auf. Im dichten, wohltuenden Dampf waren alle Spiegel beschlagen, und Marion hatte nicht die leiseste Lust, die Badewanne zu verlassen.

»In dem Karton ist keine Schnur!«

»Wie? Welche Schnur?«

»Na, die Schnur eben«, regte sich Nina auf, »die Schnur, um das Ding am Fernseher anzuschließen. Ohne Schnur funktioniert es nicht!«

»Ich dachte mir doch schon so etwas«, murmelte Marion. »Siehst du, dieses Paket, das keiner wollte, weil die Plastikfolie zerrissen war …«

»Ja, aber was machen wir denn jetzt?«

»Oh, heute abend gar nichts! Wir lesen noch ein bißchen und gehen dann schlafen. Morgen lassen wir uns etwas einfallen.«

Nina warf sich vor dem Waschbecken auf den Boden und

brach in Tränen aus; ihr Traum war zerplatzt wie eine Seifenblase, und das wegen einer elenden Schnur.

Aus dem Wohnzimmer drangen die Stimmen von Talon und Nina, die sich mit der Playstation herumschlugen. Marion bereitete dem ausgehungerten Lieutenant in der Küche einen kalten Imbiß zu, voller Hoffnung, daß diese vermaledeite Playstation endlich funktionieren und ihr eine ruhige Nacht bescheren möge. Talon war noch im Büro gewesen, als sie ihn anrief. Ohne irgendwelche Fragen zu stellen und ohne jeden Protest war er zu sich nach Hause gefahren, um das Kabel seiner Playstation zu holen, und eine Viertelstunde später bei Marion eingetroffen. Er wirkte erschöpft, und Marion wußte, daß sie ihm wertvolle Stunden stahl. Sie schlürfte langsam an einem Bier und hörte im Radio leise die Nachrichten, als Talon und Nina in der Tür auftauchten. Der Lieutenant hatte dem Mädchen, das mit hängendem Kopf dastand und jeden Moment in Tränen auszubrechen drohte, einen Arm um die Schulter gelegt.

»Paßt das Kabel nicht?« fragte Marion alarmiert.

»Doch«, sagte Talon. »Aber das Netzteil fehlt auch.«

»So ein Elend!« jammerte Marion mit einem Blick auf die bebenden Lippen ihrer Tochter. »Was kann man da machen?«

»Ich fürchte, nichts. Sie müssen das Gerät umtauschen.«

»Das war ein einmaliges Sonderangebot, das tauschen die nie im Leben um!«

Nina bekam ihren x-ten Tobsuchtsanfall, stürzte sodann in tiefe Verzweiflung, und Marion mußte ordentlich mit ihr schimpfen, um sie ins Bett zu bekommen.

»Und Sie wollen noch so ein Balg!« sagte Talon mitleidsvoll.

Nach zwei oder drei Bieren und einigem belanglosen Geplauder, das nur darauf abzielte, dem für Zwietracht sorgenden

Thema aus dem Weg zu gehen, drückte Talon die Hand, die Marion ihm an der Tür zum Abschied gereicht hatte, etwas länger, als er das normalerweise tat. Die Befangenheit, die seit ihrer Auseinandersetzung am Nachmittag zwischen den beiden stand, hatte sich nicht verflüchtigt. Marion grollte dem Lieutenant noch immer und konnte sich beim besten Willen des Eindrucks nicht erwehren, daß Talon das Lager gewechselt hatte. Daß er bereits ihre Nachfolge angetreten hatte.

»Ich wollte Ihnen sagen …«

»Sagen Sie nichts«, gebot sie. »Ich kann Ihre Skrupel verstehen. Sie sind ein anständiger Mann. Es ist meine Schuld.«

»Nein, nein, Chef, das meinte ich nicht … Ich wollte Ihnen sagen, daß ich über diese Asservate nachgedacht habe, die Ihnen keine Ruhe lassen. Ich habe sie damals registriert, das stimmt schon, aber dann haben Sie mir gesagt, ich soll die Finger davon lassen, und das habe ich getan. Um die Rückgabe an die Familie hat sich dann jemand anders gekümmert, und zwar …«

Marion hatte einen Geistesblitz:

»Joual!« rief sie aus. »Aber natürlich … Wie konnte ich das vergessen!«

Eric Joual, Ninas verstorbener Vater … Ein ausgezeichneter Polizist, aber Alkoholiker im Endstadium, als Marion ihn von seinem Posten im Polizeiarchiv loseiste, um ihm noch einmal die Chance zu geben, nicht endgültig vor die Hunde zu gehen. Er war zum Fall Lili-Rose Patrie dazugestoßen, zu einem Zeitpunkt, als die Ermittlungen praktisch abgeschlossen waren und er selbst kaum noch nüchtern wurde. Marion hatte ihn zu einer Entziehungskur in die Nähe von Bordeaux geschickt, aber er konnte sich seiner Enthaltsamkeit nicht lange freuen, denn nur wenige Monate nach seiner Genesung wurde er ermordet.

»Er hat seine Arbeit nicht gemacht«, sagte Talon. »Eine

andere Erklärung habe ich nicht. Der Fall wurde zu den Akten gelegt, die Asservate flogen irgendwo herum, und weil sie nicht mehr gebraucht wurden, hat sich niemand darum gekümmert. So einfach ist das.«

So einfach war das. Blieb nur die Frage, warum eins der Asservate fünf Jahre später wieder aufgetaucht war.

20

Der Raum, in dem das Regionalarchiv der Polizei untergebracht war, befand sich im Kellergeschoß des Polizeipräsidiums. Man hatte alles getan, um das Zimmer nicht allzu trostlos erscheinen zu lassen, aber die Luft war trocken und staubig, und die an der Decke aneinandergereihten Neonlampen tauchten die starren Regalreihen in weißes, nüchternes Licht. Die mehreren Tonnen Papier, die dort gelagert wurden, bezogen sich auf Vorgänge in der Region und reichten zurück bis zum zweiten Weltkrieg. Die Unterlagen stapelten sich bis zur Decke. Vor den Metallregalen waren Schienen verlegt, auf denen man bewegliche Leitern an die gewünschte Stelle schieben konnte. Die meisten Archivunterlagen waren auf Microfilm oder Computer gespeichert, aber in einigen Fällen hatte man es noch mit Papier zu tun.

Tag und Nacht wachten zehn Personen in stetem Wechsel über diesen Wissenstempel der Polizei. Intern nannte man ihn »die Grube«, ein zwiespältiger Ausdruck, der sowohl auf die dort gelagerten Schätze als auch auf das Gefühl des Lebendigbegrabenseins anspielte, das die Archivmitarbeiter bisweilen beschlich.

Eric Joual, der es bis zum Capitaine geschafft hatte, war wegen seines chronischen Alkoholismus für drei Jahre dorthin abgeschoben worden. Es war noch die Zeit, als man den

Ursachen dieser Krankheit keine große Beachtung schenkte und die schlimmsten Trunkenbolde einfach in den Kellern des großen Gebäudes versteckte. Auf die heilsame Wirkung der Psychotherapie und anderer Behandlungen kam man erst später.

Marion wagte sich nicht häufig in die Grotte der Papierkrieger. Wenn es sein mußte, schickte sie einen »Sherpa«, der für sie einen Mikrofilm einsah oder die notwendigen Informationen sammelte. Doch an jenem Tag tauchte sie in aller Frühe und ohne offiziellen Grund in der Grube auf. Der Archivleiter geriet darüber ganz aus der Fassung, die Sorge stand ihm deutlich ins Gesicht geschrieben.

»Sagen Sie, Potier, wo hängen Sie Ihre Sachen auf?«

»W-w-wie?« stammelte der Befragte.

»Wo hängen Sie Ihre Sachen auf?« wiederholte Marion und fragte sich, was diesen gar nicht mal so unwichtigen Verwaltungsbeamten in einen derartigen Zustand versetzen mochte.

»A-a-ach so, im Bü-bü-büro.«

»Aber, aber, Potier, beruhigen Sie sich …«

Als er sie verständnislos anstarrte, fiel ihr wieder ein, daß der Mann schlicht und ergreifend stotterte. Rasch fügte sie hinzu:

»Ach ja, im Büro … Gehen wir mal hin!«

Es waren zwei Räume: ein kleiner, reserviert für den Chef, und ein größerer, in dem acht Tische standen, von denen jeweils zwei aneinandergerückt waren. Im hinteren Teil des Zimmers dienten mehrere Wandschränke den Mitarbeitern als Garderobe, und hinter einem alten, japanischen Paravent, der mit Fliegendreck übersät und von Zigarettenrauch vergilbt war, verbarg sich eine kleine Kochecke, in der eine Maschine mit lautem Getöse dunklen, duftenden Kaffee ausspie.

»Mö-möchten Sie einen, Frau Ko-ko-kommissarin?« fragte Potier sie höflich.

Marion lehnte dankend ab. Die morgendliche Übelkeit war schon wieder im Anmarsch. Gerade sie, die so gern Kaffee trank, klappte jetzt jedes Mal, wenn sie das Getränk nur sah oder roch, beinahe zusammen.

»Welchen Schreibtisch hatte Capitaine Joual?«

Potier deutete mit dem Zeigefinger auf den ersten Tisch rechts.

»De-den da. Warum?«

»Als er zur Kripo hoch ist, haben Sie da sofort seine Stelle übernommen?«

»N-nein. Der Po-po ..., der Posten war sechs Monate nicht besetzt.«

»Wenn der Schreibtisch nicht sofort wieder vergeben wurde«, fuhr Marion fort, die sich zusammenreißen mußte, um die Worte nicht anstelle des Beamten zu Ende zu sprechen, »dann hat Joual möglicherweise persönliche Gegenstände darin zurückgelassen?«

Potier nickte.

Zwischen den Regalreihen hallten Schritte. Talon tauchte im Türrahmen auf.

»Tag, Chef! Hallo, Potier! Chef, man hat mir gesagt, Sie wären hier ...«

»*Man* hat wieder zugeschlagen!« seufzte Marion.

»*Man* ist ein I-i-idiot«, sagte Potier in der Hoffnung, das Wohlwollen der Kommissarin zu gewinnen, deren Absichten er noch immer nicht durchschaut hatte.

»Bei Lisette habe ich nichts gefunden«, verkündete Marion in Talons Richtung.

Der ging nicht darauf ein. Dabei hatte er selbst Marion daran erinnert, daß man nach dem Tod des alkoholkranken Capitaines und seiner Frau den Inhalt seines Schreibtischs Lisette Lemaire ausgehändigt hatte, seiner Schwiegermutter. Ein kleiner Karton, in dem Marion am selben Morgen auf

Kinderfotos gestoßen war … Voller Rührung hatte sie ihre Nina entdeckt, mit vier Jahren, wie sie am Rand eines Schwimmbads den Hanswurst spielte. Auf einem anderen Bild starrten Louis und Angèle gekünstelt ins Objektiv.

»Chef«, beharrte Talon, dessen Gesicht die Spuren einer durchwachten Nacht trug – den schütteren, auf einen halben Zentimeter Länge gesprossenen Bart und die Schatten unter den Augen, die tiefer waren als jeder Schloßgraben. »In einer Stunde wird José Baldur dem Richter vorgeführt. Ich habe mich gefragt, ob Sie ihn vorher nicht einmal sehen möchten.«

»Wozu?«

»Ich weiß nicht. Vielleicht würde er sich Ihnen gegenüber anders verhalten. Er ist sturer als ein …«

»E-e-esel«, führte Potier, der sich nützlich machen wollte, den Vergleich zu Ende.

»Was kann ich dafür?«

Talon warf ihr einen erschöpften, grollenden Blick zu. Sie wollte wirklich nichts mit diesem Fall zu tun haben, und er kannte sie gut genug, um zu wissen, daß sie in Sachen Sturheit eine ganze Herde Esel in die Tasche steckte. Marion, die schon wieder ganz von ihrer fixen Idee eingenommen war, wandte ihm den Rücken zu.

»Irre ich mich, oder war Joual also in der Zeit vor seinem Tod noch im Besitz dieses Schreibtischs? Und ließ sich hin und wieder hier blicken?«

»Tagtäglich«, bestätigte Potier. »Er kam jeden Tag, um mit uns zu essen.«

»Und zu trinken?«

Potier sah zu Boden. Stammelnd gab er zu, daß Joual sich in seiner Anfangszeit bei der Kripo regelmäßig im Archiv versteckte, um zu trinken. Ab 14 Uhr hatte er grundsätzlich keinen klaren Kopf mehr.

»Und er hat die Asservate hier gehortet, anstatt sie in dem

dafür vorgesehenen Verzeichnis einzutragen und an die Staatsanwaltschaft weiterzuleiten«, ergänzte Marion. »Wer hat seinen Schreibtisch ausgeräumt?«

»Mangin.«

Potier schüttelte mit kummervoller Miene den Kopf. Marion starrte ihn verständnislos an, bis sich Talon einschaltete:

»Mangin ist ein Jahr später an Krebs gestorben.«

»Na, so was«, murmelte Marion beeindruckt. »Weiß man, was er mit Jouals Sachen gemacht hat?«

»Er hat sich einen großen Müllsack geschnappt, so einen Hundert-Liter-Beutel«, erwiderte Talon sichtlich verärgert, »und alles reingestopft, damit jemand den Kram abholte. Was soll er denn sonst gemacht haben?«

Potiers joviales Gesicht leuchtete auf.

»Ge-ge-genau. Und der Beutel liegt noch immer in dem Schrank da hinten ...«

Marions Herz begann schneller zu schlagen, denn sie wußte, daß sie endlich finden würde, was sie suchte. Alles ganz einfach, sagte sie sich und ließ Potier, der einen der Wandschränke im hinteren Teil des Raums öffnete, nicht aus den Augen.

Der Inhalt des Müllbeutels – hundert Liter, Talon hatte richtig geschätzt – lag ausgebreitet auf dem Schreibtisch des fassungslosen Archivars. Mit gesenktem Kopf stand er da und wartete auf eine Abreibung, doch Marion, die die in Beutel verpackten Gegenstände säuberlich nebeneinandergelegt hatte, nahm ihn gar nicht mehr wahr. Das erste Asservat war Lili-Roses grünes Kleid, mit Faltenrock und weißem Häkelkragen. Das zweite war ihre Baumwolljacke, rot, mit Blumen bestickt und mit zwei aufgesetzten Taschen. Auf der Vorderseite der Jacke ein großer dunkler Fleck. Und dann, durch den Plastikbeutel hindurch, dieser intensive Geruch, der in all den Jahren nicht nachgelassen hatte. Bevor die Kleider damals versiegelt wurden, hatte man sie in einem Büro der Kripo auf

Stühlen getrocknet, und man hatte die Spuren jener Flüssigkeit analysiert, von der auch Lili-Roses Haar durchtränkt war: Formalin. In dem dritten Beutel befand sich das weiße Unterhöschen mit den blauen Blümchen darauf, dann kamen die beiden kleinen roten Spangen, die die Zöpfe zusammengehalten hatten. Der Beutel daneben beinhaltete das aus bunten Fäden geflochtene Freundschaftsbändchen, das ein Verehrer dem Mädchen um sein schmales Handgelenk geknotet hatte. Asservat Nummer sechs war ein Springseil mit gelb und rot lackierten Holzgriffen. Die Asservatenkarte lieferte eine zusätzliche Information: den Hinweis auf eine daktyloskopische Spur, die man für verwertbar befunden, auf eine Trägerfolie abgepudert und gesondert ins Labor geschickt hatte. Das letzte Asservat trug die Nummer zwölf, aber nachdem Talon alle Beutel noch einmal durchgezählt hatte, mußte er bestätigen, daß es nur elf waren. Nummer sieben fehlte.

Die Schuhe, dachte er trotz aller Verärgerung über Marions Interesse an diesem Fall.

Die junge Frau starrte auf Asservat Nummer sechs wie in den Rachen einer Boa constrictor. Talon gab Potier ein Zeichen, den Raum zu verlassen, und trat selbst ein paar Schritte zurück, denn seine Vorgesetzte war plötzlich so bleich, daß es ihn fast erschreckte. Er konnte nicht sehen, was sie sah: den düsteren Grund eines ausgetrockneten Brunnens, in der Tiefe einen zusammengekrümmten Körper, und etwas höher, an einem Zweig, der sich zwischen den Steinen seinen Weg gebahnt hatte, das leicht schwingende Springseil. Er konnte nicht riechen, was sie roch: die moderige Feuchtigkeit und den Tod, aber nicht den Tod von Lili-Rose, nein, noch nicht. Den Tod der Waldmäuse und Kröten, die in den Brunnen gefallen und dort verendet waren, weil sie nicht herausklettern konnten. Und den betäubenden Geruch des Formalins, das Lili-Rose befleckt hatte.

Talon dachte, daß er jetzt einen Fall mehr am Hals hatte, eine üble Geschichte, die endlich ans Tageslicht gebracht werden mußte. Er betrachtete Marion, die wie zur Salzsäule erstarrt war, von einer unheilvollen Erinnerung eingeholt, doch verstehen konnte er es nicht.

Er war nicht in den Brunnen hinabgestiegen.

21

Marion konnte sich nicht erklären, wie Asservat Nummer sieben aus dem Müllbeutel auf ihren Briefkasten gelangt war. Potier hatte bei allem, was ihm heilig war, geschworen, daß in den gut vier Jahren niemand gekommen sei, um Jouals Hinterlassenschaften aus der Versenkung zu heben. Der Beutel wäre wahrscheinlich bis in alle Ewigkeit dort liegen geblieben, wenn sie sich nicht dafür interessiert hätte. Nichtsdestotrotz mußte sich jemand daran zu schaffen gemacht haben, und so bat Marion den Archivleiter, seine Mitarbeiter zu befragen. Auf gut Glück.

Das Rätsel wurde dadurch, daß es jetzt zum Teil aufgeklärt war, eigentlich nur noch größer. Wieder hatte sie eine unruhige Nacht hinter sich, in der sie von verschwommenen Bildern heimgesucht worden war. Die Gesichter von Nina und der kleinen, seit fünf Jahren toten Lili-Rose verschmolzen miteinander, und Marion fand es merkwürdig, daß das Schicksal ihr – in wessen Gestalt auch immer – die roten Kinderschuhe in den Weg gelegt und sie erneut mit dem Geist von Ninas Vater konfrontiert hatte. Aber die Geschichte von Lili-Rose Patrie war nicht das einzige gewesen, was ihr den Schlaf geraubt hatte.

»Wollen Sie etwa sagen, daß Sie nicht wissen, wer der Vater des Kindes ist, das Sie erwarten?«

Gerichtsmedizinier Marsal in seiner weißgrünen Arbeitskleidung neigte den Kopf zur Seite und musterte Marion mit durchdringendem Blick. Sie bestätigte die Befürchtungen des Arztes mit einem ungeduldigen Schulterzucken.

»Das ist verrückt! Es kann doch wohl nicht wahr sein, daß Sie Sam Nielsens Charme erlegen sind, ohne irgendwelche Vorsichtsmaßnahmen zu ergreifen!«

»Doc, bitte! Wenn ich in dem Moment so schlau gewesen wäre, würde ich heute nicht mit dieser Frage vor Ihnen stehen.«

»Nun ja. Was man nicht alles erlebt ... Einem zwanzigjährigen Mädchen würde man jetzt eine Moralpredigt halten oder ihm den Hintern versohlen, damit es begreift, was man tun und was man lassen sollte. Aber Ihnen ... Ich bin zutiefst bestürzt.«

»Sie können sich Ihre Standpauke sparen«, sagte Marion schroff. »Was ich brauche, ist Rat. Und ich weiß nicht, wen ich sonst darum bitten könnte.«

»Ist ja schon gut! Regen Sie sich nicht auf! Ich verstehe einfach nicht, wie jemand heutzutage, wo man sich Gott weiß was einfangen kann, derart unvorsichtig sein kann ... Sie wollen sich also vergewissern, daß Ihr Freund, der verstorbene Capitaine Léo Lunis, der Vater des Kindes ist?«

»Ja.«

Marion kochte vor Wut – auf sich selbst noch viel mehr als auf Marsal, der natürlich unbestreitbar recht hatte. Auch wenn das, wofür er sie tadelte, nur einmal passiert war. Ein einziges Mal. Während sie zusah, wie er konzentriert und mit gerunzelter Stirn um die aufgeschlitzte Leiche herumschlich, die er gerade obduzierte, dachte sie voller Groll, daß er gut mit dem Finger auf sie zeigen konnte, schließlich hatte er wahrscheinlich überhaupt kein Sexualleben.

»Sie haben doch alle genetischen Informationen, die Léo

Lunis und Sam Nielsen betreffen«, sagte sie zögernd. »Wenn Sie die mit denen des Babys vergleichen …«

»Sie sind vielleicht gut!« schimpfte er, die Nase dreißig Zentimeter über der Bauchhöhle des Verstorbenen, wo er auf der Suche nach Gott weiß was für einer Anomalie den Grimmdarm zu entrollen begann. »Im übrigen ist es kein Baby, sondern ein Fötus.«

Der Gestank nach verwesten Exkrementen brach so heftig über Marion herein, daß sie taumelte und zum anderen Ende des Raums stürzte, wo sie sich in einen Eimer übergab. Ihr Keuchen ließ den Gerichtsarzt aufblicken.

»Im wievielten Monat sind Sie?«

Aschfahl und nach Atem ringend, stützte sie sich auf den zweiten Obduktionstisch, der glücklicherweise leer war. Da sie keine Antwort gab, machte sich Marsal schweigend wieder an die Arbeit. Als sie sich gefaßt hatte, trocknete sie die Tränen, die ihr in die Augen geschossen waren, und tat ein paar Schritte auf den Arzt zu.

»Ich kann kein Risiko eingehen«, sagte sie mit heiserer Stimme. »Es ist unwahrscheinlich, daß Sam Nielsen noch lebt, aber solange sein Leichnam nicht gefunden ist, werde ich ständig in Angst und Sorge sein. Stellen Sie sich mal vor, er taucht in fünf oder zehn Jahren plötzlich wieder auf, noch bekloppter als vorher, und macht seine Vaterschaft geltend!«

»Heißt das«, fragte Marsal, ohne aufzusehen, »daß Sie abtreiben würden, wenn ein DNA-Vergleich die Vaterschaft von Sam Nielsen beweisen würde?«

Diese Frage quälte sie. Verfolgte sie Tag und Nacht. Sie wollte, daß dieses Kind von Léo war. Vor den anderen tat sie so, als gebe es keinen Zweifel daran. Doch wenn sie allein war, kamen die Zweifel, begleitet von kalten Schweißausbrüchen.

Marion kam es wie eine Ewigkeit vor, doch schließlich beendete der Gerichtsmediziner seine Arbeit, zog sich die

Latexhandschuhe von den Händen und warf sie in eine Wanne. Er gab seinem Assistenten ein Zeichen, indem er die Gesten eines Polsterers imitierte, der eine Matratze zusammennäht. Dann kam er zu ihr.

»War das die Sache, die Sie mich letztes Mal fragen wollten?«

Sie nickte.

»Ich werde sehen, was ich tun kann, aber ich kann Ihnen nichts versprechen, die Genetik ist nicht mein Fachgebiet. Sagen Sie, Kommissarin Marion ... Sind Sie nur aus diesem Grund zu mir gekommen? Sie haben nicht zufällig noch ein paar Leichen im Keller, die Ihnen keine Ruhe lassen?«

Sie fragte sich, woher er sie eigentlich so gut kannte.

»Stimmt schon«, gab Marion zu. »Die kleine Lili-Rose raubt mir den Schlaf.«

»Die also auch noch! Ich kann Ihnen ein gutes Schlafmittel verschreiben ...«

Marion stürzte mit großen Schritten durch den Raum, dabei immer schön auf Abstand zu dem viergeteilten Leichnam bedacht, den man ausgenommen hatte wie eine Weihnachtsgans. Marsal nutzte ihren Aufenthalt vor diversen Wannen und Becken, um seinen Bericht auf ein Diktiergerät zu sprechen.

»Was ich von Ihnen möchte«, fing Marion wieder an, nachdem sie den Frühstückskaffee losgeworden war und sich wieder einigermaßen gefangen hatte, »ist ein Rat. Ich würde sogar sagen ... Hilfe, ja, Hilfe von Ihnen als Wissenschaftler. Nichts läge mir ferner, als Ihnen schmeicheln zu wollen«, fügte sie rasch hinzu, als der Gerichtsarzt ihr einen erzürnten Blick zuwarf. »Aber wenn ich selbst ins Labor gehe und anfange, in den fünf Jahre alten Gutachten herumzuschnüffeln, gibt das doch nur Reibereien. Die Naturwissenschaftler bilden eine Kaste, genauso wie die Gutachter, die Gendarmen, die Staatsanwälte, die Richter, und so weiter, das wissen Sie ja selbst. Alle haben eine Heidenangst davor, daß man ihre Kompetenz in Frage stellen könnte. Symptomatisch dafür ist die Reaktion der Richterin Eva Lacroix, als ich ihr gesagt habe, daß wir uns möglicherweise getäuscht haben. Aber wenn Sie hingehen und Ihre Kollegen befragen, wird keiner mißtrauisch werden.«

»Verstehe, verstehe«, sagte Marsal. »Mit strenger Logik hat das Ganze allerdings nicht viel zu tun. Ihre Methoden sind noch genauso abstrus wie früher. Ich persönlich würde mich niemals von so irrationalen Überlegungen leiten lassen, aber ich muß zugeben, daß Sie manchmal zu Ergebnissen kommen. Also, was soll ich tun?«

»Sie sind ein Schatz, Doc!«

»Na bitte, ich wußte es ja! Jetzt werden Sie gefühlsduselig. Ich wiederhole meine Frage: Gesetzt den Fall, daß ich einverstanden bin, was soll ich dann tun?«

Marion begann zu lachen. Sie mochte Marsals scharfen Verstand und seine schrullige Art. Beim Staatsschutz in Versailles würden ihr die Gespräche mit ihm fehlen.

Für den Bruchteil einer Sekunde sah sie sich in einer Unterhaltung mit einem langweiligen, feisten Mitglied des Stadtrats, der über Bebauungspläne und über die Winkelzüge seiner politischen Gegner schwadronieren und dabei versuchen würde, sie zu einem »Arbeitsessen« in einem schicken und diskreten Lokal zu überreden. Es schnürte ihr die Kehle zu.

»Ich möchte, daß Sie sich einmal genauer ansehen, was damals getan worden ist und was eventuell noch getan werden könnte ...«

»Gehe ich recht in der Annahme, daß Sie dabei an die organischen Spuren tierischen Ursprungs denken?«

»Ja, ich habe den Eindruck, daß nicht alle Analysen durchgeführt wurden. Kann ich mich auf Sie verlassen? Ich muß Ihnen außerdem sagen, daß all diese Dinge *top secret* sind.«

»Auch das noch!« schimpfte der Gerichtsarzt vor sich hin und rückte die neue Brille auf seiner Nase zurecht. »Wollen Sie mich zum Frührentner machen?«

Marion sah ihn voller Rührung an. Sie verlangte viel von ihm und war ihm dankbar für seine Bereitschaft, ihr ohne Wenn und Aber zu helfen. Aber Marsal, der wie ein Raubvogel den Kopf gesenkt hatte, war noch nicht fertig.

»Ich helfe Ihnen, unter einer Bedingung ...«

Sie fiel ihm rasch ins Wort:

»Nein, Doc, tut mir leid. Keine Bedingungen.«

Marsal machte eine resignierte Handbewegung und zog sich in sein Büro zurück. Durch die Fensterscheiben des kleinen Raums konnte Marion sehen, wie er die vergilbten Seiten eines schäbigen, zerfledderten Adreßbuches aufklappte. Marsal war, gelinde gesagt, immun gegen alles, was mit Computern zu tun hatte. Er griff zum Telefon, wählte eine Nummer und führte ein langes Gespräch, bei dem sein Gesicht nervös zuckte. Am anderen Ende des Raumes versuchte Marcello, die Aufmerksamkeit der jungen Frau auf sich zu lenken, indem er ein Liedchen trällerte, während er die Leiche zunähte, die ihm sein Chef überlassen hatte. Marion war sich nicht sicher, ob sie auf den Gerichtsarzt warten sollte oder nicht. Als dann die Übelkeit, die sie vor lauter Aufregung eine Zeitlang vergessen hatte, wiederkehrte, trat sie den Rückzug an. Marsal legte rasch den Hörer auf und kam aus seinem Glaskasten.

»Gehen Sie zu meinem Kollegen Ampuis, der wird Ihnen alles erklären ...«

Marion starrte ihn unschlüssig an. Professor Ampuis war *der* Spezialist für DNA-Forschung. Er hatte die genetischen Codes von Léo und Sam entschlüsselt. Er würde ihr vielleicht sagen können, wer von den beiden der Vater ihres Kindes war. Und wenn sie dann Bescheid wüßte? Sie war genau darüber im Bilde, wie ein drei Monate alter Fötus aussah. In den

Glasbehältern, die Marsals Flurregale füllten, befand sich eine ganze Sammlung davon. Er war etwa fünfzehn Zentimeter lang und hatte ein fertiges Knochengerüst. Der Arzt konnte noch so großen Wert auf die Bezeichnung Fötus legen, in ihrem Bauch befand sich ein Kind, ihr Kind. Ein Junge mit dunklem Teint und strahlend blauen Augen, wie der Mann, den sie geliebt hatte. Das Kind von Léo.

Marsal sah sie an.

»Ich … Also …«

Sie wußte nicht, was sie sagen sollte.

»Also, eigentlich habe ich mir das noch mal durchgerechnet … Ich glaube, es ist zu spät für eine Abtreibung. Und außerdem weiß ich, daß das Kind nicht von Sam Nielsen ist. Es ist von Léo. Da bin ich mir sicher.«

»Mutterinstinkt …«

22

Im Telefonbuch von Lyon und Umgebung gab es unter Patrie keinen einzigen Eintrag mehr, zumindest nicht in dieser Schreibweise. Jeanne und Denis Patrie tauchten auch auf der Wählerliste ihres Dorfes nicht auf, und alle Verwaltungsbehörden, Energieversorger et cetera schienen ihre Spur verloren zu haben. Marion weitete ihre Nachforschungen auf die benachbarten Kommunen aus. Nachdem sie vergeblich alles versucht hatte, kam sie zu dem Schluß, daß die Familie vermutlich weggezogen war. Sie wußte den Namen des Kindergartens, in dem Jeanne vor dem Tod ihrer Tochter Lili-Rose als Erzieherin gearbeitet hatte, aber weder im Telefonbuch noch auf einer Liste aller Privatschulen der Region fand sich ein Vermerk. Die *Ecole Sainte-Marie-des-Anges* schien niemals existiert zu haben. Die in der Akte genannte Telefonnummer war, wie sich heraussstellte, die Nummer des Seidenmuseums.

Verzagt fragte sich Marion, ob ihre Kollegen nicht doch recht hatten: alle Spuren führten ins Nichts. Auf ihre Intuition war kein Verlaß.

»Gib's auf«, flüsterte ihr eine vertraute Stimme ein, »kümmer dich lieber wieder um die laufenden Fälle. Talon und die Jungs werden sich freuen. Und bereite dich auf dein neues Leben vor.«

Ja, sie würde Talon dazu gratulieren, daß er an diesem Morgen durch intensives Studium einer Liste von vermißten Personen, die einen Nagel im rechten Oberschenkel hatten, den Transsexuellen ohne Kopf identifiziert hatte. Sie würde die Ermittlungen wieder in die Hand nehmen, würde José Baldur im Gefängnis Saint-Paul einen Besuch abstatten und ihm den Namen des Mörders entlocken ... Das war logisch und vernünftig.

Doch zwischen ihrem Schreibtischstuhl und der Tür lagen die kleinen roten Schuhe.

Im Flur hörte man Stimmen und Schritte, die sich ihrer Bürotür näherten. Jemand klopfte an.

Hinter Talon, der wie immer eintrat, ohne das »Herein!« abzuwarten, erblickte Marion einen Mann und eine Frau um die Sechzig, bleich, mit roten Augen und zerfurchten Gesichtern. Ein Bild des Jammers.

»Chef«, sagte der Polizist mit gedämpfter Stimme, »die Eltern von Maurice sind da.«

Marion riß die Augen auf und beugte sich vor, um das Ehepaar in Augenschein zu nehmen. Sie hatte nicht das Gefühl, diese Leute schon einmal gesehen zu haben.

»Die Eltern von wem?«

»Von Maurice ... na ja, oder eben von Nathalie. Die Frau vom Friedhof, wenn Ihnen das lieber ist ...«

»Mir ist gar nichts lieber, ich will bloß nicht mit denen

reden«, flüsterte sie und versuchte, sich hinter Talon zu verstecken. »Was soll ich denen denn sagen?«

»Ich weiß auch nicht. Das Übliche ... Was die beiden brauchen, ist die Gewißheit, daß wir alles tun, um herauszufinden, wer der Mörder ihres Sohnes ist, ich meine, ihrer Tochter ...«

»Das können Sie doch selbst viel besser, Talon ... Sie wissen schon, im Namen der Polizeibehörde unser Beileid aussprechen, über die Freigabe der Leiche informieren, all diese Dinge eben. Aber streichen Sie die Eltern nicht von der Verdächtigenliste, vergessen Sie nicht, was wir gestern besprochen haben.«

»Ich glaube trotzdem, daß es gut wäre, wenn *Sie* mit Ihnen reden würden. Es fehlt ja noch der Kopf, und das scheint sie doch sehr mitzunehmen ...«

»Hören Sie zu, Talon«, erwiderte Marion, die langsam die Geduld verlor, und deutete mit einer ausholenden Geste auf ihren Schreibtisch, der mit jedem Tag tiefer im Chaos versank. »Ich bin völlig überlastet, das sehen Sie doch selbst.«

Talon sah die Akte, die aufgeschlagen vor ihr lag, und dann die Asservate, die sie auf dem kalten Heizkörper nebeneinandergelegt hatte. Ein fast haßerfülltes Blitzen trat in seine braunen Augen.

»Verstehe«, murmelte er und wandte sich von ihr ab.

»Und ich muß auch noch Ninas Playstation umtauschen ...«

Marions Verhalten enttäuschte Talon nicht nur, es kränkte ihn zutiefst. Eine Kluft hatte sich zwischen ihnen aufgetan. Sie verlor ihre Zeit mit belanglosen, nebensächlichen Dingen. Als er gerade ansetzte, ihr gründlich die Meinung zu sagen, wurde er plötzlich von einem der Portiers, die unten am Empfang arbeiteten, zur Seite geschoben, und ein zweites Paar betrat den Raum. Marion wollte die beiden Leute, die sie für weitere Familienmitglieder des kopflosen Transsexuellen hielt, schon wegschicken, aber dann erkannte sie die Frau.

Die beiden Mitarbeiter des Jugendamtes, die die Zulässigkeit ihres Adoptionsantrags prüften, begrüßten sie nicht gerade herzlich, aber ohne jede Feindseligkeit. Mit höflicher Neutralität, immer schön im Behördenstil. Die Frau war vierzig bis fünfundvierzig Jahre alt. Aufmerksam ließ sie ihren Blick durch das Zimmer schweifen und nahm alles zur Kenntnis, die Aktenstapel, die verstaubten Papierberge, Jouals Müllbeutel, der offen auf einem Holztisch lag und die Versäumnisse des verstorbenen Beamten zur Schau stellte, die auf dem Heizkörper ausgebreiteten Kleider und Gegenstände, die Lili-Rose gehört hatten, und schießlich die roten Kinderschuhe, die auf dem Fuß der Schreibtischlampe thronten. Marion bekam plötzlich Angst, daß sich der rumpelkammerartige Zustand ihres Büros negativ auf ihren Adoptionsantrag auswirken könnte. Sie versuchte sich zu rechtfertigen:

»Es tut mir wirklich leid, aber ich … nun ja, ich ermittle gerade wegen eines Verbrechens, und …«

Sie räumte hastig zwei Stühle leer, auf denen sich ebenfalls allerhand Dinge stapelten, und forderte ihre Besucher auf, Platz zu nehmen.

»Ich muß mich für die Unordnung hier entschuldigen, es handelt sich um den Tod eines kleinen Mädchens, und …«

Die Frau setzte sich und schlug die Beine übereinander. Sie legte die Akte, die sie mitgebracht hatte, auf ihre Knie und rang sich ein mageres Lächeln ab.

»Seien Sie unbesorgt, wir haben weder die Absicht, hier aufzuräumen noch Ihre Ermittlungen durchzuführen … Wir sind gekommen, um mit Ihnen über Nina zu sprechen.«

23

Marion hatte gemischte Gefühle, sie schwankte zwischen Empörung und Mutlosigkeit. Die Leute vom Jugendamt hatten nicht mit Kritik gespart und ohne Unterlaß ihre Fähigkeit in Frage gestellt, Nina gut zu erziehen und ihr ausreichend Liebe zu geben. Marion war alleinerziehende Mutter, und Léo hatte in der kurzen Zeit ihres Zusammenlebens nicht der Vaterersatz für das Mädchen werden können, den sie brauchte, auch wenn er offiziell diese Absicht bekundet hatte. Sein Tod hatte alles durcheinandergebracht, und seitdem schleppte sich das Verfahren hin. Aus Angst, noch schlechter dazustehen, hatte sie ihre Schwangerschaft bisher nicht preisgegeben, aber nun lief sie Gefahr, daß man im Rahmen der Untersuchungen zufällig darauf stieß, was ihre Situation noch verkomplizierte. Die Versuchung war groß, Lisette anzurufen, um zu erfahren, wie der Besuch der beiden Beamten bei ihr gelaufen war, aber ihr fehlte der Mut. Sie würde es schon früh genug erfahren.

Beim Anblick des riesigen Einkaufszentrums mit seinen Parkplätzen, das die Autobahn überragte, verschwand ihre Angst wie von Geisterhand. Was auch immer geschah, Nina war das Wichtigste, und dagegen konnten auch die Spitzfindigkeiten einer pedantischen Verwaltung nicht viel ausrichten.

»Wenn's sein muß, wandern wir aus ...« sagte sie laut, während sie den Motor ausstellte.

Die Regale, in denen sich Hunderte von Playstations gestapelt hatten, waren jetzt mit Schulbedarf gefüllt, was Marion daran erinnerte, daß sie Nina am nächsten Tag in die Schule begleiten mußte, zum ersten Schultag nach den Ferien. Vor den Schulranzen und Heften drängten sich Trauben verspäteter Eltern, die von ihren aufgedrehten, schubsenden Kindern umringt wurden. Marion schlug einen Bogen um diese zänkischen Horden und ging in die Videoabteilung. Als sie das rote Hemd eines Verkäufers entdeckte, trug sie ihm ihr Problem vor. Wie befürchtet, gab es in dem ganzen Geschäft keine einzige Playstation mehr. Die zweite Generation dieser Marke war ganz frisch auf dem Markt, und die Leute hatten sich regelrecht darum geprügelt. Frühestens in ein paar Tagen würden wieder welche in den Regalen stehen.

»Aber lassen Sie mir Ihre mal da«, schlug der Verkäufer dennoch vor, »ich werde sehen, was ich machen kann.«

Als sie vom Parkplatz herunterfahren wollte, hatte sich vor der Ausfahrt ein Stau gebildet. Sie legte den Rückwärtsgang ein und nahm die andere Ausfahrt, denn ein kleiner Umweg war ihr lieber als entnervendes Warten. Sie erreichte eine Verbindungsstraße, die fünf oder sechs Kilometer südlich von ihrem gewohnten Heimweg verlief. An einer Gabelung, die sie wiedererkannte, hielt sie an. Den Schildern zufolge, ging es rechts nach Lyon und links nach Grenoble, Saint-Laurent-de-Mure und – in kleinerer Schrift vermerkt – *Les Sept-Chemins*. Wieder einmal bewiesen ihr die Ereignisse, daß es keine Zufälle gab.

Es war eine sternförmige Kreuzung, sozusagen neutrales Gebiet, das sich mehrere Gemeinden teilten. Genau hier, nur zwei- oder dreihundert Meter von diesem Verkehrsknotenpunkt entfernt, war Lili-Rose Patrie gestorben.

Marion zuckte zusammen, als hinter ihr ein sonores Hupen ertönte und die an- und ausgehenden Scheinwerfer eines Lastwagens, dem sie den Weg versperrte, in ihrem Rückspiegel aufblitzten. Sie hatte mitten auf der Straße angehalten und starrte auf den vertrauten, kursiv geschriebenen Namen, als gälte es, seine Bedeutung zu entschlüsseln. Der Fahrer des schweren Lkw wurde ungeduldig und stimmte ein Hupkonzert an.

»Okay, okay, ist ja schon gut!« sagte sie gereizt.

Mit quietschenden Reifen fuhr sie an. Richtung Les Sept-Chemins.

24

Der Hof der Familie Patrie lag ein Stück unterhalb der Straße, die von der sternförmigen Kreuzung zu den ersten Gemeinden des Département de l'Isère führte. Zweihundert Meter nach der Abzweigung mußte man in einen kleinen, mit scharfkantigen Steinen aufgeschütteten Weg einbiegen, wie sie typisch für diese Gegend sind. Das Gebäude war auf einer Gletschermoräne erbaut worden. Der Wind, der dort das ganze Jahr hindurch wehte, war im Winter eisig und im Sommer glühend heiß. Der Boden war ausgetrocknet und durch Unmassen von Steinen, die unentwegt an die Oberfläche drängten, praktisch wertlos.

Marion hatte sich häufig gefragt, aus welchem Grund Denis Patrie ausgerechnet in einer so ungünstigen Lage einen Bauernhof errichtet hatte.

Sie lief kaum Gefahr, den Weg zu verpassen, denn auf dem nahegelegenen Rastplatz stand ein Lastwagen. Eigentlich stand dort immer ein Lastwagen. Man mußte kein Hellseher sein, um darauf zu kommen, daß wohl die Prostituierten, die diesen Rastplatz seit Ewigkeiten bevölkerten, wieder Besitz davon ergriffen hatten. Nach Lili-Roses Tod hatten sie sich für eine Weile zurückgezogen. Dirnen und ihre Kunden haben nicht gern Polizisten in ihrer Nähe, und so hatte eine wundersame Selbstreinigung stattgefunden, durch die sich das Gewerbe, das an dieser Landstraße fast eine Institution war, etwas verlagert hatte.

Der Hof, der im übrigen keinen Namen besaß, wurde durch kein Schild angekündigt. In der Gegend nannte man ihn den

Patrie-Hof. Marion hielt vor dem Tor. Der Patrie-Hof war nie ein gutgehender landwirtschaftlicher Betrieb gewesen, aber jetzt schien alles völlig verwahrlost. Es begann zu dämmern, und die kühle, feuchte Abendstimmung verstärkte den trostlosen Eindruck der Gebäude und der brachliegenden Felder. Zögernd blieb die junge Frau vor einem Schild stehen, auf dem in roten Buchstaben ZU VERKAUFEN stand. Darüber eine Lyoneser Telefonnummer. Sie lief einige Meter an der belaubten Hecke entlang, die das Grundstück begrenzte, um einen Blick auf die Fassade des Wohnhauses zu werfen, das seitlich zum Weg stand. Was sie sah, war nicht gerade beruhigend: Einer der Fensterläden vor der Küche hing nur noch an einer Angel und gab den Blick auf eine sternförmig gesprungene Scheibe frei. Vermutlich war man etliche Male in das Haus eingestiegen und hatte sich bedient. Vielleicht hatten sich sogar irgendwelche Jugendlichen aus den Nachbardörfern dort eingenistet, oder Landstreicher, die sich die Adresse weitergaben, als wäre es ein bequemer Gasthof. Daß die Mädchen vom Straßenstrich jemals einen Fuß hineingesetzt hatten, war wenig wahrscheinlich. Mit dem Ort eines Verbrechens verband sich viel zu viel Aberglaube, auch wenn die Justiz einen Unfall daraus gemacht hatte.

Marion mußte wieder an den ersten und all die folgenden Tage denken, an denen sie diesen Weg entlanggegangen war, doch obwohl ihr die Angst die Kehle zuschnürte, stieß sie das Tor auf. Die beiden verwitterten Holzflügel hatten sich so verzogen, daß sie nicht mehr ineinandergriffen, und das Schloß war nur noch Dekoration. Zwischen den Holzbrettern klebten klumpenweise vermoderte Blätter, und die Farbe war großflächig abgeblättert. Der feuchte Park war von Brombeersträuchern und hohem gelbem Gras überwuchert. Auch der Kiesweg hatte zahlreichen Brennesselbüschen weichen müssen, die Marion bis zur Hüfte reichten. Offensichtlich hatte sich seit Monaten, vielleicht sogar Jahren niemand mehr hierhergewagt. Marion faßte wieder etwas Mut und überwand die Brennesselbarriere mit hochgereckten Armen. Doch die behaarten Blätter brannten durch die Kleider hindurch auf ihrer Haut, die ganz heiß wurde und sich anfühlte, als würden tausend Ameisen darüberlaufen.

Sie hatte richtig vermutet: Jemand war in das Haus eingedrungen. Die Metallstange, mit der das Schloß aufgebrochen worden war, lag noch auf der Türschwelle, verrosteter als ein alter Öltanker auf einem Schiffsfriedhof. Marion stieß die Eingangstür auf und blieb stehen, weil ihr das Blut in den Ohren rauschte. Im Haus war nicht das leiseste Geräusch zu hören. Sie blickte kurz hinter sich, um sicherzugehen, daß niemand sie gesehen hatte. Unbefugtes Eindringen in ein Privatgrundstück: Womöglich würden gleich die Gendarmen aufkreuzen. Heitere Aussichten ...

Kaum daß sie die Schwelle überschritten hatte, wurden alle Erinnerungen wieder wach: die Diele, an deren Ende eine Treppe zum ersten Stockwerk hochführte; und rechts an der Wand die Kleiderhaken, an denen die Mäntel der Familie hingen. Marion hätte schwören können, daß es dieselben waren wie vor fünf Jahren. Links die Küche. Sie schloß die Augen und sah Jeanne Patrie vor sich. Die junge Frau, von Gendarmen und Feuerwehrleuten umringt, betätigt sich fieberhaft. Sie schenkt den Männern zu trinken ein, stellt den Hunden, denen man wieder die Maulkörbe angelegt hat, Wasser hin. Sie ist blond, schön und kräftig. Der Sommer und die frische Luft haben ihre Haut gebräunt, sie trägt eine beigefarbene Latzhose und ein rotes, schulterfreies T-Shirt. Ihr dichtes, gelocktes Haar wird hinten von einem roten Gummi zusammengehalten. Ein paar widerspenstige Strähnen sind herausgerutscht, und Jeanne bläst sie sich mit einer mechanischen, nervösen Geste aus der Stirn. Sie weiß es noch nicht, das mit Lili-Rose, weiß nicht, was sie erwartet. Sie hat noch eine kleine Atempause, genau zwei Stunden.

Marion drehte sich um. Gegenüber der Küche befand sich ein Zimmer, das bei den seltenen Einladungen der Patries als Wohn- und Eßzimmer diente, ansonsten aber Jeannes Atelier war, wo sie Stilleben malte, die in allen Farben leuchteten. Hier, vor dem Kamin, war Marion dem Vater von Lili-Rose, Denis Patrie, zum erstenmal begegnet. Er steht da, ebenfalls von Gendarmen und Feuerwehrleuten umringt, die vor dem Bauch geknotete blaue Gärtnerschürze noch um die Hüften. Er zerreibt kleine Fädchen, die er aus der Schürzenschnur gezupft hat, zwischen den Fingern, er ist erregt. Seine Nägel sind kaputt von den Steinen, die er unermüdlich aus seinem Gemüsegarten entfernt, der eigentlich die Familie ernähren soll, aber nur ein paar kümmerliche Zucchini und ungenießbare Radieschen hervorbringt. Auf seiner sonnenverbrannten Stirn ist noch der Abdruck seines Strohhutes zu sehen, und seine großporige Haut mit den geplatzten Äderchen auf Nase und Wangen verrät, daß er mit dem Trinken wohl doch noch nicht richtig aufgehört hat. Sein Blick ist leer, seine Unterlippe hängt. Er weiß es.

Marion ersparte sich die hinteren Zimmer: ein Vorratsraum mit durchlöchertem Dach, ein nicht fertiggestelltes Bad, das in einem ehemaligen Ofen zum Brotbacken entstehen sollte, von dem nur noch das halbe Gewölbe existierte, und schließlich das große Zimmer mit den feuchten Wänden, in dem Denis im Winter Holz hackte und das nach Ruß und Vogeldreck stank, weil unter den Balken Vögel nisteten. Sie ersparte sich das Elternschlafzimmer und erklomm sofort die fünfzehn Steinstufen, die ins obere Stockwerk führten. Dort befanden sich zu beiden Seiten eines mit Koffern und Plastiktüten vollgestopften Speichers die Kinderzimmer. Links das von Mikaël, rechts das von Lili-Rose, genau über dem ihrer Eltern.

Jeanne braucht die Türen keinen Spalt weit aufzulassen: nachts dringt Licht durch den Dielenboden, und auch jedes noch so leise Geräusch. Jeanne hört Lili-Rose atmen, hört sie träumen, hört jede ihrer Bewegungen.

Marion trat in das Zimmer. Alles war noch am selben Platz: das weiße Sprossenbett mit der blauweißen, großkarierten Decke, der niedrige Tisch und der Kinderstuhl aus weißem Plastik, der geschlossene Wandschrank und sogar die zur Tagesdecke passenden Vorhänge, die ordentlich zugezogen waren. Durch den Stoff fiel schwach das letzte Tageslicht. Verblüfft bemerkte Marion, daß Lili-Roses Spiel- und Anziehsachen im ganzen Zimmer verstreut waren. Kleider, Pullover, Unterwäsche. Vor dem Fenster standen mehrere Paar Schuhe, die so aussahen, als warteten sie auf den Besuch vom Nikolaus. Zwei Puppen, eine davon nur noch mit einem Bein, Legosteine, Bauklötze, ein Miniaturbauernhof mit lackierten Holztieren, bunte Halsketten und ein paar Zeichnungen, die aneinandergereiht an der Wand lehnten. Alles sah so aus, als wollte jemand die Sachen des Mädchens zur Schau stellen. Aus welchem Grund?

Jedes Mal, wenn Marion mit dem Tod eines Kindes konfrontiert worden war, hatte sie die Reaktionen der Eltern beobachtet. In den ersten Stunden war stets die Rede davon, die Sachen des toten Kindes zusammenzupacken, sie zu verschenken oder wegzuwerfen, das Zimmer neu anzustreichen und ein Arbeitszimmer oder ein Bad daraus zu machen. Doch nichts dergleichen geschah, und im Laufe der Zeit verwandelte sich das Zimmer in eine unantastbare, heilige Stätte. Das galt nicht nur für Kinder, sondern auch für Erwachsene; auch sie hatte nach Léos Tod seine Sachen zusammengepackt, um sie wegzuwerfen. Aufeinandergehäuft lagerten sie mitten im Wohnzimmer. Einen Monat später waren sie immer noch da, und je mehr Zeit verstrich, desto weniger Mut hatte sie, sich davon zu trennen. Eines Tages hatte die Gitarre wieder ihren Platz in ihrem *und Léos* Zimmer eingenommen, und die Taschen waren in einer Ecke des Wandschranks verschwunden.

Hier in Lili-Roses Zimmer befanden sich die Kleider und Spielsachen allerdings nicht dort, wo sie eigentlich hätten sein sollen. Und noch etwas überraschte Marion: Während sich eine Schicht aus Staub und von der Decke gerieseltem Sägemehl auf die Tagesdecke, die Möbel und den Boden gelegt hatte, waren die auf dem Bett liegenden Kleider völlig sauber.

Wer mag das getan haben? fragte sie sich mit einem Anflug von Unbehagen.

Sie bückte sich, um sich die unter dem Fenster aufgereihten Schuhe genauer anzusehen. Ebenfalls sauber. Es waren weiße, abgeschabte Ledersandalen, braune Schnürschuhe, blaue Hausschuhe mit abgelaufenen Sohlen und Mokassins mit grünen Fransen. All diese Schuhe waren abgetragen und von minderer Qualität, wie sie in großen Kaufhäusern angeboten wird. Das, worüber Marion während der Ermittlungen nicht eine Sekunde nachgedacht hatte, sprang ihr jetzt ins Auge: Die entzückenden, in Handarbeit hergestellten roten Kinderschuhe, die sie in der Nähe des Brunnens gefunden hatte, paßten ganz und gar nicht in diese Sammlung. Und es gab noch ein Detail, das sie überraschte. Sie hockte sich nieder, um eine der Sandalen, die Lili-Rose in jenem Sommer wahrscheinlich getragen hatte, genauer in Augenschein zu nehmen. Wie erwartet war es eine Marke, die von einer Reihe von Kaufhäusern vertrieben wurde. Marion suchte nach der Zahl, die die Größe verriet: 29. Daraufhin nahm sie die übrigen Schuhe in die Hand, die alle Größe 28 oder 29 hatten. Sie fragte sich, ob das Mädchen für sein Alter nicht ziemlich große Füße gehabt hatte.

Als Marion in den verwahrlosten Garten trat, sah sie, welche Verheerungen das schlimme Unwetter in der letzten

Weihnachtszeit dort angerichtet hatte. Mehrere Bäume waren umgestürzt, und an den Eichen waren sogar die dicksten Äste abgeknickt. Einer davon hatte das Dach des Hühnerstalls zerstört und lag nun mitten in dem Gehege, in dem Denis Patrie Hühner, Enten, Gänse und Tauben gehalten hatte. Der Drahtzaun war zerrissen, die Futternäpfe von hohem Gras überwuchert. Trotzdem klang Marion noch das Gurren der Tauben in den Ohren, das Gackern der aufgeschreckten Hühner und das Rascheln der mageren Perlhühner, die Denis trotz aller Bemühungen immer wieder wegstarben, noch ehe sie gut für den Kochtopf waren.

Ganz hinten in diesem Hühnerstall hatte sie Lili-Roses älteren Bruder Mikaël gefunden, hinter den Futtertrögen zusammenkauert wie ein Wolfsjunge. Sie hatte versucht, das Kind zu beruhigen, um gemeinsam mit ihm zu rekonstruieren, wie Lili-Rose in den Brunnen gelangt war, wie sie ihren letzten Tag, ihre letzten Stunden verbracht hatte. Doch der achtjährige Mikaël brachte nur einige unverständliche Laute hervor, wobei er unentwegt schlucken mußte, weil ihm große Mengen Speichel aus dem Mund liefen. Er war geistig zurückgeblieben und trotz seiner Größe auf dem Entwicklungsstand eines zweijährigen Kindes. Der Aufmarsch von so vielen Gendarmen und Feuerwehrleuten hatte ihn derart erschreckt, daß er voller Entsetzen die Augen verdrehte, als Marion ihn auf Lili-Rose ansprach. Er hätte jemanden gebraucht, der ihm geholfen, ihn beruhigt und seine Worte übersetzt hätte. Aber Jeanne war am Boden zerstört und Denis völlig verstummt.

Der Humusgeruch wurde immer stärker, als Marion die letzten Meter zurücklegte, die sie vom Brunnen trennten. Eine riesige, quer über den Weg gestürzte Eiche hatte dort ihr Leben ausgehaucht, und Marion mußte über den Stamm klettern. Die zerfurchte Rinde war so naß und glitschig, daß sie ausrutschte und auf dem Hinterteil die andere Seite erreichte.

Auch im Sitzen konnte sie den Brunnen gut sehen. Um ihn herum hatte eine ein Meter breite Betonschwelle der wuchernden Natur Einhalt geboten. Das gelbe, an Bäumen befestigte Absperrungsband, auf dem in schwarzer Schrift »Polizei« stand, war völlig zerfleddert. Obwohl Marion sich sehr genau an diesen Brunnen erinnerte, war sie jetzt erstaunt über seine Höhe. Lag es nur daran, daß sie auf dem Boden saß?

Sie stand auf, und der Brunnen wirkte sofort deutlich niedriger. Trotzdem fragte sie sich, wie ein vierjähriges Mädchen, das eher klein und schmächtig war, allein auf diese Mauer geklettert sein sollte, die gut einen Meter fünfzig hoch war. Ringsum gab es keine Bank, nicht einmal einen Baumstumpf, der ihr dabei hätte helfen können. Auf den glatten Steinen waren keine Spuren von Schuhen zu erkennen gewesen. Im übrigen hatte sie nackte Füße gehabt, als man sie in fünf Meter Tiefe gefunden hatte, während die roten Kinderschuhe in drei Meter Entfernung vor einem Baum standen. Das war seltsam, und Marion hatte sich schon an jenem Sommerabend vor fünf Jahren darüber gewundert.

Regungslos und mit halb geschlossenen Augen ließ sie die Ereignisse wieder wach werden.

Sie nähert sich dem Brunnen, der Himmel ist noch hell. Es ist Anfang Juli, vor zehn wird es nicht dunkel. Innerhalb der Absperrung, die die Gendarmen um den Tatort herum angebracht haben, stehen Scheinwerfer, und man hat ein Gerüst aufgebaut, um sie auf dem Brunnenrand anzubringen. Die zur Verstärkung aus Lyon dazugerufenen Feuerwehrleute haben Geräte von Höhlenforschern mitgebracht. Ein galgenförmiges Holzgestell ragt über den Brunnen. Man könnte meinen, hier seien Archäologen am Werk oder es werde eine Ölbohrung vorgenommen. An dem Holzpfosten hat man eine Winde befestigt, darüber läuft ein Seil, an dessen Ende ein Gurtzeug hängt wie das eines Bergsteigers. Denis Patrie sieht

Lili-Rose als erster unten im Brunnen liegen. Die Gendarmen führen ihn ein Stück fort. Ein Feuerwehrmann seilt sich freiwillig ab, auf die Gefahr hin, sich dabei alle Knochen zu brechen. Er stellt fest, daß Lili-Rose tot ist, aber die Gendarmen erlauben ihm nicht, sie hochzuholen.

Aus dem engen Brunnenschacht, in dem nur Platz für eine Person ist, steigt der Geruch nach Schimmel und Exkrementen empor. Marion beschließt, daß sie sich abseilen wird. Ausgerüstet mit einer Grubenlampe, einem Fotoapparat und einem Aufnahmegerät, dessen Mikrophon sie sich an den Träger ihres Büstenhalters klemmt.

Als Marion diese Bilder wieder heraufbeschwor, das schwarze Loch und tief unten die kleine Tote darin, wurde sie von der gleichen panischen Angst erfaßt wie fünf Jahre zuvor. Am liebsten hätte sie »Halt!« geschrien. »Ziehen Sie mich wieder hoch!« Doch das Seil tut schon den ersten Ruck, die Winde knarrt, und unter den ernsten Blicken der Zuschauer sinkt sie unaufhaltsam hinab. Was all diese Leute wohl denken? Beneiden sie sie, haben sie Mitleid mit ihr? Oder reiben sie sich die Hände, weil sie wissen, daß es ihr erster Fall ist, ihre Feuertaufe? Marion will es nicht wissen. Sie gibt ein Zeichen, sie anzuhalten, nimmt das Springseil von dem verkrüppelten Ast und steckt es in eine Plastiktüte, die zwischen ihrem Gürtel und ihrem Hosenbund klemmt. Wieder das Knarren des Seils. Sie wird einen Meter hochgezogen, übergibt die Tüte. Erneutes Knarren, ein Ruck, und es geht wieder hinab. Je tiefer sie sinkt, desto dunkler wird es, desto abscheulicher wird der Gestank. Die in der Tiefe des Brunnens eingeschlossene Luft ist so stickig, daß man kaum atmen kann. Hinzu kommt der durchdringende, betäubende Geruch einer Chemikalie. Das Licht ihrer Lampe zerreißt die Dunkelheit und fällt auf Lili-Rose, von der sie zunächst nur die langen, zu zwei Zöpfen geflochtenen Haare sieht, die beiden roten Spängchen darin, dann die merkwürdig verbogene Wirbelsäule und die Fußsohlen, von zarter, durchsichtiger Haut überspannt. Lili-Rose ist ungewöhnlich klein für ihr Alter und wirkt in dieser zusammengekrümmten Haltung noch winziger. Marion schießt etliche Fotos, taucht den leblosen Körper und alles ringsherum immer wieder in grelles Licht, spricht ihre Beobachtungen auf Band. Sie hat es eilig, diese Sache hinter sich zu bringen, wieder aufzusteigen und zu atmen. Ihre Lungen brennen, und sie keucht, ist trotz der Kälte in diesem Loch schweißüberströmt. Sie packt den kleinen, schlaffen Körper und drückt ihn so behutsam es geht an sich. Lili-Rose ist leicht wie eine Feder. Als ihr kalter Rücken an den warmen Bauch der jungen Frau geschnallt ist, schwingt ihr nach vorn geneigter Kopf leicht hin und her. Marions Herz klopft so laut, als müßte es jeden Moment zerspringen, und sie brüllt den Männern zu, sie hochzuziehen. Sie *beide* hochzuziehen. Endlich frische Luft, aber dumpfes Schweigen, beklemmend wie ein Schuldgefühl. Lili-Rose wird losgebunden. Von wem eigentlich? Marion weiß nicht mehr, ob von Talon oder von Marsal, dem Gerichtsmediziner, der gerade eintrifft und dem ausnahmsweise einmal nicht nach Spott zumute ist. Dann der Aufschrei von Jeanne, die sich aus der Obhut der Gendarmen befreit und ihre Tochter erblickt hat, ein kleines, schlaffes Püppchen, das sie nie wieder in ihre Arme schließen wird. Wie eine Anklage ruht ihr schrecklicher Blick auf Marion. Aber weshalb? Sie trifft doch keinerlei Schuld. Sie hat nur einen Wunsch: die Flucht zu ergreifen.

Doch sie war geblieben an jenem Sommerabend, war geblieben, um ihre Arbeit zu tun, ohne den süßlichen Duft, den die letzten Blüten eines Trompetenbaums verströmten, wahrzunehmen. Tage- und nächtelang hatte der unerträgliche Geruch nach verwesendem Tier sie verfolgt, hatte der gequälte Aufschrei von Jeanne Patrie ihr in den Ohren gehallt. Wieder versetzte sie sich in die Lage dieser Frau, und plötzlich bewegte sich etwas in ihrem Körper. Ein winziges Lebenszeichen, und ihre Hände legten sich instinktiv auf ihren Bauch. Das Baby! dachte sie aufgewühlt. Sie wartete auf die nächste Bewegung, hoffte mit aller Kraft darauf, aber da war nichts mehr, und sie sagte sich voller Bedauern, daß sie wohl geträumt hatte.

Das Klingeln ihres Handys zerriß die Stille, und Marion wurde bewußt, daß es schon fast dunkel war. All diese lebhaften Erinnerungen und Gefühle hatten sie in solche Verwirrung gestürzt, daß sie nur zur Hälfte verstand, was Nina ihr von Lisettes Telefon aus zu sagen hatte. Sie bekam nur mit, daß es irgendwie um Schuhe ging, und hörte sich beteuern, daß sie sofort kommen würde.

Sie wollte schon kehrtmachen, als ihr plötzlich einfiel, daß es einen Trampelpfad gab, der zu einem meist ausgetrockneten Bach führte. Auf der anderen Seite dieses natürlichen Hindernisses, das eigentlich keins war, stieß man auf einen Weg, der rings um das Anwesen verlief und zurück zum Haupteingang führte. Ihrer Intuition folgend, ging sie los. Sie fand den Pfad wieder und stellte fest, daß das Gras niedergetreten war, auch der wilde Hafer und die verblühten Kamillenbüschel.

Jemand war vor kurzem dort entlanggegangen.

Sie hätte sich fragen sollen, wer und warum. Aber merkwürdigerweise dachte sie darüber nicht nach, als sie den Patrie-Hof verließ. Sie dachte an etwas anderes: die Füße von Lili-Rose. So große Füße für einen so kleinen Körper.

25

Auf dem Hof der Grundschule von Saint-Genis herrschte großer Trubel. Es war schwer zu sagen, wer den meisten Lärm machte, die angespannt plaudernden Eltern, die überdrehten

Kinder oder die Lehrer, die zwischen den Gruppen hin- und herliefen. Nina war losgestürmt, um zwei Freundinnen Hallo zu sagen, ihre Lehrerin vom Vorjahr zu begrüßen und ihrem neuen Klassenlehrer frech ins Gesicht zu sehen. Er war ein großer, braungebrannter, sportlicher Kerl mit einem offenen Lächeln. Auch Marion beobachtete ihn aus der Ferne und dachte bedrückt darüber nach, daß ihr schon Pädophile über den Weg gelaufen waren, die noch vertrauenerweckender wirkten als er. Nina, die offensichtlich zufrieden war mit dem, was sie gesehen hatte, kam wieder angetänzelt, und der neue Schulranzen hüpfte auf ihrem Rücken.

»Deine Schnürsenkel!« rief Marion ihr zu und deutete auf ihre Füße.

Nina bückte sich, um die brandneuen Reeboks, die Lisette ihr am Vortag geschenkt hatte, wieder zuzubinden. »Ein Glück, daß ich vergessen habe, dir welche zu kaufen, sonst hättest du jetzt zwei Paar ...«, hatte Marion gesagt, als sie Nina abholte.

So hatte sich Nina wenigstens genau das Modell aussuchen können, das sie haben wollte. Marion dachte lieber gar nicht erst darüber nach, wie sehr Lisette vermutlich an ihrem letzten Tag als Babysitter unter Druck gesetzt worden war!

»Verrückt, wie klein deine Füße sind!« sagte sie, als fiele ihr das zum ersten Mal auf.

»Ja. Mann, ich bin echt klein! Ich bin bestimmt wieder die Kleinste in der Klasse.«

»Klein, aber fein«, ließ Marion vom Stapel, um sie zu trösten. »Ich glaube, es geht los, mein Liebling ...«

Marion beugte sich herab, um sie an sich zu drücken. Sie spürte den schnellen Herzschlag ihrer Tochter und roch die Honigseife, auf die sie sich seit neustem kapriziert hatte, dann fiel ihr Blick auf die beiden Beauftragten vom Jugendamt, die neben dem Tor des Schulhofs auf sie warteten. Ihre Miene verfinsterte sich. Während Nina das Datum auf die erste Seite eines Schulheftes schreiben und eine Geschichte aus ihren Ferien erzählen würde, müßte sie die Neugier dieser Beamten ertragen und ihnen jeden Winkel ihres Hauses zeigen. Gott sei Dank würde Nina nichts von ihren hinterhältigen Fragen erfahren.

»Keine Angst, Mama«, sagte Nina in diesem Moment. »Wird schon alles klappen.«

»Ja, Schätzchen, wird schon alles klappen.«

»Ich meine, mit den beiden Nervensägen vom Jugendamt.«

»Nina, bitte!«

Nina prustete los, und auch Marion mußte lachen, während sie sie noch fester umarmte.

»Ich bleib immer bei dir, du bist 'ne viel zu tolle Mama!«

Marion wurde von einer solchen Welle der Zärtlichkeit erfaßt, daß sie das Gefühl hatte abzuheben.

»Los, lauf schon!« sagte sie rasch, um nicht in Tränen auszubrechen, »sonst bist du nicht nur die Kleinste, sondern auch noch die Letzte in der Klasse!«

Nina bedeckte ihr Gesicht mit ein paar schnellen Küssen und stürmte auf ihren Lehrer zu, der in die Hände klatschte, damit die Kinder sich vor der Tür aufstellten. Nach zehn Metern blieb sie plötzlich stehen. Marion sah, wie sie kehrtmachte.

»Weißt du, ich wollte dir noch was sagen, du mußt ...«

Der Gong, der den offiziellen Beginn der Stunde verkündete, übertönte das Ende ihres Satzes. Marion lächelte, weil sie ganz genau wußte, daß das, woran Nina sie erinnern wollte, Playstation hieß ...

Nina hielt sich mit einer Grimasse die Ohren zu, bis es wieder still war.

»Du mußt mal zum Arzt gehen. Das ist doch nicht normal, daß du andauernd spuckst ...«

Marion war so verdattert, daß sie nach Luft schnappte wie ein Karpfen.

»Versprochen«, stammelte sie, während das Mädchen sie in Erwartung einer Antwort ansah.

Der Rattenschwanz und der neue Schulranzen waren schon längst verschwunden, aber Marion stand noch immer auf dem leeren Schulhof, begeistert und verdutzt über Ninas unglaubliche Fähigkeit, sie zu überraschen. Dann hörte sie, wie die beiden Leute vom Jugendamt am Tor sich ungeduldig räusperten.

Als sie bei ihnen angelangt war, ließ das Handy in ihrer Blousontasche die Melodie von *Amazing Grace* ertönen. Sie wandte sich ab, um das Gespräch anzunehmen. Nach einer kurzen Unterhaltung drehte sie sich wieder um.

»Tut mir leid, aber ich werde dringend gebraucht.«

Die beiden starrten sie argwöhnisch an.

»Morgen früh, um die gleiche Uhrzeit, hier?« schlug sie vor, während sie schon zu ihrem Auto rannte.

Sie ließ ihnen keine Zeit für eine Antwort.

26

Es war ihr dritter Besuch innerhalb von drei Tagen im gerichtsmedizinischen Institut, nachdem sie drei Monate keinen Fuß hineingesetzt hatte. Kein Wunder, daß der arme Marcello ganz aus dem Häuschen war.

Das Atmen fiel ihr gleich etwas leichter, als sie feststellte, daß die beiden Obduktionstische abgeschrubbt und blank gewienert waren wie die Küche in einem Nobelhotel. Heute zum Glück keine Leiche mit hervorquellenden Eingeweiden. Der Gerichtsarzt saß hinter seinem Schreibtisch und hatte sich die Brille auf seine glänzende Stirn geschoben.

»Ich hab was für Sie.«

Marions Augen blitzten. »Ich hab was für Sie« war bei Marsal gleichbedeutend mit guten Neuigkeiten. Sie ließ sich ihre Ungeduld nicht anmerken, während er in seinen Papieren wühlte.

»Ich habe nicht die leiseste Ahnung, was Sie da ausbrüten, und ich will es auch gar nicht wissen«, schickte er voraus. »Ich betrachte das Ganze von einem rein medizinischen, wissenschaftlichen Standpunkt aus ...«

Geduld, Geduld ... Bloß keine Gereiztheit zeigen! Bevor man von Marsal etwas erfuhr, mußte man stets den einen oder anderen Exkurs über Moral und Wissenschaft, über Ethik und Gerichtsmedizin oder die Mauscheleien bei der Polizei über sich ergehen lassen. Um diese Vorrede kam niemand herum. Marion setzte sich möglichst leise auf die Kante eines schwarzen Kunstlederstuhls.

»Ich habe mir die tollsten Ammenmärchen ausgedacht, um den Laborleiter so weit zu kriegen, wie ich ihn haben wollte, und ich hasse so etwas ...«

Lügner, dachte sie, ganz im Gegenteil, lügen und Leute manipulieren bereitet dir doch das größte Vergnügen ...

»Fragen Sie also gar nicht erst, was ich denen erzählt habe, mir ist es lieber, dieses peinliche Geheimnis mit niemandem zu teilen.«

»Na, na, jetzt übertreiben Sie mal nicht, Doc. Einen Atomkrieg wird das Ganze ja wohl nicht heraufbeschwören.«

»Also ...« fuhr der Gerichtsarzt fort, während er wieder in seinen Papierstapeln wühlte, »die Flüssigkeit auf Strickjacke und Haaren, die zu den Hautverletzungen geführt hat, ist Formaldehyd, sprich: Formalin, ein Desinfektionsmittel, das verwendet wird ...«

»Ich weiß, Doc ... das hatte man vor fünf Jahren bereits herausgefunden.«

»Die Untersuchung *post mortem* hat ergeben, daß noch keine Abschuppung von Hautzellen begonnen hatte, daß folglich der Tod nur wenige Minuten nach Kontakt mit der Flüssigkeit eingetreten ist.«

»Wieviel Flüssigkeit?«

»Mit Genauigkeit läßt sich das schwer sagen. Ein halber Liter, so in etwa.«

Marion beugte den Oberkörper vor, um einen Blick auf Marsals Notizen zu werfen, soweit das von ihrem Stuhl aus ging.

»Damit habe ich ein Problem«, sagte sie plötzlich. »Formalin ist ein hochaggressives Mittel, das zu Verbrennungen führt ... Als Lili-Rose damit überschüttet wurde, muß ihr das sehr weh getan haben. Und was tut ein Kind in so einer Situation? Es läuft zu seiner Mutter ... Das hat Lili-Rose nicht getan – warum? Weil man sie daran gehindert hat, glauben Sie nicht?«

»Glauben gehört nicht in meinen Aufgabenbereich. Aber ich verstehe, worauf Sie hinauswollen. Jemand hat Lili-Rose Formalin ins Gesicht geschüttet, und um zu verhindern, daß sie es ihrer Mutter sagt, wirft er sie in den Brunnen. Sicher ... Sie sollten allerdings auch bedenken, daß Formalin nicht sofort zu Verbrennungen führt. Es ist eben keine Salzsäure und kein Vitriol. Insofern ist davon auszugehen, daß der brennende Schmerz noch nicht eingesetzt hatte, als sie starb ...«

»Wie lange dauert es, bis man die Verbrennungen spürt?«

»Etwa zehn Minuten. Und ich gehe davon aus, daß Lili-Rose schon nach vier Minuten tot war.«

Marsal wartete auf einen Kommentar, der jedoch ausblieb.

»Jedenfalls ist das Formalin nicht die Ursache ihres Todes«, fügte er hinzu. »Weder direkt noch indirekt. Wissen Sie, woher das Formalin kam?«

»Das Mittel ist im Handel erhältlich ... Damals haben wir in verschiedene Richtungen recherchiert: Krankenhäuser,

Ärzte, Taxidermisten, Labors. Aber das hat nichts ergeben. Ein halber Liter ist auf dem Gesicht eines kleinen Mädchens ungeheuer viel, aber im Vergleich zu den Massen, die davon verwendet werden …«

»Natürlich. Und auf dem Hof?«

Marion schüttelte den Kopf. Denis Patrie hatte versichert, daß er kein Formalin besaß, und auch bei der Haussuchung hatte man nichts gefunden. Denis Patrie hatte keine Ahnung, woher das Formalin kam, und auch Jeanne wußte nichts. Sie sagte im übrigen keinen Ton, konnte sich zu nichts äußern. Sobald man den Namen ihrer Tochter aussprach, zuckte sie zusammen. Das Geheimnis des Formalins war nicht ergründet worden.

»Gab es da nicht auch einen Bruder?« hakte Marsal nach.

»Ja, ein achtjähriger Junge, ein labiles Kind mit dem IQ eines Vögelchens und mit massiven Gesundheitsproblemen.«

»Also ein ziemlich gestörter Junge«, murmelte der Gerichtsarzt. »Vielleicht hat er ein Fläschchen in die Finger gekriegt und seiner Schwester den Inhalt ins Gesicht geschüttet …«

Marion verzog den Mund.

»Das bezweifele ich, wirklich. Er hatte zu starke motorische Störungen für so einen präzisen Bewegungsablauf.«

»Vielleicht wollte er ihr etwas zuleide tun? Aus Eifersucht …«

»Und anschließend hat er sie über den Brunnenrand geworfen? Ich weiß ehrlich nicht, ob er dazu in der Lage gewesen wäre. Ich meine körperlich. Lili-Rose hätte sich gewehrt, seine Mutter hätte etwas gehört. Und was hätte er mit der leeren Flasche getan? Sie ist nie gefunden worden. Der ganze Hof ist durchsucht worden, sogar der Hühnerstall, in den er sich geflüchtet hatte …«

Marsal breitete seine mageren Arme aus.

»Tja, was soll ich dazu sagen? So eine zwanghafte Tat ist immer vorstellbar.«

»Natürlich. Aber der damalige Leiter der Kripo, Max Menier, hat diese Möglichkeit ausgeschlossen. Er hat im übrigen alle Hypothesen ausgeschlossen, die von einem Verbrechen ausgingen ...«

Der Arzt beharrte nicht länger, sondern steckte seine lange Nase wieder in die vor ihm liegenden Papiere und fuhr fort:

»Abgesehen von dem Formalin hat man am Körper der Toten nichts Ungewöhnliches gefunden. Die interessantesten Dinge befanden sich auf den Kleidern und in den Taschen der Strickjacke des Opfers. Spuren von Mineralien, Staubteilchen, Blattreste, Erde. Der Vergleich mit der Umgebung fiel positiv aus. Man hat außerdem sehr viele organische Spuren menschlicher Herkunft gefunden, was normal ist: Haut, Körperhaar, Teile von Kopfhaar, alles von Lili-Rose oder von den Mitgliedern ihrer Familie. Mit einer Ausnahme.«

Marion richtete sich auf. Marsal sah sie über seinen Brillenrand hinweg an.

»Wußten Sie das nicht?«

»Doch, doch. Ein langes Haar, oder? Ich hatte gedacht, es wäre von Lili-Roses Mutter gewesen.«

»War es aber nicht. Nun ist es allerdings mit den Kopfhaaren so eine Sache ...«

Marion nickte und strich dabei instinktiv über ihr eigenes Haar.

»Man verliert ständig welche, überall«, sagte sie. »Lili-Rose ging zur Schule, in Geschäfte, sie lebte ja nicht in einer hermetisch abgeschlossenen Welt. Dieses Haar hat sie an jedem nur erdenklichen Ort auflesen können, und da wir außer den Familienmitgliedern niemals einen Tatverdächtigen hatten ...«

»Ganz genau«, stimmte Marsal ihr zu. »Ein Haar ist an sich nichts Besonderes, außer man hat einen möglichen Geber zur

Hand, der durch vergleichende Analysen in einen eindeutigen Zusammenhang gebracht werden kann.«

Marsal setzte seinen Bericht fort:

»Man ist auf weitere organische Spuren gestoßen, die tierischer Herkunft waren.«

Er rückte seine Brille zurecht und überflog den nächsten Zettel. Dann sah er mit fast genüßlichem Blick wieder auf.

»Hier ist meiner Meinung nach etwas übersehen worden.«

Er hielt inne, um sich davon zu überzeugen, daß seine Worte ihre Wirkung nicht verfehlt hatten. Es war zum Verzweifeln.

»In den Taschen von Lili-Rose sind Federn diverser Nutzvögel gelandet: Hühner, Enten, Tauben, et cetera. Außerdem Reste von Geflügelfutter sowie einige tote Parasiten, die auf diesen Tieren keine Seltenheit sind. Alles entsprach genau der Fauna auf diesem Hof. Außer dem hier.«

An seinem Zettel war ein Foto befestigt, auf dem in Großaufnahme ein etwa vier mal vier Zentimeter großer Plastikbeutel abgebildet war. Er nahm das Bild und legte es auf einen dicken Ordner. Marion streckte die Hand aus, um es gespannt zu betrachten. Der Inhalt des Beutels sah aus wie der Sporn eines Hahns oder einer Henne und bildete die Verlängerung eines zwei Zentimeter langen, skelettartigen Zehenglieds. Das ganze Ding war so dunkel, fast schwarz, daß es aussah, als wäre es mit Schuhcreme bestrichen und poliert worden. Durch die Vergrößerung traten alle Details der Kralle deutlich hervor. Die wirkliche Größe lag wohl bei etwa einem Zentimeter, zusammen mit dem Sporn war das Teil höchstens drei Zentimeter lang. Marion sah den Gerichtsmediziner fragend an. Sie sah diesen Gegenstand zum ersten Mal. Wieder einmal hatte Kripo-Chef Menier durchgegriffen und die Untersuchung im Stil eines Alleinherrschers für abgeschlossen erklärt.

»Diese Kralle ist keinem der auf dem Hof lebenden Tiere

zuzuordnen. Ich halte es für ausgeschlossen, daß auch nur einer dieser Nutzvögel eine vergleichbare Gliedmaße besitzt. Höchstwahrscheinlich handelt es sich um den Sporn eines Raubvogels, vielleicht stammt er von einem Falken oder Bussard. Sein Zustand deutet darauf hin, daß er recht alt ist. Mit Sicherheit stammt er von einem Vogel, der gelebt hat, als die Familie sich noch gar nicht in der Gegend niedergelassen hatte.«

»Lili-Rose hat ihn vielleicht im Garten gefunden. Es ist nicht auszuschließen, daß ihn ein Raubvogel vor langer Zeit dort verloren hat.«

»Das bezweifele ich: die Ablagerungen auf der Kralle stammen wahrscheinlich nicht vom Patrie-Hof. Wenn man sie sich per Binokular oder unter einem Elektronenrastermikroskop ansieht, stößt man auf ungewöhnliche Dinge – Partikel von Mineralien und Stoffen, die zumindest in dieser Gegend nicht bekannt sind. Und es kommt noch besser: Unter dem Mikroskop wird ein Gewebeteil sichtbar, das oben am Sporn klebt und mit Sandkörnern und winzigen Pflanzenteilen übersät ist, die an den Fasern haften.«

»Wissen Sie, was das ist?«

Der Gerichtsarzt machte eine ungeduldige Handbewegung. Er konnte diese ständigen Unterbrechungen nicht leiden. Marion kümmerte sich nicht darum.

»Glauben Sie, daß sie es vielleicht im Brunnen aufgelesen hat?«

»Und sich in die Tasche gesteckt hat? Nach ihrem Tod?«

»Stimmt, das ist idiotisch. Aber nicht vollkommen ausgeschlossen. Denn als ich sie hochgeholt habe, kann es mir passiert sein, daß ich dieses ... dieses Ding mitgenommen habe, ohne es zu merken. Was mich sehr überrascht, ist allerdings die Tatsache, daß man diese Untersuchungen bei den ersten Ermittlungen nicht durchgeführt hat. Ich habe den Laborbericht gestern bei Richterin Eva Lacroix durchgelesen. Diese

Kralle wird darin nicht erwähnt. Da ist nur andeutungsweise von einer Tatortspur die Rede, die sich von allen anderen unterscheidet oder so ähnlich. Ich nehme an, daß es sich um diesen Vogelfuß handelt.«

Marsal stand auf, um sich gleich wieder hinzusetzen.

»Das ist möglich. Die Person, die mir diese Tatortspuren wieder aus den Laborarchiven geholt hat, hat schon vor fünf Jahren dieselbe Kritik geübt. Ein Glück übrigens, daß inzwischen nicht alles im Müll gelandet ist. Sie selbst hatte damals die Analysen vorgenommen«, fügte Marsal hinzu, um Marions Frage zuvorzukommen. »Sie hat dann mit ihrem Chef darüber geredet, der mit Zustimmung von Richterin Lacroix beschloß, den Sporn ins hiesige Naturkundemuseum zu schicken. Ihm schien klar auf der Hand zu liegen, daß da etwas nicht zusammenpaßte, aber es fehlten die Einzelheiten …«

»Dann hat das Labor den Sporn also doch zu weiteren Analysen rausgeschickt …«

»Ja«, gab Marsal ungeduldig zurück. »Ins Naturkundemuseum, das sagte ich doch gerade. Ich kann Ihnen sogar versichern, daß er dort eingetroffen ist, denn der Laborleiter wurde darüber informiert, daß man das Gutachten einem jungen Konservatoren anvertrauen wolle, der sich auf Vögel spezialisiert habe, insbesondere auf ausgestorbene oder vom Aussterben bedrohte Arten. Jemand, der sich leidenschaftlich für die Evolution der Vogelarten interessiere und darüber hinaus ein geduldiger Sammler sei. Aber nach einigen Wochen kam die Probe kommentarlos und ohne irgendwelche Ergebnisse zurück.«

»Und warum?«

Marsal stand auf, um seinen Assistenten durchs Fenster herbeizuwinken. Marcello, der gerade dabei war, einige Gläser mit nicht gerade appetitlichem Inhalt zu beschriften, streckte sein Fuchsgesicht durch den Türspalt. Marsal wandte sich zu Marion.

»Kaffee, Marion? Zwei Kaffee, Marcello«, sagte der Arzt, als Marion nickte. »Schön stark für mich. Zucker?«

Sie verneinte ungeduldig, viel zu gespannt auf die Fortsetzung der Geschichte.

»Also wirklich, Doc, das grenzt an Sadismus, wie Sie einen auf die Folter spannen!«

»Immer mit der Ruhe, junge Frau, wir haben fünf Jahre gewartet, da kommt's uns jetzt nicht auf eine Minute an … Wie ich also schon sagte, kam die Kralle zurück, ohne daß eine Analyse durchgeführt worden war, und stellen Sie sich vor, warum: Der Sachverständige war verschwunden.«

»Verschwunden! Wie, verschwunden?«

»Na ja, so könnte man es zumindest ausdrücken. Er war, glaube ich, ins Ausland gegangen, und im Museum gab es niemanden, der die gleiche Qualifikation besaß.«

Über den Rest wußte Marion Bescheid: Das Labor hatte Eva Lacroix über die Abwesenheit des Sachverständigen unterrichtet und auf die Möglichkeit verwiesen, die Probe an eine andere Einrichtung zu schicken. Doch in der Zwischenzeit hatte man entschieden, den Fall zu den Akten zu legen. Für die Anfertigung eines Gutachtens, was immer eine teure Angelegenheit ist, gab es keinen Grund mehr. Die Familie hatte nichts dergleichen verlangt, die Staatsanwaltschaft auch nicht. Thema erledigt. Marion schwieg, während Marcello ein Tablett mit zwei Plastikbechern auf den Tisch stellte, aus denen ein köstlicher Duft aufstieg. Dann blickte sie auf und fragte mehr aus Routine denn aus Überzeugung nach dem Namen des jungen Ornithologen.

»Martin«, antwortete der Gerichtsarzt nach einigem Nachdenken. »Wie Tausende von Franzosen. Aber wenigstens ist das ein Name, den man sich leicht merken kann … Olivier Martin.«

27

Marion hatte nicht die geringste Lust, wieder ins Büro zu fahren, wo Talon und sein kopfloser Zwitter auf sie warteten und bestimmt auch noch allerhand unerfreuliche Neuigkeiten des Internet-Teams. Diese Jungs arbeiteten seit mehreren Wochen verbissen daran, einem Netz von Liebhabern sexueller Gewalt an Minderjährigen auf die Spur zu kommen, die im World Wide Web Fotos austauschten, bei deren Anblick es einem kalt über den Rücken lief. Sie zu erwischen war eine schwierige Aufgabe. Diese anonymen Typen, die sich zu Tausenden hinter ihren Bildschirmen verschanzten, kannten sich mit der neuen Computertechnik besser aus als irgendein Polizist in ganz Frankreich und konnten jeden Versuch, sich in ihr widerliches Netz einzuklinken, sofort orten. Es würde Jahre dauern, das aufzuholen. Die älteren Beamten – zu denen auch sie leider Gottes schon gehörte – waren völlige Grünschnäbel in Sachen Internet, wenn nicht sogar regelrecht allergisch dagegen. Die beiden Freiwilligen, die Marion in zwei Kommissariaten im Ballungsgebiet Lyon aufgestöbert hatte, waren unter Dreißig und hatten den Umgang mit Computern von der Wiege an gelernt. Die Zerschlagung des Pädophilen-Netzes lag ganz in ihrer Verantwortung.

Marion hatte schon ein etwas schlechtes Gewissen gegenüber ihren Jungs, die, wenn sie sie jetzt schon wieder im gerichtsmedizinischen Institut sähen, sofort ahnen würden, daß sie immer noch ihre Zeit mit diesem alten Fall »verplemperte«. Aber Marsal hatte ihr mit seiner Raubvogelkralle den Mund wässerig gemacht. Sie spürte, ja, sie *wußte*, daß sie auf eine entscheidende Spur gestoßen war und daß sie von nun an nichts mehr würde aufhalten können.

»Die Stelle von diesem Martin wird wohl wieder besetzt worden sein …«

»Davon gehe ich aus«, stimmte Marsal widerwillig zu, denn er ahnte schon, was die Kommissarin im Schilde führte.

Marsal dazu zu überreden, sofort noch einmal ins Labor zu gehen, die Kralle dieses geheimnisvollen Vogels mitzunehmen und sie ihr anzuvertrauen, war wirklich eine Leistung. Im Gegenzug mußte sie ihm doch noch etwas versprechen – was genau, wollte er nicht recht sagen. »Das sehen wir dann ...« Aber er hatte eingewilligt.

Um sich die Wartezeit zu verkürzen, gab sie vor, ein bißchen frische Luft schnappen zu wollen, und verließ das Institut. Doch anstatt ganz aus dem Gebäude zu gehen, bog sie in den langen grauen Gang ein, der zum Labor von Professor Ampuis führte, dem Spezialisten für genetische Fingerabdrücke, den Frankreichs gesamte Polizei zu Rate zog.

Marion wußte selbst nicht genau, was sie von ihm wollte. Sich vielleicht nur ihre Entscheidung absegnen lassen, ein Kind in die Welt zu setzen, von dem sie nicht wußte, wer der Vater war.

Dabei war die Entscheidung wirklich gefallen, seit sich das Baby am Vortag im Garten des Patrie-Hofs in ihr bewegt hatte. Und vor einer Viertelstunde hatte sie voller Genuß Marsals Kaffee getrunken. Die Übelkeit lag hinter ihr, sie hatte die schwierigste Zeit überstanden und schwankte nicht mehr. Was wollte sie noch von Professor Ampuis?

Gerade als sie kehrtmachen wollte, flog eine Tür auf, und vor ihr stand der Professor in schwarzer Jeans, schwarzem Lederblouson und Motorradstiefeln, in der Hand einen Motorradhelm. Marion, die nie im Leben darauf gekommen wäre, daß er ein Motorrad besteigen könnte, war sprachlos. Das heitere, sympathische Gesicht des Arztes leuchtete auf.

»Oh, Frau Kommissarin, ich hatte gar nicht mehr mit Ihnen gerechnet!«

Offensichtlich hatte Marsal es sich nicht nehmen lassen,

ihn in das Geheimnis einzuweihen. Ampuis trat zur Seite, um ihr Platz zu machen, wobei er einen kurzen Blick auf die Wanduhr warf, der der jungen Frau nicht entging.

»Ich will Sie nicht aufhalten«, sagte sie. Ampuis gab bestimmt ein Seminar wie sein Kollege vom gerichtsmedizinischen Institut.

»Stellen Sie sich vor, ich habe tatsächlich noch ein paar Minuten Zeit. Ich heirate erst um elf.«

Marion wußte nicht, ob sie sich verhört hatte. Sie musterte den etwas rundlichen Mann in Motorradkleidung: keine Krawatte, keine Blume im Knopfloch, nichts. Marion hatte selbst erst einmal geheiratet, aber sie hätte schwören können, daß sie und ihr Zukünftiger damals mehr auf ihre Hochzeitstoilette bedacht gewesen waren.

Es war schon viertel vor elf.

Ampuis lachte über ihr verdutztes Gesicht.

»Seien Sie unbesorgt, sie wartet seit zehn Jahren auf diesen Tag, da kommt es auf ein paar Minuten mehr oder weniger auch nicht an ... Kommen Sie.«

Er führte sie in ein kleines Büro am Ende des Gangs und setzte sich ungezwungen auf die Kante eines hellen Holztisches. Ihr bot er einen Stuhl an. In dem asketischen Ambiente des Zimmers fiel Ampuis mit seinen nicht einmal blankgeputzten Motorradstiefeln vollkommen aus dem Rahmen. Man hätte ihn für alles halten können, nur nicht für eine Koryphäe auf dem Gebiet des menschlichen Genoms.

»Marsal hat mir Ihr Problem erläutert«, sagte er, mit einem Mal schrecklich ernst. »Ich fürchte, daß ich keine gute Nachricht für Sie habe.«

Marion schwieg mit trockenem Mund.

»Leider ist es unmöglich, an einem Fötus eine genetische Analyse vorzunehmen, ohne ihn in Gefahr zu bringen. Das Risiko ist zu groß.«

»Das dachte ich mir schon. Ich habe ein paar Artikel darüber gelesen.«

»Sie können noch abtreiben.«

»Ausgeschlossen.«

Ihre Stimme war fest, ohne den leisesten Anflug von Zweifel.

»Wenn das Kind auf der Welt ist, können Sie erfahren, wer der Vater ist. Normalerweise mache ich so etwas nicht, aber wenn Ihnen wirklich daran liegt, könnte ich es für Sie tun.«

Und wenn sie dann Bescheid wüßte? Würde sie das Kind von Sam weniger lieben als das von Léo? Plötzlich überkam sie ein Gefühl der Rührung, und auch eine große Traurigkeit. Sie kam sich elend und zerbrechlich vor, wie sie so dasaß und Ampuis' Blick auf ihr ruhte. Er sah aus wie jemand, der zu Hause einen ganzen Stall Kinder hatte. Ob ihm wohl schon der Gedanke gekommen war, daß es hier um mehr ging als ein rein medizinisches Problem? Daß es um ihr Leben ging und um das eines Kindes? Sie dachte an das kleine Wesen, das durch Milliarden von unsichtbaren Fäden mit ihrem Körper verbunden war. Dann sah sie zu Ampuis auf, und aus ihren dunklen, klaren Augen sprach ein ungewöhnlicher, fast feierlicher Ernst.

»Ich danke Ihnen«, sagte sie mit fester Stimme. »Ich werde das Kind zur Welt bringen und Sie nicht um diese Untersuchung bitten. Sie nicht, und auch sonst niemanden.«

Leichten Schrittes kehrte sie in das schummrige Kellerloch zurück, in dem der Gerichtsarzt waltete. Durch die Fenster seines Büros konnte sie ihn schon von weitem an seinem Schreibtisch sitzen sehen, obwohl sein schmächtiger Körper fast hinter den turmhohen Papierstapeln verschwand, die noch beeindruckender waren als die in ihrem Büro. Er telefonierte gerade und begann heftig in ihre Richtung zu gestikulieren, als er sie sah.

Das Gespräch versetzte ihn offenbar in große Erregung. Alle Farbe war aus seinem Gesicht gewichen, und um seinen Mund herum hatten sich zwei tiefe, senkrechte Falten gebildet. Er hielt eine Hand auf den Hörer.

»Mein Gott, wo haben Sie denn gesteckt?«

»Auf dem Klo«, formulierte Marion lautlos mit den Lippen, und sogleich huschte der Anflug eines Lächelns über das Gesicht des Arztes. Er öffnete eine Schublade seines Schreibtischs und holte einen mittelgroßen Umschlag mit dem Briefkopf des Labors daraus hervor. Damit fuchtelte er Marion vor der Nase herum, ließ ihn aber nicht los, bis er sein Gespräch beendet hatte.

»Was für ein Schwachkopf!« sagte er, als er endlich den Hörer aufgelegt hatte. »Der würde bei jedem Idiotenwettbewerb mit Abstand den ersten Preis gewinnen. Hier, für Sie.«

Wieder schwenkte er den Umschlag. Marion griff danach, doch der Arzt zog das kostbare Stück in letzter Sekunde wieder zurück.

»Momentchen! Daß wir uns da einig sind ... Normalerweise dürfte ich Ihnen diesen Umschlag nicht geben. Mir und nur mir allein hat man ihn anvertraut. Fürs Labor existieren Sie nicht!«

»Das ist doch nichts Neues«, brummelte Marion, die sich manchmal darüber ärgerte, wie herablassend man als Polizist von den »Gelehrten« behandelt wurde.

»Also, wenn irgend etwas damit passiert ...«

»Machen Sie sich keine Sorgen. Ich werde darauf aufpassen wie auf meine eigene Tochter.«

28

Draußen schien wieder die Sonne. Nachdem Marion zwei Stunden im Erdinneren zugebracht hatte, war ihr jedes Zeitgefühl abhanden gekommen. Es kostete sie ungeheure Kraft, sich wieder auf den Verkehr und den Rückweg zur Kripo zu konzentrieren.

Der Gang im vierten Stock war menschenleer. Das einzige Büro, aus dem Stimmen drangen, war das der Internet-Asse. Marion sah, wie die beiden Männer fernab der Bildschirme über einem Schreibtisch die Köpfe zusammensteckten. Sie wandten ihr den Rücken zu.

»Sieh mal«, sagte der eine, »es ist wirklich nicht kompliziert. Das hier ist der Zyklus deiner Frau ...«

Marion kam es so vor, als würde er etwas auf ein Blatt Papier malen, wobei ihm sein Kollege konzentriert und mit gerunzelter Stirn zusah.

»Hier, das sind die fruchtbaren Tage. Siehst du, das geht ganz sachte los, steigt immer weiter an und endet in einer richtigen Zacke. Wenn du ein Mädchen willst, ist das genau der Zeitpunkt, wo du loslegen mußt, Alter!«

»Bist du sicher?«

Der andere schien beeindruckt. Marion kam lautlos näher.

»Hundert Pro!« versicherte der erste. »Das hat mir ein Fruchtbarkeitsspezialist erklärt. Du mußt dir nur genau ausrechnen, wann du zum großen Schlag ausholst, das ist alles.« Er lachte. »Bloß nicht den falschen Abend erwischen. Und vergiß nicht, daß sich deine Frau auch vorbereiten muß: viel Salziges essen, Atemübungen machen ... sich halt richtig motivieren!«

»Was für ein romantisches Programm!« rief Marion aus.

Die beiden Beamten fuhren zusammen, und der Gelegenheitsgynäkologe errötete. Er setzte sich rasch wieder an seinen Computer.

»Wir haben eine Internetseite aufgespürt«, sagte er schnell. »Darüber wollten wir gerade mit Ihnen reden. Es ist ein belgischer Provider. Der Kunde hat keine feste IP-Adresse, aber wenn die Belgier mitmachen, können wir ihn vielleicht irgendwie fassen. Dieses Netz erstreckt sich über ganz Europa, Australien, Japan ... Sehen Sie sich das an!«

Auf dem Bildschirm ein kleines Mädchen mit gewaltsam gespreizten Beinen. Sein unverhülltes Gesicht war ausdruckslos. War es mit Drogen vollgepumpt oder hatte es resigniert? Marion wurde schwindelig, und sie wandte den Blick ab. Mit geballten Fäusten erinnerte sie sich an den rückfälligen Pädophilen, den sie für den Mörder von Zoé Brenner gehalten hatte, und an die Art und Weise, wie sie sich auf ihn gestürzt hatte. Irgendwann würde sie den Mann, der das kleine Mädchen auf dem Bildschirm gequält hatte, und all die Männer, die sich an diesen schmutzigen Fotos aufgeilten, zwischen die Finger kriegen. Und dann, ja dann ...

»Wenn man wenigstens herausbekommen könnte, wer diese Kinder sind ...« murmelte sie.

Aber das war unmöglich, oder fast. Manchmal gelang es durch irgendeinen Hinweis auf dem Foto – einen Gegenstand, einen Kalender, ein Möbelstück –, das Land auszumachen oder mit etwas Glück sogar die Stadt, in der das Kind gefoltert wurde. Vor kurzem war man bei einem kleinen Mädchen darauf gekommen, daß es sich in Schweden befand. Daraufhin hatten die Schweden alle Listen mit als vermißt gemeldeten Kindern, alle Schulen und Vereine durchforstet. Letztlich konnte nicht nur das Mädchen identifiziert werden, sondern auch der Mann, der es quälte, um die Fotos zu verkaufen: sein eigener Vater. Er leitete eine Kinderkrippe und half jungen Müttern, indem er abends den Babysitter spielte. Kostenlos ...

Einer der beiden Beamten sagte etwas. Marion war so in Gedanken versunken, daß sie die beiden ganz vergessen hatte.

»Im Moment kommen wir jedenfalls nicht weiter. Der Mistkerl will natürlich, daß wir ihm eine Sicherheit geben ...«

»Schicken Sie ihm ein oder zwei Fotos aus Ihrer Privatsammlung. Erwachsenenpornos, nichts anderes«, sagte sie bestimmt und steuerte, jeden Blickkontakt meidend, rasch auf die Tür zu. Ihr war durchaus bewußt, wie schwierig diese Arbeit war. Die beiden mußten solche perversen Typen austricksen, mußten ihr Vertrauen gewinnen. Alle verlangten einige Fotos als Pfand, ehe sie als Gegenleistung weitere Fotos losschickten und damit mehr von sich preisgaben. Die begehrtesten Fotos waren keine Erwachsenenpornos, die man ohnehin in jedem Sex-Shop bekam, sondern Fotos von Minderjährigen, die im Idealfall vergewaltigt oder körperlich mißhandelt wurden. Auch Blut war gern gesehen. Marion hatte sich geweigert, dieses Spielchen mitzumachen. An ihrer Entscheidung gab es nichts zu rütteln.

Sie hörte noch, wie die beiden Internet-Spezis ihr Gespräch über selektive Befruchtungstechniken wiederaufnahmen, und fragte sich, wie man mit solchen Hintergedanken mit jemandem schlafen konnte.

Im Gang war es immer noch erstaunlich still. Wo steckten eigentlich Lavot und Talon, von denen sie den ganzen Tag nichts gesehen und gehört hatte? Ob sie noch beleidigt waren? Und die anderen?

Ein kurzer Blick in den Führungs- und Lageraum, und ihr wurde klar, daß die ganze Abteilung im Einsatz war, um die Ermittlungen bezüglich des in Stücke geschnittenen Transsexuellen voranzutreiben, dem immer noch der Kopf fehlte. Soweit sie sich erinnerte, hatte Talon ihr nichts dergleichen gesagt, woraus sie schloß, daß es sich wohl um Routineüberprüfungen handelte.

Sie setzte sich an ihren Schreibtisch und sah rasch die Post durch, die ihr die Sekretärin hingelegt hatte. Erst nachdem sie ein paar Formulare unterschrieben hatte, bemerkte sie oben auf einem Papierstapel ein Blatt mit der Auflistung von einem Dutzend Telefonnummern, und darunter in Lavots ungelenker Handschrift: »Worum Sie mich gestern gebeten haben. Lavot«

Sie hatte völlig vergessen, ihre Bitte um eine Überprüfung der bei ihr eingegangenen Anrufe rückgängig zu machen! Sie überflog die Liste und fand bestätigt, was sie ohnehin schon wußte: siebenmal die Nummer von Lisette. Dafür tauchte am Sonntagabend zweimal hintereinander eine Nummer auf, die nicht die der Großmutter war, und das aus gutem Grund: Lisette war an diesem Abend bei Marion in Saint-Genis gewesen. Marion setzte sich vor ihren *Minitel*-Bildschirm und fand schnell heraus, daß die beiden Anrufe im Abstand von zwei Minuten in einer Telefonzelle getätigt worden waren, die an der Place du Marché in Saint-Genis stand.

Einen Kilometer Luftlinie von ihrem Haus entfernt.

29

Um 14 Uhr parkte Marion vor dem Hauptportal des Naturkundemuseums. Das Gebäude, ein Paradebeispiel für die Architektur des ausgehenden neunzehnten Jahrhunderts, stand auf einem dreieckigen, zwischen drei Straßen gelegenen Grundstück. Bis zum Parc de la Tête-d'Or waren es höchstens hundert Meter. Das Wetter war schön, und Marion dachte voller Bedauern an die Zeiten zurück, als sie jeden Morgen ihre Nikes angezogen hatte, um auf der Ile des cocus eine Runde durch den Park zu drehen. Damals kannte sie dort jeden Weg, jede Biegung. Ab und an war ein Duft herübergeweht, der auf die Nähe des Rosengartens, des kleinen Sees oder des Zoos hindeutete. Die Lust auf diese morgendlichen

Endorphin-Trips war ihr nach Léos Tod gründlich vergangen, denn beim bloßen Anblick ihrer Laufschuhe sah sie Sam Nielsen vor sich, wie er ihren Geliebten umbrachte. Im Parc de la Tête-d'Or könnte sie diese Erinnerungen vielleicht abschütteln, vom Polizeipräsidium war es nicht so weit, sie könnte anfangen, in der Mittagspause zu joggen. Doch dann mußte sie an ihren bevorstehenden dicken Bauch denken, und alles stand wieder in Frage.

Sie erklomm die wenigen Stufen, die zu einer zweiflügeligen Holztür führten, vor der ein Museumswärter stand. Die Eingangshalle war bis auf eine Mulattin an der Informationstheke vollkommen leer. Die Frau hatte ein schönes Gesicht, das jedoch durch einen großen Blutschwamm auf ihrer rechten Wange etwas entstellt war. Sie schwitzte über einem Kreuzworträtsel aus einer Fernsehzeitschrift und sah nicht zu Marion auf.

Der kleine Andenken- und Buchladen war geschlossen, und direkt dahinter war man schon mitten in der Ausstellung. Die Sammlung von Tierskeletten war noch dieselbe, die sie sich als Kind angesehen hatte. Wie sie so hintereinander dastanden, quasi in Reih und Glied, kamen sie ihr vor wie die Soldaten einer Höllenarmee auf der Flucht vor dem Weltuntergang. Affen, Gazellen, Tiger und Löwen, ein Wal, Pferde, Nashörner, Nilpferde, eine Giraffe … Zu beiden Seiten schienen ausgestopfte Raubtiere im gedämpften Licht eines verstaubten, nachempfundenen Dschungels auf ihre Beute zu lauern. Von all dem ging eine heftige Sehnsucht nach etwas Vergangenem aus.

Das Museum hatte einen großen Raum ganz der Ägyptologie gewidmet. Auf Fototafeln wurde bis ins kleinste Detail die Autopsie einer menschlichen Mumie vorgeführt, die man in einem Glaskasten bewundern konnte, von allen Stoffstreifen befreit und für die Ewigkeit konserviert. Marion warf einen raschen Blick auf die Fotos und nahm sich vor, einmal gemeinsam mit Nina hierherzukommen. Dann machte sie kehrt, ging zu der Frau am Informationsschalter und fragte nach dem Museumsleiter. Die Mulattin musterte sie zurückhaltend. Sie trug dieselbe grüne Uniform wie die Museumswärter, die entspannt durch die Ausstellungsräume schlenderten und offensichtlich alles andere als überlastet waren.

»Da sind Sie nicht im richtigen Gebäude«, sagte sie mit bedauernder Miene.

Sie nahm einen Plan zur Hand, faltete ihn auseinander und deutete mit dem Stift erst auf das Museum und dann auf ein Nebengebäude, das etwa fünfzig Meter entfernt war. Marion wollte schon losgehen, da rief ihr die Frau noch hinterher:

»Warten Sie, ich frage mal, ob er da ist ... Nicht daß Sie den ganzen Weg umsonst gehen.«

Ihre Vorsicht erwies sich als begründet: Der Direktor hatte eine Besprechung, und seine Sekretärin war die ganze Woche nicht da.

»Egal«, sagte Marion. »Kannten Sie zufälligerweise einen Doktor Martin?«

»Meinen Sie den aus der Abteilung für vergleichende Anatomie? Vögel und Säugetiere?«

Die Frau kam offensichtlich von den Antillen, denn sie verschluckte beim Sprechen das R. Marion war erstaunt.

»Wieso? Gibt es denn mehrere?«

Die Mulattin warf ihr einen argwöhnischen Blick zu.

»Ich glaube nicht, nein. Was wollen Sie denn von ihm?«

In ihrer Stimme schwang Neugier und auch so etwas wie Angst.

Marion hatte das dumpfe Gefühl, daß sich diese Geschichte noch den ganzen Nachmittag hinziehen würde. So entschloß sie sich zu einer Methode, die im allgemeinen rascher zum Ziel führte, und zückte ihren Dienstausweis.

»Ach du heilige Jungfrau!« rief die Museumsangestellte aus. »Was ist denn passiert? Hat man ihn wiedergefunden? Ist ihm etwas zugestoßen?«

Die Frau war ganz aus dem Häuschen.

»Erklären Sie mir das«, schlug Marion vor.

Die Frau stand auf, lehnte sich über die Theke und flüsterte:

»Fragen Sie mal den kleinen Dicken da hinten. Der weiß alles.«

Der kleine Dicke – graue Haare, Spitzbauch, Knollennase, schnaufend wie ein Walroß – wußte so gut wie nichts. Er hatte den Namen Martin und den Aufschrei der Mulattin gehört und brummelte:

»Die waren doch alle verliebt in den, insofern ...«

»Insofern was?«

»Na ja, als er verduftet ist, war das ein Schock. Die Dicke dahinten hat tagelang geheult. Die hat gedacht, er wäre tot.«

»Was ist denn passiert?«

»Das weiß keiner, ob Sie's glauben oder nicht! Eines schönen Tages war er einfach nicht mehr da. Es war nicht zu fassen! So ein Typ wie er ... Monate später hieß es dann, er wäre in Afrika. Im Entwicklungsdienst. *Ärzte ohne Grenzen* oder so, ich weiß nicht mehr genau.«

»Hat er lange hier gearbeitet?«

»Ja, ja, schon. Mindestens vier oder fünf Jahre, vielleicht sogar noch länger. Die Vogelsammlungen hat zum größten Teil er aufgebaut. Sowohl die für den Publikumsbetrieb als auch die für die Forscher. Dahinten können Sie sehen, wieviel Arbeit das war.«

Der Mann sprach voller Bewunderung von Martin, während er mit einer ausholenden Handbewegung auf eine Empore deutete, von der Marion nur die Geländerpfosten sah.

»Hatte er Mitarbeiter?«

»Natürlich. Aber die sind auch gegangen.«

»Hat jemand seinen Posten übernommen?«

Der Wärter beugte sich vor, um einen Blick auf eine Gruppe von italienischen Jugendlichen zu werfen, die auf der Empore herumliefen. Marion hatte das Gefühl, daß er nicht mehr zu diesem Thema herausrücken wollte.

»Sagen Sie mir, was Sie wissen, Monsieur Bigot. Es ist wichtig.«

Als sie den Museumswärter mit seinem Namen ansprach, wandte er sich ihr geschmeichelt wieder zu. Es war keine große Leistung gewesen, Marion hatte den Namen auf dem Schildchen an seinem Jackett gelesen. Das funktionierte immer. Bei seiner Arbeit war Bigot ein Niemand, ein Blumentopf, dem die Besucher keinerlei Beachtung schenkten, es sei denn, sie wollten wissen, wo die Toiletten waren. Dadurch, daß man ihn mit seinem Namen ansprach, existierte er plötzlich.

»Sie sind wirklich nett, Frau Kommissarin«, sagte er mit einem breiten Lächeln, das seine großen, gelben Zähne entblößte. »Martin war auch nett, wir mochten ihn alle gern. Er hatte für jeden ein freundliches Wort, merkte sich alle Namen, sogar die Vornamen, ein Gedächtnis wie ein Elefant hatte der. Nicht zu vergleichen mit seinem Nachfolger … Der hat es geschafft, alle wegzuekeln. Schlimmer als Attila …«

Er verzog verächtlich das Gesicht.

»Wie heißt er?« hakte Marion nach. »Ich muß mit ihm reden.«

»Da wünsche ich Ihnen viel Glück. Er heißt Jouvet, Sie finden ihn in dem Gebäude gegenüber, Nummer 57, am Ende des Hofs. Sein Name steht so groß auf der Tür.«

Er breitete die Arme aus, so weit er konnte.

»Aber passen Sie auf, er mag keine Frauen.«

Das Gespräch mit Jouvet – sofern die wenigen Minuten, die sie ihm trotz seiner alles überbietenden Feindseligkeit abringen konnte, überhaupt als solches zu bezeichnen waren – endete mit einem abschlägigen Bescheid, wie er strikter nicht hätte sein können. Das Laboratorium der Abteilung Vögel und Säugetiere nahm zwei Stockwerke eines baufälligen Gebäudes ein, dem ein gepflasterter Hof mit einem uralten japanischen Tulpenbaum und einigen Blumenkästen den Charme vergangener Zeiten verlieh. Jouvet empfing Marion in der Eingangshalle der ersten Etage, nachdem sie sich zwanzig Minuten lang die Beine in den Bauch gestanden hatte. Während dieser Wartezeit hörte sie, wie er mit heiserer Fistelstimme seine beiden Sekretärinnen anfuhr. Kongenitale Dystrophie der Stimmbänder, hätte Marsal vielleicht diagnostiziert.

Marion hatte ihn sich alt vorgestellt, in einem Arztkittel, mager, mit drei Haaren auf dem Kopf und deutlichen Druckspuren einer Doppellupe um die Augen herum. Abgesehen von seinem Alter – er war bestimmt noch keine vierzig – und dem weißen Arztkittel hatte sie sich nicht getäuscht.

Er warf einen flüchtigen Blick auf den Inhalt des Umschlags aus dem Polizeilabor und ließ Marion umgehend wissen, daß er überlastet sei und ohne ein offizielles Schreiben nichts tun könne. Sosehr sie auch ihren Charme spielen ließ, er beharrte auf seiner Position, ohne sie anzusehen, und trug dabei eine so offenkundige Ungeduld zur Schau, daß es schon unhöflich war.

Marion kehrte äußerst verärgert ins Museum zurück.

»Und?« fragte Bigot.

»Ich glaube, Sie irren sich, wenn Sie sagen, daß dieser Typ keine Frauen mag«, antwortete Marion mit zusammengekniffenem Mund. »Er *haßt* Frauen und hat Angst vor ihnen.«

Bigot brach in schallendes Gelächter aus.

»Sind Sie wirklich sicher, daß keiner von Martins Mitarbeitern mehr hier arbeitet?« fragte Marion.

Der Wärter runzelte nachdenklich die Stirn. Marion hätte

schwören können, daß er nur schauspielerte. Er hatte vom ersten Moment an gelogen.

»Doch, da ist noch jemand«, gab er schließlich widerwillig zu. »Martin arbeitete mit einer jungen Taxidermistin zusammen, Judy Robin. Die finden Sie in der Bibliothek. Dort hinten, hinter der großen Empore. Ganz am Ende. Aber bitte: Ich habe nichts gesagt.«

Die Bibliothek erinnerte eher an ein Archiv als an einen Raum, der der Öffentlichkeit zugänglich war. Es herrschte völlige Ruhe, und zwischen den Büchern, den dicken Verzeichnissen und Ordnern, die sich bis zur Decke stapelten, schien es in der Regel nicht gerade von Liebhabern der Naturkunde zu wimmeln. Mit Leselampen ausgestattete Resopaltische standen für die Besucher bereit.

Es war so still, daß Marion sich allein wähnte. Zwischen den Regalreihen drang sie weiter in den Raum vor, der sich als weitaus größer erwies, als sie gedacht hatte. Zwischen zwei großen Computern und einer Wand aus Grünpflanzen erblickte sie schließlich ein regungsloses, nach vorne geneigtes Gesicht, das halb hinter einer riesigen Aloe verschwand.

Das Haar war extrem kurz geschnitten und fast weiß gebleicht, das Gesicht im Profil fein geschnitten, die Haut matt. Judy Robin schlief, das Kinn war auf ihre schwarze Seidenbluse gesunken. Marion faßte sich für eine Weile in Geduld, schritt die Gänge ab, machte sich möglichst laut an den Büchern zu schaffen und räusperte sich mehrmals, um der jungen Frau die Peinlichkeit zu ersparen, bei ihrem Schläfchen ertappt zu werden.

Schließlich hörte Marion ein leises Geräusch und dann eine scharfe Stimme.

»Wer sind Sie? Haben Sie einen Mitgliedsausweis? Kommen Sie her, damit ich Sie sehen kann!«

Der Ton war schroff und abweisend. Marion fand diese Aufforderung reichlich sonderbar und die Art, wie sie vorgebracht wurde, mehr als ungehörig. Als ob Jouvet nicht gereicht hätte …

»Die junge Dame könnte ihren Hintern eigentlich auch selbst in Bewegung setzen«, murmelte sie, während sie kehrtmachte.

Die Bibliothekarin hatte ihr jetzt das Gesicht zugewandt. Sie hatte wunderschöne Augen, tiefschwarz und glänzend. Unergründlich, dachte Marion, verblüfft darüber, wie gut dieser Ausdruck paßte.

Die junge Frau erhob sich nicht.

»Judy Robin?«

»Wem darf ich auf diese Frage antworten?« gab die Bibliothekarin postwendend zurück.

Marion zögerte. Sollte sie ihre Identität preisgeben? Ausweichend antwortete sie:

»Sie haben mit Doktor Olivier Martin zusammengearbeitet, nicht wahr?«

Judys Blick veränderte sich schlagartig. Plötzlich war er nicht mehr unwirsch oder gleichgültig, sondern voller Tragik. Gefährlich, dachte Marion.

»Sind Sie eine von seinen Bienen?«

Die waren alle verliebt in den, hatte der Museumswärter gesagt … Er mußte recht haben, und Judy war vermutlich nicht gerade der sanftmütigste Groupie des Wissenschaftlers gewesen.

»Nein«, erwiderte Marion mit einem kurzen, spöttischen Lachen. »Ich kenne ihn nicht. Ich bin von der Polizei.«

Im gleichen Moment zückte sie ihren Dienstausweis und reichte ihn Judy, die sich immer noch nicht rührte, sondern wie angenagelt hinter ihrem Computer und ihren Blumentöpfen saß.

Wieder veränderte sich der Gesichtsausdruck der jungen Frau. Ihre nachtschwarzen Augen wurden noch dunkler, und in ihrem Blick lag ein Anflug von Ironie.

»Sind Sie gekommen, um ihn zu verhaften?«

»Verhaften? Nein, ganz und gar nicht. Warum denken Sie, daß ich ...?«

»Nur so«, fiel ihr Judy ins Wort und hob abwehrend die linke Hand. »Was wollen Sie dann von ihm?«

Es war nervtötend, wie unnötig aggressiv sich diese Frau verhielt, wie sie einen Haß versprühte, für den Marion keine Erklärung fand. Da sie sich nicht vorstellen konnte, selbst der Auslöser zu sein, war Martin wohl derjenige, auf den sich Judys Gefühl richtete.

»Ich ermittle wegen eines Verbrechens«, sagte Marion mit ruhiger Stimme. »Ein mögliches Beweisstück in dieser Sache ist hier gelandet, in der Abteilung von Doktor Martin, und ich frage mich ...«

»Also eine alte Geschichte ...«, unterbrach Judy sie. »Martin hat nämlich seit fünf Jahren keinen Fuß mehr in dieses Museum gesetzt.«

»Ich weiß. Aber ich frage mich, warum niemand das angeforderte Gutachten erstellen konnte.«

»Bestimmt weil Martin der einzige war, der über die entsprechenden Kenntnisse verfügte«, antwortete Judy widerwillig.

»Er befaßte sich mit Vögeln? Mit Raubvögeln?«

»Natürlich. Wir haben uns mit *allen* Vögeln befaßt.«

»Wir?«

»Er und ich. Und die anderen. Ich war seine Taxidermistin, das heißt, ich habe die Vögel für ihn präpariert. Ich habe mich vor allem um ägyptische Tiermumien gekümmert. Dieses Thema hat ihn begeistert, wir haben mit der Universität zusammengearbeitet und an der Vorbereitung von Ausstellungen mitgewirkt. In Frankreich und Europa. Das waren ständige Reisen durch Raum und Zeit ...«

Sie neigte den Kopf, als wollte sie jeden Moment wieder einschlafen. Sie hatte sich noch keinen Zentimeter von der Stelle bewegt. Diese Starre ging Marion allmählich auf die Nerven. Plötzlich ergriff Judy wieder das Wort:

»Das war eine tolle Zeit«, murmelte sie, riß sich aber im selben Moment wieder zusammen und starrte zur Tür. Marion schien es nicht, als hätte sie viel zu tun; das mußte sie ausnutzen.

»Sie waren jahrelang eine sehr enge ... Mitarbeiterin von Doktor Martin, ich bin mir sicher, daß Sie über einen Teil seiner Kenntnisse verfügten und durchaus in der Lage gewesen wären, ein Urteil abzugeben. Es handelte sich um den Tod eines kleinen Mädchens, und vielleicht hätte uns das geholfen, den Mörder zu fassen ...«

Marion sah, daß Judy ihre Betroffenheit nicht ganz verbergen konnte. Sie schwieg lange. Dabei starrte sie abwechselnd auf ihre Hände und in Marions Gesicht, und ihr Blick war der eines verstörten, geängstigten Tieres, das in die Falle gegangen ist.

»Ein kleines Mädchen ... Wie war sein Name?«

»Ist das wichtig? Was zählt, ist nicht die Identität des Opfers, sondern die Tatsache, daß sein Mörder immer noch frei herumläuft. Könnten Sie jetzt etwas für mich tun? Sich das Fundstück wenigstens einmal ansehen?«

»Warum?«

»Ich möchte wissen, woher es stammt. Ich bin sicher, daß Sie mir helfen können.«

Judy wirkte wie weggetreten. Sie starrte lange auf einen weit hinter Marion liegenden Punkt, ehe sie die Kommissarin wieder ansah. In ihren schwarzen Augen las Marion eine unendliche Verzweiflung.

»Nein, das kann ich nicht. Und wollen Sie wissen, warum?«

Sie wartete nicht auf Marions Antwort. Hinter den Grünpflanzen war plötzlich ein leises Geräusch zu hören, wie das Summen eines kleinen Motors. Marion sah, wie Judys Kopf eine Einhundertachtzig-Grad-Drehung vollzog, ohne daß die junge Frau sich von ihrem Stuhl erhoben hätte. Für einen Augenblick verschwand sie hinter einem riesigen Gummibaum, um dessen Stamm sich ein paar rote, fast schon verblühte Fuchsien scharten. Als Marion die junge Frau neben der »Hecke« aus Topfpflanzen wieder auftauchen sah, stockte ihr der Atem. Judys schönes Gesicht thronte auf einem reglosen Körper. Nur in ihrem linken Arm schien noch etwas Leben zu stecken. Mit ihm bediente sie auch den elektrischen Rollstuhl, in dem sie saß. Ihr rechter, toter Arm hing schlaff an ihrem Oberkörper herab, die Hand ruhte auf ihrem mageren Oberschenkel. Trotz ihres Gebrechens und obwohl sie eine einfache Jeans, eine schwarze Bluse und Turnschuhe trug, hatte sie sich eine gewisse Eleganz und viel von ihrer einstigen Schönheit bewahrt.

»Verstehen Sie jetzt, warum ich nichts für Sie tun kann? Warum ich nicht einmal mehr meinen Beruf ausüben kann? Wegen diesem verdammten Arm.«

Marion wollte etwas sagen, aber ihr fiel nicht ein einziges Wort ein. Was hätte sie dem auch hinzufügen sollen? Judy hatte nicht immer in diesem Rollstuhl gesessen, soviel war klar. Sie vegetierte in dieser menschenleeren Bibliothek vor sich hin, weil sie keine andere Wahl hatte. In ihren Augen lag schiere Verzweiflung.

»Ich bin zu nichts nütze. Selbst die Karteikarten kann ich nur ausfüllen, wenn die Leser so gnädig sind, mir dabei zu helfen. Ich gehöre in den Müll, ja, ich bin nichts als Abfall. Dabei werden sogar Abfälle heutzutage noch wiederverwertet. Mich hat man aus Barmherzigkeit behalten. Aus reiner Barmherzigkeit. Und jetzt lassen Sie mich allein.«

Die Frau von den Antillen und Museumswärter Bigot erwarteten Marion am Ausgang.

»Haben Sie so etwas schon einmal gesehen? So ein hübsches Mädchen ...«

»Sie hätten mich auch warnen können«, antwortete Marion vorwurfsvoll. »Was ist ihr denn zugestoßen?«

»Ein Autounfall. Die genauen Umstände sind nicht bekannt. Sie redet nie darüber. Im übrigen redet sie sowieso mit niemandem. Sie hat sich dermaßen eingeigelt ...«

Marion wandte sich zu der Dame vom Info-Schalter, über deren üppigem Gesäß der Rock spannte.

»Hat sie sich gut mit Martin verstanden?«

Es war eher eine Behauptung als eine Frage. Eher blanke Neugier als der Wunsch, mehr über die Hintergründe einer Beziehung zu erfahren, die nichts mit Lili-Rose Patrie zu tun hatte.

»Oh, ja«, feixte Bigot. »Er schlief mit ihr.«

»Das stimmt nicht!« protestierte seine Kollegin außer sich vor Wut.

»Was du nicht sagst!«

»Nein, wirklich. Wie kann man nur so einen Unsinn daherreden. Hören Sie bloß nicht darauf, was dieser Mensch sagt.«

Sie warf Marion einen beleidigten Blick zu. Bigot fing an zu lachen:

»Jedes Mal, wenn ich das sage, flippt sie aus ... Ich sag's doch, alle verliebt in ihn. Ich weiß nicht, was zwischen ihm und der kleinen Judy war, aber ich weiß, daß sie ihn angebetet hat.«

»Ja, das stimmt«, räumte die Mulattin ein. »Sie hat bis heute nicht verdaut, daß er gegangen ist.«

»Wann hatte sie denn ihren Unfall?« wollte Marion noch wissen.

»Oh, das ist schon ein paar Jahre her«, sagte Bigot, nachdem er kurz überlegt hatte. »Vielleicht vor vier Jahren?«

Die Frau schüttelte entrüstet den Kopf.

»Du machst wohl Witze! Das ist länger her. Ich erinnere mich sehr gut daran, weil ich damals den Anruf vom Krankenhaus entgegengenommen habe. Ich wollte Doktor Martin sofort Bescheid sagen, aber er war nicht im Museum. Wir haben es bei ihm zu Hause versucht, auch nichts. Er war einfach von der Bildfläche verschwunden. Tja, Judy ist dann mindestens ein Jahr lang nicht mehr gekommen, und ihn haben wir nie wiedergesehen.«

30

Der Besuch im Museum hatte nichts ergeben. Marion fragte sich wieder einmal, was sie sich eigentlich von diesen im nachhinein durchgeführten Ermittlungen erhoffte. Sie würde es niemals schaffen, eine offizielle Wiederaufnahme des Falls zu erwirken. Dafür fehlten ihr einfach zu viele Informationen. Und alle Experten, die sie um Rat fragen könnte, würden einen ordnungsgemäßen Bescheid verlangen.

Sie verbannte die Kinderschuhe und die Vogelkralle in den hintersten Winkel ihres Hirns. Es gab tausenderlei Dinge, um die sie sich kümmern mußte, zum Beispiel – und das war vorerst sicher das Wichtigste – mußte sie mit dem Staatsschutz von Versailles in Verbindung treten, um sich über ihre zukünftige Stelle zu informieren. Sie mußte auch dringend beim Leiter der Personalabteilung vorsprechen, denn auf Quercy war in dieser Hinsicht im Moment bestimmt kein Verlaß … Plötzlich wurde ihr bewußt, daß sie seit drei Tagen nichts von ihrem Chef gehört hatte; ob er etwas gegen sie im Schilde führte?

Als ein paar Kinder die Straße überquerten, dachte sie an Nina und bedauerte, nicht sofort zu ihr fahren zu können, denn sie hatte Talon versprochen, noch einmal im Büro vorbeizukommen.

Tatsächlich hatten die Jungs am Morgen ein altes, leerstehendes Gebäude überprüft, in dem obdachlose Typen vom Schlag eines José Baldur hausten. Hin und wieder kam auch eine Nutte vorbei, aber das Haus stand in schlechtem Ruf. Schlägereien, Vergewaltigungen, Drogen- und sonstiger Schwarzhandel. Talon schien der festen Überzeugung zu sein, daß Maurice-Nathalie sich in diesem Gebäude aufgehalten und es in Stücke zersägt, in Plastiktüten verpackt wieder verlassen hatte. Aber bis zum frühen Nachmittag hatte dieser Verdacht durch nichts erhärtet werden können, von der Ähnlichkeit der Müllbeutel, in denen sich die Stücke des Transsexuellen befanden, mit den Tüten, die José Baldur als Handgepäck benutzte, einmal abgesehen.

Der Geruch im Gang des vierten Stocks war unerträglich. Vier Hausbesetzer saßen wartend auf den Bänken, und das Stimmengewirr, das durch die geschlossenen Türen drang, ließ darauf schließen, daß sich in den Büros noch mehr von der Sorte befanden. Mehrere Polizeibeamte bewachten mit stoischer Miene diese feine Gesellschaft, die einen unappetitlichen Geruch nach Bier, Dreck und Urin verströmte.

Etwas abseits in einer dunklen Ecke saß, das Kinn auf der Brust, ebenfalls wartend eine Frau, die die Hände im Schoß gefaltet hatte. Ihr kurzes Haar war leicht ergraut, und sie schien zu schlafen. Wahrscheinlich ein weiteres Mitglied dieser Bande. Merkwürdig nur, daß sie nicht bewacht wurde.

Von Talon und Lavot keine Spur.

Marion marschierte schnurstracks in ihr Büro, knallte die Tür hinter sich zu und stürzte zum Fenster, um es weit aufzureißen. Die Übelkeit ließ zwar allmählich nach, aber irgendwann war einfach die Schmerzgrenze erreicht. Sie atmete tief ein und kehrte zu ihrem Schreibtisch zurück. Ein flüchtiger

Blick auf die roten Kinderschuhe, die immer noch auf dem Fuß ihrer Schreibtischlampe standen, ließ wieder ein vages Schuldgefühl in ihr aufkeimen. Sie setzte sich nachdenklich hin, das Kinn auf die ineinandergelegten Hände gestützt.

»Verflixt noch mal«, murmelte sie, »ich habe doch nicht geträumt ... Es gibt wirklich jemanden, der sich für Lili-Rose interessiert und mich auf etwas hinweisen will ...«

Sie hatte keine Zeit, länger nachzugrübeln, denn plötzlich flog die Tür auf, knallte gegen die Wand, und auf der Schwelle erschien Paul Quercy, mit entschlossener Miene. Wie ein dicker Brummbär wirkte er jetzt überhaupt nicht mehr. Während er die Tür hinter sich schloß, musterte ihn Marion mit einem schnellen Blick. Sie nahm die mausgraue Leinenhose zur Kenntnis, die Dr. Martens, die eigentlich unter jungen Leuten in waren, und das kanariengelbe Lacoste-Hemd, das sie besonders überraschte, weil sie es noch nie an ihm gesehen hatte.

»Was gucken Sie so? Ist Ihnen ein Gespenst über den Weg gelaufen?«

»Guten Tag, Chef«, sagte sie ruhig. »Was verschafft mir die Ehre?«

»Ich hatte Ihnen klare Anweisungen gegeben, Kommissarin Marion«, donnerte er los. »Ich muß feststellen, daß Sie sich einen Dreck darum scheren! So etwas hat es früher auch schon gegeben, aber dieses Mal bin ich absolut nicht einverstanden!«

»Mmm?« sagte Marion, während sie es sich, so gut es ging, auf ihrem Bürostuhl bequem machte. »Ich weiß nicht, wovon Sie reden.«

Quercy ging an ihrem Schreibtisch vorbei, wobei er zahlreichen Aktenstapeln ausweichen mußte, und steuerte direkt auf die Asservate zu, die immer noch auf dem kalten Heizkörper lagen.

»Und das? Was ist das? Ich habe Ihnen verboten, sich mit diesem Fall zu befassen.«

»Aber Chef ...« protestierte sie und stand auf. »Haben wir denn kein Vertrauen mehr zueinander?«

»Sie wissen, was ich von Vertrauen halte. Wer Vertrauen schenkt, ist hinterher doch nur der Dumme. Also ersparen Sie mir bitte diese Kommentare.«

Mit einer wütenden Handbewegung fegte er die Asservate von der Heizung. Marion stellte sich vor das Fenster. Quercy würde in seiner Wut – ob sie nun echt war oder ein bloßes Scheinmanöver – noch so weit gehen, alles in den Hof zu werfen.

»Ich habe lediglich diese Asservate aus der Versenkung geholt«, verteidigte sie sich. »Sonst nichts, das können Sie mir glauben. Ich werde sie an die Staatsanwaltschaft weiterleiten, da gehören sie schließlich hin. Der Fall ist abgeschlossen, das haben Sie ja gesagt.«

»Sie ermitteln heimlich weiter, Sie lassen Ihre Leute im Stich, Sie sind ständig unterwegs, Sie mauscheln auf eigene Faust vor sich hin ...«

Er drehte sich auf dem Absatz um, riß die Tür wieder auf und fauchte:

»Ich warne Sie, wenn Sie nicht aufhören, Ihren Hirngespinsten nachzujagen, verpasse ich Ihnen eine Verwarnung, verhindere Ihre Versetzung und schicke Sie in die Grube!«

Er rauschte von dannen und hinterließ eine entgeisterte Marion mit einem Asservat in der Hand, das sie aufgehoben hatte, ohne es selbst zu merken. Sie sah, daß ihre Jungs durch das Gezeter alarmiert worden waren und sich im Gang versammelt hatten. Keiner hatte gewagt einzugreifen, weil sie die Stimme des Kripochefs erkannt hatten, und auch jetzt wußten sie nicht recht, wie sie sich verhalten sollten. Lavot hatte ein betroffenes Gesicht aufgesetzt, und Talon starrte Marion erschrocken an. Quercy, der eigentlich immer sehr pfleglich mit seinen Untergebenen umging, hatte sie noch nie dermaßen vorgeführt, und das sozusagen in aller Öffentlichkeit.

Noch vor einer Stunde war sie fest entschlossen gewesen, den Fall Patrie fallenzulassen. Jetzt dachte sie nur noch an eins: weitermachen.

Im *Panier à salade* hatte sich Marion an einen der Tische gesetzt, die Akte aufgeschlagen und wartete.

Lavot und Talon traten nebeneinander in das Lokal, und sie mußte lächeln, als sie das ungleiche Paar erblickte. Sie nahmen ihr gegenüber Platz, Talon etwas eingeklemmt zwischen der Wand und seinem breitschultrigen Kollegen. Sie sagte nichts zu ihrem Meinungsumschwung, das war nicht nötig. Quercy war zu weit gegangen. Unbegreiflich, gerade bei ihm, hatte Marion gesagt, und die beiden Beamten waren ausnahmsweise einmal der Ansicht gewesen, daß sie viel zu nachsichtig sei. Ohne jede Absprache waren sie zu ihr gekommen, um ihr zu sagen, daß sie von nun an auf ihrer Seite stünden. Sie konnte noch so viele Argumente vorbringen: ihre Zukunft, ihre Karriere, ihren eigenen Wunsch, sie nicht in eine so aussichtslose Geschichte hineinzuziehen – die beiden hatten beschlossen, sich ins andere Lager zu schlagen. Sie würden ihr helfen bei dieser Reise in die Vergangenheit – für Marion und für die kleine Lili-Rose Patrie.

»Ich mußte ständig daran denken«, hatte Lavot zugegeben, »seit Sie uns die roten Schuhe gezeigt haben. Ich habe die ganze Nacht kein Auge zugetan. Ständig sah ich die Kleine vor mir, und das hat mich an meinen Jungen erinnert ...«

Seine Stimme war heiser geworden. Er hatte einen zwei Jahre alten Sohn verloren, als er, anstatt das Kind zu beaufsichtigen, mit der Nachbarin herumschäkerte. Seitdem waren zwölf Jahre vergangen, die Wunde war immer noch nicht völlig vernarbt und würde wohl niemals ganz heilen. Der Tod eines Kindes war für Lavot jedes Mal außerordentlich schmerzhaft, und Marion bemühte sich, ihn von solchen Fällen fernzuhalten.

»Ich habe mir Vorwürfe gemacht«, gestand auch Talon, »Sie so im Regen stehenzulassen. Das hätte ich mir nicht verziehen.«

Talon hatte seinen Stolz und war ziemlich von sich selbst eingenommen, besonders am Anfang seiner Karriere, als er noch mit seinen Diplomen umherstolzierte. Daß er jetzt seine Gewissensbisse zugab, zeigte, wie sehr ihn das Leben und Marion verändert hatten.

»Vielleicht fassen Sie noch einmal alles zusammen«, schlug Lavot vor, »das wäre mir ganz lieb. Ich darf daran erinnern, daß ich erst dazugestoßen bin, als der Fall schon fast abgeschlossen war.«

»Gut.«

Sie zögerte: »Sind Sie sicher?«

»Absolut sicher«, erwiderten die beiden einstimmig.

»Wissen Sie, ich frage mich nämlich selbst, ob es wirklich eine gute Idee ist ...«

»Bitte nicht, Chef«, rief Lavot aus, »bitte jetzt nicht auch noch Sie! Solange Sie diese Sache nicht aufgeklärt haben, werden Sie keine ruhige Nacht haben.«

Sie lehnte sich auf ihrem Stuhl zurück, sah zur Decke hoch und begann ihren Bericht.

»Am 4. Juli 1995 fängt alles an. Das Wetter ist schön, es ist ein warmer, trockener Sommer. Der Schauplatz: ein Bauernhof dreißig Kilometer außerhalb von Lyon, in einer Gegend, die man Les Sept-Chemins nennt. Die beteiligten Personen: die Familie Patrie – Denis, der Vater, fünfundvierzig, Typ ewiger Hippie, der die Kurve nicht gekriegt hat. Ein Haufen

Probleme, Alkohol, Drogen ... Ein paar Jahre zuvor hat er geerbt, dieses Anwesen gekauft und sich in den Kopf gesetzt, einen Bauernhof daraus zu machen. Ein Erfolg wird das nicht, aber Gott sei Dank ist Jeanne, seine Frau, berufstätig. Sie ist zweiunddreißig, Erzieherin an der Vorschule *Sainte-Marie-des-Anges* in Lyon, 7. Arrondissement ... Jeden Morgen fährt sie mit dem Bus zur Arbeit. Dann der älteste Sohn, Mikaël, acht Jahre, geistig behindert. Er lebt bei seinen Eltern, die sich weigern, ihn in eine entsprechende Einrichtung zu geben. Denis kümmert sich um ihn. Die kleine Tochter, Lili-Rose. An jenem Tag hat sie Geburtstag, sie wird vier Jahre alt. Am Vortag haben die Schulferien begonnen, und sie hat ein halbes Dutzend Freundinnen eingeladen. Lili-Rose besucht die *Ecole Sainte-Marie-des-Anges*, sie ist in der Gruppe ihrer Mutter, genauso wie die Mädchen, die sie erwartet. Gegen 12 Uhr 30 treffen die ersten Kinder ein und verteilen sich im parkähnlichen Garten. Denis ist im Gemüsegarten, der am Nordende des Grundstücks liegt. Jeanne bereitet in der Küche das Essen für die Kinder zu. Mikaël ist für sich und spielt. Gegen 12 Uhr 45 kommt eins der Mädchen, um Jeanne zu sagen, daß sie Lili-Rose nicht finden kann. Die Kleine versteckt sich oft, das ist ihr Lieblingsspiel. Jeanne macht sich keine Sorgen. Um 13 Uhr ist immer noch nichts von Lili-Rose zu sehen. Im Spaß machen sich die Kinder, die jetzt vollzählig sind, auf die Suche nach ihr. Jeanne kommt dazu, schließlich auch Denis, alarmiert durch die hellen Stimmen, die in alle Richtungen nach seiner Tochter rufen. Um 14 Uhr haben sie alles abgesucht. Lili-Rose ist nirgends zu finden. Denis läuft den Weg bis zur Landstraße hoch, befragt die Fernfahrer und die Nutten, die dort auf den Strich gehen. Nichts. Jeanne ruft die Gendarmen, eine Viertelstunde später sind sie da. Die Suche wird fortgesetzt und weiter ausgedehnt. Um 16 Uhr treffen zwei Spürhunde ein. In allen Dienststellen der Region wird

Lili-Rose Patrie als vermißt gemeldet. Die Gendarmen sperren die Straßen, kontrollieren die Fahrzeuge, suchen in allen Wäldern, Bächen und den wenigen Teichen der Umgebung. Um kurz nach 19 Uhr erfahren wir, daß Lili-Rose tot im Brunnen des Hofs gefunden wurde. Dabei hatten die Hunde dort nicht angeschlagen. Auch ein Gendarm hatte hineingeschaut, Lili-Rose aber nicht gesehen, weil sie dunkle Kleidung trug und es in dem Schacht zu finster war. Erst Denis Patrie ist mit einer Baustellenlampe auf den Brunnenrand gestiegen und hat den Leichnam entdeckt.

Gegen 20 Uhr treffen wir in Begleitung des Staatsanwalts am Ort des Geschehens ein. Es war seine Entscheidung, uns einzuschalten, ehe die Gendarmen mit der Tatbestandsaufnahme beginnen konnten.«

Marion machte eine Pause und leerte in langen Zügen ihr Glas Vittel. Dann erinnerte sie daran, wie schwierig sich die Beweisaufnahme aufgrund der großen Aufregung auf dem Hof gestaltet hatte. Die vielen Menschen – Gendarmen, Mitglieder der freiwilligen Feuerwehr, Nachbarn und Schaulustige – und die Hunde hatten alle Spuren verwischt, eine zuverlässige Beweisaufnahme war quasi unmöglich. Die zum Geburtstag eingeladenen Mädchen waren vor 14 Uhr nach Hause gegangen, und die einzigen Personen, die sich zum Zeitpunkt des Verschwindens und des Todes von Lili-Rose – vermutlich gegen zwölf Uhr – mit Gewißheit auf dem Hof befunden hatten, waren ihre Eltern und Mikaël. Nun behauptete aber Denis, daß er seine Tochter nicht mehr gesehen habe, seit er gegen zehn Uhr in den Gemüsegarten gegangen sei, um dort zu arbeiten. Mikaël war zu keiner Zeugenaussage in der Lage, und Jeanne, die einen Schock erlitten hatte, mußte ins Krankenhaus gebracht werden.

»Sie hat nie richtig befragt werden können, nicht einmal mehrere Tage danach. Durch die Beruhigungsmittel war sie wie weggetreten. Den Ärzten zufolge hatte sie keinerlei Erinnerung an diesen Tag. Sie redete im Präsens von ihrer Tochter, so als lebte sie noch. Mit einem Wort, es war nichts aus ihr herauszubekommen. Dasselbe galt für den Bruder und den Vater. Die Freundinnen von Lili-Rose verstanden nicht, was da vor sich ging, und ihre Eltern hatten schnell dafür gesorgt, daß sie aus dieser Sache herausgehalten wurden.«

»Was denken Sie, Chef?« fragte Lavot. »Daß ihr jemand geholfen hat, auf den Brunnenrand zu klettern?«

Marion zuckte die Achseln.

»Ich denke immer noch, daß ein Erwachsener etwas damit zu tun haben muß, wegen des Formalins. Aber ansonsten ...«

Sie faßte die Ergebnisse der Untersuchung *post mortem* und der Obduktion des Mädchens zusammen. Lili-Rose Patrie war ein schmächtiges Kind gewesen, ihr Knochengewebe deutete darauf hin, daß sie an einer Form von Rachitis litt; sie war mit Sicherheit sehr anfällig gewesen. Nichts wies auf eine Gewalttat hin: keine Verletzungen, keine Spuren unter den Fingernägeln, keine in Unordnung geratenen Kleider. Nichts – außer dem Formalin, mit dem ihre Haare, ihr Gesicht und ihre Jacke getränkt waren, und der schmerzlichen Feststellung, daß über seine Herkunft nichts in Erfahrung zu bringen war.

»Inzwischen sind fünf Jahre vergangen«, fuhr Marion mit ernster Miene fort und entlockte ihren beiden Kollegen mit der Betonung dieser offenkundigen Tatsache ein Lächeln. »Ja, ja, ich weiß ... Ich will damit sagen, daß sich die Dinge seit dem Tod von Lili-Rose entwickelt haben. Ich denke, daß wir einige Details übersehen haben. Die Raubvogelkralle, über deren Herkunft keiner Auskunft geben kann, macht das ja wohl deutlich ...«

Und sie berichtete von ihren Schwierigkeiten im Museum und von ihrem Besuch auf dem Bauernhof. Als sie am Ende ihres Berichts angelangt war, sah sie, daß Talon eine Erregung ins Gesicht geschrieben stand, die sie gut kannte: die Erregung des Jägers, wenn er Beute wittert.

Lavot war pragmatischer.

»Was erwarten Sie von uns, Chef?«

Marion zog ein Blatt Papier aus ihren Unterlagen, auf dem sie ein paar Dinge notiert hatte:

»Bei Erwachsenen verblassen Erinnerungen im Lauf der Zeit oder verändern sich, aber bei Kindern ist das, glaube ich, umgekehrt. Nina erinnert sich zum Beispiel an Situationen, die sie mit vier oder fünf Jahren erlebt hat, und kann diese Erlebnisse mit erstaunlicher Genauigkeit wiedergeben. Ich bin mir nicht sicher, ob sie unmittelbar danach genauso gut darüber hätte berichten können. Das wird auch bei Mikaël Patrie der Fall sein, der sich trotz seiner Behinderung natürlich weiterentwickelt hat, über ein größeres Vokabular verfügt und jetzt strukturierter denken kann. Mit etwas Glück können wir ihm vielleicht einige interessante Erinnerungen entlocken. Außerdem würde ich gerne wissen, was aus den Eltern geworden ist. Jeanne ist bestimmt behandelt und vielleicht geheilt worden. Wo lebt sie heute? Auch der Vater muß ja irgendwo stecken. Der Hof wird zum Verkauf angeboten, und auf dem Schild steht eine Telefonnummer ...«

Sie reichte Lavot ihre Notizen, und er steckte das Blatt Papier in seine Blousontasche.

»Leider habe ich nicht eine einzige Spur gefunden, die zu ihnen führen könnte ...«

»Denken Sie, daß die beiden etwas mit den Kinderschuhen zu tun haben?«

»Ich wüßte nicht, wie sie es hätten anstellen sollen, sich die Schuhe zu beschaffen. Es sei denn, sie hätten einen Komplizen bei der Polizei.«

Talon richtete sich auf.

»Heute morgen war ich im Archiv und habe mit Potier

geredet. Er hat seine Nachforschungen angestellt. Niemand hatte Zugriff auf diesen Müllbeutel. Da ist er sich ganz sicher.«

Marion winkte ab.

»Wir können ja nicht das ganze Polizeipräsidium befragen, da wären wir nächstes Jahr noch nicht fertig. Wir müssen die Patries wiederfinden.«

»Haben Sie es schon in unserer Datei versucht?«

Marion schüttelte den Kopf. Sie hatte auch noch nicht in den Krankenhäusern nachgeforscht, und sie hatte sich in ihren Ermittlungen auf die Region beschränkt.

»Vielleicht sind sie umgezogen«, sagte Lavot und kippte seinen Cognac herunter. »Haben Sie schon daran gedacht, daß der Junge in einem Heim untergebracht sein könnte?«

Das war eine gute Idee.

»Was hatte Mikaël Patrie eigentlich genau?« hakte der Beamte nach.

»Eine geistige und motorische Behinderung«, antwortete Marion. »Das ist alles, was ich weiß. Wir müssen auch die Mädchen wiederfinden, die zum Geburtstag eingeladen waren, und Sie sollten sich mal in Jeannes früherer Vorschule umhören. Ich mache in der Zeit da weiter, wo ich angefangen habe.«

Sie dachte an die Vogelkralle, aber auch an den Fingerabdruck, den man auf Lili-Roses Springseil gefunden hatte.

»In fünf Jahren sind Tausende von Fingerabdrücken gespeichert worden. Und mit der Computerkartei läßt sich alles ruckzuck abgleichen. Und *last but not least* sind da ja auch noch die roten Schuhe ...«

Die beiden Beamten verdrehten die Augen.

»Das grenzt allmählich an Fetischismus«, murmelte Lavot.

»Fetischismus, vielleicht ... Aber dann erklären Sie mir mal, wie Lili-Rose, die schon Schuhgröße 28 oder 29 trug, diese roten Schuhe in Größe 26 angehabt haben soll?«

31

Zu dieser späten Stunde waren die Räume des Erkennungsdienstes fast leer. Der diensthabende Beamte las die Abendausgabe von *Le Progrès de Lyon* und hörte dabei leise Radio. Weiter hinten drang aus dem Raum, in dem sich das AFIS befand, das automatische Fingerabdruck-Identifizierungssystem, ein milchiges Licht, das darauf hindeutete, daß die Bildschirme noch an waren, daß also noch gearbeitet wurde. Einer der Beamten, die die Computer bedienten, zog sich gerade seinen Blouson über, als Marion eintrat. Er wunderte sich nicht über ihr Kommen: Sie tauchte häufig bei ihnen auf, wenn sie mehr über einen Fingerabdruck wissen oder ihnen ein wenig auf die Füße treten wollte, da die Nachforschungen für ihren Geschmack nicht schnell genug vorangingen. Der Beamte begrüßte sie mit einem resignierten Lächeln und zog den Blouson wieder aus, um ihn über eine Stuhllehne zu hängen. Marion reichte ihm den Durchschlag eines Protokolls, das er als Kenner des polizeilichen Behördenkauderwelschs rasch überflog. Er merkte sich das, was wichtig für ihn war: eine Aktennummer, einen Namen, ein Datum. Dann ging er zu einem Metallschrank, zog einen Schlüsselbund aus der Hosentasche und schloß die mittlere Schublade auf, in der sich alle Fingerabdrücke befanden, die unter dem Buchstaben P gespeichert waren.

Er nahm einen prallvollen Karteikasten heraus, in dem sich zahlreiche numerierte Kärtchen befanden sowie eine Diskette, die er in den Computer schob. Während er das Laden des Rechners abwartete, trommelte er zerstreut mit den Fingern gegen die Maus.

»Alle vor Ort gefundenen Fingerabdrücke stammten von Familienmitgliedern«, erklärte er, nachdem er die Angaben auf dem Bildschirm überflogen hatte. »Ein einziger Fingerabdruck fiel nicht unter diese Kategorie, und zwar der, den man auf einem Springseil gefunden hatte ... auf einem der Griffe.«

»Genau«, sagte Marion, die über seine Schulter hinweg mitlas.

»Was soll ich also tun, Chef?«

»Fangen Sie einfach noch einmal ganz von vorne an ...«

»Denken Sie an etwas Bestimmtes? Gibt es Punkte, an denen ich mich orientieren kann?«

»Eine reine Hypothese. Es ist möglich, daß die Person, zu der die Fingerabdrücke gehören, inzwischen in die Kartei aufgenommen wurde.«

»Dann hätte das AFIS sie gefunden«, wandte der Beamte ein. »Ich werde das nachprüfen, aber ich bin mir sicher, daß nichts dabei herauskommt.«

»Es kann ja nicht schaden, das Ganze noch mal durchzugehen.«

Als sie keine Anstalten machte, sich zu verabschieden, setzte er ein betretenes Gesicht auf. Sein Blick wanderte zu der großen Bahnhofsuhr, deren zuckender Sekundenzeiger hörbar seine Runden drehte.

»Oh!« rief Marion aus. »Haben Sie noch etwas vor?«

»Na ja, ich singe heute abend ...«

»Im Ernst? Karaoke?«

»In der Oper«, sagte der Mann und errötete. »*Hoffmanns Erzählungen* von Offenbach, und zwar mit dem Polizeichor. Eine Sondervorstellung für karitative Zwecke ...«

Na so was, dachte Marion, man lernt immer noch dazu. Vielleicht gründen die Jungs von der Kripo ja irgendwann eine Ballettgruppe ...

»Gehen Sie ruhig singen«, rief sie ihm zu und war schon fast aus der Tür. »Dann machen Sie das eben morgen, auf eine Nacht kommt es jetzt auch nicht mehr an.«

32

Obwohl erst der zweite Schultag bevorstand, war bei Nina von Begeisterung nichts mehr zu spüren. Alles war mehr oder weniger »bescheuert«: Die Klassenkameradinnen waren nicht gerade toll, der Lehrer zu streng und die Kantine eklig. In Wirklichkeit war sie beleidigt und enttäuscht darüber, daß ihre Mutter erst um 22 Uhr und ohne Playstation nach Hause gekommen war, und wütend auf Lisette, die sich unerbittlich gezeigt und sie gleich nach dem Abendessen ins Bett verfrachtet hatte.

»Jetzt mach schon, Schätzchen, beeil dich!« rief Marion ihr aus dem Flur zu. »Wir kommen zu spät.«

»Ich krieg diesen Zopf nicht hin! So ein Mist!«

Sie kam mit zerzaustem Haar aus dem Badezimmer. Marion mußte eingreifen und in aller Eile die widerspenstigen Haare der Kleinen flechten, umsonst, denn Nina machte im Auto alles so schnell wie möglich wieder auf.

»Das ziept«, verteidigte sie sich, als sie den strafenden Blick ihrer Mutter auffing.

»Hübsch siehst du aus, eine richtige Vogelscheuche. Du bist heute wirklich mit dem falschen Bein aufgestanden!«

»Mir hat jemand mein Federmäppchen geklaut«, sagte Nina, die wieder einmal von einem Thema zum anderen sprang.

»Was ist da passiert? Wer hat das getan?«

»Wenn ich das wüßte!«

»Und das sagst du mir jetzt?«

»Gestern abend war doch sowieso alles zu, du bist so spät nach Hause gekommen.«

»Du hättest es Omi sagen können ...«

»Damit die wieder Theater macht, nein danke ...«

»Was ist los, Nina?« fragte Marion mit einem beunruhigten Blick in den Rückspiegel. »Ein Problem mit Omi?«

»Nein.«

»In der Schule?«

»Nei-hein!«

Auf dem Schulhof hatten sich schon alle Kinder versammelt, und Nina gesellte sich rasch zu ihnen, nachdem sie ihrer Mutter einen flüchtigen Abschiedskuß gegeben hatte. Marion folgte ihr, wild entschlossen, dem Lehrer, der gleich am ersten Schultag ein solches Chaos in seiner Klasse zuließ, ordentlich die Meinung zu sagen. Der junge Mann erkannte sie und kehrte seinen Schülern den Rücken, um ihr entgegenzugehen. Im Vorbeigehen nahm er Nina an der Hand und zog sie mit zu ihrer Mutter. Marion wollte ihn schon mit energischen Worten auf den Diebstahl ansprechen, da sah sie, daß er einen Gegenstand in der Hand hatte, den er Nina unter die Nase hielt: das Federmäppchen, Marke Creeks.

»Hast du es gefunden?« rief Nina aus.

»Du hattest es im Kunstraum vergessen. Die Putzfrau hat es mir gebracht. Jetzt aber los, stell dich schnell zu den anderen in die Reihe«, schimpfte der Lehrer.

Er wandte sich zu Marion:

»Nina ist ziemlich zerstreut und unaufmerksam. Ist irgend etwas los?«

Er hatte einen einnehmenden, offenen Blick. Trotzdem hatte Marion keine Lust, ihr Leben vor ihm auszubreiten. Ein Minimum an Information war sie ihm allerdings schuldig:

»Nina ist meine Adoptivtochter«, sagte sie einfach. »Sie hat vor vier Jahren ihre Eltern verloren.«

»Verstehe. Das erklärt auch, warum da hinten diese beiden Leute stehen. Ich hatte mich schon gefragt, was sie wollen ... Sie hätten mit mir darüber sprechen sollen.«

Marion drehte sich um. Die beiden Beamten vom Jugendamt warteten vor dem Hoftor auf sie. Die hatte sie vollkommen vergessen.

So ein Mist! Die sind ja schlimmer als Schmeißfliegen, dachte Marion und wandte sich wieder zu Ninas Lehrer um.

»Es tut mir leid«, murmelte sie. »Es ist nicht leicht für Nina. Ich zähle auf Ihre Hilfe. Sie hat keinen ... ich meine, ich lebe allein und ...«

Er versicherte ihr, daß er sein Möglichstes tun würde, auch wenn eine Klasse mit sechsundzwanzig Schülern natürlich eine Belastung sei.

Marion schwieg dazu, aber sie nahm sich vor, endlich darüber nachzudenken, wie sie der Kleinen das, was sie wahrscheinlich ohnehin schon erraten hatte, am besten beibringen könnte. Was würde Nina zu diesem unerwarteten kleinen Bruder sagen?

33

Gegen elf Uhr machte das Paar vom Jugendamt immer noch keine Anstalten, das Feld zu räumen, und Marion fiel es immer schwerer, liebenswürdig zu sein. Die Fragen und spitzen Bemerkungen nahmen kein Ende, ihr ganzes Leben wurde unter die Lupe genommen. Ninas Akte war so vollständig bis ins letzte Detail, daß es schon lächerlich wirkte. Ein Anruf von Lavot bewahrte Marion davor, in verzweifelte Apathie zu versinken.

»Die Telefonnummer auf dem Schild gehört einem Notar, der den Auftrag hat, die Bude zu verkaufen. Sie wird seit vier Jahren angeboten. Es gibt keine Interessenten. Keiner will das Ding, nicht mal zu einem Schleuderpreis. Der Notar hatte ein einziges Mal mit Denis Patrie zu tun. Seine Briefe schickt er ihm postlagernd nach Lyon. In der Regel kriegt er keine Antwort, aber sie werden auch nicht zurückgeschickt.«

»Schauen Sie mal bei der Post vorbei ...«

»Okay, Chef ... Ich fahre auch mal zum Patrie-Hof und zu der Schule ...«

»Die ist inzwischen ein Museum. Das Seidenmuseum. Da verlieren Sie nur Ihre Zeit.«

»Alles klar. Und Sie? Alles in Ordnung?«

»Hmm.«

»Verstehe.«

»Das würde mich wundern. Und Talon?«

»Der ist mit dem besetzten Haus beschäftigt. Einer der Bewohner hat Nathalie-Maurice erkannt. Wir hatten nur ein Foto von ihm, auf dem er noch ein Typ war, aber Talon hat vom Erkennungsdienst was dran machen lassen, damit er aussieht wie eine Frau. Das war übrigens ziemlich komisch. Die haben dem Kerl erst Nathalie gezeigt und dann Maurice, das war ein richtiger Knüller ... Er sagt, die Frau wäre ein- oder zweimal gekommen, aber den Typen hat er nicht wiedererkannt. Der hat gar nicht richtig kapiert, daß es dieselbe Person war. Total benebelt vom vielen Saufen. Die anderen wissen überhaupt nichts, die sind ständig voll bis an die Kiemen ...«

»Sie werden wieder auf freien Fuß gesetzt, oder?«

»Jawohl. War alles für die Katz.«

»Sagen Sie Talon, er soll die Fotos von ... Nathalie in die Regionalzeitungen bringen. Natürlich nur, wenn der Richter damit einverstanden ist.«

»Okay, ich kümmere mich darum. Wann sind Sie im Büro?«

»Um zwölf.«

»Soll ich auf Sie warten, damit wir zusammen essen können?«

»Einverstanden.«

Sie nahm ihr Handy vom Ohr, um auf die rote Taste zu drücken und die Verbindung zu unterbrechen, aber ein Ausruf von Lavot ließ sie innehalten.

»Chef!«

»Haben Sie sich die Finger geklemmt, Lavot?«

»Nein, ich hätte nur fast etwas vergessen. Da ist ein Brief für Sie gekommen.«

»Die Post sehe ich doch sowieso gleich durch. Warum sagen Sie mir das?«

»Jemand hat ihn diese Nacht ins Präsidium gebracht. Da steht in Großbuchstaben Ihr Name drauf und darunter SEHR DRINGEND.«

»Ein anonymer Brief?«

»Sieht ganz so aus.«

»Machen Sie ihn auf. Aber vorsichtig, vielleicht sind ja Fingerabdrücke drauf.«

»Okay, okay, so blöd bin ich nun wirklich nicht …«

Lavots Stimme wurde vom Geräusch des zerreißenden Papiers übertönt.

»Chef?«

»Ja?«

»Das ist kein Brief.«

»Sondern?«

»Eine Todesanzeige …«

»Bitte?«

Marions Herz schlug schneller.

»Ich hoffe, es geht nicht um mich«, sagte sie.

»Nein. Es geht um eine Frau namens Germaine Jamet, verwitwete Martin. Kennen Sie die?«

»Nein. Lesen Sie mir alles vor.«

»Also: Lyon – Saint-Etienne – Paris.

Olivier Martin, ihr Sohn,

Mathilde Jamet, ihre Schwester …

Die Familien Jamet, Martin, Olignon …«

»Schon gut«, flüsterte Marion. »Ich habe verstanden.«

»Schön für Sie«, murrte Lavot.

»Steht eine Adresse dabei?«

»Allerdings. Mit rotem Filzstift unterstrichen. 32, Montée de l'Observance.«

»Wann ist die Beerdigung?«

»Am 6. September um 15 Uhr. Gestern.«

34

Das Haus in der Montée de l'Observance Nummer 32 war von unbestimmbarem Stil, vermutlich ein Machwerk der fünfziger Jahre, grau und schmucklos, eine Wohnmaschine mit quadratischen Fenstern, von denen sich allerdings ein erstaunlich schöner Blick über die Uferpromenade der Saône mit ihren prachtvollen Gebäuden bot. Der Himmel war mit Schäfchenwolken übersät, und Marion klang die Stimme ihrer verstorbenen Mutter in den Ohren, die – natürlich wie immer in Form eines Sprichworts – verkündete, daß es Regen geben würde: »Siehst du Schäfchen am Himmel stehen, wird's schöne Wetter bald vergehen.« Einstweilen strahlte aber noch die Sonne vom Himmel und vergoldete den glitzernden Fluß.

Da sich die Haustür tagsüber ohne Code öffnen ließ, trat Marion ein und fand auch gleich, was sie suchte: ein Schild mit der Aufschrift G. Martin, 2. Et. links. G wie Germaine, vermutete sie. Marion stieg die zwei Stockwerke hoch, ohne einer Menschenseele zu begegnen.

Sie dachte an die Leute vom Jugendamt, die sie quasi herausgeworfen hatte. Die Frau schien der Auffassung zu sein, daß der Polizistenberuf ein Affront gegen die Weiblichkeit war, und der Mann fürchtete offensichtlich, daß sich ein Kind in einem solchen Umfeld nicht voll und ganz entfalten könnte. Marion hatte sich den Rest gar nicht erst anhören wollen. Sie war zu ihrem Auto gestürzt und hatte mit halsbrecherischer Geschwindigkeit die Stadt durchquert. Aber als sie an Olivier Martins Wohnungstür schellte, wußte sie plötzlich nicht mehr recht, was sie dort eigentlich wollte und wie sie ihren Besuch begründen sollte. Der Unbekannte, der sie auf seine Spur gebracht hatte, wußte wohl, was er tat. Ob es dieselbe Person war, die ihr die roten Kinderschuhe gebracht hatte?

Als sich die Tür nach dem dritten Klingeln einen Spalt weit öffnete, begriff Marion, warum der Museumswärter behauptet hatte, daß alle Frauen in Olivier Martin verliebt gewesen seien. Er war um die vierzig, groß, schlank, mit einer hohen Stirn, hellbraunen, kurzgeschnittenen Locken, grauen Augen und regelmäßigen, von der Sonne Afrikas gegerbten Gesichtszügen. Richtig schön fand Marion ihn eigentlich nicht. Aber unglaublich attraktiv. Sein von Schicksalsschlägen gezeichnetes Gesicht und sein sensibler, verletzlicher Blick hätten in jeder Frau den Wunsch erweckt, diesen Mann in die Arme zu schließen und seine Stirn an ihre Schulter oder Brust zu drücken. Sie wußte, daß er es geschehen lassen würde, daß ihm nichts lieber war, als von sanften, beruhigenden Frauenhänden berührt zu werden. Seine Hände waren lang, kräftig und braungebrannt.

»Ja, bitte?« fragte er, während Marion noch auf seine glatte, gebräunte Brust starrte, von der über den Knöpfen eines Hemdes aus Rohseide ein kleines Dreieck zu sehen war.

Sie gab eine konfuse Erklärung ab, von der er nicht viel zu verstehen schien. Auch er musterte sie, mit einer Mischung aus Neugier und Interesse. Ein durchaus geschlechtsspezifisches Interesse, das sich zu Marions großem Bedauern verlor, als sie ihm schießlich ihren Dienstausweis entgegenstreckte.

Sie kam auf das Museum zu sprechen und auf seinen Posten dort, der in Verbindung zu ihrem Besuch stünde. Er setzte ein bekümmertes Gesicht auf.

»Bestimmt hat Judy Ihnen gesagt, daß ich hier bin ...«

»Niemand hat mir gesagt, daß Sie hier sind«, log sie.

»Und was kann ich für Sie tun?«

Sie erklärte es ihm in wenigen Worten und schlug dann vor, das Gespräch vielleicht anderswo als im Treppenhaus fortzusetzen.

»Aber natürlich!« sagte er schnell, fast schon zu höflich. »Wie konnte ich nur! Kommen Sie bitte herein.«

Er trat zur Seite, und sie gelangte in einen geräumigen Flur, der die Verlängerung des Wohnzimmers war. Ein Rundbogen im typischen Stil der fünfziger, sechziger Jahre trennte es vom Eßzimmer. Die aus derselben Zeit stammenden Möbel strahlten eine Traurigkeit aus, die durch zwei Henri-II-Stühlchen und eine Überfülle von wertlosen Nippes noch verstärkt wurde. Keine Pflanzen, nichts als leblose Starre, der staubige Geruch eines verlassenen Ortes. An einer Wand lehnten einige flachgedrückte Kartons, auf denen der Name eines Umzugsunternehmens stand.

»Das ist die Wohnung meiner Mutter«, erklärte Martin. »Sie ist vor einer Woche gestorben. Gestern war die Beerdigung.«

»Das tut mir sehr leid.«

Martin bot ihr einen Stuhl an, mit einem Lächeln, das sein schönes, regelmäßiges Gebiß entblößte.

»Das braucht es nicht. Sie hat nicht gelitten. Sie war bereits seit einiger Zeit nicht mehr richtig da. Als hätte sie sich schon verabschiedet. Ich bin zurückgekommen, um sie zu beerdigen und diese Wohnung leerzuräumen und zu verkaufen, ehe ich wieder abreise.«

»Afrika?« fragte Marion, während sie sich auf einer Stuhlkante niederließ.

»Ja. Sobald alles geregelt ist, kehre ich zurück. Ich habe nicht richtig verstanden, was Sie zu mir führt.«

Sie erklärte es ihm erneut: ihre Nachforschungen im Museum, die sonderbare Vogelkralle, die niemand einzuordnen vermochte … plötzlich drang ein leises Geräusch aus dem anderen Teil der Wohnung, so als wäre ein Gegenstand zu Boden gefallen und ein Stück weit gerollt, bis ihn eine Hand festhielt. Martin erstarrte. Dann zwang er sich zu einem Lächeln.

»Das sind die Nachbarn … Entschuldigen Sie bitte, aber ich bin das nicht mehr gewöhnt. Ich bin etwas menschenscheu geworden.«

Marion hätte schwören können, daß die Nachbarn nichts mit seiner Aufregung zu tun hatten. In einem der hinteren Zimmer hielt sich bestimmt eine hinreißende junge Dame versteckt, die ihm auf dezente Weise zu verstehen gab, daß sie langsam ungeduldig wurde.

»Ich fürchte, ich muß Sie enttäuschen«, nahm Martin mühsam den Faden wieder auf. »Von meinen früheren Kenntnissen ist nicht mehr viel übriggeblieben, und ich habe nicht die geringste Lust, mich wieder im Museum blicken zu lassen.«

Während die zweite Aussage glaubwürdig erschien, klang die erste wenig überzeugend. Marion sagte ihm das ohne Umschweife und betonte, daß man eine Leidenschaft nicht einfach vergessen könne. Er erklärte sich überrascht darüber, wieviel sie über ihn wußte.

»Ich habe mich eben ein bißchen vorbereitet … ich brauche jemanden, der mir weiterhilft«, fügte sie hinzu. »Es ist sehr wichtig.«

»Für Sie?«

Marion zögerte. Beinahe hätte sie geantwortet, daß sie einen Job zu erledigen habe, nicht mehr als einen Job. Aber sie war überzeugt davon, daß Martin sich für weniger trockene Argumente empfänglicher zeigen würde. Also legte sie besonders viel Gefühl in ihre Antwort:

»Ja, für mich. Und auch für jemand anderen, der die Wahrheit wissen muß. Seit langem.«

»Worum geht es?«

»Wenn Sie mir helfen, werde ich es Ihnen sagen ...«

»Warum gehen Sie nicht den normalen Weg? Mein Nachfolger ...«

Sie unterbrach ihn mit einer kurzen, wegwerfenden Handbewegung.

»Der hat mir einen Korb gegeben. Sie sind meine einzige Hoffnung. Es würde zu lange dauern, Ihnen das jetzt alles zu erklären. Aber das werde ich tun, seien Sie ganz unbesorgt. Sobald Sie mir vertrauen.«

Er warf ihr einen langen, prüfenden Blick zu, so als versuche er einzuschätzen, wieviel Ehrlichkeit in ihren Worten lag. Aus seinen Augen sprachen die unterschiedlichsten Gefühle, und Marion spürte, daß ihr dieser Mann durchaus gefährlich werden könnte. War es Einbildung? Aber es kam ihr wirklich so vor, als wäre auch sie ihm nicht völlig gleichgültig. Seine Antwort erschien ihr wie ein verstecktes Eingeständnis.

»Also gut«, sagte er, »ich werde mir das Ding einmal ansehen. Aber ich kann Ihnen nichts versprechen. Haben Sie es hier?«

»Haben Sie etwa vor, das hier zu tun?« wunderte sich Marion.

Er verzog den Mund zu einer charmanten Grimasse.

»Nein, dafür werde ich wohl ins Museum gehen müssen.«

»Die Leute dort werden sich freuen, Sie zu sehen.«

Er verzog nochmals den Mund, so als bezweifele er das.

»Jetzt möchte ich Sie bitten, mich zu entschuldigen, aber ich muß los«, sagte er mit seiner sanften Stimme. »Nach Paris, morgen bin ich wieder zurück ...«

Sie stand auf und folgte ihm zur Tür. Als sie an ihm vorbeiging, berührte seine Hand leicht ihren Arm. Eine unmißverständliche Geste. Marion blieb wie elektrisiert stehen.

Martin war schon im Begriff, die Tür hinter ihr zu schließen. Doch dann hielt er kurz inne.

»Wenn Sie mir das, was ich untersuchen soll, nicht geben ...«

»Oh, ich war ganz in Gedanken«, stammelte die junge Frau verwirrt.

Sie wühlte in ihrer Tasche, fand schließlich den Umschlag und reichte ihn Martin.

Er zog den kleinen, durchsichtigen Beutel heraus, um einen Blick darauf zu werfen. Während er das Ding drehte und wendete, wanderten rätselhafte Schatten über sein Gesicht. Schließlich öffnete er den Beutel, hielt ihn sich zu Marions großer Überraschung unter die Nase und schnüffelte mit geschlossenen Augen daran. Wieder veränderte sich sein Gesichtsausdruck, seine Stirn rötete sich. Als er die Augen wieder aufschlug, machte er einen verstörten Eindruck.

»Morgen«, sagte er. »Um 14 Uhr, vor dem Museum.«

35

Die kurzfristige Euphorie, in die Martins schöne Augen sie versetzt hatten, verflog recht schnell, als Marion sich, zurück im Büro, daranmachte, ein Detail zu überprüfen, dem sie im Gespräch nicht nachgegangen war. Im Zusammenhang mit seiner baldigen Heimreise hatte sie Afrika erwähnt und eine mögliche Anstellung bei *Ärzte ohne Grenzen*. Er hatte mit einem kurzen, etwas steifen Nicken geantwortet, aus dem hervorging, daß er sich über dieses Thema nicht weiter auslassen würde. Aber dieser Mann hatte ihre Neugier geweckt, und sie mußte zugeben, daß er ihr gefiel.

»Ein Grund mehr, das zu überprüfen«, sagte die Stimme der Vernunft in ihrem Inneren und fügte hinzu, daß Liebesgeschichten bei Marion grundsätzlich in einem Fiasko endeten.

Bei *Ärzte ohne Grenzen* kannte man keinen Doktor Olivier

Martin. Auch nicht bei den übrigen NGOs, den Non Gouvernemental Organisations, die auf dem afrikanischen Kontinent tätig waren. Marion hatte nicht lockergelassen, aber es war vergebliche Liebesmühe.

Ratlos legte sie den Hörer auf, und plötzlich bereiteten ihr die Ermahnungen von Marsal heftige Bauchschmerzen: Sie hatte ihr wertvolles Indiz einem Unbekannten anvertraut. Und wenn er ein Schwindler war?

Sie stürzte zu ihrem Blouson, um sich die Vogelkralle auf der Stelle zurückzuholen, aber dann fiel ihr ein, daß Martin nach Paris abgereist war.

»Scheiße, Scheiße, Scheiße! Sobald mich ein Typ beeindruckt, gibt es ein Problem«, murmelte sie verärgert.

Marions Bürotür stand noch einen Spalt weit offen; sie war so mit sich und ihrer verdrießlichen Lage beschäftigt, daß sie Lavot, der im Gang von einem Fuß auf den anderen trat, nicht bemerkt hatte.

»Haben Sie mit mir geredet, Chef?«

»Nein«, sagte Marion kurz angebunden.

»Ich habe ›Typ‹ gehört, und da dachte ich mir, das kannst nur du sein ...«

»Hmmm ...«

»Sie enttäuschen mich, Chef, wirklich ...«

»Haben Sie Neuigkeiten?« fragte sie und strich dabei den vor ihr liegenden Stapel leerer Plastikbeutel glatt, in denen sich die Asservate befunden hatten.

Der Beamte verschränkte die Arme. Er war ein Hüne, um ihm in die Augen zu sehen, mußte Marion den Kopf so tief in den Nacken legen, daß sie sich fast den Hals verrenkte.

»Setzen Sie sich, sonst bekomme ich noch Genickstarre.«

Das tat er und zog ein zerfleddertes Notizbuch hervor.

»Ich bin zu dem Hof gefahren, bei Les Sept-Chemins. Die Nutten haben sich dort wieder breitgemacht, aber das nur nebenbei ... Übrigens dieselben wie vorher, nur fünf Jahre älter. Da ist eine, *mamma mia*, die ist mindestens Hundert, eine Reliquie ... Ich frage mich, wer ...«

Marion forderte ihn auf, zum Thema zu kommen. Er steckte die Nase in seine Notizen.

»Na ja, jeder hat halt so seine Phantasien ... Ich habe ein bißchen mit denen geplaudert.«

Im Lavotschen Sprachgebrauch bedeutete das, daß er ihnen zunächst eine gebührenpflichtige Verwarnung verpaßt hatte, von wegen sittenwidrigen Verhaltens und Kundenfang. *Danach* hatte er »ein bißchen mit denen geplaudert«.

»Eine der Nutten hat ein hervorragendes Gedächtnis. Kompliment, hab ich ihr gesagt ... Sie erinnert sich an die Patrie-Kinder, weil sie manchmal auf den Hof gegangen ist, um sich Wasser zu holen, für ihre Waschungen.«

»Das ist mir wurscht, Lavot«, schnappte Marion entnervt. »Ich bitte Sie, fassen Sie sich kurz!«

»Okay, okay ... Ich wollte ja nur den Kontext deutlich machen ... Vor ein paar Monaten ist sie bei einem Open-air-Konzert einer Gruppe von Jugendlichen begegnet. Und ich kann Ihnen versichern, daß es kein Bach war, o nein, das war richtiger Rap ...«

»Hören Sie auf, ständig abzuschweifen, das macht mich wahnsinnig ... Also eine Gruppe von Jugendlichen ...«

»Geistig behinderte Jungs. Und einer von ihnen war ...«

»Mikaël Patrie!« rief Marion aus.

»Genau. Sie hat ihn wiedererkannt, obwohl er natürlich größer geworden ist. Er hatte sich nicht verändert, war immer noch genauso ...«

»Bitte, Lavot, keine Beleidigungen.«

»Nett! Ich wollte sagen, nett, jetzt hören Sie aber auf!«

»Wer's glaubt!«

»Also, wie gesagt war der Junge immer noch genauso nett,

aber schon noch sichtbar krank. Die Frau hat mit dem Erzieher gesprochen, der die Gruppe begleitete. Die Einrichtung, in der Mikaël Patrie untergebracht ist, heißt *Les Sources*.«

»Das ist ja gleich bei mir um die Ecke! Witzig … Es gibt doch immer wieder tolle Überraschungen. Und weiter?«

»Weiter? In der Hauptpost gibt es tatsächlich ein Postfach auf den Namen Denis Patrie. Er kommt von Zeit zu Zeit, um seine Briefe abzuholen. Wenn es ein Einschreiben ist, sehen ihn die Mitarbeiter. Anscheinend ist er ziemlich lange nicht mehr aufgetaucht. Ich habe ihm eine Vorladung dagelassen. War das richtig?«

Marion zuckte die Achseln. Denis Patrie würde bestimmt nicht auf diese Vorladung reagieren, aber da es keine andere Möglichkeit gab, ihn aufzustöbern …

»Was die *Ecole Sainte-Marie-des-Anges* betrifft, da habe ich nichts weiter unternommen – Sie sagten ja, daß sie gar nicht mehr existiert. Aber heute nachmittag gehe ich zum Schulamt und lasse mir den Namen und die Adresse der Direktorin geben, die die Schule vor fünf Jahren geleitet hat. Ist Ihnen das recht?«

Marion nickte. Lavots Magen gab ein fürchterliches Knurren von sich. Er rieb sich mit einer Grimasse den Bauch.

»Sollen wir nicht mal essen gehen? Ich habe einen Mordshunger.«

»Sehen Sie nach, wo Talon steckt, dann gehen wir.«

36

Marion unterdrückte ein Gähnen, als sie sich dem großen, schmiedeeisernen Tor des *Centre médico-pédagogique des Sources* näherte. Sie hätte so gerne einen Mittagsschlaf gehalten, dabei hatte sie eben im *Mansouria* zur großen Entrüstung des Inhabers Amar keinen Bissen von seinem berühmten Couscous mit Lammfleisch angerührt. Lavot war es auch mit seinen billigen Tricks nicht gelungen, den Grund für diese plötzliche Appetitlosigkeit aus ihr herauszukitzeln.

Während sie den Hof des *Centre des Sources* überquerte, mußte sie sich eingestehen, daß die leichten Stiche in der Herzgegend womöglich etwas mit Doktor Martin zu tun hatten. Vor dem schloßartigen Gebäude, einer Villa aus dem neunzehnten Jahrhundert mit griechischen Säulen, Giebeldreieck und allen neoklassizistischen Attributen, die damals modern waren, erblickte Marion mehrere Trauben von Kindern – ausschließlich Knaben – im Alter zwischen sechs und sechzehn und dazwischen einige Erzieher, die selbst kaum älter waren. Mitten auf dem großen, rechteckigen Stück Rasen, den eine duftende Buchsbaumhecke umgab, stand ein noch nicht ganz aufgebautes Zelt. Unwillkürlich wurden tief vergrabene Erinnerungen und Gefühle in Marion wach, und sie fand sich in einem anderen Garten wieder, der zu einem anderen Herrenhaus gehörte. Wo war das? Und wann? In einem anderen Leben? Mit dem Duft der Buchsbäume und des feuchten Unterholzes wurden helle Kinderstimmen zu ihr getragen, die in endlosen Alleen verhallten, zwischen Bäumen, deren Wipfel den Himmel berührten. Wo war das nur gewesen? Sie kam einfach nicht darauf. Das einzige, woran sie sich erinnerte, war ein unbekümmertes, grenzenloses Wohlgefühl. Das konnte nur in einem anderen Leben gewesen sein.

Mikaël Patrie stand neben einer großen Voliere, in der sich einige strahlendweiße Pfautauben tummelten. Eine Erzieherin hatte ihr den Jugendlichen, der gerade mit seinen Freunden einen Wurfstand aufbaute, gezeigt. Die Jungen hatten ein Brett über zwei Holzkisten gelegt und versuchten darauf eine Pyramide aus leeren Konservendosen zu bauen. Es waren an die hundert Dosen, und die Jugendlichen brachten mit ihren unkoordinierten Bewegungen immer wieder alles zum Einsturz, sobald eine gewisse Höhe erreicht war. Sie schubsten und zankten sich. Mikaël lief immer wieder unruhig hin und her und stieß dabei heisere Schreie aus, wie in heller Wut. Marion beobachtete ihn eine Zeitlang aus der Ferne.

Der Erzieher dieser Knaben, ein junger Mann um die Zwanzig, klein und stämmig, mit langem, blondem, im Nacken zusammengebundenem Haar und einem goldenen Ring im rechten Ohr, sagte jetzt etwas zu Mikaël und einem anderen, eher schmächtigen Jungen. Er gab ihnen ein Spruchband, und die beiden Jugendlichen steuerten auf das Giebeldreieck aus Metallstangen zu, welches das Gerüst des Stands bildete. Mikaël blieb einen Moment lang unschlüssig davor stehen, dann lehnte er sich mit dem Rücken an das Gerüst und legte die Hände ineinander, um seinem Freund beim Hochklettern zu helfen. Der unternahm ein paar vergebliche Versuche, ehe er schließlich an die Querstange geklammert doch noch hochkam. Nun entfaltete er das Spruchband und versuchte, es an einem Ende festzubinden. Aber seine Bewegungen waren ungeschickt, und Mikaël schwankte wie ein Matrose im Sturm. Nach zwei weiteren Versuchen des Jungen fing er an zu nörgeln und laut zu schimpfen. In seinem Ärger versetzte er dem schmächtigen Knaben schließlich einen solchen Stoß, daß er regelrecht durch die Luft flog und zwei Meter weiter auf dem Boden aufschlug, brüllend vor Schmerz.

Der Erzieher hatte Marion entdeckt. Er kam auf sie zu und musterte sie mißtrauisch.

»Suchen Sie jemanden?« fragte er mit monotoner Stimme.

Marion deutete mit dem Kinn auf Mikaël Patrie.

»Was wollen Sie von ihm? Sind Sie verwandt?«

Sie nahm die Gelegenheit beim Schopf. Bei inoffiziellen Ermittlungen mußte man sehen, wie man zurechtkam. Sie behauptete, eine Verwandte des Jungen zu sein; der nutzte gerade die Gunst der Stunde und prügelte – von seinem Erzieher unbeobachtet – auf einen anderen Jungen ein, der sofort gellende Schreie ausstieß. Mit lauter Stimme griff der Erzieher ein, und es wurde wieder ruhig.

»Heute ist nicht Besuchstag, und Besuchszeit ist auch nicht«, sagte er.

»Ich weiß, ich habe mit dem Direktor gesprochen«, log Marion. »Ich bin auf der Durchreise und kann nicht lange bleiben. Ich weiß, daß Mikaël kaum Besuch bekommt, vielleicht sogar überhaupt keinen ... Ich habe mir gedacht, daß er sich vielleicht freuen würde.«

Sie versuchte ihr Glück. Als sie sah, wie sich das Gesicht des Erziehers unmerklich entspannte, wußte sie, daß sie richtig gelegen hatte.

»Ich heiße Ludo«, sagte der junge Mann und strich sich eine Haarsträhne aus dem Gesicht. »Normalerweise darf ich das nicht, aber Mikaël ist ein bißchen ... allein, er wird sehr stolz darauf sein, einmal Besuch zu bekommen. Aber passen Sie trotzdem auf, er ist schon ziemlich ... verstört. Bleiben Sie immer in der Nähe, und bleiben Sie nicht zu lange bei ihm.«

Er ging zurück zu den Jugendlichen, die wieder damit beschäftigt waren, Dosen aufeinanderzustapeln. Mikaël ließ den anderen keine Ruhe, ständig schubste er oder wurde sonstwie handgreiflich, und als Ludo sich zu ihm herüberbeugte, um ihm etwas ins Ohr zu sagen, hüpfte er wie ein Springball auf der Stelle und rannte dann wie von der Tarantel gestochen um den Stand herum.

Das will noch nichts heißen ... sagte sich Marion angespannt. Als sie sah, wie Ludo Mikaël vor sich her schubste, damit er endlich zu ihr ging, war sie plötzlich überzeugt, daß ihr spontaner Besuch ein Fehler war, und fast hätte sie einen Rückzieher gemacht. Aber es war zu spät. Mikaël Patrie stand schon vor ihr, den leeren Blick auf seine Hände geheftet. Für seine dreizehn Jahre war er nicht groß, auch nicht besonders kräftig, aber seine Beinbehaarung deutete darauf hin, daß die Hormone ihr Werk begonnen hatten. Mit seinem struppigen braunen Haar, dem Anflug eines Schnurrbarts über der Oberlippe, dem bulligen, mit blauen Flecken, Krusten und Beulen übersäten Gesicht erinnerte Mikaël Patrie an eins jener überscheuen Kinder, die auch durch jahrelange professionelle Betreuung und Behandlung nicht sozialisiert werden können. Und als wäre all das nicht schon genug, entdeckte Marion auch noch ein Detail, das sie vergessen hatte: Mikaëls Oberlippe war gespalten. Die Hasenscharte war operiert worden, aber sein Gaumen hatte sich wahrscheinlich nicht ganz geschlossen, denn Marion verstand kein Wort von dem, was er sagte. Sie warf Ludo einen fragenden Blick zu.

»Er hat Probleme mit den Konsonanten. Sie müssen gut hinhören. Er hat Sie gefragt, ob Sie ein Geschenk für ihn haben.«

Mit einer entschuldigenden Geste fügte er hinzu:

»Das ist bei den Eltern und Verwandten so eine Gewohnheit, die bringen immer irgendeine Kleinigkeit mit.«

»Daran habe ich nicht gedacht«, stammelte Marion. »Ich habe keine Zeit gehabt … Morgen, ich komme morgen wieder.«

Mikaël hatte nur verstanden, daß sie nichts für ihn hatte, er schien enttäuscht, und ein Schatten zog über sein Gesicht. Ludo trat ein paar Schritte zurück, während Marion behutsam auf den Jungen zuging und ihm vorsichtig eine Hand auf die Schulter legte.

»Ich freue mich, dich zu sehen, Mikaël«, sagte sie.

Mikaël schüttelte ihre Hand ab, blieb aber dennoch vor ihr stehen und sah sie an. Wie damals, als er noch ein Kind war, lief ihm aufgrund der Hasenscharte ständig Speichel aus dem Mund. Die Vorderseite seines T-Shirts war durchnäßt davon.

Er sagte ein paar Worte, die Marion zu übersetzen versuchte. Als die Antwort auf sich warten ließ, wiederholte Mikaël seine Worte, diesmal in deutlich lauterem Ton.

Bloß keine Panik, Marion … Los, komm schon, konzentrier dich. Ja, genau, ich hab's!

Er hatte gesagt: »Du bist schön. Wie heißt du?«

Sie sah, wie seine Fäuste sich verkrampften, und antwortete rasch:

»Marion, ich heiße Marion, und ich danke dir. Du bist sehr nett.«

Die Fäuste entspannten sich, und der Anflug eines Lächelns verzerrte die narbige Oberlippe.

»Komm, wir laufen ein Stück«, schlug sie vor und ging auf einen Weg zu, der sich unter hohen Bäumen verlor.

Weiter hinten, in dreißig oder vierzig Meter Entfernung, sah man zwischen den riesigen Baumstämmen die glitzernde Oberfläche eines Wasserbeckens. Hin und wieder wurden die Stimmen der spielenden Kinder vom Ruf eines unsichtbaren Pfaus übertönt.

Mikaël folgte ihr, und plötzlich ergriff er ohne Vorwarnung ihre Hand. So taten sie ein paar Schritte, mit aneinandergepreßten Armen. Marion war so verunsichert durch diese unerwartete Situation, daß sie nicht mehr wußte, was sie sagen sollte. Sie mußte mit Mikaël über Lili-Rose reden und wußte nicht, wie sie das anstellen sollte. Sie hatten sich von der Gruppe entfernt, und sie rief sich Ludos Ermahnungen in Erinnerung: »Passen Sie auf, bleiben Sie in der Nähe …« Aber Mikaël zog sie unaufhaltsam zum Wasser hin.

Bloß nicht dahin gehen, einen Vorwand finden, um stehenzubleiben. Eine idiotische Furcht schnürte ihr die Kehle zu.

»Oh«, sagte sie und blieb vor einer Ente stehen, die vor ihnen über die Wiese watschelte, »die ist aber süß …«

Sie hockte sich nieder und sah zu Mikaël hoch, der ihre Hand hatte loslassen müssen.

»Weißt du noch, Mikaël, die Enten auf dem Hof?«

Er neigte den Kopf und sah Marion aufmerksam an, schien sie jedoch nicht zu verstehen.

»Du erinnerst dich doch noch an deinen Papa, der hatte viele Hühner und Enten ... Du hast immer die Eier in deinen Korb gesammelt ...«

Die ausdruckslosen Augen des Jungen blitzten für den Bruchteil einer Sekunde auf, und er gab ein paar unverständliche Laute von sich. Sie fuhr fort:

»Du hast die Eier zusammen mit Lili-Rose gesammelt ... Erinnerst du dich an Lili-Rose? Deine kleine Schwester?«

Panik trat in Mikaëls Blick.

»Lili-ose«, stieß er sabbernd hervor, »efallen ... Lili-ose, efallen ...«

»Ja«, sagte Marion schnell, »Lili-Rose ist gefallen. Weißt du noch, wie das passiert ist?«

»Ih nih! Nih Lili-ose in den unnen eschubst, wa ih nih ...«

»Ich weiß, Mikaël, du warst das nicht. Weißt du, wer es war?«

Mikaël schüttelte wild den Kopf und ein ganzer Wortschwall brach aus ihm heraus. Marion, der das Herz bis zum Hals schlug, konnte nur ein paar Brocken verstehen: Lili-Rose, Vögel, Fahrrad.

»Warst du dabei, als Lili-Rose gefallen ist?«

»Ih nih«, schrie Mikaël mit rauher Stimme, das Gesicht vor Wut verzerrt. »Lili-ose nih eschubst.«

»Aber wer hat sie dann geschubst?« fragte Marion hartnäckig weiter, wobei sie jede Silbe betonte. Ihr war schon bewußt, daß ihr die Situation zu entgleiten drohte und daß sie Mikaël zum Äußersten trieb.

»Ih nih«, wiederholte er wie eine Schallplatte, die einen

Sprung hat, und stampfte dabei mit seinen abgewetzten Schnürstiefeln, die so aussahen, als wären sie ihm etliche Nummern zu groß, auf den Boden.

»Aber wer, Mikaël? Sag mir, wer da war!«

»Ih, Lili-ose. Ein Herr ...«

Marion spürte, daß ihr Puls zu rasen begann. Mikaëls bleiches Gesicht und seine zitternden Hände signalisierten ihr, daß sie dieses Gespräch über den Tod der Schwester sofort abbrechen und ihn schnurstracks zu seinem Erzieher zurückbringen sollte. Aber sie mußte es wissen.

»Wer, Mikaël? Welcher Herr?«

»Herr, Herr, Herr«, stammelte der Junge mit verdrehten Augen und zuckendem Körper, so als hätte er ein Gespenst gesehen.

Dann stürmte er jäh auf die Ente zu, die gerade in aller Ruhe ihr Gefieder putzte, und versetzte ihr einen heftigen Fußtritt. Der Vogel stieß einen krächzenden Schrei aus und floh schleunigst ins Unterholz, verfolgt von Mikaël, der ihr in seinen merkwürdigen Schuhen hinterherstolperte. Das Tier war in seiner panischen Angst rasch verschwunden. Nachdem Mikaël kehrtgemacht hatte, vollführte er einen Veitstanz, bei dem er wild mit den Armen um sich schlug. Ein- oder zweimal prallte eine seiner Gliedmaßen gegen einen Baum, und die entsetzte Marion fürchtete schon, daß er sich den Schädel einschlagen würde. Bei dem Versuch, ihn festzuhalten, bekam sie einen harten Schlag auf den Unterarm ab. Sie krümmte sich und schrie vor Schmerz auf.

Durch die Schreie alarmiert, kam Ludo herbeigelaufen. Er stürzte sich ohne zu zögern auf Mikaël, umklammerte ihn und warf ihn zu Boden. Er brauchte nicht lange, um diesen Wutausbruch einzudämmen – offenbar ein Phänomen, das er kannte. Als er der Meinung war, daß Mikaël sich beruhigt hatte, ließ er ihn los, und beide standen wieder auf. Kaum daß der Anfall vorüber war, schien der Junge nicht die geringste Erinnerung daran zu haben, und er sah Marion wieder genauso ausdruckslos an wie zu Beginn ihrer Begegnung. Ludo machte einen alles andere als glücklichen Eindruck.

»Ich bedauere diesen Vorfall«, sagte er, »aber ich hatte Sie gewarnt. Womöglich kriege ich Ihretwegen einen Anschiß.«

»Ich werde mit dem Direktor sprechen«, beteuerte Marion. »Es tut mir sehr leid.«

Sie sah Mikaël nach, der schon zu seiner Gruppe zurücklief, gefolgt von Ludo. Dann ging sie auf das Gebäude zu. Plötzlich hörte sie jemanden rufen: »Maion! Maion!«

Sie drehte sich um.

Mikaël stand zwischen der Buchsbaumhecke und dem Wurfstand, ein breites Lächeln auf seinem merkwürdigen Gesicht, und winkte ihr zum Abschied zu.

»Mikaël Patrie leidet an einer Geisteskrankheit, die mit heftigen Unruhezuständen verbunden ist«, sagte Raoul Desvignes, der Direktor des *Centre des Sources*. »Sie haben Glück gehabt, daß er sich nicht auf Sie gestürzt hat. Sie hätten vorher mit mir sprechen sollen.«

Der Mann war groß und korpulent, mit breiten, von etlichen Kratzern und Narben bedeckten Händen, die darauf hindeuteten, daß er Heimwerker und Hobbygärtner war. Sein grauer Bürstenschnitt, der dicke, dunkle Schnurrbart und die hellblauen, eigentümlich wässerigen Augen verliehen seinem Gesicht eine Härte, die er sich vielleicht hatte aneignen müssen, um diese Einrichtung mit ihren hundertdreißig Kindern, zwölf Erziehern, sechs Grundschullehrern und etlichen Mitarbeitern in Verwaltung, Technik et cetera, vom Ärzteteam einmal ganz zu schweigen, überhaupt leiten zu können. Marion räumte ein, daß sie die Lage falsch eingeschätzt hatte: Sie hatte nicht gedacht, daß Mikaël so schwierig sein würde.

»Zusätzlich zu seinem außerordentlich niedrigen IQ, seinen psychomotorischen Störungen und seinen Sprachproblemen leidet Mikaël an einem Syndrom, das die Kontrollreflexe zur Eindämmung der eigenen Aggressivität außer Kraft setzt. Sie haben offensichtlich einen guten Draht zu ihm gehabt, denn anstatt Sie anzugreifen, hat er seine Aggressivität gegen sich selbst gerichtet.«

»Er hat etliche Wunden und Narben ...«

»Ja, in extremen Phasen kann das bis zur Selbstverstümmelung mit Suizidneigung führen ...«

Marion war sprachlos.

»Er ist ein absoluter Grenzfall«, fuhr Raoul Desvignes fort. »Wenn es sich dieses Jahr nicht zum Besseren entwickelt, und damit rechne ich eigentlich nicht, weil sich diese Störung mit der Zeit meistens verschlimmert, werden wir ihn in eine psychiatrische Klinik einweisen müssen. Sein Verhalten ist sehr störend für die anderen.«

»Sein Erzieher hat mir gesagt, daß er nie Besuch bekommt.«

»Ja, richtig. Und das erschwert die Sache zusätzlich. Mikaël Patrie hat bis zu seinem achten Lebensjahr bei seiner Familie gelebt.«

»Ich weiß«, sagte Marion. Und da der Direktor des Instituts sich zu wundern schien, erklärte sie ihm, wie sie das Kind und seine Eltern kennengelernt hatte.

»Was für ein Drama!« sagte Raoul Desvignes. »Ich kannte die Familie Patrie, weil wir Freunde haben, deren Tochter in dieselbe Klasse ging wie Lili-Rose ...«

Im Gedenken an das kleine Mädchen schwieg er für einen kurzen Moment.

»Jeanne Patrie hatte mich ein paar Wochen vor Lili-Roses Tod wegen ihres Sohnes um Rat gefragt. Sie erkundigte sich nach den Bedingungen, um einen Platz in unserer Einrichtung zu bekommen. Bis dahin hatte ich nichts von der Existenz dieses Sohnes gewußt, der offenbar komplett sich selbst überlassen war. Jeanne behauptete, daß Mikaëls Vater gegen eine Trennung sei und daß sie die Verantwortung dafür übernehmen würde. Sie hatte sich noch nicht ganz entschieden, und um die Wahrheit zu sagen, fand ich sie ziemlich merkwürdig.«

»Was wollen Sie damit sagen?«

»Ich weiß nicht. Ängstlich, unschlüssig und gleichzeitig autoritär. Labil. Als dann Lili-Rose starb, war das ein Schock, den sie nicht verkraftet hat. Das hat mich nicht überrascht.«

»Und wer hat Mikaël schließlich zu Ihnen gebracht?«

»Ich«, antwortete er ohne Umschweife. »Jeanne war im Krankenhaus. Denis Patrie hatte wieder mit dem Trinken angefangen. Ich hatte versucht, ihn dazu zu überreden, seinen Sohn zu uns zu bringen, aber er blieb stur. Denis Patrie ist ein alter Hippie, der einen tiefsitzenden Groll gegen die Gesellschaft hegt. Vor fünf Jahren schleppte er noch den Rousseauschen Mythos vom guten Wilden mit sich herum. Auf Mikaël bezogen war das natürlich ein einziger Wahnsinn. Schließlich hat das Jugendamt entschieden, und ich habe einen Platz zur Verfügung gestellt.«

»Hat ihn sein Vater denn nicht besucht?«

»Ein paarmal, am Anfang. Beim letzten Mal war er so betrunken, daß er mit dem Jungen in den Teich gefallen ist ... Da habe ich ihn mir ein bißchen ... vorgeknöpft. Er ist nie wieder gekommen.«

»Und die Mutter?«

»Nie. Nicht ein einziges Mal.«

Marion schwieg. Sie sah durch das Fenster auf die leere Wiese. Die Kinder hatten ihre Kirmesvorbereitungen unterbrochen und waren ins Haus gegangen, um eine Kleinigkeit zu essen. In der Ferne hörte man noch ihre gedämpften Stimmen, die von Zeit zu Zeit vom Geschimpfe eines Erziehers übertönt wurden.

»Sie haben keinen einfachen Beruf«, stellte Marion fest. »Wissen Sie, was aus Mikaëls Eltern geworden ist?«

»Ich vermute mal, daß sie in eine geschlossene Anstalt eingewiesen worden ist. Aber was er macht, weiß ich nicht. Betteln, sich herumtreiben. Das Sorgerecht für Mikaël hat jedenfalls das Jugendamt.«

Marion fand, daß es Zeit sei, den Grund ihres Besuchs zur Sprache zu bringen.

»Wenn man Mikaël auf seine kleine Schwester anspricht, sagt er, daß er sie nicht geschubst hat. Was halten Sie davon?«

Raoul Desvignes sah ehrlich überrascht aus.

»Das halte ich für puren Zufall. Mikaël kann sich an nichts erinnern, das länger als ein paar Minuten zurückliegt. Es würde mich wundern, wenn er sich an seine Schwester erinnern könnte.«

»Er hat sogar ihren Namen gesagt. Er hat auch von einem Herrn gesprochen. Von einem Herrn, der dagewesen sei, als Lili-Rose gefallen ist.«

Raoul Desvignes erhob sich aus seinem ledernen Bürostuhl, dessen um hundert Kilo erleichterter Sitz quietschend ein paar Zentimeter in die Höhe schnellte. Er ging zu einer Tür, hinter der zwei Frauenstimmen zu hören waren. Während er sie öffnete, wandte er sich zu Marion um.

»Möchten Sie einen Tee?«

Desvignes richtete einige Worte an jemanden, den Marion nicht sehen konnte, und kam zurück. Er vergrub die Hände in den ausgebeulten Taschen seiner Kordhose und baute sich vor ihr auf.

»Mikaël sagt immer ›der Herr‹, egal, welchen Mann er meint. Mich, den Kinderarzt, den Gärtner … und auch seinen Vater. Das hat nichts zu bedeuten.«

»Vielleicht meint er ja seinen Vater, wenn er sagt, daß ein ›Herr‹ in der Nähe war, als Lili-Rose gestorben ist. Vielleicht befand sich Denis Patrie gar nicht an dem Ort, den er vor fünf Jahren angegeben hat, auch wenn uns das damals plausibel erschien ...«

»Verlassen Sie sich nicht auf das, was Mikaël sagt«, wiederholte Desvignes, der jetzt mit großen Schritten in seinem Büro auf und ab ging. »Das wäre unvernünftig. Seine Äußerungen sind bestimmt reiner Zufall.«

Marion stellte die Beine, die sie übereinandergeschlagen hatte, wieder nebeneinander. Es war heiß in dem Zimmer, und sie war auf einmal so müde, daß sie sich kaum auf dem Stuhl halten konnte. Diese plötzliche Schläfrigkeit war wohl typisch für die ersten Monate ...

Sie stand auf, um ihre Benommenheit abzuschütteln. Da klopfte es an der Tür. Eine Frau kam mit einem Tablett herein und stellte es auf einen kleinen, runden Tisch in der Nähe des Fensters. Sie war dunkelhaarig, um die Vierzig, ziemlich hübsch und stolzierte aus dem Zimmer, ohne Marion eines Blickes zu würdigen. Desvignes schnalzte mit der Zunge und schob geräuschvoll zwei Stühle an den Tisch.

»Man sollte niemals mit seiner Frau zusammenarbeiten«, verkündete er mit einer entnervten Geste Richtung Tür. »Das ist eine Katastrophe. Meine Frau ist krankhaft eifersüchtig. Ständig spioniert sie mir und meinen Besuchern nach ... Und wenn's dann mal eine Besucherin ist, und auch noch eine hübsche ...«

Er verdrehte die Augen. Marion setzte sich auf einen der beiden Stühle und ließ sich den Teeduft in die Nase steigen.

Desvignes schenkte ihr ein. Während sie schweigend ihren Tee tranken, betrachtete Marion den Park und die Wiese, die schon im Schatten lag, weil die großen Bäume die letzten Strahlen der untergehenden Sonne abfingen. Sie spürte, daß Desvignes' fahler Blick auf ihr ruhte, und wunderte sich, wie durchdringend er war. Sie fragte sich, was in seinem Kopf vorging. Um am Ende nicht feststellen zu müssen, daß Madame

Desvignes sich vielleicht zu Recht betrogen fühlte, kam sie wieder auf den Grund ihres Besuchs zu sprechen:

»Antworten Sie mir ehrlich, Monsieur Desvignes ... Hätte Mikaël in einem Anfall von Gewalttätigkeit seine Schwester umbringen können?«

Der Mann zögerte.

»Ich verstehe Sie nicht ganz«, sagte er schließlich. »Rollen Sie den Fall wieder auf, oder was?«

»Soll ich mit offenen Karten spielen?«

Er fletschte seine großen, gesunden Zähne.

»Das liegt bei Ihnen. Bis jetzt hat sich diese Frage nicht gestellt. Aber wenn wir weiterreden, müßte ich schon wissen, woran ich bin.«

»In gewisser Weise rolle ich tatsächlich den Fall wieder auf«, antwortete Marion, nachdem sie noch einmal kurz nachgedacht hatte. »Aber nicht offiziell, Sie sind also nicht verpflichtet, mir zu antworten, das wissen Sie.«

Raoul Desvignes lehnte sich auf seinem Stuhl zurück und schien das Für und Wider abzuwägen. Als er seine Tasse gemächlich bis auf den letzten Tropfen geleert hatte, stand sein Entschluß fest.

»Hätte Mikaël seiner Schwester Gewalt antun können?« wiederholte er, als wollte er Marions Frage in eine nuanciertere Form bringen. »Wenn ja, dann nur aus einem plötzlichen Impuls heraus, nur in einem Kontext, der ihn dazu getrieben hätte. Auf keinen Fall aus Berechnung oder Eifersucht. Aber Sie müssen auch wissen, daß Mikaël, als er zu uns kam, noch nicht unter dieser Aggressivität litt, die Sie eben miterlebt haben. Sie steht in engem Zusammenhang mit der Pubertät und ihren Problemen.«

»Gut«, seufzte Marion und stand auf. »Danke für alles. Ich werde noch einmal vorbeikommen und Mikaël ein Geschenk bringen.«

»Da wird er sich freuen«, sagte Desvignes und erhob sich ebenfalls. Er überragte sie um Haupteslänge. »Wenn Sie können, bringen Sie es ihm doch, wenn wir unsere Kirmes haben, Sonntag in acht Tagen. Das ist auch ein Fest für die Verwandten, und er wird wie immer allein sein ...«

»Ich werd's versuchen«, versprach Marion und streckte ihm die Hand hin.

Er drückte sie mit seinen beiden kräftigen Pranken und ließ auch nicht los, als Marion sich anschickte, ihm den Rücken zu kehren. Es war, als wolle er ihr noch etwas sagen, und in seinen hellen, durchdringenden Augen war wieder dieses Funkeln, das Marion fürchten ließ, er würde ihr jeden Moment ein unzweideutiges Angebot machen ...

»Ich glaube, Sie sind in Ordnung«, sagte er schließlich mit leiser Stimme.

Oje, oje, oje, jetzt geht's los ..., dachte Marion.

»Jedenfalls habe ich das Gefühl, daß ich Ihnen vertrauen kann ...«

Mal sehen, was jetzt kommt.

»Es gibt etwas, das Sie in bezug auf Mikaël wissen müssen. Niemand weiß es, nur seine Therapeuten und ich.«

Dumme Kuh, immer noch genauso narzißtisch ... Geschieht dir recht. Dieser Mann nimmt seinen Job ernst. Ein Schürzenjäger ist er zwar auch, aber vor allem ein pflichtbewußter Direktor.

»Ich höre«, sagte sie beschämt.

»Als Mikaël klein war, sind ihm ein paar suspekte Unfälle widerfahren.«

»Was für Unfälle?«

Raoul Desvignes machte eine vage Handbewegung, während er ihr weiter fest in die Augen sah.

»Sie meinen doch nicht sexuellen Mißbrauch?«

»Nein, nein, ganz und gar nicht. Ich würde eher von

Unfällen sprechen, die ... nun ja ... absichtlich herbeigeführt worden sind. Mißhandlungen, im medizinischen Sinne. Verbrennungen an den Füßen, weil ihm ein Topf heißer Milch darübergekippt ist, eine Lungenentzündung, weil die Heizung in seinem Zimmer aus war. Verstehen Sie?«

37

Als Marion in die Allée des Mésanges einbog, stürmten die widersprüchlichsten Gefühle auf sie ein. Vom *Centre des Sources* waren es zu ihrer Wohnung nur zwei Kilometer, und sie hatte beschlossen, gleich nach Hause zu fahren, ohne sich noch einmal im Büro blicken zu lassen. Sie hoffte, Nina würde ihre Überraschung zu schätzen wissen: Sie hatte beim Konditor haltgemacht, um einen Zitronenkuchen zu kaufen, den Lieblingsnachtisch ihrer Tochter, dem auch Lisette nicht abgeneigt war.

Sie wurde das Unbehagen nicht los, das die Äußerungen von Raoul Desvignes ihr bereitet hatten. Wieder einmal zeigte sich, daß die Ermittlungen zum Tod von Lili-Rose Patrie ein einziges Fiasko gewesen waren. Was Desvignes ihr über Jeanne Patrie und ihr Verhalten gegenüber Mikaël gesagt hatte, war entsetzlich. Nur würde man es leider niemals beweisen können. Desvignes stützte sich auf Beobachtungen, die im nachhinein gemacht worden waren. Mikaël würde niemals über die Dinge sprechen, die er erlitten hatte, wenn sie ihm überhaupt bewußt waren. Und Lili-Rose? Wie sollte man jemals erfahren, ob Jeanne nur für die Behinderung ihres Sohnes Rache genommen oder auch Lili-Rose Gewalt angetan hatte? Wo steckte Jeanne überhaupt?

Als Marion den Wagen vor der Garagentür zum Stehen brachte, klingelte ihr Handy, und sie fuhr zusammen. Sie zog nur schnell die Handbremse, ehe sie den Anruf hastig entgegennahm.

Talons Stimme war heiser und nasal.

»Ich hab mir eine Mordserkältung geholt«, bestätigte er. »Da hab ich mal wieder richtig Glück gehabt!«

»Wo waren Sie denn über Mittag?« fragte sie, während sie den Schlüssel aus dem Zündschloß zog und das Radio ausstellte. »Wir haben auf Sie gewartet ...«

»Ich war noch mal in dem Haus, in dem sich José Baldur eingenistet hat. Ich bin mir sicher, daß alles dort angefangen hat ...«

»Und?«

»Nichts. Aber ich komme schon noch dahinter, mit Sicherheit. Die werden schon noch weich, diese Bastarde ... Kommen Sie noch im Büro vorbei, Chef?«

»Nein, Talon, ich stehe vor meiner Haustür, ich hatte bei mir in der Nähe zu tun ...«

»Schade, ich habe Neuigkeiten für Sie. Dann erzähle ich Ihnen morgen davon?«

Talon wußte genau, wie er sie auf die Palme bringen konnte.

»Aber sonst geht's Ihnen gut! Los, los, ich bin ganz Ohr ...«

In diesem Moment ging die Garagentür auf, und zwischen den beiden Türflügeln aus einst braunem, inzwischen verblichenem Holz, deren pseudorustikaler Stil dem Zahn der Zeit nicht standgehalten hatte, tauchte Ninas Nase auf. Das Mädchen warf seiner Mutter einen fragenden Blick zu, und Marion winkte sie zu sich.

»Da kommt ja mein kleines Schneckchen!« sagte sie, als Nina die Beifahrertür öffnete, auf den Sitz kletterte und dabei ihre hübschen, mit rosa Bändern geschmückten Zöpfe schüttelte.

»Tag, mein Schatz«, flüsterte Marion, während sie ihre Tochter an sich zog.

»Hm, jetzt bin ich aber verwirrt«, sagte Talon am anderen Ende. »Das ist das erste Mal, daß Sie mich Schatz nennen …«

»Mein lieber Talon, aus dem Alter sind Sie leider heraus … Also?«

Das war eine ihrer Lieblingsschrullen. Mit einem ungeduldigen »Also?« den Gesprächsfaden wiederaufzunehmen. Bestimmt lästerte Talon jetzt innerlich über sie, dachte Marion.

»Lavot hat Informationen über die letzte Leiterin der *Ecole Sainte-Marie-des-Anges* bekommen. Sie heißt Maguy Bernt und hat sich pensionieren lassen, jetzt hat sie einen Trödelwarenladen, in Ternay. Er hat auch Jeanne Patrie wiedergefunden. Das war nicht schwer. Sie ist hier in der psychiatrischen Klinik, in der Abteilung von Professor Gentil. Zwangseinweisung, seit drei Jahren hockt sie da drin. Und jetzt leider noch eine schlechte Nachricht: Lavot hat keine Besuchserlaubnis bekommen.«

Na super, dachte Marion und erwiderte:

»Ich gehe morgen hin. Ist das alles?«

Talon stieß einen so tiefen Seufzer aus, daß er einen Hustenanfall bekam.

»Die ist aber auch nie zufrieden«, hörte sie ihn vor sich hin nuscheln. »Nein, das ist noch nicht alles. Das Beste habe ich mir für den Schluß aufgespart. Denis Patrie …«

»Ja?«

»Er konnte gar nicht auf die Vorladung von Lavot reagieren.«

Talon schneuzte sich. Marion vergrößerte den Abstand zwischen Handy und Ohr, so als fürchtete sie, von dem Virus, das der Beamte sich bei den Obdachlosen eingefangen hatte, angesteckt zu werden.

»Er wird ja wohl nicht tot sein!« rief sie ungeduldig ins Telefon.

»Nein. Er ist wegen vorsätzlicher Körperverletzung verurteilt worden. Er sitzt im Knast, in Saint-Paul.«

38

Lisette hatte schon ihren Regenmantel und ihre Schuhe angezogen. Sie schlang sich ein buntes Seidentuch um den Hals, das Marion ihr geschenkt hatte, um die Trauerkleidung, die sie partout nicht ablegen wollte, etwas aufzuhellen. An diesem Abend hatte Lisette mit Bestimmtheit erklärt, daß sie den Bus nehmen würde, um in ihre Wohnung im achten Arrondissement von Lyon zu fahren. Es war noch früh, die Luft war mild, sie wollte sich ein bißchen bewegen, und vor allem lag klar auf der Hand, daß sie sich am Rande einer Depression befand.

»Wissen Sie, Lisette«, druckste Marion herum, denn das finstere, verschlossene Gesicht der Großmutter bedrückte sie, »wenn es ein Problem für Sie ist, sich abends um Nina zu kümmern, dann finde ich schon eine andere Lösung. Ich möchte nicht, daß Sie sich dazu gezwungen fühlen.«

Lisette holte Nina täglich von der Schule ab, erledigte ein paar Einkäufe mit ihr, bereitete das Abendessen und wartete dann, bis Marion nach Hause kam. Manchmal, wenn die junge Frau länger arbeiten mußte oder Nachtdienst hatte, schlief sie in der Rue des Mésanges.

»Überhaupt nicht«, protestierte Lisette. »Ich habe nur genug von diesen Leuten vom Jugendamt. Heute morgen waren sie schon wieder bei mir.«

Marion spürte, wie es in ihr zu brodeln begann.

»Mit denen werde ich mal ein Wörtchen reden müssen«, schimpfte sie. »Jetzt reicht's allmählich ... Was wollten die denn?«

»Das Übliche«, antwortete Lisette, die offenbar keine Lust hatte, mehr dazu zu sagen.

Sie schlang einen Knoten in ihr Tuch, warf einen kurzen Blick in den Spiegel im Flur und rückte ihn anschließend mit einer mechanischen Handbewegung gerade, wie sie es mehrmals täglich mit allen Bildern und Rahmen tat, die in der Wohnung hingen.

»Ich dachte ...«, fing Marion an. »Na ja, ich habe mir überlegt, daß wir vielleicht nach Osmoy fahren könnten, am Sonntag ...«

Lisette wandte sich rasch zu ihr um. Für einen kurzen Moment trat ein beinahe vergessenes Leuchten in ihre Augen, doch fast im gleichen Moment hatte sich schon wieder der Schleier des Unglücks darübergelegt.

»Ja«, sagte sie kaum hörbar.

Die Tatsache, daß Lisette diese Gelegenheit, ihre beiden »Großen« im Waisenhaus der Polizei zu besuchen, nicht weiter kommentierte, konnte nur eins bedeuten: Sie befand sich in einer Krise.

Herrgott noch mal, empörte sich Marion innerlich, was habe ich der bloß getan?

»Hören Sie, Lisette ... Ich verstehe, daß Ihnen die Situation von Louis und Angèle Kummer bereitet, aber es gibt nun einmal keine bessere Lösung ...«

Lisette griff nach ihrer Handtasche und klemmte sie sich unter den Arm. Ihr Gesicht war grau, irgend etwas nagte an ihr. Sie starrte auf ihre Schuhe.

»Ich weiß nicht, ob es gut für Nina ist, von ihren Geschwistern getrennt zu sein«, brach es plötzlich aus ihr hervor.

»Sagen Sie mal, ist das Jugendamt vielleicht schuld an Ihrem Zustand? Haben die elenden Untersuchungsbeamten Ihnen diesen Floh ins Ohr gesetzt?«

»Absolut nicht. Ich bin alt genug ... Aber vielleicht haben die ja doch recht ...«

Wieder hatte Marion für einen kurzen Moment das Gefühl, den Boden unter den Füßen zu verlieren. Was für ein Spiel trieb Lisette eigentlich hinter ihrem Rücken?

»Ist Ihnen eigentlich klar, was Sie da sagen? Sie wollen nicht, daß Nina mich Mama nennt, sie wollen, daß sie bei ihrem Bruder und ihrer Schwester lebt. Möchten Sie, daß ich sie ins Waisenhaus zurückbringe, ist es das?«

Lisette protestierte. Natürlich wolle sie Ninas Adoption nicht in Frage stellen, ganz im Gegenteil, aber nichtsdestotrotz gebe es da ein paar Dinge, die sie bedaure. Andeutungen, erwiderte Marion, nichts als Andeutungen, die sie nicht verstehen könne.

»Ja, was soll ich denn noch sagen!« rief Lisette aus. »Ich bin doch diejenige, die nichts mehr versteht. Sie mit Ihrer Heimlichtuerei ...«

Die Situation begann Marion über den Kopf zu wachsen. Lisette umklammerte ihre Handtasche und zischte mit blitzenden Augen:

»Sie meinen wohl, Sie könnten mich zum Narren halten! Sie sind schwanger, das hätten Sie mir sagen können. Alle wissen es, nur ich nicht.«

Das war es also! Marion entfuhr ein nervöses Lachen, das nicht dazu angetan war, die alte Dame zu beschwichtigen.

»Ich weiß nicht, was daran komisch sein soll ...«

Marion holte tief Luft, dann ging sie auf Lisette zu und nahm sie in den Arm. Nachdem Ninas Großmutter erst steif wie ein Brett geworden war, ließ sie sich allmählich gehen, und Marion entnahm ihren kurzen, schnellen Atemzügen, daß sie weinte. Wortlos ließ sie zu, daß Lisette sich aus ihrer Umarmung löste und ihre Tränen trocknete.

»Das ist unverzeihlich von mir«, beteuerte Marion, die ehrlich erschüttert war. »Ich hätte es Ihnen wirklich sagen müssen. Wissen Sie, ich habe lange nachgedacht und ... es ist nicht einfach. Sind Sie mir böse?«

Die alte Dame schüttelte den Kopf.

»Und was Louis und Angèle betrifft ... was halten Sie davon, wenn ich sie zu Allerheiligen einlade?«

»Ja, ja«, sagte Lisette. »Aber das darf Sie nicht zu sehr

anstrengen. Eine Schwangerschaft ist schließlich keine Kleinigkeit.«

Plötzlich spitzten beide die Ohren, denn im oberen Stockwerk war ein Geräusch zu hören. Eine Tür. Schritte. Nina war schon lange im Bett, aber schlief sie wirklich? Marion deutete mit dem Zeigefinger auf die Treppe, dann hielt sie sich den Finger vor den Mund.

Sie lauschten noch einmal. Oben war es wieder still.

Lisette hatte sich schließlich dazu überreden lassen, einen Kräutertee zu trinken und ein Taxi zu nehmen. Mit dem Regenmantel über dem Arm wartete sie auf den Wagen. Das Seidentuch hatte sie an den Henkel ihrer Handtasche geknotet. Sie hatte sich wieder einigermaßen beruhigt.

Das Brummen eines Motors kam näher, Schweinwerferlicht drang durch die Milchglasscheibe der Eingangstür. Lisette, die schon die Hand auf die Türklinke gelegt hatte, drehte sich noch einmal um.

»Da ist noch etwas, das mich stört«, sagte sie zu Marion, die es kaum erwarten konnte, ein Bad zu nehmen und unter ihre Daunendecke zu schlüpfen. »Es geht um die Schule ... Diese Schule ist eine ziemliche Katastrophe.«

»Aber, Lisette ...« Marion war wieder alarmiert.

»Jemand hat Nina das Mäppchen gestohlen, und ...«

»Nein«, korrigierte Marion, »sie hat ihr Mäppchen *vergessen*. Sie ist eben manchmal mit ihren Gedanken woanders. Niemand hat ihr irgend etwas gestohlen.«

»Na gut, aber trotzdem, haben Sie gesehen, daß sie dreißig in einer Klasse sind?«

»Sechsundzwanzig.«

»Das macht auch keinen Unterschied, vier mehr oder weniger ... Nina langweilt sich, die anderen sind so langsam, daß sie nicht schnell genug vorankommt ...«

»Die anderen sind nicht langsam, sondern Nina ist aufgeweckter als der Durchschnitt, das ist nicht dasselbe.«

»Meine Tochter hat ihre Kinder in private Einrichtungen geschickt.«

»Das kann ich mir nicht leisten«, erwiderte Marion mit versteinerter Miene. »Und ich verstehe auch nicht, was Sie dieser Schule vorwerfen. Sie ist ganz in der Nähe, Nina gefällt es dort, das Lerntempo ist zufriedenstellend.«

Draußen wurde der Taxifahrer langsam ungeduldig, was er mit einem kurzen Hupen kundtat. Lisette öffnete die Tür.

»Trotzdem hat mir Nina gestern wieder von der *Ecole Sainte-Marie-des-Anges* erzählt, ihrer alten Vorschule. Das war wirklich eine gute Einrichtung.«

Kaum daß Lisette gegangen war, rannte Marion die Treppe hoch. Ninas Tür war ausnahmsweise einmal zu. Das Herz schlug ihr bis zum Hals, als sie sie leise öffnete. Mit ein bißchen Glück würde ihre Tochter noch nicht schlafen. Sie könnte sie auf ihre alte Schule ansprechen, sie davon erzählen lassen. Vielleicht würde sich Nina sogar an Lili-Rose erinnern.

Nina lag auf der Seite, mit dem Gesicht zum Fenster, wie es ihre Gewohnheit war. Marion wußte sofort, daß sie nicht schlief, und als sie den Kopf der Puppe erblickte, die Nina umklammert hielt, war sie sofort zutiefst beunruhigt. Sonja war eigentlich schon vor langer Zeit ins Regal verbannt worden, nachdem diverse Barbies ihre Nachfolge angetreten hatten. Plötzlich fiel Marion die Playstation wieder ein, und sie biß sich auf die Lippen: Sie hatte den ganzen Tag nicht daran gedacht, sich darum zu kümmern. Um so beunruhigender war die Tatsache, daß Nina nicht ein Wort darüber verloren hatte. Das Mädchen brütete irgend etwas aus.

Marion ging um das Bett herum und beugte sich herab. Die Kleine starrte mit aufgerissenen Augen zum Fenster. Im

Halbdunkel war ihr Gesicht aschfahl, und sie hatte die Lippen so fest zusammengepreßt, daß die Haut um den Mund herum weiß war.

»Was ist denn, mein Schätzchen? Du schläfst ja nicht …«

Ninas Stimme war klar und deutlich:

»Ich will nach Osmoy zurück.«

Marion wurde schwarz vor Augen. Ein Strahl Galle schoß ihr in den Mund, und sie kauerte sich rasch neben das Mädchen, das sich so fest es ging an seine Puppe klammerte.

»Was sagst du da, Nina, warum?«

»Ich will wieder zu Louis und Angèle.«

»Aber warum? Sag mir, warum?«

Marion wußte nicht, was sie sonst hätte sagen sollen. Sie versuchte schnell, ihre Gedanken zu ordnen, dachte an die Leute vom Jugendamt, an Lisette, die ihren Mund nicht halten konnte. Jetzt hatte sie der Kleinen auch noch Schuldgefühle gegenüber den beiden Großen eingeflüstert.

Verflucht noch mal, diese Omi hat ja wohl nicht alle Tassen im Schrank! Und ich dachte, es wäre gut, sie in unserer Nähe zu haben …

»Du weißt genau, warum«, sagte Nina mit leicht zitternder Stimme.

»Nein, ich schwöre dir, nein!«

»Du kriegst ein Baby, das weiß ich, ich habe gehört, wie du mit Omi darüber geredet hast. Ich hatte mir das sowieso schon gedacht, ich habe eine Freundin gefragt, die letztes Jahr einen kleinen Bruder bekommen hat. Ihre Mutter hat die ganze Zeit gespuckt.«

Marion schmiegte sich noch enger an Nina. Sie kam sich so dumm vor, gnadenlos dumm.

»Nina, ich wollte es dir sagen, morgen«, beschwor sie ihre Tochter. »Aber ich mußte mir doch wirklich sicher sein, verstehst du? Das ist alles ein bißchen kompliziert, und ich wollte erst mit dir darüber reden, wenn ... wenn ... na ja ... ich weiß auch nicht, wie ich dir das erklären soll ... Es ist alles so schwierig. Ich weiß, daß ich mit dir darüber hätte sprechen müssen, du bist meine Tochter, das geht dich etwas an ...«

Sie hatte den Faden verloren. Nina, die die Augen auf Marions Gesicht geheftet hatte, versuchte zu erraten, was sich hinter ihren Worten verbarg.

»Ich bin nicht deine *richtige* Tochter«, sagte sie, während zwei dicke Tränen an ihrer Nase entlangliefen. »Du brauchst mich nicht mehr, weil du jetzt ein richtiges Kind kriegst.«

»Aber Nina, *du bist meine Tochter*. Ich weiß, daß ich mit dir über das Baby hätte reden sollen, aber für dich ändert sich überhaupt nichts. Es wird mein zweites Kind sein. Du bist meine Große, meine große Tochter. Nina! Mein Liebling!«

Inzwischen flossen Tränenströme über Ninas Wangen. Sie zuckte und zitterte vor Verzweiflung wie ein Vögelchen, das aus dem Nest gefallen ist.

»Und dann hast du es mehr lieb als mich«, rief sie schluchzend aus. »Dann hast du mich überhaupt nicht mehr lieb und gibst mich ans Jugendamt zurück. Ich will weg.«

Als Marion merkte, daß ihr die Situation völlig entglitten war, brach sie vor Erschütterung ihrerseits in Tränen aus.

Sie brauchten über eine Stunde, um sich wieder einigermaßen zu beruhigen. Irgendwann hatte Marion Nina aus ihrem Bett gezogen, sie an sich gedrückt und ihr hundert-, ja tausendmal wiederholt, daß sie ihre Tochter sei, daß sie sie mehr als alles auf der Welt liebe, daß ihre Liebe ganz besonders groß sei, weil sie Nina gewollt und ausgewählt habe, obwohl sie kein Baby mehr war und obwohl sie wußte, daß ihr Zusammenleben dadurch schwieriger werden würde. Sie war schwanger, und Nina mußte ihr glauben, daß sich dadurch nichts ändern würde. Im Gegenteil, sie brauchte Nina, um mit ihr und diesem kleinen Bruder, der ein Geschenk des

Himmels war, eine Familie zu gründen. Nina hatte all den angestauten Kummer aus sich herausgeschrien, die Eltern, die ihr fehlten, Louis und Angèle, nach denen sie sich sehnte. Ihr kurzes Leben war eine einzige Katastrophe, und es war kein Kinderspiel für Marion, sie vom Gegenteil zu überzeugen.

Zu guter Letzt beruhigte sich die Kleine wieder, aber erst, als Marion ihr geschworen hatte, daß das Baby ein Junge sein würde. In dieser Nacht schlief Nina bei ihrer Mutter, eng an ihren Bauch geschmiegt.

39

Am nächsten Morgen traute sich Marion nicht, Nina über die *Ecole Sainte-Marie-des-Anges* auszufragen. Das Mädchen hatte noch vom Weinen verquollene Augen und ließ die Hand seiner Mutter nicht mehr los, seit es wußte, daß sie am Sonntag nach Osmoy fahren würden. Das Baby wurde nicht ein einziges Mal erwähnt, weder beim Frühstück noch während der Fahrt zur Vorschule.

Obwohl Marion von der anstrengenden Nacht erschöpft war, beschloß sie, sich als allererstes Zugang zum Büro der Leiterin des Jugendamts zu verschaffen, auch wenn noch so grimmige Wächter versuchen würden, sie daran zu hindern. Als sie Einlaß gefunden hatte, kam es zu einem hitzigen Wortwechsel, den Marion in der Drohung gipfeln ließ, daß sie mit Nina fliehen, untertauchen oder etwas noch Schlimmeres tun würde, sollte man ihnen weiter derart zusetzen. Erst als Marion, durch den verbalen Schlagabtausch wie befreit von ihrer Angst, verkündete, daß sie schwanger sei und um Versetzung auf einen ruhigeren Posten gebeten habe, wurde die Leiterin umgänglicher. Sie versprach nichts, sicherte Marion aber zu, daß man den Vorgang »baldigst« und »zum Wohl des Kindes« abschließen würde.

»Um mein Wohl schert sie sich einen Dreck«, schimpfte Marion vor sich hin, während sie zum Gefängnis fuhr.

Sie wußte selbst, daß man sie ohne richterlichen Bescheid nicht zu Denis Patrie vorlassen würde. Aber sie hatte nicht die geringste Chance, dieses Papier zu bekommen, weil in der Sache, die Denis Patrie ins Gefängnis gebracht hatte, das Urteil längst gesprochen war. Auf der Karteikarte, die man Talon ausgehändigt hatte, war von einer Prügelei zwischen Obdachlosen die Rede. Patrie hatte den Kläger in der Nähe der *Gare Perrache* am Kopf verletzt und war unmittelbar danach festgenommen worden. Sein Zustand war zwar nicht weniger erbärmlich als der seines Opfers, aber die Tatsache, daß er bei der Polizei aktenkundig erfaßt war, hatte sich ungünstig ausgewirkt, und man hatte ihm einen Monat aufgebrummt. Auf Talons Karteikarte stand auch explizit vermerkt, daß Denis Patrie obdachlos war.

Marion kannte den Leiter der Haftanstalt, weil sie zusammen mit ihm, einem Psychologen und anderen ausgewählten Polizisten eine Fortbildung zum Thema Verhandlungsstrategien besucht hatte. Verhandlungsgeschick konnte manchmal weiterhelfen, wenn man eine Horde Gefängnisinsassen oder einen ebenso unruhigen Trupp Gefängniswärter zu managen hatte.

Während Marion schaudernd diverse Sicherheitsschleusen, Gitter und andere Sperren hinter sich brachte, fragte sie sich, wie man freiwillig Karriere im Strafvollzug machen konnte.

»Das liegt an Leuten wie dir«, knallte ihr der Leiter vor den Bug, als sie ihren Blick über die schwarzen Mauern, die schmalen, hohen Fenster und die mit spitzen Nägeln gespickten Dächer schweifen ließ. »Ihr nehmt sie fest, und hinterher haben wir die ganze Arbeit am Hals.«

Er war groß und hager, hatte feuerrotes Bürstenhaar und graue Augen. Da er sie nicht mit Denis Patrie zusammenbringen konnte, hatte er seine Akte ausgedruckt.

»Ach, hier, dein Spezi kommt in sechs Tagen raus ...«

Er schob eine Doppelseite zu ihr herüber, die noch warm vom Drucker war.

»Da kannst du ihn ja abpassen«, schlug er vor.

»Ist er gewalttätig?«

»Gewalttätig? Ach was! Er ist so wie viele, die hier landen: orientierungslos, ohne festen Wohnsitz, unfähig, der Wirklichkeit ins Auge zu sehen. Entweder sie saufen, oder sie greifen zu Drogen, um sich Mut zu machen. Das Gefängnis ist eine unfreiwillige Entziehungskur, und sie haben nur ein Verlangen: so schnell wie möglich raus und weitersaufen. Deshalb machen die auch keinen Ärger.«

Quod erat demonstrandum.

Während Marion die Kommentare zu Denis Patrie las, richtete sie sich plötzlich mit einem entgeisterten Ausruf auf.

»Ein Problem?« fragte der Gefängnisdirektor verwundert.

»Nein«, erwiderte sie kopfschüttelnd, »etwas total Verrücktes.«

40

»Machen Sie Talon ausfindig!« befahl sie Lavot. »Ich fahre in die psychiatrische Klinik, kommen Sie dann beide nach. Der wird sich freuen, der kleine Jérôme!«

Das tat Marion offenbar jetzt schon, denn sonst hätte sie nicht Talons Vornamen gebraucht. Tags zuvor hatte sie schmunzeln müssen, als sie in einem offiziellen Schreiben darauf gestoßen war, daß Lavot mit Vornamen Michel hieß. Das waren so Details, die sie leicht vergaß.

Sie hielt auf dem großen Parkplatz der psychiatrischen Klinik, von wo aus sie nur den Schildern folgen mußte, die ihr den Weg zu Professor Gentils Abteilung wiesen. Es war der letzte Pavillon auf der rechten Seite. Ein mehr als zwei Meter hoher, überhängender Drahtzaun schirmte das flache Gebäude ab. Die Fenster waren nicht vergittert, hatten aber dicke Sicherheitsscheiben aus Milchglas. Auf der Rasenfläche, die sich rings um den Pavillon erstreckte, gingen Frauen unterschiedlichen Alters umher, oder sie saßen auf Bänken, die im Boden einzementiert waren. Marion blieb vor dem ersten Hindernis stehen: einer vergitterten, verriegelten Tür, die durch Querstangen zusätzlich gesichert war. Von hier aus konnte sie auch die zweiflügelige Glastür sehen und ein Schild, das darauf hinwies, daß der Zutritt für Unbefugte verboten war. Im Stützpfeiler des Zauns entdeckte sie einen Klingelknopf. Sie drückte darauf.

Nach einer Weile – Marion wurde schon ungeduldig – tauchte hinter der Türscheibe eine Silhouette auf. Marion winkte mit einem Blatt Papier.

Bis die Krankenschwester die Tür entriegelt hatte, waren zwei der im Hof umherspazierenden Frauen an den Zaun gekommen und betrachteten Marion. Die ältere der beiden bewegte hastig ihre Lippen und schüttelte dabei die Hand wie ein defekter Roboter. Die andere, die höchstens fünfundzwanzig war, kratzte sich an ihren dürren Waden, während sie den Weltuntergang verkündete. Marion schauderte, und sie fragte sich, ob das, was sie seit zwei Tagen an Scheußlichkeiten zu sehen bekam, sich nicht auf ihr Kind übertragen würde. Die Gegenwart der Krankenschwester brachte sie wieder auf den Boden der Tatsachen zurück.

»Ich bin gekommen, um mit Professor Gentil zu sprechen«, sagte sie in nicht gerade selbstbewußtem Ton.

»Worum geht es?«

»Um Jeanne Patrie, eine ihrer Patientinnen. Ich bin von der Kriminalpolizei.«

Das saß, auch wenn die Krankenschwester versuchte, sich nichts anmerken zu lassen.

»Dieses Gebäude ist nur für Besucher zugänglich, die über eine besondere Erlaubnis verfügen. Haben Sie einen Bescheid?«

Marion setzte alles auf eine Karte. Wortlos reichte sie der Frau das Schreiben, das man ihr bei der Kripo zurechtgebastelt hatte, ehe sie zur Klinik gefahren war. Hier in der psychiatrischen Klinik kannte sie niemanden, gab es keinen alten Freund aus Ausbildungszeiten, den sie um Informationen bitten konnte, obwohl sie keine Befugnis dazu hatte. Sie wußte, daß man sie nicht hereinlassen würde.

Ein von Richterin Eva Lacroix unterzeichneter Bescheid, den sie in Lili-Rose Patries Akte wiedergefunden hatte, war ein brauchbares Ausgangsmaterial gewesen. In weniger als zehn Minuten hatten die Jungs vom Erkennungsdienst das Schreiben um einige notwendige Informationen ergänzt und so hinbekommen, daß es echter nicht hätte aussehen können.

»Sie können Madame Patrie nicht sehen«, wandte die Krankenschwester ein, das falsche Papier in der Hand. »Sie ist von den anderen Patienten isoliert worden.«

Marion spürte, wie ihr das Herz gegen die Rippen schlug. Sie verabscheute das, was sie gerade tat.

»Ich möchte mit ihrem Arzt sprechen«, erwiderte sie nichtsdestotrotz.

Die Frau zögerte einen Moment. Sie war nicht mehr ganz jung und ziemlich beleibt; ihr Gesicht war mit geplatzten Äderchen übersät, und ihre Beine steckten in engen Stützstrümpfen. Ihr Gesichtsausdruck verriet, daß sie zu jenen Leuten gehörte, die niemandem mehr glauben. Sie sah Marion fest in die Augen, und die junge Frau hielt ihrem Blick stand. Schließlich löste sie einen Schlüsselbund von ihrem Gürtel und öffnete die Tür.

»Als Jeanne Patrie den Schockzustand überwunden hatte, ist sie übergangslos in einen noch schlimmeren Zustand geraten, der mit Verwirrung und Gedächtnisschwund einherging. Sie mußte schließlich eingewiesen werden.«

Professor Gentil streichelte seinen kurzen graumelierten Bart, ehe er sich die flache Hand vor den Mund hielt, um leise hineinzublasen. Ein Tick?

Er war ein kleiner, rundlicher, kurzsichtiger Mann mit Händen, die sich ständig bewegten, und Marion hatte irgendwie das Gefühl, daß ihm etwas auf der Seele lag. Auf die von der Richterin unterschriebene Besuchserlaubnis hatte er nur einen flüchtigen Blick geworfen, worauf Marion sie rasch wieder in ihrer Tasche versenkt und dabei zu Gott gebetet hatte, er möge nicht auf die Idee kommen, ihre Echtheit zu überprüfen.

»Nach mehreren Selbstmordversuchen und einer Reihe von unkontrollierten ... Ausbrüchen kamen wir nicht mehr umhin, sie zu isolieren, zu ihrer eigenen Sicherheit und zur Sicherheit der anderen.«

Typische Behördenfloskel.

»Hat ihr Mann die entsprechenden Papiere unterschrieben?« fragte Marion, der nicht entgangen war, daß durch die gepolsterten Türen und Trennwände gedämpfte Schreie und hin und wieder ein langer Klagelaut drangen.

Der Arzt nickte.

»Madame Patrie leidet offenbar unter einer schweren Krankheit«, fuhr Marion fort. »Die Sicherheitsvorkehrungen, die Sie getroffen haben, und die Dauer ihres Aufenthalts lassen jedenfalls keinen anderen Schluß zu ... Ich nehme an, daß all das nicht über Nacht geschehen ist ...«

»Sie denken an eine Vorgeschichte? Eine Art Nährboden, auf dem sich ihre Krankheit bilden und entwickeln konnte? Vielleicht ja, vielleicht nein. Das menschliche Gehirn ist ein komplizierter Apparat. Ich behaupte nicht, daß vor dem Unfall keinerlei Anfälligkeit bei ihr bestand, aber allein der Tod eines Kindes kann das, woran sie leidet, schon auslösen. Woran hatten Sie gedacht?«

»An das Münchhausen-Syndrom.«

Dem Professor entfuhr ein leises, verärgertes Zischen.

»Ja, ja, das ist in letzter Zeit ganz modern.«

»Das stimmt schon. Aber ich würde trotzdem gern Ihre Meinung dazu hören, Professor Gentil.«

»Der in jedem Menschen vorhandene Narzißmus kann zu deviantem Verhalten führen, wie es bei dem Syndrom, das Sie erwähnt haben, auftritt. Aber in diesem Bereich ist auch mangelnde Selbstachtung ein bedeutender Risikofaktor. Deshalb glaube ich nicht, daß sich ein Bezug zwischen dem Leiden meiner Patientin und diesem Syndrom herstellen läßt. Verfügen Sie vielleicht über Informationen, die nicht in ihrer Akte stehen?«

»Jeanne Patrie hat ihren behinderten Sohn mißhandelt; jedenfalls hat sie Unfälle herbeigeführt, die ihn in Gefahr gebracht haben.«

»Hmm ... Manchmal trügt der Schein. Wir sollten uns davor hüten, solche Dinge zu vereinfachen. Die Tatsache, daß sie einen behinderten Sohn hat, reicht einer Mutter völlig aus, um ihren Narzißmus zu befriedigen.«

Diese Äußerung hatte etwas Schockierendes. Marion wich einen Schritt zurück.

»Ich fürchte, ich verstehe nicht ganz.«

»Nachdem Sie das Münchhausen-Syndrom selbst ins Spiel gebracht haben, sollten Sie wissen, daß eine Mutter, die ihr Kind ... mißhandelt, das Ziel verfolgt, eine Situation zu schaffen oder zu verfestigen, die die anderen dazu zwingt, sie zu bewundern oder zu bedauern. Jeanne brauchte ihren Sohn nicht zu mißhandeln, seine Behinderung war völlig ausreichend, um sie zu einer perfekten Mutter zu machen, einer Mutter, wie sie im Buche steht. Es will ja schon etwas heißen, daß dieses

Kind niemals in einer spezialisierten Einrichtung untergebracht worden ist.«

»Jeanne behauptete, daß ihr Mann den Jungen zu Hause behalten wollte, wegen der moralisch verdorbenen Gesellschaft ...«

»Sie kann überzeugend sein. Und erschreckend gut Leute manipulieren.«

»Sehen Sie, Herr Professor«, sagte Marion mit einem leisen, zufriedenen Lächeln, »ich habe gelesen ...«

Mit einer verärgerten Kopfbewegung schnitt er ihr das Wort ab. Dann drehte er den Kopf und starrte sie wie ein Raubvogel von der Seite an. Wieder einmal drängte sich Marion der Gedanke auf, daß Psychologen doch irgendwie anders waren als der Rest der Menschheit. Nach einer kurzen Pause versuchte sie es noch einmal:

»Und Lili-Rose?«

»Was, Lili-Rose?«

»Spricht ihre Mutter über sie?«

»Jeanne Patrie spricht über niemanden. Sie legt ein vollkommen regressives Verhalten an den Tag. Sie hat keinerlei Erinnerungen mehr, weder an ihre Tochter noch an sonst etwas.«

»Wäre sie dazu fähig gewesen, ihr weh zu tun? Sie am Ende sogar in den Brunnen zu stoßen?«

»Offen gesagt, glaube ich das nicht. Wissen Sie ... Frauen, die Mitleid erwecken wollen, indem sie ihr Kind mißhandeln, sorgen dafür, daß diese Situation so lange wie möglich andauert. Die Möglichkeit, daß Jeanne Patrie mit einer solchen Brutalität auf ihre Tochter reagiert haben könnte, ist nur eine von vielen ... Sehen Sie, ich habe gelernt, daß im Bereich menschlicher Reaktionen alles möglich ist. Aber ich habe wirklich keine Ahnung.«

»Wenn Sie es wüßten, würden Sie es mir dann sagen?«

»Ich glaube nicht. Es wären reine Schlußfolgerungen, die ich ...«

Jetzt fiel Marion ihm ins Wort:

»Sind Sie sicher, daß Jeanne unheilbar krank ist? Gibt es wirklich keine Möglichkeit, mit ihr zu reden?«

Der Arzt stand auf und vergrub die Hände tief in seinen Kitteltaschen, so als wollte er ihren sinnlosen Bewegungen Einhalt gebieten. Er ging auf die Tür zu und bedeutete Marion, ihm zu folgen. In der Eingangshalle angelangt, umfing sie wieder die gewohnte Geräuschkulisse. Es war später Vormittag, das Klirren von Geschirr und Besteck deutete darauf hin, daß das Mittagessen unmittelbar bevorstand. Die dralle Krankenschwester war gerade dabei, die Patienten einzusammeln und Richtung Speisesaal zu schubsen, dessen grüne Resopaltische man weiter hinten im Sonnenlicht glänzen sah.

»Für Sie werde ich eine Ausnahme machen. Sie werden Jeanne Patrie sehen. Dann können Sie Ihr eigenes Urteil fällen.«

Er gab der Krankenschwester ein Zeichen, auf das sie mit einem panischen Blick reagierte.

»Andrée«, sagte er in bestimmtem Ton, »führen Sie die Dame bitte zu Zimmer 36.«

Einen Moment lang geschah nichts. Der Arzt und die Krankenschwester maßen sich mit Blicken. Dann schien die dicke Frau nachzugeben und forderte Marion auf, ihr zu folgen. Professor Gentil machte auf dem Absatz kehrt, ohne ein Wort zu sagen.

41

»Sie ist ein Wrack«, verkündete Marion und blies auf ihren Kaffee, ehe sie einen Schluck davon nahm. »Sie liegt zusammengekauert wie ein Embryo auf einem Bett, das fest in den Boden eingelassen ist. Sieht aus wie ein Katafalk, nur ohne den Grabschmuck – wissen Sie, was ich meine? Das Zimmer ist bis auf diese Liege völlig leer. Ihren Kopf habe ich nicht gesehen, nur die gefesselten Knöchel. Sie hat enorm abgenommen, sie ist regelrecht … zusammengeschrumpft.«

»Wie haben Sie das angestellt?« fragte Lavot argwöhnisch. »Mir hatte man gesagt, es sei unmöglich, da reinzukommen.«

»Wo die Polizei rein will, da kommt sie auch rein«, bemerkte Talon.

Er wußte, wie Marion es angestellt hatte. Er wußte, daß sie manchmal die riskantesten Dinge tat, um ihr Ziel zu erreichen.

Die beiden Beamten waren in einer Pizzeria zu ihr gestoßen, die zwei Straßen von der Klinik entfernt lag, einer Trattoria, in der sowohl die Kellnerinnen als auch die Pizzabäcker die Farben Italiens trugen.

Eine von ihnen trat an ihren Tisch, um die Bestellung entgegenzunehmen. Marion bestellte ein Brötchen, das sie später im Auto essen würde.

»Das ist nicht gut!« protestierte Lavot. »Sie müssen jetzt aufhören, immer so einen Mist zu essen.«

Der Inhaber der Trattoria war empört: Seine Brötchen waren kein Mist. Marion sah ungeduldig auf ihre Uhr: Sie hatte ihre Verabredung mit Olivier Martin. Bei dieser Aussicht zog sich ihr Magen zusammen.

»Also, Chef?« fragte Talon, der sich nicht mehr zurückhalten konnte. »Wie lautet die Exklusivmeldung?«

Marion verscheuchte den unangenehmen Gedanken, daß der charmante Arzt sie wahrscheinlich versetzen würde.

»Ach, ja! Talon, ich sage Ihnen, das Leben hat die tollsten Überraschungen auf Lager … Denis Patrie ist im Gefängnis Saint-Paul.«

»Tatsächlich?« erwiderte der Beamte ironisch. »Das haben Sie doch von mir erfahren …«

»Ach, ja, stimmt! Ich bin heute morgen hingefahren. Wissen Sie, wen er als Kontaktperson angegeben hat, für seine Entlassung?«

»Woher soll ich das wissen …«

»Baldur.«

Talon und Lavot schrien ungläubig auf.

»José Baldur und eine Adresse: Rue des Haies. Das ist doch die Adresse von diesem besetzten Haus, oder?«

»Wie haben Sie das rausgekriegt?«

»Das habe ich auf seiner Karteikarte gelesen. Der Anstaltsleiter hat mich mit dem Gefängnisaufseher reden lassen, der in dem Trakt arbeitet, wo Denis Patrie inhaftiert ist. Seit Baldur gestern morgen dort eingetroffen ist, hängen die beiden ständig zusammen. Beim Spaziergang, im Speisesaal. Denis und Baldur sind beide in die Jahre gekommene Hippies, sie bewegen sich in denselben Kreisen, saufen zusammen und hausen in der Rue des Haies.«

»Wann kommt er raus?« fragte Lavot erwartungsvoll.

»In sechs Tagen. Aber Sie können vorher zu ihm gehen. Im Rahmen Ihrer Ermittlungen zu dem Mordfall werden Sie keine Probleme haben, einen richterlichen Bescheid zu bekommen.«

«Mal sehen«, sagte Talon. »Wenn wir erst über die Kleine mit ihm reden, wird er vielleicht auch gesprächiger, was das andere betrifft.«

Marion zuckte die Achseln, womit sie zu verstehen gab, daß sie darüber selbst nachdenken sollten. Sie stand auf, nahm das warme Brötchen, das man ihr gerade hingelegt hatte, und warf einen zerknitterten Geldschein auf den Tisch.

»Eins weiß ich jetzt jedenfalls mit Gewißheit«, sagte sie. »Weder Jeanne noch Denis Patrie können mir die roten Schuhe gebracht haben. Aber wer war es dann?«

42

Hoffentlich ist er da ... Seit ihrer Erstkommunion hatte Marion nicht mehr gebetet. Damals war sie gläubig gewesen, um nicht zu sagen fromm. Das Leben hatte sie dazu gebracht, ihre Meinung zu ändern. Während sie die ausgetretenen, knarrenden Holzstufen zum Laboratorium der Abteilung Vögel und Säugetiere hochstieg, hätte sie sich allerdings doch fast zu ein paar Andachtsübungen hinreißen lassen. »Das Gebet einer gottlosen Frau«, wie Richterin Eva Lacroix gesagt hätte.

Olivier Martin erwartete sie nicht wie versprochen vor dem Eingang. Geduldig und relativ ruhig ließ sie zehn Minuten verstreichen – eine Verspätung war nie auszuschließen –, dann weitere zehn Minuten, diese allerdings in heller Empörung. Dieser Doktor war ein Schwindler, er hatte sie reingelegt.

Um nichts unversucht zu lassen, beschloß sie, bei Jouvet ihr Glück zu versuchen.

Als ihr die Assistentin des Konservators die Tür öffnete, wußte sie sofort, daß Martin da war: Die sonderbare, wie vom Staub befreite Stimmung, die plötzlich in der Luft lag, und das fast entspannte Lächeln der Frau ließen keinen anderen Schluß zu. Dann hörte sie auch gleich Jouvets Fistelstimme und das warme, beruhigende Timbre von Olivier Martin.

Festen Schrittes steuerte sie auf das letzte Zimmer eines langen Flurs zu, an dessen Wänden sich zu beiden Seiten deckenhohe, regalartige Möbel mit Hunderten von breiten, flachen Schubladen erstreckten. Zu jeder Schublade gehörte ein Schildchen, auf dem in kursiver Schreibschrift lateinische Worte standen, die man kaum noch lesen konnte, weil die violette Tinte schon so verblaßt war. Marion fragte sich, was diese Fächer wohl enthielten.

»Oh! Entschuldigen Sie!« rief Martin aus, als er sie in das Sezierzimmer hereinmarschieren sah. »Ich habe gar nicht gemerkt, daß es schon so spät ist. Darf ich Sie miteinander bekanntmachen: Emile Jouvet, Kommissarin ... Marion. Das ist doch richtig, oder?«

Sie nickte, erleichtert, wenn auch noch etwas angespannt. Er hatte vergessen, auf die Uhr zu schauen, na gut. Aber sie zu vergessen, sie, Marion ...

Martin entschuldigte sich mit einem langen, einschmeichelnden Blick. Er trug einen lässigen, beigefarbenen Leinenanzug, Marke Knitterlook.

Die beiden Männer schienen sich bestens zu verstehen.

Jouvet übertrieb es fast ein bißchen:

»Wissen Sie, Kommissarin Marion«, sagte er vorwurfsvoll, während er Marion die Hand schüttelte, »Sie hätten mir gestern sagen sollen, daß es sich um persönliche Recherchen handelt. Ich wußte ja nicht, daß Sie Artikel über die Vögel der Antike schreiben ...«

Die Antike? Was hatte sich Doktor Martin denn da ausgedacht? Sicher, Polizisten wühlen gern im Schlamm der Vergangenheit, aber trotzdem, die Antike ...

Über Jouvets Schulter hinweg suchte sie Martins Blick. Er zwinkerte ihr zu, und Marion antwortete hastig, daß er, Jouvet, ihr eigentlich gar nicht die Möglichkeit dazu gegeben habe. Sie wollte noch hinzufügen, daß er ihr die Arbeit nicht gerade erleichtert habe, aber da forderte Martin sie schon auf, zum Labortisch zu kommen.

Die Raubvogelklaue lag auf einem rechteckigen Glasplättchen. Daneben waren weitere Plättchen aus milchigem Glas aneinandergereiht, die Marion an endlose Laborsitzungen erinnerten, die sie als Jugendliche im Biologieunterricht über sich hatte ergehen lassen müssen.

»Ich weiß nicht, ob ich gut daran getan habe, aber ich mußte dieses Exemplar ein wenig auseinandernehmen«, sagte Martin.

Er blickte zu ihr hoch, worauf sie mit einem Schulterzucken reagierte, das Marsal vermutlich Entsetzensschauder über den Rücken gejagt hätte. Was Doktor Martin mit diesem armen Stück Raubvogel anstellte, war ihr ziemlich egal. Ihr drängte sich in diesem Moment nur eine einzige Frage auf: Wie hatte cr es in der kurzen Zeit geschafft, all diese Untersuchungen durchzuführen?

»Soll ich anfangen?«

Jouvet ließ sich auf einem wackeligen Stuhl nieder, schlug die Beine übereinander und verschränkte erwartungsvoll die Arme. Marion blieb stehen, da niemand ihr einen Stuhl angeboten hatte.

»Wir haben es hier mit einer Vogelzehe zu tun, genauer gesagt mit einer Phalanx, das heißt einem Zehenglied und einer Kralle. Es handelt sich um den Daumen, der an den hinteren Teil des Metatarsus anschließt. Größe und Form der Zehe zeigen eindeutig, daß es sich um ein Exemplar aus der Unterfamilie der Taggreifvögel handelt. Ein eher kleines Tier mit etwa dreißig Zentimeter langem Körper und einer Flügelspannweite von sechzig bis achtzig Zentimetern. Der Knochen ist sehr ausgetrocknet, im Gewebsschnitt zeigt sich, daß die Haut hervorragend erhalten ist. Die Zehe ist vollständig von einer braunen, geschmeidigen, fast weichen Substanz bedeckt. Am oberen Ende des Daumens konnte ich Reste einer exogenen Substanz isolieren, die am Gelenk klebte.«

Martin deutete mit dem Zeigefinger auf eins der milchigen Glasplättchen.

»Hier ... Des weiteren habe ich die harzige Substanz untersucht, von der Zehe und Kralle bedeckt sind.«

Er holte Luft. Jouvet stellte die Beine nebeneinander. Marion war so gefesselt von Martins Ausführungen, daß sie keinen Ton von sich gab. Jouvet schlug die Beine wieder übereinander.

»Bei der exogenen Substanz handelt es sich um Pflanzenfasern. Leinen und einige Baumwollfasern. Zwischen diesen Fasern befinden sich zahlreiche Partikel mineralischen, pflanzlichen und tierischen Ursprungs. Bei den Mineralien handelt es sich um Sandkörner – die optische Untersuchung per Binokular zeigt einen Quarz, der so aussieht, als würde er aus einer Wüste stammen, was aus den sichelförmigen, äolischen Aufprallspuren zu schließen ist. Windbedingte Aufprallspuren, wenn Sie so wollen. Des weiteren läßt sich ein schuppiger Film aus amorpher Kieselsäure feststellen sowie ein oder zwei gröbere Körner, bei denen es sich um Sedimente handelt, die vorrangig aus Lehm, peripher auch aus grüner Hornblende, Granat, Epidot und Amphibolit bestehen …

Die Teilchen tierischen Ursprungs sind Reste von Speckkäfern, genauer gesagt Reste des Museumskäfers Anthrenus, die man anhand der mit pfeilförmigen Borsten versehenen Lavalhäute bestimmen kann.

Was die pflanzlichen Partikel betrifft, so handelt es sich um Pollen, die einer trockenen, für die tropischen Breitengrade charakteristischen Flora zuzuordnen sind.

Die Substanz, die die Kralle bedeckt, ist ein Naturharz aus Pech und Bitumen. Die kleinen Käfer, von denen ich gerade gesprochen habe, kleben darin.«

Es wurde still. In der Ferne hörte man das Rauschen von dichtem Verkehr, in der Nähe das Brummen eines überhitzten Fotokopiergeräts. Jouvet faßte Marions Argwohn in Worte:

»Diese Untersuchungen hast du doch nicht heute morgen durchgeführt, oder? Erstens gibt es hier im Labor gar kein Elektronenrastermikroskop. Und außerdem sind Mineralien und pflanzliche Substanzen nicht dein Fachgebiet …«

Martin wandte sich zu Marion, ohne eine Antwort zu geben.

»Mich würde ja sehr interessieren, wie diese Zehe in Ihre Hände gelangt ist«, sagte er.

Sie schien aus einem Traum zu erwachen.

»Dieser … Falke ist ein Vogel aus unseren Breitengraden?«

»Ich sprach von einem Taggreifvogel«, erwiderte Martin mit einem kaum hörbaren Seufzen. »Aber es handelt sich tatsächlich um einen Falken. Bisher wurden 58 Falkenarten registriert. Dieser hier ist ein Wanderfalke. Nur hat er niemals in unserer Gegend gelebt.«

»Bei uns soll es keine Wanderfalken geben?« warf Jouvet empört ein. »Das kann ja wohl nicht dein Ernst sein!«

»Ich sagte doch: *Dieser Falke hier* hat niemals in unserer Gegend gelebt.«

Jouvet runzelte die Stirn. Marion blickte ratlos auf die Vogelkralle und dann in Martins Gesicht.

»Ich verstehe kein Wort, Doktor Martin.«

Martin vergrub die Hände in den Hosentaschen und drehte sich zum Fenster, auf das der riesige Tulpenbaum seinen Schatten warf.

»Dieser Vogel hat in Afrika gelebt«, sagte er mit abwesender Stimme, »in Ägypten, um genau zu sein. Die Pollen auf seinem Sporn gehören zu einer Pflanze, die typisch für die Flora des alten Ägyptens ist, Spätzeit. Der Quarz und die Sedimente sind charakteristisch für Oberägypten, Assuan oder Kom-Ombo. Bei dem winzigen Gewebestück handelt es sich um Leinen, das die Ägypter zur Herstellung von schmalen Stoffbinden verwendeten.«

»Na, so was«, murmelte Marion.

»Diese Kralle stammt also von einem mumifizierten Wanderfalken, der die Zeit wie Tausende seiner Artgenossen in einer Grabkammer überdauert hat. Er ist 2500 bis 3000 Jahre alt.«

43

Sie gingen die Treppe hinab. Marion spürte, daß Martin aufgeregter war, als er sich anmerken ließ.

»Warum diese Geschichte mit dem Artikel, den ich angeblich schreibe?« fragte sie, während sie eine zugige Vorhalle durchquerten.

»Es gab keine andere Möglichkeit. Jouvet ist ein bißchen aufgeblasen, jetzt hofft er, daß Sie ihn in Ihrem Artikel als herausragenden Forscher zitieren ...«

»Schlau von Ihnen!«

Im Erdgeschoß klingelte Olivier Martin an einer Tür. Ein etwas vergilbter Aushang wies darauf hin, daß dies der Eingang zum Taxidermie-Labor war; ein Stück weiter rief ein knallgelbes Flugblatt das gesamte Museumspersonal für den folgenden Dienstag zum Streik auf. Ein junger Mann mit zerzaustem Haar öffnete ihnen die Tür. Er trug einen Kittel, der irgendwann einmal weiß gewesen war, und eine Brille mit trüben Gläsern. Er sah aus wie ein zweiter Marsal in jüngerer Ausführung. Auch der Geruch, der Marion entgegenschlug, erinnerte sie an das gerichtsmedizinische Institut. Die aneinandergereihten Gefrierschränke ähnelten fatal denen des Instituts, nicht anders die Becken, in denen sich hier allerdings präparierte Tiere befanden, die eine Reparatur nötig hatten, die Eimer, das Wasser. Der Mann, ein Taxidermist, den Jouvet über ihren Besuch informiert hatte, schien sich nicht im geringsten gestört zu fühlen, sondern gab ihnen ein Zeichen, ihm zu folgen.

Martin zog Marion rasch in den Raum, vorbei an Schubladenreihen wie die, die sie schon im ersten Stockwerk gesehen hatte.

»Was befindet sich eigentlich in diesen Schubladen?« traute sie sich schließlich zu fragen.

Martin blieb vor der erstbesten stehen, zog an dem Griff, und heraus glitt eine breite Platte, auf der Dutzende von ausgestopften Vögeln lagen. Sie waren klein, mit grün-blauem Gefieder, und ähnelten sich auf den ersten Blick wie ein Ei dem anderen. Martin machte die Schublade wieder zu und öffnete ein Stück weiter die nächste. Hier waren es Vögel, in denen Marion Rotkehlchen erkannte. Dutzende von Rotkehlchen. Ein kleines Schild an jedem Füßchen verriet ihren lateinischen Namen, ihr Geschlecht, ihre Größe, ihr Lebendgewicht und ihr Alter, als sie präpariert wurden.

»Die gehören zur Sammlung des Museums«, erklärte Martin. »Sie stehen Wissenschaftlern, Universitätsangehörigen und Studenten für Forschungszwecke zur Verfügung.«

»Es sind Tausende ...«

»Zehntausende! Alle Arten und Familien sind vertreten. Kommen Sie.«

Er zog sie weiter in eine Art Durchgang, an dessen Wänden lange Tische standen, auf denen allerlei in der Taxidermie verwendete Geräte sowie zahlreiche Fläschchen und Gläser zu sehen waren. Darin befanden sich in Alkohol oder Formalin konservierte Tiere, meist kleinere, übereinandergeschichtete Säugetiere. Vor den Tischen saßen zwei Personen und präparierten Häute, von denen sie mit großer Sorgfalt jedes noch so kleine Fleisch- oder Fettstückchen entfernten. Sie waren so konzentriert, daß sie Marion und Martin gar nicht zur Kenntnis nahmen.

Ganz am Ende, eingeklemmt zwischen einer Wand und mehreren großen grauen Einbauschränken, befand sich ein weiterer Tisch, der die ganze Ecke ausfüllte. Er war so beladen mit den unterschiedlichsten Gegenständen, darunter kleine Flaschen und Schalen voller Kalialaun, Salz oder Pflanzenfasern zum Ausstopfen der Häute, daß kaum noch ein freies Fleckchen darauf zu sehen war. Ein Säugetier, das wie ein Seeotter aussah und offenbar gerade präpariert wurde, verströmte den süßlichen Geruch von verdorbenem Fleisch. Am Rand des Tisches waren mehrere Vögel aufgereiht, die in engen Netzen aus bunten Fäden steckten. Sie befänden sich in der Trocknungsphase, erläuterte Martin. Die Fäden sollten ein Aufblähen der Haut verhindern, durch das das Gefieder in Mitleidenschaft gezogen würde. Anschließend würden die Vögel beschriftet und in die Schubläden im Flur einsortiert.

Marion blickte sich in diesen heruntergekommenen Räumen um, in denen offensichtlich niemand mehr putzte oder aufräumte, und konnte sich die hübsche Judy nicht eine Sekunde lang an einem so verlassenen Ort vorstellen, den man wie alle Leichenhallen in den dunkelsten Winkel des Gebäudes verbannt hatte. Der Taxidermist hatte sich diskret zurückgezogen.

»Hier haben wir die Mumien präpariert«, erklärte Olivier Martin.

»Wir, das heißt Sie und Judy Robin?«

Er blinzelte.

»Woher kamen diese Mumien?«

»Wie ich Ihnen schon sagte, aus Grabkammern oder großen Friedhöfen in Ägypten. Dort wurden die Tiere zu Tausenden mumifiziert und übereinandergeschichtet. Manchmal legte man sie auch in Holzsarkophage. In der sogenannten Spätzeit und während der Herrschaft der Ptolemäer, die unserer Zeit am nächsten ist und vom Niedergang geprägt war, hatte sich das Mumifizieren von Tieren allgemein verbreitet. Göttliche Tiere wie der Falke oder der Ibis, aber auch Katzen oder Krokodile erfuhren manchmal eine sehr aufwendige Behandlung. Bei Vögeln bemalte und vergoldete man die Schnäbel und behängte sie mit Amuletten. Das Museum von Lyon hat sich auf die Erforschung und Instandhaltung menschlicher, aber auch tierischer Mumien spezialisiert. Mich hatte man mit den Vögeln betraut, was ich außerordentlich zu schätzen wußte.«

»Wie konnten Sie wissen, ob diese Mumien echt waren? Man hat so viel von Fälschungen gehört, mit denen die ägyptischen Juden im neunzehnten Jahrhundert ihren Handel trieben.«

»Es gibt mehrere eindeutige Merkmale: Die echten Mumien sind leicht, die falschen immer mit Harz vollgestopft und deshalb schwer. Die echten haben auch einen ganz eigenen Geruch …«

Marion mußte daran denken, wie Martin mit fast sinnlicher Hingabe an dem Tütchen geschnuppert hatte.

»Ist das ein starker Geruch?«

»Nein, eben nicht. Die falschen Mumien verströmen einen durchdringenden Geruch, weil das Harz mit allen möglichen Aromen versetzt wurde, um echter zu wirken. Aber man kommt schnell darauf, daß pflanzliche Substanzen aus der heutigen Zeit verwendet wurden, zum Beispiel Rosmarin. Das echte, alte Harz, das aus Pech und Bitumen hergestellt wurde, verströmt einen feinen, leichten Rauchgeruch, der sich über die Jahrhunderte hinweg erhält. Die Stoffbinden sind immer aus Leinen oder Baumwolle, während die falschen Mumien in Stoffstreifen aus Hanf gewickelt sind, denen man mit dem Bügeleisen zu Leibe gerückt ist, damit sie alt aussehen …«

»Das ist faszinierend«, sagte Marion gedankenverloren. »Manchmal beneide ich Leute wie Sie … Nein, wirklich, sich die Zeit nehmen zu können, die Vergangenheit so gründlich zu erforschen, und auch noch dafür bezahlt zu werden …«

Sie lächelte verschmitzt. Dann wechselte sie abrupt das Thema:

»Wird hier auch Formalin benutzt?«

Martin lachte spontan.

»O ja. Auch Alkohol und Shampoo und Weichmacher für die Häute …«

»Viel Formalin?«

»Literweise. Für einen Taxidermisten gehört das Formalin sozusagen zur Grundausstattung. Warum?«

»Nur so. Hier sind ja gar keine Mumien mehr«, erwiderte Marion, nachdem sie einmal rings um sich geblickt hatte. »Warum haben Sie mich hierhergeführt?«

»Ich wollte Ihnen das alles nur zeigen.«

Nachdenklich sah sie Martin in die Augen. Er gab einen ebenso intensiven Blick zurück.

»Sagen Sie ...«, meinte sie unvermittelt, »... aber seien Sie bitte ehrlich ... Diese Falkenzehe, die Sie anscheinend so gut kennen ... woher stammt die?«

»Von hier.«

44

Sie hatten die Straße wieder überquert und gingen auf das Museum zu.

»Wie konnten Sie an so einem Ort arbeiten?« sagte Marion auf einmal. »Das war ja eine schreckliche Atmosphäre ...«

»Mit der Zeit fällt es einem nicht mehr auf. Die Leidenschaft für das, was man tut, läßt alles andere in den Hintergrund treten. Ich gebe zu, daß die Atmosphäre dort scheußlich ist. Aber auch nicht schlimmer als in Ihren Kommissariaten, oder?«

Er führte Marion durch die Eingangstür und berührte dabei leicht ihren Ellbogen. Sie erschauderte, was Olivier Martin, wie am Vortag, nicht zu bemerken schien.

Anstelle der Mulattin saß jetzt eine junge Blondine an der Information, die keinerlei Reaktion zeigte, als der Arzt an ihr vorüberging. Das konnte nur bedeuten, daß sie ihn nicht gekannt hatte. Von Museumswärter Bigot war zu Marions großer Erleichterung nichts zu sehen.

Sie betraten die Abteilung »Vergleichende Anatomie«, wo

Martin bald nach links abbog und auf den Ägypten-Raum zusteuerte. Dort stieß er auf die mit zahlreichen Fotos und Bildtafeln dokumentierte Autopsie einer menschlichen Mumie, die von einem Lyoneser Team vorgenommen worden war, als er das Museum schon verlassen hatte. Begierig stürzte er sich darauf. Dann führte er Marion weiter zu den Vitrinen, in denen zahlreiche Tiermumien ausgestellt waren – Katzen, Spitzmäuse, Vögel, Schlangen –, nackt oder noch umwickelt, einzeln oder übereinandergeschichtet, einige zusammengerollt in winzigen, behelfsmäßigen Holzsarkophagen. In einer Ecke stand ein Wanderfalke, der noch ganz in grobe Leinenbinden gewickelt war; man konnte ihn nur an seinen Umrissen erkennen, soweit sie unter dem Stoff sichtbar waren, und natürlich an dem Schildchen, das neben ihm stand. *Falcus peregrinus*. Das Exemplar aus der Familie der Raubvögel, das Marion allerdings am meisten interessierte, stand in der Nachbarvitrine, allein, präsentiert und angestrahlt wie bei einer One-man-Show. Ein hervorragend konserviertes Skelett, dessen Ausmaße dem entsprachen, was Martin kurz zuvor ausgeführt hatte. Es war vollständig erhalten. Bis auf einen fehlenden Sporn am linken Fuß, den man durch einen naturgetreuen, hellbraunen Abguß ersetzt hatte, dessen Farbe sich absichtlich vom Originalskelett abhob. Das Schildchen verriet, daß ein gewisser Geoffroy Saint-Hilaire diesen Vogel bei einer Expedition in einer Grabhöhle bei Theben gefunden und mitgenommen hatte.

»Sind Sie sicher, daß es der ist?«

»Absolut sicher. Wo haben Sie diese Zehe denn nun gefunden?«

Es war das zweite Mal, daß er ihr diese Frage stellte. Marion zögerte mit ihrer Antwort. Sicher, Martin war zum Dahinschmelzen, aber die ganze Sache war doch ziemlich verwirrend. Da hatte man eine 3000 Jahre alte ägyptische Falkenkralle, die dem Museum verlorengegangen war, auf dem Grund eines Brunnens in der Jackentasche eines kleinen Mädchens wiedergefunden, dessen Kleider in Formalin getränkt waren. Formalin, das im Museum in großen Mengen verwendet wurde. Wenn es irgendeine Verbindung zwischen dem Museum und Lili-Rose gab, konnten alle diese Leute hier, zu denen auch Doktor Martin gezählt hatte, direkt oder indirekt betroffen sein.

Ein aus dem ersten Stockwerk dringendes Surren ersparte ihr eine Antwort, die Doktor Martin enttäuscht hätte. Das Geräusch kam ihr irgendwie bekannt vor.

Olivier Martin hatte es ebenfalls gehört und drehte sich um. Marion sah, wie er erbleichte. Sie folgte seinem Blick. Hinter dem mit üppigen Bronzerosen und -blättern verzierten Geländer, dessen bizarr geformte Spiralen das Zwischengeschoß mit der großen Anatomie-Abteilung begrenzten, saß regungslos Judy Robin und starrte sie an. Aus dieser Entfernung konnte Marion ihre Augen nicht erkennen, aber sie wäre jede Wette eingegangen, daß sie funkelten. Wild, geradezu mordlustig.

Martin war genauso erstarrt wie Judy. Beide durchbohrten sich mit Blicken.

Plötzlich schaltete Judy ihren Motor wieder an, dessen Brummen wie ein Klagelaut unter dem Glasdach verhallte. Wortlos machte die junge Frau kehrt und verschwand.

Sie hatte Doktor Martin angeboten, ihn nach Hause zu fahren, schließlich sei sie ihm das schuldig. Er hatte dankend abgelehnt, er wolle lieber zu Fuß gehen. Tatsächlich war es so warm und sonnig, daß sich ein Spaziergang geradezu aufdrängte, und er hatte Lust im Parc de la Tête-d'Or eine Runde zu drehen. Ob sie ihn nicht ein Stückchen begleiten wolle?

»Nein, leider ... Ich habe noch tausend Dinge zu erledigen ...«

Zögernd hatte er ihr nachgesehen, wie sie auf ihr Auto zuging.

Als sie mit einem Knopfdruck die Türen entriegelte, hörte sie schnelle Schritte hinter sich und drehte sich um. Martin kam auf sie zu gelaufen.

»Sie werden das vielleicht dreist von mir finden, aber ich habe mir gedacht ... Würden Sie heute abend mit mir essen gehen?«

Und schon war Marion auf Wolke sieben. Dennoch antwortete sie voller Bedauern:

»Ich glaube, das ist nicht möglich, ich ...«

Er unterbrach sie:

»In ein paar Tagen reise ich wieder ab, Sie gehen kein Risiko ein.«

Marion biß sich auf die Lippen. Sie hätte für ihr Leben gern ja gesagt.

Er neigte charmant den Kopf.

»Und vergessen Sie nicht, daß Sie mir zu dem Falken noch etwas sagen wollten, das haben Sie versprochen ...«

Sie ergriff die Gelegenheit beim Schopf.

»Da haben Sie recht«, räumte sie ein. »Das bin ich Ihnen wirklich schuldig.«

»Um acht?«

»Einverstanden.«

Mit heißen Wangen öffnete sie die Wagentür. Er machte kehrt, die Hände in den Hosentaschen vergraben. Er tanzte beinahe über den Asphalt. Sein Gang war zum Verrücktwerden. Nach zehn Metern drehte er sich abrupt um und kam noch einmal zurück. Er klopfte an Marions Scheibe, während ihr Wagen sich schon in Bewegung setzte.

»Sie haben mir gar nicht gesagt, wo«, sagte er außer Atem. »Bei Ihnen?«

Sie dachte rasch nach. Hatte er ein Auto? Wußte er, daß sie

außerhalb wohnte? Eine innere Stimme flüsterte ihr zu, daß sie sich nicht völlig kampflos einem Unbekannten hingeben durfte. Plötzlich schoß ihr Nina durch den Kopf, und sie fuhr zusammen. Nina!

Du lieber Himmel, fast hätte sie vergessen, daß sie Nina hatte und keine ungebundene Junggesellin mehr war, die tun und lassen konnte, was sie wollte.

Martin studierte aufmerksam ihr Gesicht, die widerspenstigen Haare, die goldgesprenkelten Augen. Sein Blick verharrte auf ihrem Mund. Unwiderstehlich.

Tut mir leid, Nina, Kleines … dachte Marion. Mama geht heute abend aus.

Ohne länger zu zögern, gab sie Olivier Martin die Adresse von Lisette.

45

Ternay, am Stadtrand von Lyon zwischen Autobahn und Nationalstraße gelegen, war dem ständigen Lärm vorbeidonnernder Lastwagen ausgesetzt. Dennoch war es eine angenehme Gegend; über den bewaldeten Hügeln, an die sich das Dorf schmiegte, lag ein goldener Schimmer, der einen frühen Herbst ankündigte. Marion bog von der Autobahn ab. Als sie über die Rhone-Brücke fuhr, klingelte ihr Autotelefon. Sie fragte sich, ob das wohl Martin sei, der wieder absagen wollte, aber dann schalt sie sich selbst wegen dieses idiotischen Einfalls, denn er hatte ihre Nummer gar nicht. Talons Stimme beruhigte sie. Was er sagte, weniger.

»Schlechte Neuigkeiten, Chef …«

»Was?«

»Ich habe die Playstation nicht wiederbekommen.«

»O nein! Warum denn das?«

»Ich bin zu dem Einkaufszentrum gefahren, und da hat man

mir gesagt, der Techniker hätte seinen freien Tag. Die haben seinen ganzen Krempel durchwühlt, aber das Ding war unauffindbar.«

»Herrjemine!« jammerte Marion, während schon die ersten Häuser von Ternay auftauchten. »Nina wird mir die Hölle heiß machen ...«

»Ich erkläre es ihr, wenn Sie möchten ... Und Sie, alles in Ordnung?«

»Ja, morgen erzähle ich Ihnen alles.«

»Sehen wir Sie heute nicht mehr?«

»Nein, ich fahre gerade zu Maguy Bernt, der früheren Leiterin der Vorschule. Danach fahre ich nur kurz nach Hause, um mich umzuziehen. Ich gehe aus ... Haben Sie sich das mit Denis Patrie überlegt?«

»Ja, ich glaube, wir warten besser, bis er entlassen wird. Seit gestern hatten José Baldur und er genug Zeit, an einer netten kleinen Version zu feilen, die aus beiden Mündern gut klingt. Hat gar keinen Sinn hinzugehen, wir befragen ihn lieber bei uns.«

»Einverstanden. Sonst nichts?«

»Quercy sucht Sie.«

»Ich habe ein Handy«, erwiderte Marion schroff. »Soll er mich doch anrufen! Oder erwartet er jetzt schon, daß ich von mir aus bei ihm antanze und strammstehe? Und sonst?«

»Sie haben beim Erkennungsdienst einen Fingerabdruck überprüfen lassen?«

»Genau. Ich nehme an, das hat nichts ergeben.«

»Stimmt. Nur daß es ein kleiner Finger ist. Von einer Frau, einem Kind oder einem überdurchschnittlich kleinen Mann. Oder es ist der kleine Finger von einem normal großen Mann ...«

Marion legte auf. Sie wollte sich diese uninteressanten Ergebnisse nicht bis zum Schluß anhören, schließlich verrieten sie ihr nicht, wer seinen Fingerabdruck auf Lili-Roses Springseil hinterlassen hatte. Sie fuhr ein Stück weiter über die von tristen grauen Häusern gesäumte Nationalstraße, dann bog sie in den Ort ein.

46

Maguy Bernt zu finden war nicht schwer. Gleich am Dorfeingang verwiesen Schilder auf ihren Trödelladen. Sie waren von Hand gepinselt, aber so plaziert, daß man sie nicht übersehen konnte. Das Haus der früheren Leiterin der *Ecole Sainte-Marie-des-Anges* war trotz seiner Lage abseits der Nationalstraße nicht völlig gefeit gegen das Brummen des Verkehrs.

»Je nachdem, wie der Wind steht, könnte man meinen, man hätte mitten auf der Brücke seine Zelte aufgeschlagen ...«

Maguy war von hinten an Marion herangetreten, die das umzäunte Grundstück betrachtete, das mit wildem Wein bewachsene Haus, den offenen Schuppen, in dem sich ein Sammelsurium an Geräten, übereinandergestapelten Möbeln und Nippes befand, und schließlich den alten VW-Kombi, auf dem allerlei bunte, wenn auch durch Sonne und Regen verblichene psychedelische Malereien prangten. Die Heckklappe war weit geöffnet, und auf der Wiese standen zwei Stühle, die offenbar in den Wagen geladen werden sollten.

»Aber man gewöhnt sich daran ...« fuhr die Frau fort, die um die Sechzig war, etwas dicklich, aber alles andere als behäbig. »Suchen Sie etwas? Ich sage Ihnen aber gleich, daß ich keinen Laden habe, ich verkaufe normalerweise auf Märkten. Wenn Sie sich ein bißchen umsehen wollen, nur zu, ich war gerade dabei, den Wagen zu beladen, für morgen früh.«

»Sind Sie Maguy Bernt?« erkundigte sich Marion und streckte ihr ihren Ausweis entgegen.

Das Gesicht der Frau verdüsterte sich, und sie stemmte ihre kräftigen Fäuste in die Hüften.

»Letzte Woche die Gendarmen, und jetzt die Kripo … Wann soll man da eigentlich noch arbeiten? Wollen Sie meinen Gewerbeschein sehen, oder was?«

Marion klärte sie rasch auf.

Kurze Zeit später saß sie in einem weichen, flauschigen Ohrensessel vor dem Kamin, während Maguy Tee kochte. Marion hörte sie in der Küche klappern. Sie trällerte leise vor sich hin, beruhigt, daß die Kommissarin es nicht auf ihren derzeitigen Trödelhandel, sondern auf ihre Vergangenheit als Lehrerin abgesehen hatte. Ihr Haus war überaus gemütlich, wo man auch hinsah, lagen Spitzendeckchen und Kissen herum sowie die unterschiedlichsten Gegenstände, darunter auch ein paar schöne alte Puppen. Marion ließ die angenehme, friedliche Stimmung auf sich wirken, auf die Gefahr hin, am Ende noch einzuschlafen.

Maguy kam zurück und stellte eine Fayence-Teekanne sowie verschiedene Tassen, die sich auf originelle Weise ergänzten, auf einen niedrigen Tisch. Dann ging sie resolut auf einen riesigen Schreibtisch mit Rollschrank zu, der eine Ecke des Raums füllte. Das Klappern des Schlosses ließ Marion hochschrecken. Der Schreibtisch war vollgestopft mit Aktenordnern, Heften, dicken Verzeichnissen und allen möglichen Papieren, die in Kartons gepackt oder einfach übereinandergestapelt waren.

»Mein Archiv. Dreißig Jahre Schuldienst. Nun sehen Sie, was davon übriggeblieben ist … Ein Kubikmeter Papierkram …«

Nachdem sie eine Zeitlang gewühlt hatte, zog sie eine große Schachtel hervor.

»Jeanne Patrie hat vier Jahre als Erzieherin in meiner Schule gearbeitet. Eine bemerkenswerte Frau, die ganz für die Kinder da war, nicht kleinzukriegen. Ich hatte da andere, wissen Sie … die waren pro Monat eine Woche krank, wehleidig und immer unzufrieden. Jeanne war da ganz anders.«

»Ihre Tochter Lili-Rose war 1995 in ihrer Klasse, oder?«

»Ja, genau. Ach, was für ein Unglück! Jeanne hat sich nie wieder davon erholt.«

»Ja, ich weiß.«

Maguy Bernt stellte den Karton ab und schenkte Tee ein. Gierig trank sie ihre Tasse halb leer und stand wieder auf. Sie kauerte sich etwas schwerfällig vor eine rustikale Anrichte aus Kirschbaumholz und zog eine Flasche Cognac daraus hervor. Zurück am Tisch, gab sie einen guten Schuß davon in ihren verbliebenen Tee.

»Jedem Tierchen sein Pläsierchen, hab ich recht? Möchten Sie auch etwas?«

Marion lehnte lächelnd ab. Witzig, diese Frau …

»Bin ich Ihnen damals während der Ermittlungen eigentlich nicht begegnet?« fragte Maguy, nachdem sie ihre Tasse genüßlich geleert hatte. »Ich erinnere mich an einen Kommissar, der war ziemlich … wie soll ich sagen … zügig.«

»Max Menier. Das trifft ihn wirklich sehr gut, zügig, ja, seine Arbeitsweise war ausgesprochen zügig … Erzählen Sie mir bitte von Jeanne, Madame Bernt.«

»Du lieber Himmel, was soll ich Ihnen da noch erzählen? Sie war eine wunderbare Frau, auch wenn sie anfangs nicht viel Glück in ihrem Leben hatte. Eine schlimme Kindheit, über die sie kaum sprach.«

»Inwiefern?«

»Genau habe ich das nie erfahren. Sie hat nur einmal etwas in diese Richtung gesagt, als ihre Mutter gestorben ist. Sie hat ihren Vater nie kennengelernt und mir gesagt, daß ihre Mutter sich nicht richtig um sie gekümmert hat.«

»Hat sie sie vernachlässigt?«

Maguy Bernt dachte nach.

»Nein, das wohl nicht ... Ich habe eher das Gefühl, daß Jeanne als Kind gesundheitliche Probleme hatte. Na ja, und dann kam ihr Ehemann ... Zehn Jahre älter als sie, ein Träumer. Der wollte ihr nichts Böses, ganz und gar nicht, aber von revolutionären Träumen hat noch nie jemand eine Familie ernährt. Vor allem, wenn der Älteste auch noch solche Schwierigkeiten hat. Kennen Sie Mikaël?«

»Ja, ein bißchen. Er ist übel dran. Wissen Sie, wo seine Behinderung herrührt?«

»Er und seine Mutter hatten nicht denselben Rhesusfaktor, da gab es wohl Komplikationen. Jeanne hat oft mit mir über ihn gesprochen. Sie hat's aber auch schwer mit ihm gehabt. Ständig war er krank oder verletzt. Die Ärmste war unentwegt im Krankenhaus oder beim Arzt. Und später mit Lili-Rose war es auch nicht besser.«

»Ach, ja? Lili-Rose auch?«

»Natürlich, Lili-Rose war sehr anfällig. Sie hatte Rachitis, manchmal auch Asthma. Außerdem war irgend etwas mit ihrer Leber nicht in Ordnung, oder ihrem Darm, ich weiß nicht mehr genau. Eine einzige Katastrophe.«

»Und Jeanne?«

»Was, Jeanne?«

»Wie ging sie mit den Problemen ihrer Kinder um?«

»Das habe ich Ihnen doch schon gesagt: Sie war bewundernswert. So etwas von geduldig! Durch den ständigen Umgang mit Ärzten war sie fast genauso bewandert wie die. Bei ihr zu Hause sah es aus wie in einer Apotheke. Sie hatte sogar gelernt, Spritzen zu setzen.«

In der Tat erinnerte sich Marion an die Unmengen von Medikamenten, die man im Zuge der Ermittlungen auf dem Hof gefunden hatte. Hatte Jeanne wirklich ihre Kinder gequält, um die Aufmerksamkeit anderer Menschen auf sich zu lenken und mit der so gewonnenen Achtung ihr mangelndes Selbstwertgefühl zu erhöhen? War es vorstellbar, daß diese Dinge vor fünf Jahren niemandem aufgefallen waren?

»Und die Kinder aus ihrer Gruppe?«

»Im letzten Jahr?«

»Ja.«

»Nur Mädchen. Wir waren eine reine Mädchenschule. Im übrigen eine der letzten. Eine Privatschule wie aus der Mottenkiste, deshalb hat man sie ja dann auch zugemacht. Jeanne hatte fünfzehn Mädchen in ihrer Gruppe, wenn ich mich recht erinnere. Moment mal.«

Sie blätterte in einem großen, dicken Heft, das Ähnlichkeit mit den Wachkladden hatte, wie sie in den Kommissariaten verwendet wurden. Sie reichte es Marion.

»Hier, ihre Klasse.«

Mit klopfendem Herzen überflog Marion die Liste: Natascha Amiel, Laura Belon, Michelle Doubs, Nina Joual.

Ihre Nina war dabei. Aufgewühlt starrte sie auf den Namen ihrer Tochter. Ihre Augen wurden feucht. Maguy Bernt bemerkte es sofort.

»Alles in Ordnung?«

»Ja, ja«, versicherte Marion. »Es ist nur wegen Nina.«

»Nina Joual?« fragte die Frau verdutzt. »Ja, die ist auch eine, die allerhand mitgemacht hat ... Ihre Eltern ...«

»Ich weiß. Ihr Vater war Capitaine in meiner Abteilung, als er und seine Frau ums Leben kamen. Nina lebt jetzt bei mir, ich habe sie adoptiert ...«

»Glauben Sie, daß die Mädchen sich an das erinnern können, was an dem Tag, als ihre Freundin starb, passiert ist?« fragte Marion etwas später, nachdem sie sich über zwei weiteren Tassen Tee und einigen köstlichen selbstgebackenen Plätzchen wieder beruhigt hatte.

»Eher unwahrscheinlich«, antwortete Maguy mit vollem

Mund. »Ich würde davon ausgehen, daß sie das in den hintersten Winkel ihres Gedächtnisses verbannt haben …«

»Sogar die Erinnerung an einen so außergewöhnlichen Tag?«

»Vielleicht auch nicht. Ich habe keine Ahnung. Man müßte versuchen, sic selbst zu fragen.«

»Darüber habe ich auch schon nachgedacht«, sagte Marion und fügte, während Maguy ein Plätzchen in ihren Cognac-Tee tauchte, hinzu:

»Nach meinen Informationen hatte Jeanne Schritte unternommen, um ihren Sohn Mikaël im *Centre des Sources* unterzubringen …«

Maguy Bernt schien überrascht.

»Sind Sie sicher?«

»Ja. Wußten Sie das nicht?«

Die Trödelhändlerin zuckte mit den Schultern.

»Sie hat mir nicht alles erzählt.«

»Eine letzte Frage, Madame Bernt«, sagte Marion, während sie sich widerstrebend aus ihrem Sessel erhob. »Bei Lili-Roses Leichnam hat man die Zehe eines mumifizierten Falken gefunden, der mit ziemlicher Sicherheit aus dem Naturkundemuseum von Lyon stammte. Können Sie dazu etwas sagen?«

Maguy Bernt sah Marion an, als wollte die Kommissarin sie zum Narren halten.

»Ist das ein Witz?« erwiderte sie schließlich.

»Nein, ganz und gar nicht. Warum?«

»Na, weil Jeanne doch ständig im Museum hockte. Sie hatte einen Hang zur Naturkunde. Das inspirierte sie auch für ihre Bilder, und sie nahm die Kinder oft mit. Nachmittags, wenn die Schule aus war, ging sie außerdem häufig in die Bibliothek des Museums, um dort nach Stichen zu suchen, die sie nachmalte.«

Es war ganz einfach. Genauso wie das makabre Puzzle, an

dem Talon bastelte, nahm auch die Geschichte von Lili-Rose allmählich Gestalt an, die Teile begannen ineinanderzugreifen. Nur vom Kopf war noch nichts zu sehen.

Maguy Bernt stand nun ebenfalls auf.

»Ich mache Ihnen eine Kopie von der Namensliste der Kinder mit ihren Adressen. Das Foto können Sie behalten …«

Marion bedankte sich von ganzem Herzen bei Maguy Bernt. Lili-Rose stand schmächtig und blaß in der ersten Reihe, und wieder spürte Marion das Gewicht ihres kleinen, schwindenden Körpers, wie er an ihr hing. Hinter dem Mädchen stand Nina, das fröhliche Gesichtchen von einem kurzen Pagenschnitt umrahmt.

»Wissen Sie, die beiden waren eng befreundet«, bemerkte Maguy Bernt, während Marion noch immer versunken die aufgereihten Mädchen betrachtete.

»Wer?«

»Nina und Lili-Rose. Man könnte sogar sagen, daß sie unzertrennlich waren. Wie Schwestern …«

Marion starrte sie überrascht an.

»Sind Sie sicher? Sie hat mir nie davon erzählt.«

»Das ist normal, durch den Tod ihrer Eltern ist Lili-Roses Tod in den Hintergrund getreten.«

Schlagartig fiel Marion Ninas Bemerkung wieder ein, als sie die kleinen roten Schuhe in ihrer Tasche gefunden hatte: »Die sind von mir …«

»Himmeldonnerwetter!«

»Wie bitte?«

»Entschuldigung! Ich dachte gerade an Lili-Roses Geburtstag. Sechs Mädchen waren eingeladen. Wenn Nina ihre beste Freundin war, wird sie wohl auch dagewesen sein, oder?«

47

»Ich war da. Ich erinnere mich genau daran.«

»Du könntest auch mal sagen ›ich entsinne‹ mich, das klingt eleganter …«

Nina warf Lisette einen finsteren Blick zu; die Großmutter saß strickend auf einer Sesselkante, die Beine unter sich gezogen, als wollte sie jeden Moment aufspringen. Seit Marion ihr die Reise nach Osmoy angekündigt hatte, strickte sie Tag und Nacht an zwei Pullovern für ihre beiden »Großen«, die wahrscheinlich nie getragen werden würden.

»Also gut«, fuhr Nina entnervt fort. »Ich entsinne mich daran, wenn dir das lieber ist …«

»Nina«, ermahnte Marion sie in zärtlichem Ton, »hör auf, Omi absichtlich zu piesacken. Erzähl mal. Erzähl mir, was du noch weißt.«

Nina, die mit dem Rücken am Eßzimmertisch ihrer Großmutter lehnte, sah zur Decke hoch, während sie sich nach besten Kräften auf ihre Erinnerungen an jenen längst vergangenen Sommermorgen konzentrierte.

»An dem Tag, als Lili-Rose Geburtstag hatte, bin ich mit Mama hingefahren.«

»Zusammen mit den anderen Mädchen aus deiner Klasse?«

»Nein, vorher. Ich konnte nicht mit den anderen hingehen.«

»Warum nicht?«

»Weil wir an dem Tag in Urlaub gefahren sind.«

»Und das weißt du noch, nach fünf Jahren!«

Nina zuckte die Achseln.

»Natürlich, wir sind ja mit dem Flugzeug geflogen. Und für mich war das das erste Mal. Wir haben wochenlang von nichts anderem geredet, vor allem Mama …«

»Christine hatte eine Heidenangst vorm Fliegen«, warf Lisette ein. »Nina hat recht, es stimmt, was sie sagt.«

»Ich hatte mich so aufs Fliegen gefreut. Aber ich wollte auch auf Lili-Roses Geburtstagsfest gehen. Ich war ganz schön sauer. Deshalb ist Mama dann morgens mit mir in den Spielzeugladen gegangen, und wir haben eine Barbie für Lili-Rose gekauft. Dann sind wir zum Hof gefahren.«

»Und wer war da?« fragte Marion. Sie hielt die Luft an.

»Nur Lili-Rose. Sie hat im Garten mit ihrem Hüpfseil gespielt. Das hat mich genervt, weil ich Seilspringen nicht leiden kann. Ich hab ihr die Barbie gegeben, aber sie hat das Geschenk gar nicht aufgemacht. Ich war ein bißchen beleidigt. Dann hat sie meine Schuhe gesehen. Ich hab gleich gemerkt, daß sie die schön fand, und dann hat sie gesagt, wir sollten Sachen-Tauschen spielen.«

»Du meinst, eure Schuhe austauschen?«

»Ja, genau. Ich hab ihre angezogen. Hilfe, die waren vielleicht häßlich! Und außerdem viel zu groß für mich.«

Marion unterdrückte ein Lächeln, sie konnte sich schon bestens vorstellen, was dann passiert war.

»Und Lili-Rose hat deine Schuhe angezogen. Aber weil sie ihr zu klein waren, hat sie sie schnell wieder ausgezogen ... Also wirklich, und alle haben geglaubt, die roten Schuhe wären von ihr!«

»Siehst du, ich hab dir doch gesagt, daß sie von mir sind. Aber du glaubst mir ja nie!«

»Und was ist dann passiert?«

»Ich weiß nicht, nichts ... Lili-Rose hat weiter mit ihrem Springseil gespielt, und dann hat Mama mich gerufen.«

»Und du bist mit Lili-Roses Schuhen von dannen gezogen«, ergänzte Lisette, ohne das flinke Hin und Her der Stricknadeln zu unterbrechen.

Nina prustete los.

»Das hab ich erst zu Hause gemerkt. Mama hat sich schrecklich aufgeregt, aber wir hatten keine Zeit mehr zurückzufahren, wegen dem Flugzeug. Sie hat mir in Dakar neue gekauft. Aber nicht so schöne!«

Marion stand von ihrem Stuhl auf und trat zu ihrer Tochter. Sie hatte ausreichend Zeit gehabt, zu duschen, sich zu schminken und umzuziehen. Ihr Hosenanzug aus pflaumenblauer Seide und die einreihige Perlenkette um ihren Hals gefielen Nina nicht, woraus sie auch keinen Hehl machte. Marion nahm sie in den Arm und drückte sie an sich.

»Hör mal, mein kleiner Liebling ... Ich möchte, daß du dich jetzt ganz doll konzentrierst und versuchst, dich noch einmal an diesen Tag zurückzuversetzen. Versuch dich zu erinnern ... Lili-Rose springt mit ihrem Springseil, du bist da. Du siehst ihr zu. Wo ist das Geschenk, das du ihr mitgebracht hast?«

»Das hab ich noch in der Hand. Lili-Rose hat einfach nicht aufgehört, Seilchen zu springen. Das hat mich genervt!«

»Hast du ihr denn ihre Barbie gegeben, bevor du gegangen bist?«

»Nein, die ist immer weiter gesprungen und gesprungen und gesprungen ... Blöd! Da hab ich das Geschenk neben dem Brunnen auf den Boden gelegt.«

Marion ließ den Garten des Bauernhofs zum Zeitpunkt der Tatbestandsaufnahme im Geist an sich vorüberziehen. Von einem Geschenk keine Spur. Und sie hätte auch schwören können, daß sich unter Lili-Roses Spielsachen keine Barbie befand.

»Weißt du noch, was für eine Barbie das war?«

»Eine Dornröschen-Barbie ... Lili-Rose hatte gar keine Barbies, weil ihre Eltern arm waren. Das Geschenkpapier war rot mit einer grünen Schleife, das waren ihre Lieblingsfarben ...«

»Bravo, meine Große! Was für ein Gedächtnis! Also, du siehst Lili-Rose beim Seilhüpfen zu ... Ist noch jemand bei euch? Ihre Mama, Jeanne?«

»Nein, die war mit Mama im Haus.«

»Natürlich, blöde Frage!«

»Und Denis, der Papa von Lili-Rose?«

»Weiß ich nicht.«

»Kanntest du ihn?«

»Der war nicht nett.«

»Warum mochtest du ihn nicht?«

»Der roch immer nach Wein. Wie Papa. Ich konnte Papa nicht leiden, wenn er getrunken hatte. Und Denis erst recht nicht.«

»Und der Bruder von Lili-Rose, Mikaël, mochtest du den?«

«Nee! Der war doch plemplem, total plemplem! Der hat uns immer unter die Röcke geguckt.«

»War er denn da, irgendwo in der Nähe des Brunnens?«

»Ja, ich glaube schon, ich hab ihn weiter hinten gesehen, Richtung Bach.«

»Was tat er?«

»Mit Steinen nach Vögeln werfen.«

»Hattest du an diesem Tag das Gefühl, daß er wütend auf Lili-Rose war?«

Nina seufzte laut, langsam hatte sie die Nase voll. Aber Marion wollte jetzt keinesfalls abbrechen.

»Versuch dich zu erinnern, Nina«, drängte sie. »War da außer Mikaël noch jemand? Ein Erwachsener?«

»Ich hab keine Ahnung«, regte sich Nina auf. »Ich weiß nicht mehr!«

Lisette sah von ihrem Strickzeug auf, um Nina zurechtzuweisen, aber da klingelte es an der Tür. Alle drei fuhren zusammen.

Marion war mit zwei Schritten in Lisettes engem Flur. Nina klebte ihr an den Fersen.

»Wo gehst du hin?« fragte sie ihre Mutter leise.

»Ich gehe essen, in der Stadt. Einverstanden?«

»Danach hast du mich ja gar nicht gefragt … Was meinst

du, wie lustig das gleich wird mit Omi, eins links, eins rechts, eins links, eins rechts ...«

»Morgen haben wir den ganzen Tag für uns. Nur wir beide. Und Sonntag ...«

Aber Nina schmollte. Es klingelte erneut. Marion öffnete die Tür und war wie geblendet. Olivier Martin trug einen grauen Anzug aus Alpakawolle, unter dessen Jacke ein weißes Hemd mit offenem Kragen hervorblitzte. Auf seiner Nase saß eine runde Metallbrille, die ihm hervorragend stand. Dieser Doktor Martin war wirklich unwiderstehlich. Auch er musterte die junge Frau mit einem schnellen Blick, in dem Marion Bewunderung zu erkennen glaubte. Dann nahm er Nina zur Kenntnis, die sich vorgeschoben hatte, damit sie ihn sehen konnte.

»Guten Abend, Madame, äh ... Mademoiselle ... Darf ich mich vorstellen: Olivier Martin.«

Er nahm eine betont formelle Pose ein, während er Nina die Hand entgegenstreckte. Marion mußte lachen. Aber Nina schien das gar nicht lustig zu finden. In ablehnender Haltung starrte sie Martin aus ihren hellen Augen an, die rätselhaft funkelten. Während sie ihn musterte, verwandelte sich ihr anfängliches Mißtrauen langsam in offene Feindseligkeit. Wortlos drehte sie sich um und floh in den hintersten Winkel der Wohnung.

»Sie kennt Sie nicht«, versuchte Marion sie zu rechtfertigen, als sie im *Au Marché des Poètes*, einem der schicksten – und teuersten – Restaurants von Lyon Platz nahmen.

Durch das mit roten Moiré-Vorhängen dekorierte Fenster konnte sie die Antennen des Polizeipräsidiums sehen, und bei ihrer Ankunft hatte sie sich gefragt, ob Martin sie absichtlich direkt neben ihrem Büro zum Essen einlud.

»Das verstehe ich doch, machen Sie sich keine Gedanken. Sagen Sie Nina, daß ich ihr ihre Mutter nicht wegnehmen will.«

Marion kam sich dumm vor und irgendwie ertappt, so als

hätte sie erwartet, daß Martin ihr sofort hemmungslos den Hof machen würde. Hätte er es getan, wäre ihr das sogleich suspekt gewesen.

Ja, ja, die Frauen … hätte Marsal dazu gesagt.

»Ich würde sie nur gern ein wenig mit ihr teilen.«

Sie betrachtete ihn aufmerksam. War das ehrlich gemeint? Sie schilderte ihm in groben Zügen Ninas Geschichte. Olivier Martin fand, daß es Glück im Unglück für die Kleine gewesen sei, jemanden wie Marion zu finden. Marion errötete leicht, es gelang ihr einfach nicht, die Erregung zu verbergen, in die sie jedes Mal geriet, wenn er in diesem Ton mit ihr sprach, und dabei dieser sanfte Blick …

»Champagner?« fragte er, während der Oberkellner diskret neben dem Tisch wartete, mit jener unbeteiligten Miene, die man aufsetzt, wenn man sich kein Wort des Gesprächs entgehen lassen will.

»Hmm …«, zögerte Marion. »Also eigentlich … obwohl … ja, gut, sehr gerne.«

»Zwei Gläser Champagner, bitte.«

Sie saßen einander gegenüber in diesem angesagten Restaurant, das wie jeden Freitagabend zum Bersten voll war. Durch seine Intellektuellen-Brille, die er angeblich nur beim Autofahren brauchte und dennoch nicht abgesetzt hatte, sah er sie an. Plötzlich hatten sie sich nichts mehr zu sagen, und Marion geriet in Panik. Sie wußte nicht, worauf diese plötzliche lähmende Befangenheit zurückzuführen war; sie fand ihr eigenes Auftreten jämmerlich, was war sie nur für eine klägliche Gesprächspartnerin. Sogar ihr Spiegelbild störte sie. Ihre Frisur, in die sie ausnahmsweise einmal eine gewisse Ordnung gebracht hatte, war grauenvoll. Der Kajalstrich unter ihren Augen war verschmiert, und die Hose kniff im Bund. Was war aus der eroberungslustigen Marion geworden, die vor nichts Angst hatte, schon gar nicht vor einem Mann, der ihr gefiel?

»Sie wirken unruhig ... Fühlen Sie sich unwohl? Möchten Sie sich woanders hinsetzen?«

»Ja, bitte. Dieser Spiegel vor meiner Nase ...«

»Ja?«

»Ich finde, daß ich furchtbar aussehe.«

Er protestierte, und wieder hatte Marion das Gefühl, daß er es ehrlich meinte. Schön, intelligent und schrecklich ehrlich.

Nach dem Glas Champagner fühlte sich Marion etwas benommen, und die Anspannung fiel allmählich von ihr ab. Sie begann Martin über sein Engagement bei *Ärzte ohne Grenzen* auszufragen, wobei sie weitaus mehr Zeit damit zubrachte, seine Reaktionen zu verfolgen, als ihm zuzuhören. Zuerst Ruanda, zwei lange, unerträgliche Jahre. Dann Somalia, die Demokratische Republik Kongo, Angola. Er gab zwar bereitwillig Auskunft, blieb aber immer vage, irgendwie ausweichend. Vor allem eine Frage brannte Marion auf der Zunge, aber sie traute sich nicht, sie zu stellen. Stattdessen machte sie ihn nur darauf aufmerksam, daß er sich nicht gerade in Einzelheiten verlor.

»Seien Sie unbesorgt, ich könnte Ihnen Einzelheiten ohne Ende liefern, aber ich bin mir nicht sicher, ob Sie das interessieren würde.«

»Aber ja doch, natürlich.«

Sein Lächeln verschwand, und er fing an, mit einem kleinen Silberlöffel das Schälchen Trüffelrührei zu malträtieren, das man ihnen als *Amuse-gueule* serviert hatte.

»Bitte nicht heute abend. Das ist so, als würde ich Sie jetzt bitten, mir von den schwierigsten, abscheulichsten Dingen in Ihrem Leben zu erzählen, von Dingen, die Ihnen seit Jahren den Schlaf rauben ... Die gibt es doch, oder?«

»Entschuldigung«, murmelte Marion. »Das war dumm von mir.«

»Aber nicht doch, dumm war das nicht. Mißtrauisch. Haben

Sie ein wenig Geduld, Sie werden alles über mich erfahren, das schwöre ich Ihnen.«

»Dann erzählen Sie mir doch von sich, von Ihrer Kindheit zum Beispiel. Da gehen Sie kein Risiko ein, oder?«

Olivier Martin entblößte wieder seine regelmäßigen Zähne. Nach der Vorspeise, einem himmlischen Langustenpastetchen, hatte Marion keinen Hunger mehr, wußte jedoch über die ersten zehn Lebensjahre des jungen Martin Bescheid. Sie erzählte ihm von ihrer Kindheit, vom Tod ihres Vaters und der Leere, die seitdem in ihrem Leben herrschte. Nach der Hasensülze mit Kräutern vereinbarten sie, eine Verschnaufpause zu machen, was Marion davor bewahrte, ihm auch noch zu gestehen, daß diese mangelnde männliche Präsenz in ihrer Jugend vermutlich der Grund für ihre gescheiterten Liebesbeziehungen und ihre letztliche Einsamkeit war.

Der jungen Frau war schwindelig von dem Wein; sie hatte das Gefühl, diesen Mann seit langem zu kennen. Seine Art, sich zu bewegen, seine Körpersprache waren ihr vertraut. Häufig nahmen sie dasselbe Wort in den Mund, hatten im selben Moment denselben Gedanken. Marion, die um einiges verwirrter war, als sie selbst es gutheißen konnte, ließ alle Vorsicht fahren. Sie verzichtete auf den Nachtisch, nahm lieber einen Kaffee, und er tat dasselbe.

Die Weinflasche, ein 92er Château Beychevelle, war zur Hälfte geleert. Martin langte über den Tisch, als wolle er die Flasche nehmen und ihr nachschenken, doch statt dessen legte er seine Finger auf Marions Hand. Sie zog sie nicht zurück. Vorsichtig, ohne sie zu überrumpeln, begann er, sie an den Fingeransätzen zu streicheln, in den Mulden, wo die Haut am zartesten ist. Januar, Februar, März ..., dachte sie, die Höcker für die Monate mit 31 Tagen, die Mulden ...

Was er da tat, fand sie gewagt und unglaublich sinnlich.

»Sie haben mir etwas versprochen«, sagte er mit seiner weichen Stimme.

»Was denn?«

»Mir zu erzählen, wie Sie an die Horuskralle gekommen sind …«

»Horus! Das klingt lustig …«

»Das ist der Name des Gottes, den der Vogel repräsentiert. In Ägypten tragen alle heiligen Falken diesen Namen.«

»Hat Judy die Mumie präpariert?«

»Ja, natürlich.«

»Aber Sie waren auch dabei? Sie haben ihr geholfen, haben sie angeleitet?«

Martin lächelte leise, vielleicht einen Hauch verkrampfter als zuvor.

»Täusche ich mich, oder ist das ein Verhör?«

»Nein, ich versuche nur, ein paar Dinge zu verstehen. Zum Beispiel, wann der Sporn verschwunden ist.«

»Oh, da habe ich nicht die leiseste Ahnung. Ich weiß noch, daß uns das Pariser Museum diese Mumie geschickt hat und daß sie für eine Ausstellung über Ägyptologie in Grenoble bestimmt war. Der Vogel kann überall ein Stück Klaue verloren haben, beim Transport, was weiß ich.«

»Wann ist es Ihnen denn aufgefallen?«

Olivier Martins Gesicht verriet nun doch eine gewisse Anspannung, so als fühle er sich durch diese Fragen allmählich belästigt.

»Es ist mir überhaupt nicht aufgefallen – aus dem einfachen Grund, daß ich gegangen bin, bevor Judy ihre Arbeit beendet hatte. Aber wissen Sie, solche Dinge passieren. Die Zehe hing wahrscheinlich nur noch am Mittelfußknochen, irgendwann ist sie abgegangen, und dann hat jemand sie eingesteckt.«

»War sie Ihre Geliebte?«

»Wie bitte?«

»Sie und Judy, waren Sie ein Paar?«

»Das ist eine indiskrete Frage, Frau Kommissarin. Aber ich werde sie Ihnen beantworten. Ja, wir hatten eine Affäre. Eine kurze. Am Anfang unserer Zusammenarbeit. Es war ein Fehler, und wir haben die Sache beendet.«

»*Sie* haben die Sache beendet.«

»Ist das so wichtig, Marion? Liebesbeziehungen werden in gegenseitigem Einvernehmen eingegangen, aber wenn man sie löst, herrscht immer Dissens. Das ist so eine Gesetzmäßigkeit.«

»Ist sie der Grund dafür, daß Sie gegangen sind und angefangen haben, sich sozial zu engagieren?«

Er antwortete nicht.

»Als leidenschaftlicher, anerkannter Forscher haben Sie von heute auf morgen alles hingeschmissen, was bis dahin Ihr Lebensinhalt war ... Warum, wenn nicht wegen einer Frau?«

Olivier stellte langsam sein Glas ab, nachdem er einen langen Schluck genommen hatte. Er seufzte leise.

»Sie liegen völlig falsch, Marion. Diese Episode in meinem Leben hat nichts mit einer Frau zu tun.«

»Ich habe gehört, alle Frauen seien verliebt in Sie gewesen. Ich glaube, daß Sie häufig die Wahrheit verdrehen, Doktor Martin«, erwiderte Marion. »Zum Beispiel Paris ... wo Sie doch gestern hinmußten ...«

»Und wenn ich Ihnen sage, daß ich es mir Ihretwegen anders überlegt habe?«

»Ich fühle mich geschmeichelt. Aber warum?«

»Ich wollte Ihnen das geben, wonach Sie gesucht haben – um Ihnen zu gefallen.«

»Das hätte ich so oder so bekommen. Sie wissen nicht, wie hartnäckig ich sein kann. Außerdem hätten Sie es mir auch gestern schon geben können, Sie wußten doch sofort, was Sie da vor sich hatten. Das habe ich gleich gemerkt, als Sie an dem Tütchen geschnüffelt haben.«

Marion lachte.

»Ja, aber ich mußte mich trotzdem vergewissern. Entweder man ist Wissenschaftler, oder man ist es nicht. Sie gefallen mir, Kommissarin, und zwar sehr. Wirklich, das schwöre ich Ihnen.«

Seine grauen Augen waren plötzlich ungeheuer ernst. Marion hatte versucht, ihre Hand zurückzuziehen, doch Olivier Martins Finger lagen schwer darauf. Schließlich ergab sie sich mit einem leisen Seufzen, das ihr den kneifenden Hosenbund unangenehm in Erinnerung rief. Auf einen Schlag stand das Baby zwischen ihnen.

»Olivier«, sagte Marion schnell, »ich habe versprochen, es Ihnen zu sagen. Also: Es geht um eine Strafsache. Das Opfer ist ein kleines Mädchen, vier Jahre alt.«

Martin erstarrte bis in die Fingerspitzen.

»Ein aktueller Fall?«

»Nein, er liegt schon fünf Jahre zurück. Das Mädchen hieß Lili-Rose Patrie. Die Horuskralle wurde nach ihrem Tod in ihrer Jackentasche gefunden.« Und ohne ihn anzusehen, fügte sie rasch hinzu: »Olivier, ich darf Ihnen nicht gefallen, ich habe eine Adoptivtochter, aber keinen Mann, und ich bin schwanger.«

Als sie nach einer Ewigkeit wieder aufsah, stellte sie fest, daß Martin alle Farbe aus dem Gesicht gewichen war. Seine Augen starrten ins Leere, er sah beängstigend aus. Lange brachte er keinen Ton hervor. Auch wenn die Nachricht sicher ein Schock war, fand Marion, daß er eigentlich keinen Grund hatte, derart außer Fassung zu geraten. Doch der schöne Arzt schien sich von dem Schlag gar nicht mehr zu erholen. Er stand auf. Wie in Trance steuerte er auf die Treppe zu, die zu den Toiletten führte, und verschwand. Als er zurückkehrte, hatte er sich wieder etwas gefangen, aber er wollte so schnell wie möglich das Lokal verlassen.

Schnell die Rechnung bezahlt, großzügiges Trinkgeld, Garderobe. Auf dem Bürgersteig hatte Marion endgültig begriffen, daß der Zauber verflogen war. Daß Martin, der Herzensbrecher, für diesen Abend sicherlich ein anderes Ende vorgesehen hatte. Doch mit der Ankündigung ihrer Schwangerschaft war sein Feuer jäh erloschen. Beinahe hätte sie eine Erklärung von ihm verlangt, wenigstens einen kurzen Kommentar. Aber das war überflüssig. Sie hatten sich alles gesagt. Sie schluckte. Es tat weh.

»Ich komme schon zurecht«, sagte sie, als er ihr mit verschlossener Miene die Tür seines Mietwagens aufhielt. »Ich muß noch einmal ins Büro. Ich gehe zu Fuß, es ist nicht weit. Danke für das Essen.«

Er drängte nicht darauf, sie heimzufahren.

48

Es war fast 22 Uhr, und im vierten Stock brannte noch Licht. Zwei Gestalten in lederner Nietenkluft, gepierct bis zum Gehtnichtmehr, saßen auf der Bank vor den Gewahrsamszellen, die Ellbogen auf die Knie, das Kinn auf die Hände gestützt, schweigend und wie erstarrt. Am Ende des Gangs saß wieder die Frau mit den kurzen grauen Haaren, die Marion schon vor zwei Tagen dort hatte hocken sehen. Sie schien schwer geladen zu haben und drückte einen Teddybären fest an ihre Brust, während sie vor sich hinbrummelte.

Lavot und Talon beugten sich in ihrem Büro gerade über zwei Fotos, die sie mit der Lupe in Augenschein nahmen. Als Marion hereinkam, hoben beide gleichzeitig den Kopf. Aus ihren überraschten Gesichtern sprach Bewunderung.

»Wow, Sie sehen ja toll aus!« sagte Lavot.

Talon betrachtete sie aufmerksam und versuchte zu erraten, warum sie so früh von einem Abendessen zurückkehrte, für das sie sich so herausgeputzt hatte, und vor allem, warum sie danach im Büro auftauchte.

»Ich hatte Sehnsucht nach Ihnen«, behauptete sie mit einem verkrampften Lächeln. »Was ist das?«

»Fotos, die unsere Leute heimlich vor José Baldurs Haus geschossen haben. Es gibt auch eine Videoaufnahme. Wollen Sie mal einen Blick drauf werfen?«

»Gibt's da was Interessantes zu sehen?«

»In etwa dieselben Kerle wie auf den Fotos. Wir haben uns gerade die beiden Bilder hier angesehen, weil die Typen darauf sich von den üblichen Pennern unterscheiden. Sauberer, in Lederkluft, nicht so benebelt. Zwei von denen haben wir heute abend überprüft.«

In diesem Moment ertönte draußen im Gang ein langgezogener Schrei. Die Frau mit dem Teddy hatte irgend etwas gebrüllt, und Marion war so, als hätte sie ihren Namen gehört.

»Wer ist diese alte Schachtel?« fragte sie. »Ich meine, ich hätte sie schon mal hier gesehen. Ist sie auch aus diesem Penner-Haus?«

Lavot und Talon sahen sich an. Dann begann Lavot wortlos um Marion herumzugehen und sie dabei von Kopf bis Fuß zu mustern, während sich Talon mit prüfendem Blick vor ihr aufbaute.

»Was ist los?«

Die beiden tauschten die Plätze. Marion stieß Lavot, der sie mit dem Feingefühl eines Pferdehändlers anstierte, zurück.

»Sind Sie krank, oder was?«

»Also, da ist schon so was!« sagte Talon schließlich. »Findest du nicht? Die Nase, das Kinn ...«

»Die andere hat aber schmalere Lippen.«

»Jetzt reicht's mir aber«, explodierte Marion. »Erklären Sie mir gefälligst, was das soll!«

Am Ende des Gangs hörte man die Frau stöhnen, und dieses Mal hatte Marion eindeutig ihren Namen verstanden. Die beiden Beamten brachen in schallendes Gelächter aus.

»Das ist eine Pennerin, die am Bahnhof aufgelesen wurde«, erklärte Talon. »Die schleicht mit ihrem Teddy durch die Gegend und ist ständig vollgepumpt, mit Stoff oder Alkohol, das wissen wir auch nicht so genau.«

»Und wie ist sie hier oben gelandet?«

Lavot schaltete sich ein:

»Sie sagt, sie wäre Ihre Schwester. Ich finde schon, daß es da eine gewisse Ähnlichkeit gibt.«

Talon stimmte ihm zu, und wieder brachen die beiden in Gelächter aus.

»Ich habe keine Schwester«, sagte Marion schroff. »Ich habe nie eine Schwester gehabt. Übrigens auch keinen Bruder.«

»Vielleicht hat Ihr Vater …«

»Bitte.«

In zwei Schritten war sie an der Tür und streckte den Kopf hinaus in den Gang. Die Frau hatte sich nicht von der Stelle bewegt. Den abgewetzten Teddy immer noch fest an sich gedrückt, starrte sie geradeaus ins Leere, mit halboffenem Mund, regungslos, apathisch.

»Schmeißen Sie sie raus!« befahl Marion, während sie die Tür wieder zumachte. »Die soll ihren Rausch woanders ausschlafen.«

49

Als Marion am nächsten Tag aufwachte, hatte sie eine verrückte Idee.

Nach dem verpatzten Abend hatte sie eigentlich gehofft,

auf ihrem Anrufbeantworter eine Nachricht von Olivier Martin vorzufinden. Fehlanzeige. Aber sie hatte sofort beschlossen, daß es besser so sei. Sie wollte sich auf Nina konzentrieren, auf das Baby. Nina mußte am Samstag nicht in die Schule, und Marion überlegte, was für ein Ausflug ihr Spaß machen könnte. Zum Glück fiel ihr noch rechtzeitig ein, daß sie einen Termin bei einem Gynäkologen hatte, der ihr von Marsal empfohlen worden war. Der Arzt hatte sich ausnahmsweise bereit erklärt, ihretwegen seinen Golfnachmittag zu unterbrechen, da konnte sie unmöglich wieder absagen.

Ich nehme Nina mit, vielleicht kann sie meine Schwangerschaft besser akzeptieren, wenn ich sie mit einbeziehe, dachte Marion. Ninas Feindseligkeit gegenüber Martin war sehr aufschlußreich gewesen: Die Kleine lebte in ständiger Angst, nicht, daß ihr jemand Marion wegnehmen könnte, sondern daß Marion sie verlassen würde. Wie eine Wunde, die sich niemals schloß, überschattete die Vorstellung, letztlich immer verlassen zu werden, Ninas Leben.

Marion beschloß, sich ein bißchen in Schwung zu bringen, und joggte eine kleine Runde durchs Viertel. Anschließend duschte sie fast kalt, nahm ein Frühstück aus Früchten und Quark zu sich und stand dann lange vor ihrem Schlafzimmerspiegel. Ihre Brüste waren angeschwollen, beim Laufen taten sie weh, und auf ihrem sonst so beneidenswert flachen Bauch deutete sich eine leichte, aber doch sichtbare Wölbung an. Ihre Hosen wurden von Tag zu Tag enger, sie fragte sich wirklich, was sie in den kommenden Monaten anziehen sollte, und diese Frage löste erneut ein Gefühl der Panik in ihr aus. Allein in ihrer Wohnung, die ohne Nina wie verlassen wirkte, versuchte sie, sich ihr Leben mit einem Wickelkind vorzustellen, das auf allen Vieren durch die Zimmer krabbelte. Die Windeln, die Fläschchen ... Würde sie in der Lage sein, es zu versorgen, all diese Handgriffe auszuführen, die sie niemals gelernt hatte? Die ihr als traurigem Einzelkind nicht einmal vom Zusehen vertraut waren? Plötzlich schoß ihr das Bild der zerlumpten Frau mit dem Teddy, die sich als ihre Schwester ausgab, durch den Kopf. Sie zog rasch eine Jeans an – so lange das noch möglich war – und fuhr zu Lisette, um Nina abzuholen. Um elf Uhr langten sie vor dem Polizeipräsidium an.

Nina war hellauf begeistert von Marions Idee, so seltsam sie auch sein mochte. Sie wollte alles sehen, alles wissen. Es war das erste Mal, daß ihre Mutter ihr das Kommissariat und die Kripo zeigte. Das Mädchen war ganz aus dem Häuschen. Die im Hof aufgereihten Polizeiwagen und der Bus, in dem gerade mehrere Häftlinge in Handschellen, bewacht wie die Kronjuwelen, in U-Haft verlegt wurden, hatten sie tief beeindruckt.

»Was haben die gemacht? Wo werden die hingebracht? Hast du sie verhaftet?«

Nachdem Marion ihr die nunmehr leeren Gewahrsamszellen gezeigt hatte, entdeckte Nina auf der Polizeiwache ein Kind, das zwischen zwei Polizisten saß. Es war höchstens zehn Jahre alt. Sie war ganz betroffen.

»Was hat der denn angestellt?« flüsterte sie mit weit aufgerissenen Augen.

»Glasbruch, Schaufensterdiebstahl, und von zu Hause ausgerissen ist er auch«, antwortete der Polizist und streichelte Nina übers Haar. »Wir warten auf seine Eltern.«

Beim Erkennungsdienst durfte Nina mit offenem Mund zusehen, wie die beiden Ledertypen, die man vor dem Haus in der Rue des Haies aufgegriffen hatte, erfaßt und in die Kartei aufgenommen wurden. Sie hatten schließlich zugegeben, daß sie sich dort mit Drogen eindeckten, und mit Prostituierten. Darunter auch Nathalie, Ex-Maurice, die sie auf den Fotos wiedererkannt hatten. Langsam kamen die Ermittlungen voran.

Fasziniert sah Nina zu, wie den beiden die Fingerabdrücke abgenommen wurden. Als sie fertig waren, schlug Marion dem Beamten vor, bei Nina dasselbe zu tun. Nina tat vor Freude einen Luftsprung. Der Reiz des Verbotenen war eben durch nichts zu übertreffen. Während sie sich die Fingerabdrücke abnehmen ließ, machte sie schon dem Fotografen schöne Augen, damit er einen »Dreiteiler« von ihr anfertigte, mit ihrem Namen und ihrer Größe – 1 Meter 32 – auf einem Schild, das sie sich unters Kinn halten wollte wie ein echter Ganove. Währenddessen stahl sich Marion Richtung Computerdatei davon.

Der Spezialist vom Erkennungsdienst – es war der Gelegenheits-Opernsänger – telefonierte gerade, und Marion reichte ihm wortlos die Karte mit Ninas Fingerabdrücken. Sie zeigte auf den Computer und den Umschlag, in dem sich die Unterlagen zum Fall Patrie befanden. Ohne sein Gespräch zu unterbrechen, gab der Mann sein Okay, indem er den Daumen in die Höhe streckte.

In Marions Büro, wo verstreut die Patrie-Asservate herumlagen und sich die ungelesene Post stapelte, hätte das Chaos nicht größer sein können.

»Bei dir sieht's ja aus wie Kraut und Rüben!« rief Nina. »Und du meckerst, wenn ich mein Zimmer nicht aufräume!«

»Das ist etwas völlig anderes! Hier ist mein Arbeitsplatz. Du lieber Gott! Was ist denn das für ein ekelhaftes Teil?«

Marion hatte auf einem der Besucherstühle einen beigefarbenen Stoffbären entdeckt, der unvorstellbar schmutzig war und ein halb abgerissenes Bein hatte. Dabei sah er eigentlich nett aus mit seiner flachen Schnauze und den runden Ohren. Nina hatte ihn ebenfalls gesehen und starrte darauf. Dann stürzte sie los, um ihn in die Hand zu nehmen.

»Laß mal sehen! Von wem ist der Bär, von dir?«

»Nina, rühr dieses dreckige Ding nicht an! Das wimmelt bestimmt von Bakterien!«

Sie hob den Teddy mit den Fingerspitzen hoch und warf ihn in den Papierkorb. Da erst dämmerte es ihr. Die grauhaarige Frau im Gang ... Ihre Schwester! Wahrscheinlich hatte sie den Stoffbären auf der Bank vergessen. Lavot und Talon hatten sich einen Scherz erlaubt und ihn bei ihr auf den Stuhl gesetzt. Was für Idioten!

Lavots Stimme und Talons Lachen lockten Nina in den Gang. Marion hörte, wie sie den beiden Polizisten, die sie mit großem Hallo begrüßten, juchzend entgegenflog. Dann tauchte das Trio im Türrahmen auf, in der Mitte Nina, die an je einem Männerarm hing. Marion hätte nicht sagen können, wer von den dreien das größte Kind war. Lavot ließ Ninas Hand los und schob ihr eine Haarsträhne aus der Stirn.

»Mathilde geht heute nachmittag mit den beiden Räubern in den Zirkus. Hast du auch Lust?«

Nina sah ihre Mutter fragend und mit glänzenden Augen an. Marion gab mit einem Kopfnicken ihr Einverständnis. Vor Begeisterung hopste die Kleine auf der Stelle herum wie ein Flummi.

»Sollen wir jetzt erstmal zu uns gehen und uns ein bißchen stärken? Talon kommt auch mit, okay?« fuhr Lavot fort. »Wie wär's mit einer kleinen *Feijoada*, Chef?«

Marion willigte ein, bat die anderen aber, schon einmal mit Nina vorzugehen, weil sie im fünften Stock etwas vergessen habe.

Kaum daß ihre Mutter verschwunden war, stürzte Nina zum Papierkorb und zog den Teddy daraus hervor. Sie betrachtete ihn lange mit zärtlichem, sehnsüchtigem Blick, dann stellte sie ihn auf ein freies Fleckchen in einem der überladenen Regale.

Als Marion das Büro des AFIS-Spezialisten betrat, hatte der schon per Telefon versucht, sie zu erreichen.

»Negativ«, sagte er und schwenkte das Kärtchen, auf dem Nina ihre Fingerabdrücke hinterlassen hatte.

Als Marion den Raum schon wieder verlassen wollte, fügte der Offenbach-Interpret noch hinzu:

»Ich habe übrigens schöne Spuren auf dem Umschlag gefunden ...«

»Welchem Umschlag?«

»Dem Umschlag, den Lavot mir gestern hochgebracht hat. Er sagte, es wäre eilig ...«

»Ja, ja«, erwiderte Marion, die den anonymen Brief mit der Todesanzeige von Olivier Martins Mutter schon vergessen hatte, ungeduldig.

»Ich hatte schon Angst, weil das DFO-Verfahren nichts gebracht hat ...«

Da Marion nicht ganz zu begreifen schien, was er damit meinte, erklärte ihr der Fachmann, daß er das Papier in eine Diazafluorenon-Lösung getaucht habe, die sich im Kontakt mit Aminosäuren rot verfärbe. Nach dem Trocknen könne man die Spuren dann entweder mit bloßem Auge sehen, oder sie müßten durch Fluoreszensfotografie sichtbar gemacht werden. Dieser Vorgang hatte sich allerdings bei Marions Briefumschlag als unzureichend erwiesen, weshalb der Beamte es mit Ninhydrin hatte versuchen müssen, einem Stoff, der auf Aminosäuren mit einer violetten Färbung reagierte.

»Ninhydrin ist unschlagbar, wenn es darum geht, latente Spuren auf einem porösen Träger nachzuweisen oder Spuren, die schon alt sind. Das Problem ist nur, daß der Spurenträger dabei draufgeht ...«

»Wie viele Spuren sind es?«

»Zwei Finger auf der Vorderseite und ein Daumenabdruck

auf der Rückseite. Ich denke jedenfalls, daß es ein Daumen ist ... Soll ich noch was machen?«

»Jagen Sie die mal durch die Mühle«, antwortete Marion und deutete auf den Computer.

50

Gegen acht Uhr abends kamen sie völlig erledigt nach Hause.

Die Anzeige des Anrufbeantworters signalisierte fünf Anrufe. Bei den ersten vier war gleich wieder aufgelegt worden. Ninas Großmutter, die bei Marion die Nacht verbrachte, weil sie am nächsten Morgen sehr früh nach Osmoy aufbrechen wollten, schwor, daß sie nichts damit zu tun hatte. Seit vergangenem Sonntag, als Marion die roten Kinderschuhe auf dem Briefkasten gefunden hatte, waren das die ersten anonymen Anrufe. Einfach ärgerlich.

»Aber ich kann doch meine Leitung nicht ständig kontrollieren lassen ... Irgendwann werde ich dieses Telefon abschaffen.«

Der fünfte Anruf war von Olivier Martin. Seine Stimme klang traurig, und er stolperte über jedes zweite Wort. Er bat Marion, ihm noch eine Chance zu geben. Sie unterbrach seine Nachricht; sie würde nicht zurückrufen, da konnte er sich auf den Kopf stellen.

Jedenfalls nicht vor Montag ...

Nina tauchte hinter ihr auf.

»War das wieder dieser Typ? Dieser Doktor Dingsbums? Den mag ich nicht ... der ist nicht nett.«

»Nina, hör bitte auf. Das ist jemand, mit dem ich beruflich zu tun habe. Ob du ihn magst oder nicht, steht nicht zur Debatte.«

»Ist mir auch lieber so. Weißt du … das ist lustig, aber ich hab von ihm geträumt, diese Nacht.«

Marion war schon auf dem Weg zur Küche, wo sich Lisette zu schaffen machte.

»Was essen wir?« erkundigte sich die Großmutter.

»Ich hab heute abend vielleicht eine Lust zu kochen …«, stöhnte Marion. »Ich bin fix und fertig. Die *Feijoada* von Mathilde Lavot war eine Köstlichkeit, aber sie liegt einem ziemlich schwer im Magen.«

Nina faßte die Gelegenheit beim Schopf.

»Sollen wir Pizza bestellen?«

»Pizza enthält Unmengen an tierischen Fetten und industriell gefertigtem Mehl«, dozierte Lisette. »Das ist sehr ungesund.«

»Au ja. Lecker, das mag ich total gern! Wenn's nach dir ginge, dürfte man nur Spinat und Brukkuli essen, igitt.«

»Brokkoli.«

»Ist doch egal, ist trotzdem eklig.«

»Nina!« griff Marion ein. »Wie wär's, ihr beiden würdet mal aufhören, euch zu zanken! Ehrlich, ich brauche eine kleine Verschnaufpause! Lisette, können Sie Crêpes machen?«

Nina tat einen Luftsprung.

»Ja, ja, Crêpes! Super lecker!«

Lisette war so aufgeregt über die Aussicht, einen ganzen Sonntag mit ihren »Großen« zu verbringen, daß sie darüber das Nörgeln vergaß. Sie gab einen leisen, resignierten Seufzer von sich und öffnete den Kühlschrank.

»Willst du nicht wissen, was ich geträumt habe, Mama?«

»Doch, natürlich«, antwortete Marion rasch. »Erzähl!«

»Weißt du, gestern … da hast du mich doch gefragt, ob jemand bei uns war, am Brunnen … ich meine, mit Lili-Rose …«

Marion hörte auf, mit den leeren Supermarkttüten zu

rascheln. Nina starrte ihre Mutter an. Sie schien plötzlich besorgt, eine tiefe Falte zog sich über ihre Stirn.

»Diese Nacht hab ich davon geträumt gehabt.«

»Habe ich davon geträumt«, unterbrach sie Lisette. »Nicht gehabt.«

»Das gibt's doch gar nicht«, schimpfte Nina, »hörst du vielleicht mal auf, mich zu nerven? Also, ich habe davon geträumt gehabt. Und zwar war ich bei Lili-Rose, und ich hatte das Geschenk mit der Dornröschen-Barbie in der Hand ... Lili-Rose war am Seilhüpfen. Ich wollte wieder weg, aber das ging nicht, meine Füße haben am Boden festgeklebt. Hast du so was auch schon mal gehabt, Mama, im Traum?«

»Ja, oft«, murmelte Marion. »Erzähl weiter ...«

»Und dann ist Lili-Rose wütend geworden, weil sie wollte, daß ich mit ihr seilhüpfe. Sie hat mir das Hüpfseil hingehalten ...«

»Hast du's genommen?« flüsterte Marion.

»Ich weiß nicht mehr. Nein ... Wegen dem Geschenk ... Ach ja!« rief Nina, deren Wangen allmählich immer röter wurden. »Das Geschenk hab ich gar nicht auf den Boden gelegt. Das fällt mir jetzt wieder ein. Ich hab's auf das Fahrrad gelegt.«

»Das Fahrrad?«

»Ja, das von Mikaël. Ein gelbes Mountainbike.«

Hatte Mikaël Patrie ein Fahrrad? Soweit Marion sich erinnerte, war damals bei den Ermittlungen keins aufgetaucht. Ein neues Detail, das sie zur Kenntnis nahm.

»War das Fahrrad wirklich da oder nur in deinem Traum?«

»Nein, wirklich. Das hatte er zu Weihnachten bekommen.«

Lisette zog die Pfanne aus dem Schrank hervor; in der Stille, die für einen Moment geherrscht hatte, kam es Marion so vor, als würde sie einen Heidenlärm veranstalten.

»Und dann?« wisperte sie.

»Er war da. Ich habe ihn in meinem Traum gesehen.«

»Wen?«

»Doktor Martin.«

Als das Essen fertig war und Nina zum Händewaschen verschwand, nutzte Marion den Moment, um ein riesiges Paket mit einem schönen blauen Band auf den Teller ihrer Tochter zu stellen.

»Ist das für mich?« fragte die Kleine mit leuchtenden Augen.

»Nein, für den Nachbarn ...«, sagte Marion zärtlich. »Mach's auf!«

Schnell die Schleife auf, Mist, der Knoten ist zu fest, bitte, die Schere, Omi, schnell, schnell. Das schöne Geschenkpapier knistert, wird von ungeduldigen Händen zerrissen.

Als die Playstation auftauchte, sah Nina abwechselnd zu ihrer Mutter und auf das nagelneue Spielzeug. Dann brach sie wider Erwarten in Tränen aus.

»Es ist nicht das neuste Modell«, erklärte Marion, als Nina sich wieder gefangen hatte. »Die erste, die wir gekauft hatten, war nicht in Ordnung. Die anderen Kunden haben das wohl irgendwie gerochen ... Was hältst du davon, mein Schatz?«

»Oh, Mama«, sagte Nina, der es erst die Sprache verschlagen hatte. »Das ist super. Ich weiß nicht, was ich sagen soll.«

»Dann komm und gib mir ein Küßchen.«

Nina erhielt die Erlaubnis, noch ein bißchen zu spielen. Dieses Mal funktionierte alles, ihr fehlte nur noch die Übung, und Marion versprach, daß sie Talon bitten würde, so bald wie möglich vorbeizukommen und ihr einen kleinen Einführungskurs zu geben. Die Kleine war im siebenten Himmel und Marion ruiniert, was sie allerdings lieber für sich behielt. Sie hatte außerden einen Walkman für Louis gekauft, ein paar modische Klamotten und Make-up für Angèle, CDs, Bücher ... An diesem Abend ging Nina in die Badewanne, ohne erst erbitterten Widerstand zu leisten, wie sie es sonst immer tat. Die Kleine war lammfromm. Marion trocknete sie ab und frottierte ihr den Rücken, während sie sich die Scherze von Bébert, dem Zirkusclown, und die Heldentaten von Melo, dem intelligenten Affen, erzählen ließ. Als sie sich zu Nina ans Bett setzte, begann das Mädchen auf einmal an seinem Daumen zu lutschen.

»Das ist ja ganz neu!« schimpfte Marion liebevoll.

Nina gab keinen Mucks von sich, sondern starrte ins Leere. Ob sie an den kleinen Bruder dachte, dessen winzige Umrisse Marion an diesem Nachmittag auf dem Ultraschall gesehen hatte? War das schon eine beginnende Regression, weil Nina sich vorstellte, daß sie ihre Mutter, und sei sie auch nur ihre Adoptivmutter, von nun an mit einem kleinen Männlein teilen mußte, das gerademal so groß war wie ein Spatz?

»Du weißt doch, was der Zahnarzt vom Daumenlutschen hält …«, sagte Marion mit betont zärtlicher Stimme, damit die beiden senkrechten Falten über Ninas kleiner Nase wieder verschwanden.

Das Mädchen zog den Daumen halb aus dem Mund und sah seine Mutter an.

»Glaubst du, daß ich noch mal so was träume wie gestern?«

Nina hatte nicht an Marions Baby gedacht. Sie dachte an Lilli-Rose, an ihren unheimlichen Traum.

»Irgendwie ist das komisch, ich weiß nicht, ob es wirklich ein Traum ist. Ich weiß nicht, wie ich das sagen soll … das ist unangenehm.«

»Wie ein Alptraum?«

»Nein, ich hatte keine Angst. Es war nur so, als wäre ich wirklich bei Lili-Rose gewesen.«

»Du weißt nicht, ob es ein Traum war oder eine Erinnerung?« versuchte Marion, das Gefühl ihrer Tochter auf den Punkt zu bringen.

»Ja, genau ...«

»Es war ein Traum, Kleines. Du hast von Doktor Martin geträumt, weil du ihn gestern abend gesehen und gedacht hast, daß er wichtig für mich ist. Ich sage es dir noch einmal: Du hast nichts zu befürchten, ich treffe mich nur wegen eines Falls mit ihm.«

Nina schüttelte ihr Haar, das sich in leichten Wellen – sie hatte den ganzen Tag Zöpfe getragen – über das Kopfkissen ergoß.

»Ich habe ihn vorher schon mal gesehen, das war kein richtiger Traum.«

Plötzlich schoß Marion etwas durch den Kopf.

»Die Mama von Lili-Rose, Jeanne, die ist doch oft mit euch ins Museum gegangen, erinnerst du dich noch daran?«

»Wohin?«

»Ins Naturkundemuseum. Da, wo die ganzen Tierskelette sind, weißt du, die ausgestopften Löwen und Tiger ... Steine und Dinosaurier ...«

Nina richtete sich in ihrem Bett auf und starrte Marion mit großen Augen an.

»Ach ja!« rief sie schließlich, »jetzt weiß ich wieder! Das war schrecklich. Da gab's solche Gläser mit Kindern drin, die waren am Kopf oder am Bauch zusammengewachsen, wie kleine Monster sahen die aus ... Wie heißt das noch mal, so ähnlich wie diese Katzen ...«

»Siamesische Zwillinge?«

»Ja, genau! Schrecklich ist es da.«

Marion streichelte Nina übers Haar, um sie zu beruhigen.

»Doktor Martin hat früher dort gearbeitet, vielleicht hast du ihn da mal gesehen ...«

Nina runzelte die Stirn, und man konnte fast sehen, wie ihre Hirnzellen hinter der durchscheinenden Haut an den Schläfen arbeiteten.

»Ja, das weiß ich noch. Er hat immer mit der Mama von Lili-Rose geredet.«

»Na, siehst du! So einfach ist das. Jetzt wirst du schlafen können – ohne diesen Traum.«

Nina war nicht überzeugt. Mit verschlossener Miene schien sie sich noch einmal die Bilder zu vergegenwärtigen, die Marion wachgerufen hatte. Angesichts der offenkundigen Verwirrung ihrer Tochter fragte sich Marion, ob sie nicht einen großen Fehler begangen hatte.

»Stimmt, ich habe Doktor Martin wirklich im Museum gesehen, aber ich bin mir sicher, daß ich ihn auch am Tag von Lili-Roses Geburtstag gesehen habe, am Brunnen.«

DER AUFSTAND DER ENGEL

51

Montag

Die Woche fing schlecht an. Marion hatte das Gefühl, daß sich ein Preßlufthammer an ihrer Schädeldecke zu schaffen machte, sie hatte Muskelkater in den Beinen und Bauchschmerzen. Eine Folge der sechsstündigen Hin- und Rückfahrt nach Osmoy bei schlechter Sicht und auf nassen Straßen, denn es hatte von morgens bis abends Bindfäden geregnet. In dem trüben Wetter war ihr das Waisenhaus noch trauriger erschienen; kaum daß es kälter geworden war, hatten die großen Bäume im Park all ihre Blätter abgeworfen. Auch die Rückfahrt war ein einziges Trauerspiel: Lisette saß schniefend in ihrem Eckchen und wischte sich die Tränen ab, während Nina stumm an ihrem Daumen lutschte, den sie sich bis zum Anschlag in den Mund geschoben hatte. Louis und Angèle ging es den Umständen entsprechend gut. Vor lauter Erschöpfung hatte Marion lieber noch nichts von einem möglichen Besuch an Allerheiligen gesagt; sie wollte erst sicher sein, daß sie genug Kraft hatte, diesen Plan wirklich umzusetzen. Vermutlich war das der Grund für Lisettes Tränen.

Nina hatte sich die ganze Nacht hindurch stöhnend im Bett hin und her gewälzt. Aber am nächsten Morgen wußte sie nicht mehr, was sie so gequält hatte. Wenigstens redete sie nicht mehr von Lili-Rose oder Olivier Martin. Während des Frühstücks hatte der Regen wieder eingesetzt, und Marion hatte Nina ihre gelbe Regenjacke und den dazugehörigen Hut herausgesucht.

Während Marion die Haustür abschloß, lief das Mädchen vor und fing an, im Hof den Regenhut in die Luft zu werfen und wieder aufzufangen.

»Ninchen, steig schon ins Auto, mein Schatz, wir kommen zu spät.«

Aber Nina fand ihr neues Spiel so lustig, daß sie die Kopfbedeckung immer höher warf, bis sie auf der Mauer landete, die Marions Hof von dem der Nachbarn trennte. »Bravo, der Punkt geht an dich!« schimpfte Marion. »Also wirklich, Nina …«

»Ist doch nicht schlimm, ich brauch die Mütze nicht!«

»Ach ja? Und wenn du naß wirst, kriegst du eine Mordserkältung! Es kommt überhaupt nicht in Frage, daß du eine Woche nach Schulbeginn gleich wieder im Bett liegst. Komm, ich helf dir beim Hochklettern, steig auf meine Hände.«

Erst kam Nina nicht an die Mütze heran, und Marion schob das Mädchen mit einem leichten Ruck weiter an der Mauer hoch.

»Heh, nicht so doll!« sagte Nina, »ich flieg noch auf die andere Seite!«

Auf einmal sah sich Marion wieder im Park des *Centre des Sources* stehen. Und plötzlich wurde alles um sie herum auf merkwürdige Weise von jenem Bild überlagert, wie Mikaël Patrie seinen Freund durch die Luft wirbelte. Ein weiteres Bild drängte sich auf, wenn auch noch unscharf und wenig greifbar.

52

Es regnete immer noch, als sie durch die Einfahrt auf den Hof des Polizeipräsidiums fuhr und die Abfahrt zur Tiefgarage hinabrollte. Gerade als sie die Wagentür zuschlug, tauchte Paul Quercy aus dem Dunkeln auf und hastete Richtung Aufzug, ohne sie eines Blickes zu würdigen.

»Tag, Chef!« rief sie ihm hinterher und lief los, um ihn einzuholen.

Als sie bei ihm angelangt war, traf gerade der Aufzug ein. Zwei Personen warteten bereits darin, und Quercy stieg ein, ohne Marions Gruß zu erwidern. Sie betrachtete ihn aufmerksam, während der Aufzug nach oben fuhr. Er sah immer noch aus wie ein Geck: Unter der kastanienbraunen Lederjacke war der Kragen eines pastellfarbenen Hemdes zu sehen, über dem er einen lachsrosa Seidenschal trug. Sein Haar war tadellos gekämmt, aber der gebräunte Teint ließ das Geflecht von Fältchen auf Wangen und Stirn besonders deutlich hervortreten. Er sah abgespannt aus und hatte offensichtlich ein paar Kilo abgenommen.

Der Aufzug hielt an jedem Stockwerk, und Quercy tat nicht ein einziges Mal den Mund auf. In der vierten Etage hatte Marion es aufgegeben, um seine Aufmerksamkeit zu buhlen, und schickte sich an, den Aufzug zu verlassen, als er sie plötzlich anherrschte:

»Kommen Sie mit mir hoch. Es gibt ein paar Dinge, die ich Ihnen sagen muß.«

Sein Büro war aufgeräumt, und unter den militärischen Stichen stand nun auf einem Schemel ein riesiger Farn. Mitten auf dem Versammlungstisch thronte ein großer Strauß roter Rosen, der in krassem Widerspruch zu Quercys eher spartanischem Geschmack stand, und Marion wußte, daß sie sich gleich, sobald ihre Kollegen das Ding entdeckt hätten, köstlich amüsieren würden. Sie wartete, bis er seine Jacke ausgezogen hatte, und als er ihr keinen Platz anbot, lehnte sie sich an die Tischkante, wo ihr der Rosenduft in die Nase stieg.

»Sie bereiten mir großen Kummer«, startete Paul Quercy seinen Angriff.

»Also wirklich! Als ich Sie das letzte Mal gesehen habe,

haben Sie mich total zusammengestaucht, und jetzt bin ich diejenige, die Ihnen Kummer bereitet ...«

»Hören Sie auf, große Töne zu spucken, Marion, Sie haben komplett den Verstand verloren ...«

Sie sah ihn prüfend an. Er machte wirklich einen niedergeschlagenen Eindruck.

»Schlimm genug, daß Sie Ihre Ermittlungen in diesem Fall, bei dem sowieso nichts herauskommen wird, fortgesetzt und Ihre Leute im Stich gelassen haben! Aber daß Sie dann auch noch Ihrer eigenen Tochter so etwas zumuten!«

»Wie bitte? So etwas ...? Meiner eigenen Tochter ...? Was denn, bitteschön?«

»Ich weiß, daß Sie Ninas Fingerabdrücke haben abnehmen lassen.«

»Ah!«

»Sie haben komplett den Verstand verloren.«

»Das war ein Spiel.«

»Ich wüßte gerne, was Sie daran lustig finden. Im übrigen glaube ich Ihnen sowieso nicht.«

Marion hielt seinem Blick stand.

»Ich mußte etwas überprüfen, das Nina betrifft. Es gibt Dinge im Zusammenhang mit Lili-Roses Tod, die sie wissen kann.«

»Was ist denn das schon wieder für ein Schwachsinn ...«

»Ihr Vorgänger war ein verantwortungsloser Idiot und hat diese Untersuchung abgewürgt.«

»Sie haben komplett den Verstand verloren«, wiederholte Quercy wie eine Schallplatte, die einen Sprung hat.

»Aber Sie wissen doch nicht einmal, wovon ich rede!« entgegnete Marion in einem plötzlichen Wutausbruch. »Sie haben nicht ein einziges Mal versucht, mir zuzuhören. Ich stoße täglich auf neue Details, die übersehen worden sind. Es ist so, als wäre es damals um einen anderen Fall gegangen.«

»Eines Tages werden Sie noch herausfinden, daß ein ganz anderes Mädchen gestorben ist«, erwiderte Quercy mit einem ironischen Grinsen.

Marion verschränkte die Arme, um ihre vor Wut zitternden Hände zu verbergen.

»Was werfen Sie mir eigentlich vor? Daß ich die Wahrheit ans Licht bringen will? Stört Sie die Wahrheit? Ist ein Vorgesetzter ein Gott, den man weder in Frage stellen noch kritisieren darf?«

»Reden Sie nicht so einen Quatsch.«

»Lili-Rose Patrie ging mit Nina zur Schule, die beiden waren befreundet, und Nina war bei ihr, kurz bevor sie in den Brunnen gefallen ist. Ist dieses Detail – und es gibt andere, die noch unglaublicher sind – in Max Meniers Bericht etwa aufgetaucht?«

Quercy war anzumerken, daß der Hieb gesessen hatte. Sie nutzte den Moment und fuhr rasch fort:

»In dieser Geschichte kommen nach und nach unendlich viele seltsame Dinge ans Licht. Geben Sie mir ein paar Tage. Sie werden Ihren Ohren nicht trauen.«

»Sie haben Talon und Lavot dazu gebracht, sich meinen Anordnungen zu widersetzen.«

»Die beiden können nichts dafür. Ich nehme alles auf meine Kappe. Wenn Sie jemanden bestrafen wollen, dann mich.«

»Das werde ich auch. Sehen Sie sich vor, das ist kein Spaß!«

Marion löste sich von der Tischkante und steuerte auf die Tür zu. Dieses Mal würde sie gehen, bevor er sie hinauskomplimentierte.

»Bis gleich beim Briefing!« rief sie, ohne sich umzudrehen.

»Es gibt kein Briefing für Sie.«

Es war wie ein Schlag in den Rücken. Marion blieb wie angewurzelt stehen und drehte sich langsam um. Quercy starrte auf einen Punkt weit über ihr.

»Ihr Stellvertreter wird für Sie kommen. Sie haben diese Woche sowieso nicht einen einzigen Fall weiterverfolgt. Ich sorge dafür, daß Ihrem Versetzungsantrag so schnell wie möglich stattgegeben wird. Bis dahin können Sie zu Hause bleiben. Sie werden umgehend Ihr Büro räumen.«

Quercy hatte sie ihres Amtes enthoben, sie von ihren Leuten getrennt. Er war im Begriff, sie zu verraten, sie fertigzumachen. Er ging zu seinem Schreibtisch und setzte sich. Das Gespräch war beendet. Marion lief rot an, und ihr wurde heiß.

»Sie haben kein Recht, so etwas zu tun«, sagte sie mit dumpfer Stimme. »Ich darf Sie daran erinnern, daß ich selbst darum gebeten habe, gehen zu dürfen. Aber ich werde unter *normalen* Bedingungen gehen, und vorher schließe ich meine Ermittlungen zum Fall Lili-Rose Patrie ab. Ich bringe das zu Ende, was auch immer geschehen mag.«

Paul Quercy war wieder aufgestanden. Mit drohender Miene kam er auf Marion zu.

Er beugte sich zu ihr herab, bis seine Stirn die ihre berührte.

»Also gut«, gestand er ihr zu. »Ich gebe Ihnen eine Woche.«

53

»Heißt das Krieg?«

Lavot fegte mit der flachen Hand ein paar Krümel seines Croissants vom Tisch. Sie saßen im hinteren Teil des *Panier à salade*, das um diese Uhrzeit menschenleer war, und warteten auf Talon, der Marion bei dem Briefing vertreten mußte.

»Ich muß schon sagen«, fuhr Lavot fort, als Marion weiter ins Leere starrte, anstatt eine Antwort zu geben, »da geht der Boß echt zu weit … läßt Sie durch einen einfachen Lieutenant vertreten …«

Marion betastete den Ring an ihrem Finger – ein Geschenk

von Léo, zwei Wochen vor seinem Tod –, und ein verträumtes Lächeln umspielte ihre Lippen.

»Nicht so schlimm, er wird schon von selbst wieder zur Vernunft kommen.«

»Sie sind zu gutmütig«, erwiderte Lavot. In diesem Moment tauchte Talon in der Tür des Cafés auf. Er ging an der Bar vorbei und blieb betreten vor Marion stehen. Er zog die Nase hoch, schneuzte sich umständlich. Sein Schnupfen wurde immer schlimmer, seine Wangen und seine Stirn waren blaß, und die gereizte Nase war knallrot.

»Wissen Sie, Chef …«, fing Talon an.

Marion gab der Bedienung ein Zeichen.

»… ich bin absolut nicht einer Meinung mit ihm. Er ist komisch, irgendwie geistesabwesend. Wir haben kaum über die laufenden Fälle geredet. Ich habe kurz berichtet, wie weit wir mit unseren Ermittlungen zu der Affäre Maurice-Nathalie gekommen sind, aber er hat kaum zugehört.«

Marion machte eine beschwichtigende Handbewegung. Da gibt's eh nichts zu verstehen, schien sie sagen zu wollen. Sie beugte sich zu ihm vor.

»Einmal Tee mit Milch?«

Sie hatten mindestens eine Woche gewonnen. Wenn das der einzige Vorteil von Paul Quercys Haltung war, galt es um so mehr, ihn zu nutzen. Der Kripochef hatte Talon mit keinem Wort vorgeworfen, daß er Marion im Fall Patrie zu Hilfe gekommen war, er hatte nicht einmal darauf angespielt. Eine Woche … Das mußte auch für die beiden Beamten gelten.

»Fangen wir an?« sagte sie, und plötzlich funkelten ihre Augen vor Tatendrang.

Sie faßte zusammen, was sie im Lauf der Woche herausgefunden hatte.

»Und?« fragte Lavot, als sie fertig war. »Welche Schlußfolgerungen ziehen Sie daraus?«

»Ich habe einige Ideen und das eine oder andere Gefühl, aber keine Gewißheit. Ich würde fast sagen, daß mir alles immer unklarer wird, je weiter ich vorankomme. Mikaël ist ein komischer Vogel. Seine Gewalttätigkeit, seine unkontrollierten Bewegungen … diese Manie, ständig zu wiederholen, daß er Lili-Rose nicht geschubst hat. Ich stelle mir vor, was möglicherweise passiert ist …«

Sie sah zur Decke hoch.

»Lili-Rose hüpft in der Nähe des Brunnens mit ihrem Seil. Nina ist gerade wieder gegangen. Mikaël kommt zu seiner Schwester. Körperlich ist er der größere von beiden, aber geistig natürlich unterlegen. Lili-Rose macht sich über ihn lustig. Sie springt, er guckt ihr unter den Rock. Sie merkt es, wird wütend. Es kommt zum Streit, vielleicht sogar zu einer Rauferei. Mikaël kriegt einen seiner fürchterlichen Wutanfälle, reißt seiner kleinen Schwester das Hüpfseil aus der Hand und schleudert es irgendwohin. Es fällt in den Brunnen. Lili-Rose zwingt ihn, ihr beim Hochklettern zu helfen … Es reicht nicht, sie kann nichts sehen. Er schiebt sie weiter hoch …«

»Sie kippt über den Rand«, führte Talon den Gedankengang zu Ende. »Glauben Sie daran?«

»Nein, aber ich habe Mikaël im *Centre des Sources* erlebt. Und ich habe gesehen, wie sehr er sich aufregt, sobald man ihn auf Lili-Rose anspricht.«

»Vielleicht schützt er jemanden, unbewußt? Seine Mutter …«

»Daran habe ich auch schon gedacht. Es ist durchaus möglich, daß Jeanne diesen ›Unfall‹ herbeigeführt hat, um dann bemitleidet zu werden. Sie muß nicht unbedingt vorhergesehen haben, daß die Sache so übel enden würde, und vielleicht hat ihr Sohn tatsächlich alles mitangesehen, ohne daß sie es wußte. Wenn ich nur mit ihr reden könnte.«

Als Marion an Jeanne Patrie und ihre Bewacherinnen dachte, überkam sie ein ganz merkwürdiges Gefühl. Da war irgendein Detail, das ihr keine Ruhe ließ. Es saß wie ein kleiner Stachel in ihrem Hirn, doch sie kam und kam nicht darauf, was es war.

»Und der Vater?« wollte Lavot wissen.

»Im Moment wüßte ich kein Motiv. Er hat getrunken und war der Situation nicht gewachsen, aber das ist auch alles. In zwei Tagen wissen wir mehr ... Sind Sie mit den Klassenkameradinnen weitergekommen?«

»Nicht besonders«, gab Talon zu und verzog das Gesicht. »Bisher habe ich nur bei drei Mädchen überhaupt eine Spur gefunden: Zwei sind weggezogen, das dritte ist noch im Ausland, in Ferien. Die anderen ...«

»Gut«, sagte Marion. »Machen Sie weiter. Obwohl ich mir nicht sicher bin, ob die Mädchen uns viel bringen. Lili-Rose lag bestimmt schon im Brunnen, als sie dort aufgetaucht sind. Nur Nina ...«

»Sie haben Sie doch nicht in die Mangel genommen, oder?« erkundigte sich Talon, besorgt.

»Nein, aber sie erinnert sich ziemlich genau, wie ich finde. Sie behauptet sogar, daß sie am Brunnen einen Mann gesehen hat, aber das ist mit Vorsicht zu genießen.«

Warum sollte sie Doktor Martin erwähnen? Marion war es gelungen, ihren Kollegen zu verheimlichen, welche Wirkung Olivier auf sie hatte. Nina behauptete zwar, sich daran zu erinnern, Doktor Martin im Garten gesehen zu haben, aber es war möglich, daß sie Träume und Wirklichkeit durcheinanderbrachte. Daß sie die Informationen, die sie in der Zwischenzeit bekommen hatte, für Erinnerungen hielt.

Talon ließ nicht locker:

»Lassen Sie Nina lieber in Ruhe! Woran soll sie sich überhaupt erinnern? Sie war wirklich noch zu klein.«

Zu klein ... Talon meinte natürlich »zu jung«. Marion legte die Hände an die Schläfen und drückte fest dagegen, so als wollte sie die beiden Worte und die Überlegung, die sie auslösten, in ihr Hirn einmassieren. Worauf, auf wen bezogen sich diese Worte? Nicht auf Nina. Auf Lili-Rose, wegen der Höhe des Brunnens? Nein. Lili-Rose war zu klein, um allein auf den Rand zu klettern, das hatte Marion von Anfang an gewußt.

»Alles klar, Chef?« erkundigte sich Lavot.

»Ruhe«, murmelte Marion. »Ich denke nach.«

Worauf Lavot, spottlustig wie immer, ausrief:

»Also, wenn Sie jetzt erst anfangen nachzudenken, dann lassen Sie sich am besten gleich einweisen.«

Einweisen ... Das Irrenhaus! Die Psychiatrie! Das war der Stachel in ihrem Bewußtsein, an dem sie immer wieder hängenblieb. Eine Isolationszelle mit einer liegenden, an den Füßen gefesselten Frau.

54

Im Regen, der die Umrisse des Gebäudes verschwimmen ließ und die Bäume im Park in eintöniges Grau tauchte, machte der Pavillon von Professor Gentil einen noch fürchterlicheren Eindruck. Vor der Tür zögerte Marion. Sie wollte kein zweites Mal ihre falsche Besuchserlaubnis vorzeigen, denn sie war sich nicht sicher, ob die Neuauflage einer so unschönen Lüge von Erfolg gekrönt sein würde.

So ging sie um das Gebäude herum und versuchte, einen Blick auf das, was sich im Inneren abspielte, zu erhaschen. Vergeblich. Die Scheiben waren eine Spezialanfertigung, einbruchsicher und verspiegelt. Das einzige, was sie sehen konnte, war ihr durch die Regentropfen verzerrtes Spiegelbild. Sie machte kehrt und wollte schon klingeln, um erneut alles auf eine Karte zu setzen, als ein Lieferwagen direkt vor der Tür des Gitterzauns zum Stehen kam. Ein Mann in einem weißen Kittel stieg aus, während der Fahrer sitzenblieb. Ein

Klingeln, dann die Stimme aus der Sprechanlage. Marion, die etwas abseits stand, hörte den Mann »Die Wäsche« antworten. Dann kehrte er um und schlug zweimal kräftig gegen die Karosserie des Wagens, damit sein Kollege ausstieg. Sie luden drei große, mit Rollen versehene Container aus, die mit Laken, Kopfkissenbezügen und Handtüchern gefüllt waren, und stellten sie in einer Reihe vor den Zaun. Wieder die Klingel. Das Ergebnis der Videokontrolle war offenbar zufriedenstellend, denn das Schließblech der Tür klickte. Als die Wäschelieferanten ihren ersten Behälter durch das Tor schoben, schlüpfte Marion rasch mit hinein. Erstaunt drehte sich der hintere Mann um. Worauf sie ihm flugs ihr strahlendstes Lächeln schenkte und ihm erklärte, daß sie Dienst habe, spät dran sei und sich den Tod holen würde, wenn er sie so im Regen stehen ließe. Entzückt trat er einen Schritt zur Seite und zog den Wäschecontainer hinterher, damit sie vorbeikam.

Drei Sekunden später ließ Marion die gläserne Sicherheitsschleuse hinter sich. Als sie am Büro von Professor Gentil vorbeikam, dessen Tür einen Spalt weit aufstand, sah sie, daß es leer war. Vielleicht war er auf Visite, nahm gerade eine Untersuchung vor oder hatte eine Besprechung. Und wenn sie ihm über den Weg liefe? Wie würde sie ihr Eindringen rechtfertigen?

In der Büroecke der Oberschwester, die Professor Gentil Andrée nannte, war auch niemand. Der Gang war ebenfalls leer, aber im Gemeinschaftsraum sah Marion einige Insassen sitzen oder umherschlendern. Die Worte und Schreie dieser Menschen, manchmal auch ein langes Aufheulen, prallten an den beige lackierten Wänden ab und hallten in Marions Ohren wider wie die Klagerufe von Tieren, die in der Falle saßen. Sie hatte mit allerhand Hindernissen gerechnet, etwa dem Widerstand des Pflegepersonals, aber sie gelangte ungehindert zu der Zelle am Ende des Gangs. Durch ein Guckloch konnte man ins Innere sehen, ohne die Tür zu öffnen. Nachdem Marion sich einmal umgeschaut hatte, schob sie die kleine Klappe des Spions beiseite und hielt ihr Auge dicht an das Fensterchen. Die Isolationszelle lag wie in Großaufnahme vor ihr, so als blickte sie durch eine Lupe. Das Zimmer war leer, das Bett unbenutzt. Die Zwangsjacke und die Fußfesseln, die die Frau auf dem Bett ruhiggestellt hatten, hingen an einem Haken. Sie hatte das Gesicht dieser Frau nicht gesehen, nur ihr braunes, glattes, halblanges Haar und ihren dürren Körper, der an ein zum Skelett abgemagertes Püppchen erinnerte. Eine kleine Frau, höchstens einen Meter fünfzig groß, viel zu klein, um Jeanne Patrie zu sein, die mindestens einen Meter siebzig maß, blonde, dicke Locken hatte und allerhand Fleisch auf den Knochen. Marion wäre jede Wette eingegangen: Die Frau, die sie in dieser Zelle gesehen hatte, war nicht Jeanne Patrie.

Sie hatte sie nicht kommen hören und fuhr zusammen, als sie plötzlich hinter ihr auftauchten: die Alte mit dem zahnlosen Mund, den sie zu einem einfältigen Grinsen verzog, das junge Mädchen, das das Ende der Welt verkündete und sich dabei an der Wade kratzte, und eine alterslose Frau, die eine leere Plastikflasche an einem Faden hinter sich herzog. Sie kamen immer näher. Als die junge Apokalyptikerin eine Hand ausstreckte, um Marions Haar zu berühren, schlug der Kommissarin ihr stinkender Atem ins Gesicht. Die Alte begann am Saum ihres Blousons zu zerren.

»Ich wollte Jeanne besuchen«, sagte Marion und wich vor den drängenden Händen zurück. »Kennen Sie Jeanne?«

Die Alte krächzte eine unverständliche Antwort, die die Frau mit der Plastikflasche zum Lachen brachte. Ein schrilles Lachen, dessen Echo mehrfach im Gang widerhallte. Sie deutete erstaunt auf die Tür.

»Die da nicht da, Jeanne. Ist nicht da.«

Die Alte schob ihre Hand in Marions Tasche, die einen Spalt weit geöffnet war, und wühlte darin herum. Wo hatte Marion noch gleich gehört, daß man solchen Zwangsinsassen als Besucher Geschenke mitbringen mußte? So wie man früher die »wilden« Stämme ferner Länder mit bunten Glasperlen freundlich stimmte? Auf einen Schlag fiel es ihr wieder ein. Das war im *Centre des Sources* gewesen! Offenbar verhielt es sich hier ähnlich, und bald würden die gierigen Hände auch noch ihre Hosen- und Blousontaschen durchsuchen. Während sie weiter zurückwich und schon fast mit dem Rücken an der Wand stand, überlegte sie krampfhaft, was sie tun könnte, um die Frauen zu beruhigen. Plötzlich erinnerte sie sich an die Kaugummis, die sie am Samstag für Nina gekauft hatte. Kaugummis mit Erdbeergeschmack! Sie fand sie tief unten in einer der beiden Blousontaschen, riß rasch das Päckchen auf und bot jeder Frau eins davon an. Ein schlimmer Fehler! Ihre Geste zeigte, aus welchem Grund auch immer, eine ungeahnte Wirkung. Wie auf Kommando kamen aus allen Richtungen Scharen dieser eingesperrten Wesen herbeigelaufen, mit ausgestreckten Händen und flehenden Gesichtern. Marion hätte sich selbst ohrfeigen können, sie taumelte, und zum zweiten Mal an diesem Vormittag zuckte ein stechender Schmerz durch ihren Unterleib.

Während Marion angesichts der Horde von Bettlerinnen, die ihr den Weg versperrte, weiter im Gang zurückwich, nahm sie auf einmal den weißen Kittel und die erstaunte Stimme einer Krankenschwester wahr, bei der es sich Gott sei Dank nicht um Andrée handelte. Die junge Schwester begann zu schimpfen, worauf die weniger beherzten Frauen Reißaus nahmen. Die Spiritistin und die Alte mit dem zahnlosen Mund klammerten sich weiter an Marions Ärmel, obwohl die Schwester so resolut dazwischengegangen war.

»Malou, Claire! Was ist hier los? Wer sind Sie, Mademoiselle? Was tun Sie hier?«

»Ich wollte zu Professor Gentil«, log Marion. »Aber ich glaube, ich bin hier falsch.«

»In der Tat, und außerdem ist er nicht da. Wer hat Ihnen diesen Termin gegeben?«

»Die Oberschwester ...«

»Welche, Gisèle?«

»Nein, Andrée ...«

»Ach so.«

Die Pflegerin schien beruhigt. In Abwesenheit der beiden Oberschwestern trug sie die ganze Verantwortung und hatte furchtbare Angst, irgendeinen dummen Fehler zu machen.

Marion ließ es sich nicht nehmen, das auszunutzen.

»Es ging um Jeanne Patrie.«

»Sind Sie eine Verwandte?«

Die Kleine war wirklich eine Perle. Marion hörte sich wie im Traum antworten:

»Ihre Schwester. Aber ich lebe im Ausland und habe sie seit mehreren Jahren nicht gesehen. Man hat mir gesagt, sie sei sehr unruhig, sogar gewalttätig ...«

Die Krankenschwester begann zu lachen.

»Gewalttätig? Die? Sie machen wohl Witze! Im Gegenteil, sie ist völlig apathisch. Sie steht unter starken Medikamenten, wie übrigens die meisten Patienten hier.«

»Könnte ich sie sehen?«

Die junge Frau fuhr zusammen.

»Nein, ich fürchte, das geht nicht ... Ein anderes Mal, wenn Professor Gentil damit einverstanden ist.«

»Ein anderes Mal«, wiederholte die zahnlose Alte. »Ist nicht da, Jeanne.«

»Wissen Sie, es ist nur so, daß ich Lyon sehr bald wieder verlassen muß ...«

»Tut mir leid, aber da kann ich nichts für Sie tun. Sie müssen jetzt gehen, Ihre Anwesenheit regt die Frauen zu sehr auf.«

»Regt die auf«, lallte die Alte. »Und Jeanne, weg ist die, Jeanne …«

»Halt den Mund!« befahl die Schwester der Alten. »Los jetzt, ein bißchen dalli, ab in den Speisesaal. Es gibt Mittagessen.«

55

Ihre Worte wirkten wie eine Zauberformel auf diese Frauen, die kaum etwas anderes zu tun hatten, deren Tage und Nächte im Rhythmus der Mahlzeiten und Medikamenteneinnahmen verstrichen. Auch Jeanne wartete vermutlich auf diese Momente. Ob ihr bewußt war, wie die Zeit verging, wie sich ihr Leben langsam, Pille für Pille, Spritze für Spritze davonmachte? Ob sie überhaupt wußte, daß draußen noch eine andere Welt existierte, und in dieser Welt Menschen, die an sie dachten? Aber wo war sie eigentlich? Warum hatte Marion mit einem Mal das Gefühl, daß Jeanne sich gar nicht mehr in diesem Gebäude befand und daß sie in Gefahr war?

Die Traurigkeit schnürte ihr die Kehle zu, als sie sich auf dem regennassen Boulevard wiederfand. Ein Wagen, der etwas dicht am Bürgersteig vorbeifuhr, ließ eine so hohe Wasserfontäne aufspritzen, daß sie zurückspringen mußte, um nicht naß zu werden.

»Idiot!« zischte sie.

»Mistkerl!« echote eine Stimme hinter ihr.

Eine warme, vibrierende Stimme, die sie kannte. Sie drehte sich mit einem Ruck um. Olivier Martin, im grauen Trenchcoat mit festgezurrtem Gürtel, das braune, nasse Haar aus dem Gesicht gestrichen, streckte ihr die Arme entgegen, so als fürchtete er, sie könnte auf dem Bürgersteig umfallen. Verblüfft lehnte sich Marion für einen kurzen Moment an ihn. Ein Duft nach Wolle, Jasmin, feuchtem Stoff und Kaffee wehte ihr in die Nase. Mit halb geschlossenen Augen spürte sie, wie sie für einen Augenblick den Boden unter den Füßen verlor.

»Alles in Ordnung?« fragte er und schob sie ein Stück von sich, um sie anzusehen.

Er sah abgespannt aus und schien alles andere als in Hochform zu sein, befand sich aber offensichtlich nicht mehr in dem Zustand völliger Verstörtheit, in dem ihn Marion zuletzt im *Marché des Poètes* erlebt hatte.

»Was machen Sie hier?«

»Ich habe auf Sie gewartet. Man hat mir gesagt, daß Sie sich hier herumtreiben.«

»Wer, man?«

Er hob lachend die Hände.

»Auch ich habe meine Informanten. Ausgeschlossen, daß ich meine Quellen preisgebe ...«

Marion glaubte ihm kein Wort. Die Augen des Doktors hatten die dunkelgraue Farbe des Himmels angenommen. Irgend etwas sagte ihr, daß Martin nicht ihretwegen gekommen war.

Er beugte sich mit einem unwiderstehlichen Lächeln zu ihr vor.

»Darf ich Sie zum Mittagessen einladen? Ich muß mich für so vieles entschuldigen.«

Dieses Mal wählten sie ein kleines Eckrestaurant ohne viel Brimborium. Die Tischdecken waren aus Papier, die Servietten ebenfalls, und um bloß nicht Gefahr zu laufen, sich erneut gehenzulassen, bat Marion als erstes um ein Glas Wasser. Sie hatte keinen großen Hunger. Merkwürdigerweise verschlug ihr Martins Gegenwart den Appetit. Als sie am Tisch Platz nahm, durchfuhr ein so stechender Schmerz ihren Unterleib, daß sie die Engel singen hörte. Sie verzog das Gesicht. Beunruhigt fragte er:

»Was ist los? Tut Ihnen etwas weh?«

»Nichts Schlimmes. Ein leichter Schmerz ...«

»Auch einen leichten Schmerz sollte man nicht unterschätzen«, erwiderte er, »denn häufig wird eine schwere Krankheit daraus. Ich glaube, Sie schonen sich nicht genug.«

»Eine Schwangerschaft ist keine Krankheit ...«

Als Olivier Martin gerade den Mund auftat, um zu kontern, kam eine Kellnerin angetänzelt und stellte zwei Kir, die sie nicht bestellt hatten, auf den Tisch. Marion äußerte ihre Verwunderung.

»Vom Chef«, sagte die Kellnerin. »Für die beiden Turteltauben, hat er gesagt.«

Und schon war sie wieder weg. Während Olivier Martin ihr nachsah, entdeckte Marion den Inhaber, der ihr aus einer Ecke zuzwinkerte. Martin beugte sich etwas vor und ergriff ihre Hand, so als wollte er den heftigen Flirt, den er bei ihrem letzten Abendessen gestartet hatte, nun einfach fortsetzen. Er zog Marions Finger zu sich heran und drückte sie zärtlich an seine Lippen. Die junge Frau erbebte, und all ihre guten Vorsätze waren auf einen Schlag dahin.

»Ich bin vernarrt in Ihre Hände«, murmelte er. »Sie sind so stark und dabei so zerbrechlich. Ich glaube, sie sind ein Spiegel Ihrer Persönlichkeit.«

Genau wie deine Hände, dachte Marion, die in immer größere Verwirrung geriet.

»Können Sie mir noch einmal verzeihen? Ich habe mich furchtbar danebenbenommen, neulich.«

»Ich weiß nicht. Ich dachte, die Nachricht, daß ich schwanger bin, hätte Sie schockiert.«

Er lachte leise, ohne ihre Hand loszulassen, jene Hand, an

der Léos Ring steckte und sich langsam unter Martins Fingern drehte.

»Wenn Sie mir nicht gesagt hätten, daß Sie nicht verheiratet sind, würde ich mir allerhand Fragen stellen.«

»Wegen des Rings? Nicht verheiratet zu sein, bedeutet nicht unbedingt, daß man keinen Mann hat.«

»Das stimmt, aber wenn Sie einen hätten, dann hätten Sie mir das gesagt.«

Marion wandte den Kopf ab und sah zum Fenster hinaus. Auf der Straße rauschten die Autos durch Pfützen, und die wenigen Passanten hasteten im sintflutartigen Regen vorüber. Was war ihr Ziel? Eine sinnlose Liebschaft?

Léo, dachte sie verzweifelt, warum sitzt nicht du hier und hältst mir die Hand?

»Ich bin von einem Mann schwanger, der gerade gestorben ist«, sagte sie mit leiser, zitternder Stimme. »Ich bin mir nicht sicher, ob ich überhaupt noch lieben kann. Ich meine, so stark.«

Martin drückte ihre Finger, strich vorsichtig über die kurz geschnittenen Nägel, den Handteller, die klare, lange Lebenslinie.

»Wir haben alle Zeit der Welt«, sagte er mit einem beruhigenden Lächeln. »Seien Sie unbesorgt, alles wird gut. Sie werden Ihr Baby bekommen, und dann … natürlich nur, wenn Sie das wollen …«

»Und Sie, Olivier?«

»Ich?«

»Sind Sie frei? Ich meine …«

»Ich bin allein.«

Marion versuchte, aus seinem Gesicht und seinen grauen Augen den Wahrheitsgehalt dieser Worte abzulesen. Es war so etwas wie eine Berufskrankheit bei ihr, immer hinter den Spiegel blicken zu wollen. Sich niemals mit dem äußeren

Schein zu begnügen. Und vor allem einem Mann nicht aufs Wort zu glauben, der zurückgezuckt war, als sie Nina, das werdende Baby und ihre schwer zu ertragende Einsamkeit auf den Tisch gelegt hatte. Und der dann mit einem Mal wieder quasi Zukunftspläne mit ihr schmiedete.

Plötzlich kam ihr ein Zweifel: Und wenn diese Dinge gar nicht der Grund gewesen waren? Worüber hatten sie eigentlich unmittelbar davor gesprochen? Über Horus und seine Kralle. Über den Fall.

Olivier Martin schilderte in voller Offenheit seine Gefühle. Mit rauher, bewegter Stimme.

»Ich habe Hunderte von Kindern sterben sehen. Vor Hunger, im Krieg. Das Schlimmste ist, daß man nichts tun kann. Sie fallen um wie die Fliegen, eins nach dem anderen. Man ist Arzt und weiß, was zu tun wäre, aber man kann ihnen nicht helfen. Es fehlt an Medikamenten, an Geräten, an Chirurgen. Es gibt nichts vor Ort, rein gar nichts. Man operiert mit Messern, vor denen unsere Metzger die Nase rümpfen würden. Diese Ohnmacht führt zu Schuldgefühlen, ganz schnell. Und dann ist es jedes Mal wie ein Schlag ins Gesicht, wenn man vom Tod eines Kindes hört. Erzählen Sie mir doch bitte von diesem Mädchen, ja?«

Marion dachte rasch nach. Ihr Schutzengel, der ihr stets das richtige Verhalten einflüsterte, auf den sie aber nicht immer hörte, weil sie im Unterschied zu ihm aus Fleisch und Blut war, beschwor sie, diesem Unbekannten nichts zu sagen.

Aber er ist kein Unbekannter, ich bin fast verliebt in ihn!

Ein Grund mehr …

Sie brachte den Engel zum Schweigen und schilderte in wenigen Sätzen die Umstände von Lili-Roses Tod, ihre Zweifel am Ergebnis der Ermittlungen sowie die Äußerungen von Mikaël und Nina, die sich an jenen Tag erinnerten. Er wunderte sich.

»Nach fünf Jahren erinnern sich die beiden noch daran? Und Sie haben alle Klassenkameradinnen von diesem Mädchen wiedergefunden?«

Marion beantwortete seine Fragen, ohne ins Detail zu gehen. Sie erwähnte weder Jeanne noch Denis. Sie machte ihn nur darauf aufmerksam, daß ihm diese Mädchen und eben auch das kleine Opfer im Museum mit ihrer Erzieherin begegnet sein mußten. Und daß Lili-Rose dort mit großer Wahrscheinlichkeit die Kralle von Horus gefunden hatte. Er hörte ihr zu, ohne die Miene zu verziehen, mit halb geschlossenen Augen. Sie schwieg, und er lächelte sie an.

»Sie glauben, daß jemand sie umgebracht hat, habe ich recht?«

»Ja«, erwiderte Marion rundheraus.

Es wurde spät. Sie mußte noch allerhand Einkäufe erledigen, für Nina, für den Haushalt. Angèles Kleid umtauschen, das zu groß war, ihr das neue in der richtigen Größe schicken. Die Formulare ausfüllen, die ihr der Gynäkologe gegeben hatte, und sie bei der Krankenkasse abgeben ... Ins Büro fahren, mit dem Packen der Kartons anfangen. Alles leer räumen. Sie erschrak: Sie hatte Quercy und sein Ultimatum ganz vergessen! Und daß sie sich vorgenommen hatte, den Fall Patrie abzuschließen und ihn damit zu überraschen. Du lieber Himmel! Wie sollte sie in dieser ganzen Hektik auch noch Olivier Martin unterbringen?

Der sah sie unverwandt an. Vielleicht stellte er sich dieselbe Frage. Er stand auf, nachdem er einen Blick auf seine Uhr geworfen hatte.

»Ich muß schnell mal telefonieren«, sagte er mit sorgenvoller Miene. »Ich bin sofort zurück. Und gehen Sie bloß nicht weg.«

Marion lachte innerlich. Sobald man den Männern gegenüber ein wenig Interesse bekundete, nahmen sie einen ganz in Beschlag! Ihre Mutter hatte immer gesagt: Du gibst ihnen eine Hand, und sie nehmen sich gleich dein ganzes Herz. Ihre Mutter war eine verbitterte Frau gewesen.

Olivier Martin hatte seine Brieftasche auf dem Tisch liegenlassen, nachdem er um die Rechnung gebeten hatte. Marion juckte es in den Fingern, das schwarze, rechteckige Ledermäppchen an sich zu nehmen.

Tu das nicht, du hast kein Recht dazu, protestierte der Engel, als er sah, was als nächstes passieren würde.

Ich habe das Recht zu wissen, worauf ich mich einlasse ...

Sie zog die Brieftasche zu sich herüber und öffnete sie. Keine Fotos. Nur ein Führerschein und Kreditkarten. Und in einem der Lederfächer ein Personalausweis. Marion zog ihn rasch heraus. Auf dem Foto mußte Olivier um die zwanzig sein. Er hatte mehr Haar, ein noch nicht so vom Leben geprägtes Gesicht und war einfach umwerfend. Martin, Olivier, Jean, geboren am 1. Januar 1960 in Saint-Etienne, Loire, 1 Meter 82. Die Adresse war die seiner Mutter, Montée de l'Observance in Lyon.

Sie sah auf. Olivier kam zurück und war schon fast an ihrem Tisch. Ob er noch mitbekommen hatte, wie sie in seinen Papieren herumschnüffelte? Sie errötete leicht und spürte ein unangenehmes Kribbeln in ihren Händen. Was würde sie sagen, wenn eine Bemerkung von ihm käme? Ich habe mit den Männern so viele Enttäuschungen erlebt ... Ich will wissen, mit wem ich es zu tun habe. Ich werde Ihre Personalien überprüfen lassen, Doktor Martin. Er würde sie als »miesen Bullen« beschimpfen, und alles wäre aus, noch ehe es begonnen hätte.

Olivier setzte sich wieder, nahm die Rechnung, legte die Hand auf seine Liefttasche und fixierte Marion, die sich ganz klein machte.

»Ich habe mit *Ärzte ohne Grenzen* gesprochen«, sagte er ernst. »Nächste Woche breche ich zu einem Einsatz nach Angola auf. Sehen Sie, wie schnell das geht?«

56

Der restliche Nachmittag war wie ein Traum gewesen. Marion wußte nicht mehr, was sie denken sollte. Olivier schien ständig kurz davor, ihr eine Liebeserklärung zu machen oder um ihre Hand anzuhalten, und sie ließ ihn gewähren.

Alles ging viel zu schnell. Irgend etwas stimmte da nicht. Auf die Neuigkeit hin, daß er schon so bald nach Afrika abreisen würde, wo er sich erneut in Gefahr bringen würde, hatte sie gespürt, wie es ihr die Eingeweide zusammenzog. Er sprach so gewandt über all diese Dinge, sein Leben dort, die Kinder, die um jeden Preis gerettet werden mußten. Und dennoch log er, für *Ärzte ohne Grenzen* existierte er nicht, und sie hatte nicht den Mut gefunden, es ihm zu sagen.

Wohin er auch fuhr und was auch immer die Gründe für seine Lüge sein mochten, er würde gehen. Bis zu seiner Rückkehr – wenn er denn zurückkam – würde viel Wasser die Saône hinunterfließen, und Marion ... So stark und so zerbrechlich, hatte er gesagt.

Während sie nach Hause fuhr, ließ sie sich wieder und wieder alles durch den Kopf gehen. Auf der Höhe des *Centre des Sources*, an dessen Mauer die Straße in einer langgezogenen Kurve vorbeiführte, sah sie auf einmal eine Gruppe Jugendlicher auf dem Bürgersteig stehen. Als sie die untersetzte Silhouette und den blonden Zopf von Ludo sah, erkannte sie, daß es sich um Mikaël Patries Gruppe handelte. Während sie an dem kleinen Trupp vorbeifuhr, wurde ihr klar, daß irgend etwas passiert war. Der Erzieher machte einen verärgerten Eindruck. Sie setzte den Blinker, hielt auf dem Seitenstreifen an und rollte zurück, nachdem sie sich vergewissert hatte, daß kein Auto kam.

Ludo erkannte sie sofort. Sie beugte sich zum Beifahrerfenster hinüber.

»Kann ich Ihnen helfen?«

»Ja, gern«, sagte der Erzieher sichtlich erleichtert. »Können Sie für mich im *Centre des Sources* anrufen?«

»Natürlich. Was ist denn los?«

»Ich bin mit einer kleinen Gruppe zum Gerland-Stadion unterwegs, zu einem Fußballspiel. Wir sind nicht gerade früh dran, und Mikaël ist umgeknickt, ich glaube, er hat sich den Knöchel verstaucht. Wenn wir ihn zurückbringen, können die anderen das Fußballspiel vergessen ...«

»Ich bringe ihn zurück«, schlug Marion vor.

»Na ja ... Ich weiß nicht, ob ich das darf. Ich würde lieber Monsieur Desvignes anrufen.«

Marion brauchte nicht lange auf ihn einzureden, um ihn zu überzeugen. Als Mikaël angeschnallt und mit schmerzverzerrtem Gesicht im Wagen saß, schenkte Ludo Marion einen dankbaren Blick, dem sie entnahm, daß das Fußballspiel für ihn mindestens genauso wichtig war wie für die Jungen.

Nobody's perfect, dachte sie.

Sie brachte Mikaël zur Krankenstation des *Centre des Sources* und blieb bei ihm, während der Krankenpfleger einen kühlenden Verband um den geschwollenen Knöchel legte. Eigentlich hatte sie keine Zeit, aber Mikaël umklammerte ihre Hand, und aus Angst, er könnte böse werden, riß sie sich nicht los.

Als Mikaël so weit versorgt war, tauchte der verantwortliche Arzt auf und ordnete an, daß der Junge zum Röntgen ins Krankenhaus gebracht werden solle. Marion erklärte sich einverstanden, noch mit ihm auf den Krankenwagen zu warten. Mikaël, der nicht ganz begriffen hatte, was ihm überhaupt zugestoßen war, jammerte unentwegt wegen der bevorstehenden Kirmes, weil er offenbar Angst hatte, am folgenden Sonntag nicht dabeisein zu können. Er stammelte, daß sein Vater kommen würde, und seine Mutter. Und auch Lili-Rose. Marion glaubte erst, sich verhört zu haben.

»Lili-Rose? Du glaubst, daß Lili-Rose kommen wird?«

Er nickte energisch. Und als Marion ihn schief ansah, tobte er los:

»Ih nih Lili-ose eschubst. Lili-ose in Brunnen efallen. Ih nih … nih Lili-ose eschubst.«

Marion versuchte, ihn zu beschwichtigen. Aber Mikaël wiederholte immer dasselbe, wie ein überdrehtes Metronom.

»Ich weiß, Mikaël, du hast Lili-Rose nicht geschubst«, sagte Marion, als ihr eine Atempause die Gelegenheit dazu bot. »Der Herr war es, nicht wahr?«

»Jaah«, pflichtete der Junge ihr bei und dabei spritzte ihm ein ganzer Strahl Speichel aus dem Mund. »Herr.«

Das alles führte zu nichts, was sollte sie mit diesen Äußerungen eines unzurechnungsfähigen Jungen anfangen, der sich auch noch den Knöchel verstaucht hatte und unter entsetzlichen Schmerzen litt. Aber sie konnte nicht anders.

»Wer war dieser Herr, Mikaël? Weißt du das noch?«

»Herr … (ein langer, unverständlicher Silbenschwall) ih, Lili-ose, mah hin …«

»Ja, Mikaël, du und Lili-Rose. Da hast du recht. Aber was meinst du mit ›mach hin‹? Und wer war dieser Herr?«

»Lili-Rose, mah hin …«

Marion seufzte. Es war nutzlos. Sie verstand ihn nicht. Das Erinnern und mühsame Hervorbringen von Worten strengte Mikaël dermaßen an, daß er inzwischen so rot war wie eine reife Tomate. Je mehr sie ihn bedrängte, desto höher stieg der Adrenalinspiegel dieses Jungen, dessen Erregbarkeit sie ja schon einmal hautnah hatte miterleben dürfen. So versuchte sie etwas anderes:

»Dein Fahrrad, erinnerst du dich noch an dein Fahrrad?«

Mit ausdruckslosem Blick sah er aus seinen tiefliegenden Augen zu ihr auf.

»Fahad ...«, murmelte er, ohne sie zu verstehen.

»Du hattest ein Fahrrad, das weißt du doch noch ... ein gelbes Fahrrad ...«

»Naaiiin«, schrie er und reckte dabei seinen Hals wie ein Truthahn. »Kein Fahad meh, velohn, Fahad ...«

Der Krankenpfleger kehrte mit einem Rollstuhl zurück. Mikaël umklammerte Marions Hand, damit sie ihn ins Krankenhaus begleitete. Es gelang ihr, sich loszureißen.

»Sonntag, ich komme Sonntag«, versprach sie.

Kaum daß sie wieder im Wagen saß, klingelte ihr Handy. Es war spät. Nina, die auf ihren Zirkel, ihr Lineal und die anderen Zeichenutensilien wartete, wollte bestimmt hören, wo sie so lange blieb.

Es war nicht das Mädchen, sondern der diensthabende Beamte vom Polizeiarchiv. Marions Puls begann zu rasen. Wenn er um acht Uhr abends anrief, um ihr das Ergebnis einer Routinekontrolle mitzuteilen, gab es mit Sicherheit ein Problem.

»Hören Sie, Chef, der Bursche, den ich überprüfen sollte ... Olivier Martin ...«

»Gibt's da was?«

Der metallische Klang ihrer Stimme verriet, daß sie mit dem Schlimmsten rechnete. Ja, da gab es wirklich etwas, bestätigte ihr der Beamte. Und was er dann sagte, war so ungeheuerlich, daß sie einen Schlenker quer über die Straße machte und beinahe einen Lastwagen gerammt hätte, der parkend am linken Straßenrand stand.

»Können Sie das bitte wiederholen?«

Kein Zweifel, sie hatte richtig gehört. Über Olivier Martin gab es eine Akte bei der zentralen Tagebuchstelle. Es handelte sich um zwei Vorgänge. Der eine betraf eine Anzeige, die er vor zehn Jahren wegen eines gestohlenen Motorrads gestellt hatte. Uninteressant.

Der zweite war ein Ermittlungsverfahren, das man gegen ihn eingeleitet hatte.

Anschuldigungspunkt: versuchter Totschlag.

57

Am nächsten Morgen um acht Uhr dreißig hatte Marion die Akte vor sich. Eine furchtbare, schlaflose Nacht lang hatte sie sich immer wieder die Frage gestellt, warum eigentlich alle Männer, die ihr über den Weg liefen, eine finstere Vergangenheit mit sich herumtrugen. Jedes Mal gab es einen Pferdefuß. Bei Olivier Martin hatte der Pferdefuß allerdings gigantische Ausmaße angenommen.

Immer wieder las sie die bedruckten Seiten und fragte sich, was sie tun sollte. Schnellstens zu ihm fahren? Rechenschaft von ihm fordern? Zur Staatsanwaltschaft gehen und sich erkundigen, was es mit diesem Verfahren auf sich hatte, das merkwürdigerweise eingestellt worden war?

Gegen neun tauchte Lavot in ihrem Büro auf, der sich wunderte, daß er ihr an der Kaffeemaschine noch nicht begegnet war. Er ließ sofort eine Bemerkung über ihre Leichenbittermiene vom Stapel. Sie traute sich nicht, ihm zu beichten, daß sie zum x-ten Mal auf das falsche Pferd gesetzt hatte und nun zum x-ten Mal ihre Zukunftspläne begraben mußte …

»Schlecht geschlafen«, erwiderte sie nur, »aber meine Lebenslinie ist lang …«

Beinahe hätte das verdutzte Gesicht des Beamten sie zum Lachen gebracht, aber ihr fehlte die Kraft dazu.

»Ich bin auf einige interessante Informationen gestoßen«, sagte er, nachdem er einen Stuhl leer geräumt hatte, um sich zu setzen. »Die Patrie-Kinder haben die Kassen von mindestens drei Krankenhäusern und einem halben Dutzend Ärzten gefüllt. Es ist unglaublich.«

»Sehen Sie! Wußte ich's doch. Reden Sie mit denen und sorgen Sie dafür, daß sie richtig auspacken. Ich will deren Meinung zu Jeanne und Denis Patrie wissen, und ob sie es für möglich halten, daß einer von beiden die eigene Tochter umgebracht hat.«

»Okay«, seufzte Lavot, »aber damit habe ich ein Weilchen zu tun. Kommen Sie mit?«

Lavot war immer begeistert, wenn es die Möglichkeit gab, gemeinsam mit seiner Kommissarin vor Ort zu ermitteln und Schlachtpläne für die »Front« aufzustellen. »Nahkampf« nannte er das. Leider hatte Marion immer weniger Zeit, selbst vor Ort zu ermitteln. Auch jetzt lehnte sie das Angebot ab und erkundigte sich nach Talon.

»Der muß in Sachen Leder-Gang und Co. jede Menge Zeug überprüfen. Und er bereitet sich auf Denis Patries Entlassung vor. Morgen früh. Er verspricht sich viel davon ... Ich hoffe für ihn, daß auch wirklich was dabei rauskommt, diese Geschichte treibt ihn ziemlich um.«

»Das sehen wir dann«, sagte Marion und stand auf. »Ich bin jetzt weg.«

58

Im Museum war es sonderbar still. Nicht ein einziger Besucher und kaum Personal. Irgendwo das Dröhnen eines Staubsaugers. Bei den Mumien entdeckte Marion die rundliche Silhouette von Museumswärter Bigot, aber da sie nicht die geringste Lust hatte, ein Gespräch mit ihm zu beginnen, steuerte sie sofort auf die Treppe zu, die in die Bibliothek führte.

Wie bei ihrem letzten Besuch war Judy Robin allein in ihrer

Welt, umgeben vom Geruch nach Tinte und Staub. Vor einem der Computer sitzend, hämmerte sie mit einer Hand auf die Tastatur ein, während ihr rechter lebloser Arm zwischen Bauch und Tischrand eingeklemmt war. Ganz in Weiß gekleidet, wirkte sie mit ihrer gebleichten Kurzhaarfrisur noch jünger und völlig wehrlos. Gleichgültig hob sie den Kopf, doch als ihr Blick Marion traf, veränderte er sich auf einen Schlag. Marion hätte nicht sagen können, was in diesem Blick lag: Groll, Feindseligkeit, Vorwürfe, Neid, oder alles zugleich. Judy reagierte nicht auf Marions Begrüßung, aber sie klickte mehrmals mit ihrer Maus, um alle Fenster auf dem Bildschirm zu schließen, so als rechnete sie mit einer längeren Unterredung.

»Sind Sie noch mal gekommen, um über Martin mit mir zu reden?« sagte sie mit einem Anflug von Aggressivität. »Sie haben ihn doch gefunden. Ich habe Sie zusammen gesehen, unten, in der Anatomie-Abteilung.«

»Ist er nicht gekommen, um Ihnen Guten Tag zu sagen?«

Judy lachte verkrampft.

»Sie machen wohl Witze!«

»Liegt es an Ihren Beinen, daß Sie sich nicht mehr sehen?«

»Ich möchte nicht darüber sprechen.«

Judy sah zur Decke hoch und starrte auf einen langen Riß, der sich zwischen den Balken seinen Weg bahnte. Marion kam es so vor, als würde ein Schleier über ihre dunklen Augen ziehen – Tränen, die Judy gerade noch zu unterdrücken vermochte.

»Wir müssen dennoch darüber sprechen«, erwiderte sie geduldig. »Als ich Sie das erste Mal hier getroffen habe, wollten Sie wissen, ob ich auf der Suche nach Doktor Martin sei, um ihn zu verhaften. Haben Sie das wegen Ihres Unfalls gesagt?«

»Unfall ...«, sagte Judy mit einem höhnischen Grinsen, während sie Marion wieder fixierte. »Ich sagte doch, daß ich nicht darüber sprechen will. Gehen Sie! Lassen Sie mich in Ruhe!«

Judys Stimme, die eigentlich tief und angenehm war, wurde schrill, und Marion fragte sich, wie sie diese junge Furie dazu bringen sollte, sich ihr anzuvertrauen. Sie wartete einige Sekunden ab, in denen sich Judy eine Zigarette anzündete und den Rauch in ihre Richtung blies. Reine Provokation.

»Hören Sie«, sagte Marion in bestimmterem, fast autoritärem Ton. »Es ist nicht an Ihnen zu entscheiden, was ich tun oder lassen soll. Vor viereinhalb Jahren haben Sie Anzeige gegen Olivier Martin erstattet, wegen versuchten Totschlags. Ich will, daß Sie mir davon erzählen.«

Judy lachte verbittert und verzog mißmutig das Gesicht.

»Es hat nichts genützt, die haben nicht auf mich gehört. Wo denken Sie hin! Er, der tolle Arzt, der gegen die Massenmörder in Ruanda gekämpft hat. Ein Held! Und ich? Eine kleine, beschissene Abdeckerin ...«

»Was ist passiert?«

»Wann?«

»Bei dem Unfall.«

Die junge Frau bediente die Steuerung ihres Rollstuhls, um sich ein Stück vom Tisch zu entfernen. Ihre toten Beine wurden sichtbar, und sie beugte den Kopf zu ihnen herab, so als wollte sie sie um Erlaubnis bitten, ihre Geschichte zu erzählen. Marion stützte sich mit den Ellbogen auf den schmalen, hohen Tisch, der sie von Judy trennte. Als die junge Frau wieder aufsah, sprühten ihre dunklen Augen vor Zorn, mordlustig.

»Bekommt er seine Strafe?«

Marion zuckte die Achseln. Was sollte sie darauf antworten?

Hatte Judy im Grunde nicht nur einen Wunsch? Den Wunsch, die Zeit zurückzudrehen und jenes Leben wiederaufzunehmen, als ihre Beine noch durch hohes Gras liefen und sich dem Mann öffneten, den sie liebte? Marion würde doch nur Salz in die Wunden streuen. Die platinblonde junge Frau wußte das, aber etwas in ihrer Brust, die sich leise hob und senkte, sagte ihr, daß es an der Zeit war, Tabula rasa zu machen.

»Ich habe Olivier hier kennengelernt, im Museum«, fing Judy zögernd an. »Ich war fünfundzwanzig und hatte gerade meine zweijährige Ausbildung zur Taxidermistin beendet, in Meaux. Er brauchte jemanden und hat mich genommen, weil ich außerdem Biologie studiert habe, mit Schwerpunkt Ornithologie. Er hat mich gleich angemacht. Wir waren beide ungebunden, ich hatte nichts dagegen. Es war nicht unangenehm, und er sieht ziemlich gut aus. Zumindest früher, ich weiß nicht, was in Afrika aus ihm geworden ist ...«

Sie sah Marion fragend an, worauf die Kommissarin ihr mit einer Grimasse zu verstehen gab, daß Afrika ihm nicht geschadet habe. Judy preßte die Lippen zusammen, und ihre gesunde Hand umklammerte die Lehne des Rollstuhls.

»Ja«, erwiderte sie zähneknirschend. »Ich denke, Sie sind genau sein Typ.«

»Um mich geht es hier nicht«, fiel ihr Marion ins Wort, fest entschlossen, dieses Spielchen nicht mitzumachen.

»Wir waren zwei, drei Monate zusammen, und ich habe schnell kapiert, daß dieser Typ irgendwie nicht ganz normal ist.«

»Was soll das heißen?«

»Er hat sich an mich geklammert wie an einen Rettungsring. Hat ständig gesagt, daß er mich liebt, daß er mich heiraten will. Für mich kam das überhaupt nicht in Frage. Es war eine Affäre, mehr nicht. Ich hatte gerade eine komplizierte Beziehung hinter mir, da wollte ich nicht gleich schon wieder so etwas anfangen. Na ja, und das andere ...«

»Das andere? Sie meinen den Sex?«

»Ja«, sagte Judy, und Marion bemerkte ein sonderbares Funkeln in ihren glänzenden schwarzen Augen. »Irgendwie war es das nicht … Ich glaube, ich bin mir sogar sicher, daß Martin keine Frauen begehrt. Lust holt er sich woanders.«

»Bei Männern?«

Die Worte brannten in Marions Mund. Es war immer dasselbe, und sie fragte sich allmählich, ob auf der ganzen Welt eigentlich ein Mann existierte, ein einziger Mann, der ihr gefallen würde, ohne daß sie sich die Frage stellen müßte, ob er vielleicht homosexuell war, pädophil, nekrophil, sodomitisch, sado-masochistisch et cetera pp. Ein »normaler« Mann eben, gab es den?

»Ich weiß nicht«, antwortete Judy schließlich, »aber es ist irgend etwas Ungutes, da bin ich mir sicher. Finden Sie's raus, das ist doch Ihre Arbeit.«

»Warum wollte er dann, daß Sie ihn heiraten?«

»Um ein Deckmäntelchen zu haben, einen Status. Und er behauptete ja, verliebt zu sein. Das muß doch kein Widerspruch sein.«

Da hatte sie recht. Marion hatte schon alles erlebt: Männer, die ihren Frauen äußerst zugetan waren und abends als Transvestiten im Rotlichtviertel auf den Strich gingen. Brave Familienväter, die mit einem Mann ein Doppelleben führten. Ganz zu schweigen von all den ehrbaren Großvätern, die einmal pro Jahr als Sex-Touristen nach Thailand flogen.

»Ich habe die Sache schnell abgebrochen«, fuhr Judy fort, und Marion fiel wieder ein, daß Martin behauptet hatte, er habe Schluß gemacht.

Merkwürdig, wie die Leute immer abstreiten, daß sie verlassen worden sind …

»Es war an einem Sommerabend vor fünf Jahren, ich hatte Urlaub, war aber noch nicht verreist. Olivier ist in einem unbeschreiblichen Zustand bei mir aufgetaucht. Völlig außer sich, erregt, total durcheinander. Es war unmöglich, auch nur zwei zusammenhängende Sätze aus ihm herauszubekommen. Er wiederholte nur in einem fort, daß er mich liebe und daß er sofort mit mir nach Afrika gehen wolle.«

»Warum nach Afrika? Hatte das etwas mit einem seiner Projekte im Museum zu tun?«

»Nein! Seine Projekte, das waren die Ausstellungen über Ägypten und die Mumien. Damit sind wir von Stadt zu Stadt gezogen, in Frankreich und ganz Europa. Von Afrika war nie die Rede gewesen. Als er kapiert hat, daß ich nicht mitgehen würde, hat er mich angefleht, zu schwören, ich hätte den ganzen Tag mit ihm verbracht, falls man mich danach fragen würde. Ich habe mich geweigert, weil er mir nicht sagen wollte, warum ich das für ihn tun sollte. Dann ist er ausgerastet. Er hat mich geschüttelt und gestoßen. Ich bin hingefallen und habe mir an der Tischkante die Stirn aufgeschlagen. Als er das Blut gesehen hat, ist er noch mehr ausgerastet. Er hat geschrien, ich würde nur ihm gehören und ähnlichen Quatsch. Ich hatte solche Angst, daß ich nur noch so schnell wie möglich weg wollte. Ich bin raus und die Straße entlanggelaufen. Ich hatte gehofft, irgend jemandem zu begegnen, aber da war niemand. Dann habe ich den Motor von seinem Jeep gehört. Ein riesiger Range Rover. Als er hinter mir war, bin ich bescheuerterweise weiter die Straße entlanggelaufen, anstatt mich zu verstecken, ich hatte solche Panik. Ich habe gehört, wie er Gas gegeben hat. Dann habe ich gespürt, wie es hinter mir warm wurde, und gleichzeitig den Aufprall im Kreuz. Anscheinend hat mir das rechte Hinterrad die ganze Lendengegend zerquetscht ...«

Sie schwieg, doch ihre Worte hallten in der Stille wider. Marion hatte Judys Aussage und ihre Strafanzeige gelesen. Sosehr sie sich auch bemühte, es gelang ihr nicht, sich Doktor Martin in der von der jungen Frau beschriebenen Rolle vorzustellen. In der Akte stand nichts von einer Vernehmung Oliviers, und es gab auch keinen Hinweis darauf, wie diese Geschichte juristisch ausgegangen war.

»Er ist in Afrika vernommen worden«, erklärte Judy. »Aber meinem Anwalt zufolge hat er eine völlig andere Version abgegeben, ist ja klar, und man hat ihm geglaubt. Das war einfach für ihn, er war ein angesehener, mustergültiger Arzt und ich nur ein lebloser Körper in einem Krankenhausbett. Ein Jahr habe ich dort verbracht und dann noch mal sechs Monate jeden Vormittag in einem Reha-Zentrum. Für nichts und wieder nichts.«

»Und heute?«

»Die Staatsanwaltschaft hat entschieden, keine gerichtlichen Schritte gegen ihn zu unternehmen. Die Tatsache, daß er einen Rettungswagen gerufen und sich sofort um mich gekümmert hat, entsprach nach deren Auffassung nicht dem Verhalten eines Kriminellen. Außerdem gab es keinen einzigen Zeugen, mein Wort stand gegen seins. Ein Skandal. Anstelle eines Prozesses hat man mir einen Haufen Geld angeboten. Zuerst habe ich abgelehnt. Aber dann …«

Sie sah auf ihre toten Beine herab, ihren verkümmerten Arm. Marion bohrte nicht weiter. Judy hatte das Geld abgelehnt und dann doch akzeptiert. Das elende Geld, auf das gerade Leute wie sie nicht verzichten konnten. Eine Behinderung wie die ihre bedeutete, daß man alles neu organisieren mußte: Auto, Wohnung, Haushaltshilfe, Pflegepersonal … Das elende Geld, das die Macht besaß, auch die lautesten Schmerzensschreie zum Verstummen zu bringen.

»Warum hatte Martin es so eilig abzureisen?« fragte Marion, während irgendwo mit lautem Knall eine Tür zugeschlagen wurde.

»Das weiß ich nicht, aber es muß etwas Schlimmes gewesen sein. Er war völlig erschüttert, nicht wiederzuerkennen.«

»Sind Sie sicher, daß Sie den Grund für seine Panik nicht kennen?« beharrte Marion, denn sie konnte Judys ausweichendem Blick und einigen fast unmerklichen Zuckungen in ihrem Gesicht entnehmen, daß sie ihr das wichtigste verschwieg.

»Das einzige, was ich Ihnen sagen kann, ist das Datum. Es war der 4. Juli 1995.«

Wie hätte Marion dieses Datum vergessen können?

»Als Olivier Martin bei mir aufgetaucht ist, sah ich mir gerade auf CNN die Übertragung der Unabhängigkeitsfeier in New York an. Meine Mutter ist Amerikanerin, und ich habe früher dort gelebt ... Außerdem glauben Sie doch wohl nicht, daß ich so einen Tag vergessen könnte ...«

Marion nickte. Es gibt tragische Daten, die sich für immer ins Gedächtnis eingraben, in Lettern so rot wie das vergossene Blut.

Judys Blut. Lili-Rose Patries Blut. Der 4. Juli 1995 war auch der Tag, an dem sie gestorben war.

59

Wäre Marion in diesem Moment ein bißchen hellsichtiger gewesen, so hätte sie die relative Leichtigkeit, mit der Judy Robin ihre Geschichte erzählte, hinterfragt und ihren Behauptungen hinsichtlich Olivier Martins Sexualleben mißtraut. Denn daß Judy ihn gegenüber einer möglichen Rivalin anschwärzte, war eigentlich völlig normal. So ist das nun einmal: man sät die ersten Zweifel, sieht zu, wie sie aufkeimen, gibt ihnen von Zeit zu Zeit neue Nahrung ... Aber Marion fehlte der Abstand; statt dessen begab sie sich schnurstracks in die Montée de l'Observance.

Olivier Martin war damit beschäftigt, Unterlagen zu sortieren. Ein großer Karton in der Mitte des Wohnzimmers füllte sich mit wichtigen Papieren, während daneben ein Müllberg wuchs. Er machte keinen Hehl aus seiner Überraschung, als er der jungen Frau die Tür öffnete, zumal sie ausgesprochen erregt schien. Als Marion ihn ansah, wie er in grauer Jogginghose und dunkelgrünem Lacoste-Hemd vor ihr stand, mit nackten Füßen und von Staub und Druckerschwärze verschmutzten Fingern, empfand sie Scham. Sein Blick war offen, und alles in seinem ihr zugewandten Gesicht sagte Marion, daß dieser Mann nicht lügen konnte. Sie kam sich lächerlich vor mit ihren Fragen, die ihr die Kehle zuschnürten.

»Was ist denn los?« fragte er besorgt. »Ist etwas passiert?«

»Ja.«

»Verflucht noch mal. Kommen Sie, setzen Sie sich! Möchten Sie einen Tee, einen Kaffee?«

Sie lehnte mit einem Kopfschütteln ab, und anstatt sich einen Stuhl zu nehmen, begann sie, das Wohnzimmer mit großen Schritten zu durchmessen, wobei sie immer wieder über den Karton und den Papierhaufen steigen mußte.

»Nun sagen Sie doch, was los ist, Marion!«

Sie baute sich vor ihm auf und richtete ihren Zeigefinger auf seine Brust.

»Mein Vorname ist Edwige. Marion ist mein Familienname. Ich wollte Sie damit nicht behelligen, aber eigentlich gibt es keinen Grund dafür.«

Martin griff nach ihrem Finger und zog sie mit einem Ruck zu sich heran. Er lachte kurz auf, und sie spürte seine bebende Brust an ihrer Brust, spürte die warme Wölbung, die verheißungsvoll gegen ihren Bauch drückte. Vor Verwirrung bekam sie weiche Knie. Sie riß sich los.

»Ich habe gerade mit Judy Robin gesprochen«, sagte sie mit trockener Stimme. »Sie hat mir alles erzählt.«

Olivier erbleichte, die Freude wich jäh aus seinem Gesicht. Er vergrub die Fäuste in seiner Jogginghose.

»Aha.«

»Ich würde gern Ihre Version hören. Ich habe die Akte gelesen. Ihre Aussagen fehlen darin.«

Olivier Martin stieß einen traurigen Seufzer aus. Sein Blick schweifte durch das Zimmer, das er gerade leer räumte. Systematisch, so als suchte er einen Bezugspunkt, einen vertrauten Gegenstand, an den er sich klammern könnte, ehe er vor dieser Frau, die mit anklagender Miene vor ihm stand, sein Leben ausbreiten würde.

»Ich bin hier groß geworden«, sagte er schnell. »Mein Vater ist gestorben, als ich fünf Jahre alt war. Ich war Einzelkind, und meine Mutter hat mich mit ihrer Fürsorge erdrückt. Ich war ein lieber, folgsamer, fleißiger kleiner Junge. Aber für sie hat es nie gereicht. Ich habe alles versucht, um so zu sein, wie sie mich haben wollte, ›zu meinem Besten‹, wie sie sagte. Ohne Geschwister, an denen ich mich hätte messen können, blieb mir keine andere Wahl. Als dann Frauen in mein Leben traten, bin ich immer wieder an den gleichen Typus geraten wie meine Mutter. Ist Ihnen das schon einmal aufgefallen? Es ist ein unveränderliches Gesetz. Unsere Erziehung verankert ein Schema in unseren Köpfen und Herzen, dem wir unweigerlich folgen. Kurz und gut, ich war nicht in der Lage, einer Frau nein zu sagen. Als Judy Robin im Museum auftauchte, hat sie sich sofort auf mich gestürzt. Sie war gerade von einem älteren Mann verlassen worden, ich selbst steckte in einer nicht gerade einfachen Beziehung. Ich habe nicht nein gesagt. Da wir zusammen gearbeitet haben, war es bald die Hölle. Ich habe die Sache dann beendet, aber ich meine, das hätte ich Ihnen schon erzählt.«

»Und jetzt wollen Sie mir sagen, daß Judy verliebt in Sie war, sich nicht mit Ihrer Trennung abfinden konnte und Sie deshalb an einem Abend im Juli 1995 unter irgendeinem Vorwand zu sich gebeten hat. Sie hat sich auf Sie gestürzt. Sie haben nicht nachgegeben, sie hat sich aufgeregt. Sie wollten gehen, aber sie hat versucht, Sie daran zu hindern, und sich unter die Räder Ihres Geländewagens geworfen.«

Marion hielt inne und holte tief Luft. Olivier nickte mehrmals mit dem Kopf.

»Ja, so ähnlich war es wirklich. Nur daß Judy betrunken war und vollgestopft mit Beruhigungsmitteln, was sich nicht gut miteinander verträgt. Sie hat sich nicht aufgeregt, sie ist hysterisch geworden. Ich bin los, um Hilfe zu holen, weil sie sich weigerte, mitzukommen und auf mich zu hören, und ich hatte Angst, daß sie eine Dummheit machen würde.«

»Warum steht nichts von Ihren Erklärungen in der Akte?«

»Ich bin in der französischen Botschaft in Kigali vernommen worden. Der Bericht wurde nach Paris weitergeleitet. Was dann damit passiert ist, weiß ich nicht genau. Mein Anwalt hat mich darüber informiert, daß das Gericht vom Vorwurf der versuchten Tötung abgerückt sei. Es war nur noch von fahrlässiger Körperverletzung die Rede, und dann ist die Sache eingestellt worden. Die Versicherungen haben sich untereinander geeinigt.«

»Und Judy?«

»Ich habe mich nach ihrem Befinden erkundigt. Ich habe ihr geholfen, so gut ich konnte. Was hätte ich denn tun sollen? Sie heiraten?«

Marion sah prüfend in sein gramzerfurchtes Gesicht.

Eines Mannes Rede ist keines Mannes Rede, man muß sie hören alle beede, hätte ihre Mutter jetzt gesagt. Normalerweise hätte Marion dazu geneigt, der Justiz Vertrauen zu schenken, aber im Fall Patrie waren die Dinge so gelagert, daß größtes Mißtrauen angebracht war. Sie startete den nächsten Angriff:

»Judy behauptet, daß Sie an jenem Tag nach Afrika abgereist sind.«

»Nein. Einen Tag später. Ich konnte nichts für sie tun, sie war medizinisch bestens versorgt, und …«

»Sind Sie gegangen, weil all diese Dinge passiert sind oder um vor etwas anderem zu fliehen?«

»Weder noch. Ich verstehe nicht …«

Marion starrte ihn durchdringend an. Mal sehen, ob du die Wahrheit sagst, Martin …

»Judy behauptet, daß Sie sie dazu bringen wollten, eine falsche Zeugenaussage zu machen. Daß sie schwören sollte, den Tag mit Ihnen verbracht zu haben. Es war der 4. Juli 1995, wissen Sie noch?«

»Wie sollte ich das vergessen.«

Wie Judy.

»Ich verstehe nicht, was das soll … falsche Zeugenaussage …«, fügte er mit bekümmerter Miene hinzu.

»Ganz einfach: Judy glaubt, daß Sie etwas Schlimmes getan haben und aus diesem Grund nach Afrika geflüchtet sind.«

»Das ist absurd.«

»Ich wünsche mir nichts mehr, als Ihnen glauben zu können.«

Marions Stimme verriet, wie ernst ihr diese Worte waren. Olivier konnte nicht entgangen sein, was sie damit sagen wollte: Wenn du mir jetzt nicht die Wahrheit sagst, wird zwischen uns beiden niemals irgend etwas möglich sein …

»Ich bin nicht nach Afrika geflüchtet. Ich bin nach Afrika *abgereist*. Damit will ich sagen, daß meine Abreise seit langem geplant war. Seit mehreren Monaten. Ich hatte die Sache geheimgehalten, weil ich vorhatte, nicht allein zu reisen, und meine … Begleiterin war in einer schwierigen Situation.«

»Verheiratet?«

Er nickte. Er wurde immer bleicher und angespannter.

»War Judy auf dem laufenden?«

»Im Prinzip nicht. Aber sie hing ja an mir wie eine Klette, es kann sein, daß sie dahintergekommen ist. Als sie mich am Abend des 4. Juli angerufen hat, muß sie gewußt haben, daß ich vor der Abreise stand. Sie wollte versuchen, mich davon abzuhalten.«

»Warum waren Sie so aufgewühlt, Doktor Martin?«

»Weil ...«

Die Stimme versagte ihm. Er war so erschüttert, daß sich tiefe Linien in sein Gesicht gruben.

»... ich gerade einen Menschen verloren hatte, der mir teuer war. Sehr teuer.«

»Wen?«

»Meine Tochter.«

Marion war sprachlos. Sie wußte, was jetzt kommen würde, sie konnte es nicht fassen. Noch im selben Atemzug sagte sie:

»Lili-Rose?"

«Ja. Lili-Rose.«

60

»Martin ist Lili-Roses leiblicher Vater. Jeanne Patrie war seit fünf Jahren seine Geliebte. Ihr Verhältnis war geheim geblieben, weil Jeanne nicht recht wußte, wie sie sich entscheiden sollte. Wegen Mikaël, aber auch wegen ihres Mannes, an dem sie trotz allem hing. Jeanne ist in ihrer Kindheit mißhandelt worden, und Denis hat sie in gewisser Weise gerettet. Da Martin immer mehr zu einer Entscheidung drängte, hatte sie sich schließlich im Frühjahr 1995 dazu durchgerungen, für ihren Sohn einen Platz in einer entsprechenden Einrichtung zu suchen und mit ihrem Geliebten und der kleinen Lili-Rose wegzugehen. Ihre Wahl war auf Afrika gefallen, und Martin schrieb sich unter falschem Namen bei *Ärzte ohne Grenzen* ein, was auch erklärt, warum ich ihn auf der Liste nicht gefunden habe. Er mißtraute Denis Patrie, von Judy einmal ganz zu schweigen.«

Still und leise war die Nacht hereingebrochen, und Marion war noch immer so fassungslos, daß sie ganz vergessen hatte, in ihrem Büro das Licht anzuschalten. Talon zog mit einem Ruck an der Schnur der Tischlampe. Sie blinzelte und starrte ihren beiden Untergebenen abwechselnd ins Gesicht.

»Das ist doch verrückt, oder?«

»Ganz und gar nicht«, erwiderte Talon pragmatisch. »Das ist logisch. All diese Dinge, die Sie heute erfahren haben, hätte man vor fünf Jahren im Grunde gar nicht herausfinden können. Jeanne war aus dem Verkehr gezogen, Martin abgereist, Judy Robin im Krankenhaus, die Mädchen zu jung, Mikaël ohnehin zurückgeblieben ...«

Marion stützte den Kopf in die Hände.

»Vielleicht hatte Denis Patrie die Wahrheit über Lili-Roses leiblichen Vater herausgefunden. Womöglich hat er sich an der Kleinen vergriffen, um den Plan seiner Frau und ihres Geliebten zu vereiteln.«

»Dann glauben Sie also nicht mehr an die Schuld der Mutter oder des Bruders?«

Lavot hatte sich die gefalteten Hände auf den Bauch gelegt, der über den Gürtel seiner Jeans schwappte. Talon zog unauffällig die immer noch verschnupfte, juckende Nase hoch und rieb daran.

»Ich weiß nicht mehr«, gab Marion zu. »Wirklich, ich weiß nicht mehr, was ich denken soll. Ich fühle mich wie vor den Kopf geschlagen, völlig benebelt.«

Aus dem Gang drang ein fast schon vertrauter Schrei. Marion fuhr zusammen, während Lavot zu lachen begann.

»Tja«, sagte er, »das ist Ihre Schwester Jennifer. Sie ist wieder da.«

»Was soll das heißen, sie ist wieder da?«

»Die Streife hat sie aufgegriffen, als sie vor der Einfahrt zur Tiefgarage herumlungerte.«

»Ist sie identifiziert worden? Ich meine, hat sie Papiere?«

»Ich denke schon. Sie wohnt in einem Hotel am Bahnhof. Soll ich das mal überprüfen?«

»Ach was, ist mir doch völlig wurscht ... Sollen die Wachhabenden sich um sie kümmern. Wir haben zu tun.«

»Also, mich beschäftigt das schon«, sagte Talon mit ernster Miene. »Diese Schwester, die immer wieder aus der Versenkung auftaucht.«

»Mich nervt's nur«, versetzte Marion.

Sie wandte mürrisch den Kopf ab. Dabei fiel ihr Blick auf den Stoffteddy, den Nina aus dem Papierkorb gerettet hatte und der nun zwischen einem Strafgesetzbuch und einem Paar kaputter Handschellen auf seinem Regalbrett zu dösen schien.

Vielleicht sollte ich doch mal zu ihr gehen, dachte sie. Nur mal gucken, wie sie aussieht ...

»Ich habe ein paar der Ärzte ausfindig gemacht, die die Patrie-Kinder behandelt haben«, nahm Lavot den Faden wieder auf. »Gut möglich, daß Sie recht hatten. Jeanne war wirklich merkwürdig. Meistens brachte sie eins der Kinder, je nachdem, welches gerade krank war, beschrieb die Symptome und verlangte von dem Arzt, daß er ihre eigene Diagnose absegnete. In der Regel machten die Ärzte das Spielchen nicht mit, hatten aber keine Zeit, auch nur irgend etwas zu überprüfen, weil die Frau gleich wieder weg war und sich nie mehr blicken ließ. Ich habe nur einen gefunden, der mitgespielt hat. Aus Schwäche oder aus Überzeugung, keine Ahnung. Er ist nicht gerade stolz auf sich, ich hatte Mühe, ihn zu einem Treffen zu überreden ... Soll ich weitersuchen?«

»Ja, ja«, sagte Marion abwesend. »Suchen Sie weiter.«

»Sie haben von der Möglichkeit gesprochen, daß Denis

Patrie die beiden fertigmachen wollte«, sagte Talon und kämpfte dabei gegen einen heftigen Niesreiz an. »Aber Sie vergessen Martins Ex-Freundin, Judy Robin.«

»Und Ihren Doktor Martin«, ergänzte Lavot. »Ich finde sein Verhalten undurchsichtig. Warum hat er Ihnen erst heute etwas von dieser angeblichen Vaterschaft erzählt? Warum nicht, als Sie den Namen der Kleinen zum ersten Mal erwähnt haben? Wir sollten weiter in seiner Vergangenheit wühlen. Ich bin mir sicher, daß er etwas verheimlicht.«

Talon war derselben Ansicht wie sein Kollege und fügte sogar noch hinzu:

»Ich werde mal bei *Ärzte ohne Grenzen* nachfragen, vielleicht hat er Ihnen einen Bären aufgebunden. Welchen Decknamen benutzt er?«

Marion wurde bewußt, daß sie vergessen hatte, ihn danach zu fragen, worauf Talon erwiderte, daß man ihm schon weiterhelfen würde. Marion beugte sich zu den beiden vor.

»Sehen Sie, jetzt können Sie meinen verworrenen Theorien doch etwas abgewinnen ...«

Als die beiden Beamten gegangen waren und in den langen Gängen der Kripo wieder Stille eingekehrt war, nahm Marion den zerschlissenen Teddy und ging langsam zum Ende des Gangs. Die grauhaarige Frau war nicht mehr da. Ein Wärter, der gerade die Runde machte, um in den Büros das Licht zu löschen, erklärte ihr, daß Jennifer unten in die Ausnüchterungszelle gebracht worden sei.

Der Wunsch, mehr über diese hartnäckige »Schwester« zu erfahren, trieb Marion dazu, in den Keller hinabzusteigen, wo sich die Ausnüchterungszellen befanden. Dort unten war es kühl und feucht, aus den Wänden sickerte schmutziges Wasser. Beim Anblick der aneinandergereihten, mit riesigen Metallriegeln versperrten Türen, auf die nur ein paar funzelige Lämpchen ihr gelbes Licht warfen, hätte jeder Laie eine

Gänsehaut bekommen. Marion war daran gewöhnt. Trotzdem erschauerte sie, als der Wärter das klappernde Schloß öffnete. Jennifer, die Frau mit den grauen Haaren, hatte eine schwarze Mütze auf dem Kopf. Mit auf die Brust gesunkenem Kinn, die Arme um die Beine geschlungen, kauerte sie in einer Ecke und schlief tief und fest. Aus ihrem Mund drang ein leises Schnarchen, und als Marion sich über sie beugte, war sie auf die üblichen Ausdünstungen gefaßt, den Geruch nach billigem Wein, Erbrochenem und Urin, doch statt dessen umwehte ihre Nase ein leichter Geruch nach geronnener Milch und Jasmin, der Marion verwirrte. Sie betrachtete die schlafende Frau aufmerksam, suchte nach einem Hinweis, einer Ähnlichkeit. Eine Schwester! Was hätte sie in diesem Augenblick dafür gegeben, eine Schwester zu haben, ein zweites Selbst, das ihr ähnlich wäre und dabei doch ein anderer Mensch. Aber Jennifer schlief, unnahbar und unerreichbar.

Vorsichtig legte Marion ihr den Stoffbären auf die aneinandergedrückten Knie.

61

Zu Hause wurde Marion vom Flimmern des Fernsehers empfangen. Dumpfe Detonationen, das Platschen von Körpern, die in bunt schillernde Sümpfe fielen, eine Geräuschkulisse wie die eines Science-fiction-Films. Und davor Nina, mit durchgedrücktem Rücken im Schneidersitz. Sie hatte nicht einmal gehört, daß ihre Mutter hereingekommen war. Vor Konzentration wie hypnotisiert, entfuhr ihr hin und wieder ein leiser Aufschrei, doch Lara Croft auf dem Bildschirm ließ sich nicht unterkriegen, sondern bahnte sich, jedem Hindernis und jeder Gefahr trotzend, unaufhaltsam ihren Weg. Offensichtlich war Talon am Spätnachmittag noch vorbeigekommen.

Auf dem Sofa, im Halbschlaf in sich zusammengesunken,

saß Lisette, mit einem alten braunen Schlafsack über den Beinen, den Marion in ihrer Kindheit benutzt hatte, wenn sie als Pfadfinderin im Morvan war. Wie oft hatte sie dieses alte Ding schon wegwerfen wollen. Als sie hüstelte, um Nina auf sich aufmerksam zu machen, fuhr das Kind zusammen.

»Mann, hast du mir einen Schrecken eingejagt! Oh, Scheiße!«

»Nina!«

»Aber guck doch mal, wegen dir bin ich nicht durch die Flammen gekommen. Jetzt muß ich wieder ganz von vorn anfangen.«

»Ich glaube, du mußt dich vor allem mit dem Gedanken an dein Bett vertraut machen.«

»Och nein, Mami, nur noch einmal. Ich zeig dir einmal, wie das geht, und dann gehe ich ins Bett.«

»Einverstanden«, sagte Marion und setzte sich neben sie.

Lara Croft begann wieder hin und her zu springen, die Taille eingeschnürt zwischen ihrem stattlichen Busen und dem runden Gesäß, von oben bis unten mit Gewehren behängt. Marion runzelte die Stirn. Mit Talon würde sie noch ein ernstes Wörtchen reden. Lara erklomm Mauern, räumte Monster aus dem Weg, wich schnaubenden, abscheulichen Gorillas aus. Mit erstaunlichem Geschick lenkte Nina sie über verminte Brücken und scheinbar unüberwindliche Mauern. Ihre Waffen spien lange, fluoreszierende Flammen aus. Eine Zugbrücke ging hoch. Aus dem mit grünem Wasser gefüllten Graben sprangen weitere Monster hervor. Nina war eine Etappe weiter und ganz aus dem Häuschen.

»Jaah! So weit war ich noch nie. Du bringst mir Glück, Marion!«

Manchmal, aus welchem Grund auch immer, vergaß Nina, Marion Mama zu nennen. Sie konzentrierte sich, drückte mehrmals auf die Tasten, und schon öffnete sich eine Tür, die in einen Garten führte. Bäume, ein Bächlein, ein Brunnen. Lara, mit einer Waffe in der Hand. Nina erstarrte. Lara ebenfalls, und zwar den Bruchteil einer Sekunde zu lang. Das Monster, das aus dem Brunnen emporgetaucht war, versetzte ihr einen solchen Hieb, daß sie kopfüber ins Wasser geschleudert wurde und sofort darin versank.

Nina starrte geistesabwesend auf den Bildschirm.

»Ninchen, jetzt aber ab ins Bett«, mahnte Marion. »Morgen ist Mittwoch, da mußt du nicht in die Schule und kannst weiterspielen.«

Nina war ganz in Gedanken.

»Ich hatte eben so ein komisches Gefühl ...«

»Das ist normal, schließlich bist du so etwas nicht gewöhnt. Mir wäre lieber gewesen, Talon hätte dir ein anderes Spiel geliehen.«

»Ich wollte aber das hier. Und außerdem meinte ich das gar nicht ...«

»Was meintest du denn?« fragte Marion und erhob sich, während Lisette, durch ihre Stimmen geweckt, langsam zu sich kam.

»Das eben hat mich an den Garten von Lili-Rose erinnert ...«

Marion wandte sich zu Nina um, die vor lauter Anstrengung, die Bilder aus ihrer frühesten Kindheit zu neuem Leben zu erwecken, die Stirn in Falten legte.

»In dem Garten war eine Frau«, murmelte sie schließlich.

»Du hast gesagt, ein Mann ...«

»Ein Mann und eine Frau. Sie war wie Lara, mit braunen, langen Haaren, und sie hatte eine Waffe in der Hand.«

»Sie sollten Nina mit dieser Geschichte in Ruhe lassen ...«

Lisette schlang sich vor dem Flurspiegel ihr Tuch um. Marion bügelte in der Küche ein Sweatshirt und eine Jeans für Nina. Durch die häufigen Regengüsse war es kühler geworden.

Die T-Shirt- und Kurze-Hosen-Zeit war jetzt endgültig vorbei, und Marion mußte sich dringend um Ninas Herbstgarderobe kümmern.

»Diese Erinnerungen bringen sie wirklich durcheinander«, beharrte die Großmutter.

Aus dem Bügeleisen drang eine Dampfwolke. Marion sah zu Lisette auf, während sie mit der flachen Hand einen Ärmel glattstrich.

»Heute abend habe ich das Thema nicht angeschnitten. Sie ist selbst …«

»Natürlich«, fiel Lisette ihr ins Wort. »Aber nichtsdestotrotz denkt sie viel zu oft daran.«

Die aufleuchtenden Scheinwerfer des Taxis ließen die Wassertropfen glitzern, die an den Scheiben der Tür hingen.

»Bringen Sie mir Nina morgen früh?« fragte Lisette, die Hand auf der Türklinke.

»Nein, nicht so früh, ich will erst noch ein bißchen herumtrödeln …«

Womit Marion sagen wollte: aufräumen, eine Waschmaschine machen, Nina helfen, ihre Sachen für die Schule zu packen, überprüfen, ob sie alles hatte, was auf den Listen stand, die Hausaufgaben nachsehen …

»So um halb zehn? Ist das in Ordnung? Am frühen Nachmittag hole ich sie wieder ab …«

»Ach, so … Aber wir wollten doch zu dritt ins Kino gehen!«

»Ich habe eine andere Idee.«

62

Nina saß schmollend auf dem Rücksitz.

»Wir wollten doch *Taxi 2* sehen, zusammen mit Omi … Warum machen wir das jetzt doch nicht?«

Als Marion ihre Tochter schließlich aufklärte, ging das Mädchen an die Decke.

»O nein!« schrie sie auf, während ihr das Blut in die Wangen schoß. »Nicht ins Museum! Das kann ich nicht ausstehen. Da stinkt es, und es ist überhaupt nicht schön.«

»Du machst wohl Witze, Nina! Ich glaube, wir meinen nicht dasselbe. Du wirst sehen, da gibt es schöne Mumien ...«

»Deine Mumien sind mir wurscht.«

»Nach dem Mittagessen sehen wir uns schnell mal ein bißchen dort um, nicht lange, das verspreche ich dir. Und dann gehen wir ins Kino ... Einverstanden?«

63

Talon trommelte mit den Fingern auf das Lenkrad des Peugeots, als klimperte er eine geheimnisvolle Melodie. Von Lavot, der auf der Rückbank *Le Progrès de Lyon* las, war von Zeit zu Zeit ein Ausruf der Überraschung oder Empörung zu hören. Marion starrte gedankenverloren auf die Tür der Haftanstalt Saint-Paul.

Um 10 Uhr 15 trällerte ihr Handy *Amazing Grace*. Sie nahm den Anruf an, lauschte, bedankte sich, schaltete das Gerät wieder aus.

»Er kommt«, verkündete sie.

Denis Patrie zappelte seit einer guten Viertelstunde auf seinem Stuhl herum. Sein Haar war kurzgeschnitten und das Gesicht kaum noch geschwollen oder gerötet, nur die Haut war auch nach einem Monat Haft noch deutlich vom Alkoholmißbrauch gezeichnet.

Lavot hatte sich, auf den Schreibtisch gestützt, vor ihm aufgebaut und hoffte, Eindruck auf ihn zu machen.

»Er fühlt sich nicht wohl in seiner Haut«, flüsterte Talon Marion ins Ohr, die sich etwas abseits hielt.

Denis Patrie drehte sich abrupt zu ihnen um. Er schien kein bißchen beeindruckt.

»Ich muß mal pissen«, sagte er.

Es brauchte einen starken Kaffee, um ihn aus dem apathischen Zustand zu reißen, der einen Schleier über seine blutunterlaufenen Augen gelegt hatte. Als Marion schließlich das Thema des Tages anschnitt, schien er ehrlich überrascht.

»Lili-Rose? Sie haben mich verhaftet, um mit mir über Lili-Rose zu reden?«

Er hatte »verhaftet« gesagt, wie Talon eilig notierte. Denis Patrie sank erleichtert auf seinem Stuhl zurück. Er hatte nicht eine Sekunde daran gedacht, daß seine verstorbene Tochter die Polizei noch interessieren könnte.

Marion erläuterte ihre Vorgehensweise, ihre Verdachtsmomente und die Rolle, die die verschiedenen Beteiligten womöglich gespielt hatten, ohne den Ausgangspunkt der neuerlichen Ermittlungen preiszugeben: die roten Kinderschuhe. Sie begnügte sich damit, Denis Patrie zu fragen, ob er manchmal noch auf seinen alten Bauernhof fuhr.

»Warum sollte ich? Das ist alles aus und vorbei.«

Als sie auf Jeanne und ihr merkwürdiges, allzu gluckenhaftes Verhalten gegenüber Mikaël und Lili-Rose zu sprechen kam, richtete er sich auf seinem Stuhl auf.

»Was wollen Sie damit sagen? Meine Frau hat ihre Kinder über alles geliebt.«

Marions Argumente wollten nicht in seinen dicken Schädel. Falls Jeanne wirklich eine Mutter gewesen war, die ihre Kinder mißhandelte, hatte sie es auf subtile Weise getan. Ihr Mann jedenfalls hatte nichts gemerkt oder nichts merken wollen. Er räumte lediglich ein, daß die Kinder oft krank gewesen seien und Jeanne zeitweise deprimiert, was er auf ihre starke Belastung zurückführte. Seit sie in die geschlossene Anstalt eingewiesen worden war, hatte er sie nicht mehr gesehen und lebte von der Hand in den Mund, gemeinsam mit Freunden, die die wilden Versprechungen des Jahres '68 genauso schlecht verkraftet hatten wie er. Bei dieser Anspielung auf das Haus in der Rue des Haies warf er Talon einen Blick zu, in dem doch wieder Sorge stand. So als hätte er in ihm den Gegner identifiziert, von dem ihm José Baldur im Knast erzählt hatte. Lavot war hinausgegangen, um einen Kaffee zu trinken, und kam und kam nicht zurück.

Marion lenkte Denis Patries Aufmerksamkeit wieder auf ihren Fall, indem sie Olivier Martin erwähnte.

»Dieser kleine Quacksalber!« zischte er verächtlich. »Ehe er ans Museum kam, war er Arzt bei SOS. Auf die Weise haben wir ihn kennengelernt ... Eines Tages ist er bei uns aufgetaucht, wegen der Kinder. Ich weiß, was Sie denken, aber das ist Kokolores. Jeanne hat nie mit ihm geschlafen ...«

»Doktor Martin behauptet das Gegenteil. Er sagt außerdem, daß Lili-Rose von ihm war.«

Denis rutschte auf seinem Stuhl hin und her.

»Von diesem blödsinnigen Quatsch habe ich schon gehört. Aber Lili-Rose ist *meine* Tochter. Das kann ich beweisen.«

»Und wie?«

»Ich habe einen Vaterschaftstest machen lassen. Ich wollte nicht, daß dieser aufgeblasene Spießer irgendwann auf die Idee kommt, Anspruch auf sie zu erheben ...«

Marion spürte einen Stich unterhalb des Brustbeins. Denis Patries Worte hallten in ihrem Kopf wider wie das Echo ihrer eigenen Geschichte.

»Und warum haben Sie nichts davon gesagt, als Lili-Rose gestorben ist?« fragte sie, krampfhaft um einen neutralen Ton bemüht.

»Mich hat ja keiner danach gefragt. Ich hatte Jeanne fest

versprochen, darüber zu schweigen, und wollte nicht, daß diese Phantastereien sich herumsprechen.«

»Dabei haben Sie doch eigentlich großzügige Ansichten zum Thema freie Liebe ...« Talon hatte sich die Bemerkung nicht verbeißen können.

Marion stoppte ihn mit einem eisigen Blick. Mit verschränkten Armen baute sie sich vor Denis auf.

»Wußten Sie, daß Jeanne vorhatte, mit ihm wegzugehen? Und Lili-Rose mitzunehmen?«

»Ammenmärchen!« rief Denis aus. »Hat er Ihnen diese Scheiße erzählt? Verflucht noch mal, wenn ich den zwischen die Finger kriege!«

»Ist das wahr?«

Denis Patrie reckte den Hals, und Marion stieg sein Geruch in die Nase, eine Mischung aus billiger Seife und ungewaschenem Haar. Sie wich zurück und wiederholte ihre Frage.

»Nein!« schrie Denis. »Wahr ist, daß dieses Arschloch nicht einsehen konnte, daß Jeanne nichts mit ihm zu tun haben wollte. Er hatte sich schon vor Jahren in sie verknallt. Er ließ einfach nicht locker, das war unglaublich. Als wäre er besessen von dieser Idee. Dieser miese, kleine Spießer konnte sich nicht vorstellen, daß sie lieber mit mir zusammen war. Schließlich wollte er sie zwingen, mit ihm zu gehen ...«

»Jeanne war bereit dazu. Sie suchte nach einem Platz für Mikaël ...«

Denis schüttelte heftig den Kopf und begann zu lachen.

»Das ist ja wohl nicht Ihr Ernst! *Ich* wollte ihn in einem Heim unterbringen. Er wurde zu ... schwierig. Jeanne war nicht einverstanden.«

»Soll das heißen, daß er gewalttätig war? Gegenüber seiner kleinen Schwester?«

Er sah Marion erst aus den Augenwinkeln an, dann musterte er sie ein paar Sekunden lang unverhohlen, um zu begreifen, worauf sie hinauswollte.

»Hören Sie«, sagte er schließlich. »Sie sind auf dem falschen Dampfer. Ich weiß nicht, was mit Lili-Rose passiert ist. Ich war nicht da und habe nichts gesehen. Ich weiß nur eins: Martin ist an diesem Tag auf den Hof gekommen. Das hat mir Jeanne zwei oder drei Tage später gesagt.«

»Und Sie haben es nicht für richtig gehalten, uns darüber zu informieren?«

»Ich dachte, sie würde dummes Zeug reden. Die haben sie doch mit Beruhigungsmitteln vollgestopft, sie war völlig benommen, und mir ging es selbst so beschissen, daß ich am liebsten gestorben wäre. Alles andere …«

»Ich verstehe … Wann soll er denn dagewesen sein? Und was wollte er?«

»Jeanne dazu zwingen, mit ihm wegzugehen. Benutzt hat er dafür …«

»Lili-Rose?«

Er nickte. Marion wartete einen Moment. Als nichts mehr kam, fragte sie:

»Was hat er getan?«

»Was er getan hat, weiß ich nicht, aber ich bin mir sicher, was er tun wollte …«

Wieder hielt er inne, es war zum Verzweifeln. Marion wollte ihn gerade auffordern weiterzusprechen, da kam er ihr zuvor:

»Er wollte, daß Jeanne mit ihm weggeht. Er wollte sie für sich haben. Er ist an diesem Tag gekommen. Er hat ihr damit gedroht, Lili-Rose etwas anzutun, wenn sie sich ihm weiter verweigern würde … Sie hat ihm ins Gesicht gelacht. Er hat Rache geschworen.«

»Wollen Sie damit sagen, daß er vorhatte, Lili-Rose zu entführen oder so etwas?«

»Ich sage nur, was ich weiß: Er kam nicht in der Absicht, die

Kleine zu entführen. Er hat zu Jeanne gesagt, wenn sie nicht nachgibt, bringt er Lili-Rose um.«

Lavot tauchte wieder auf, mit einem Blatt Papier in der Hand. Marion sah von weitem, daß es sich um eine Vermißtenmeldung handelte. Sie deutete mit dem Kinn auf Denis Patrie.

»Er gehört Ihnen«, sagte sie zu Talon.

»Hier«, rief Lavot mit puterrotem Gesicht aus, »werfen Sie mal ein Glupschauge darauf!«

Marion nahm ihm das Blatt zerstreut aus der Hand. Sie dachte über Denis Patries Aussage nach und wußte wieder nicht, was sie davon halten sollte. Auch er machte einen so aufrichtigen Eindruck. Genau wie Olivier beanspruchte er, Lili-Roses leiblicher Vater zu sein.

»Suchen Sie den Beweis für seine Behauptung«, sagte sie zu Lavot, während sie auf ihr Büro zusteuerte. »Wenn diese Genanalysen gemacht worden sind, müssen die Ergebnisse ja irgendwo zu finden sein.«

»Ich lasse ihn mal ein bißchen mit Talon allein«, erwiderte der Beamte. »Aber werfen Sie doch mal einen Blick …«

»Ich würde zu gern wissen, wer damals mit Nina und Lili-Rose in dem Garten war«, murmelte Marion nachdenklich. »Nina redet von einer braunhaarigen Frau, die so ähnlich aussieht wie Lara …«

»Lara?« wunderte sich Lavot. »Wer ist denn das schon wieder?«

»Eine Freundin von Talon …«

»Talon, eine Freundin? Das ist ja ganz was Neues! Da müssen Sie sich irren.«

»Ich möchte, daß Sie etwas für mich tun, Lavot …«

»Natürlich, Chef!«

»Fragen Sie beim Erkennungsdienst nach, ob dort die Fingerabdrücke von Judy Robin gespeichert sind, und wenn ja, lassen Sie abklären, ob sie mit den Fingerabdrücken auf dem Springseil übereinstimmen ...«

Sie blieb abrupt stehen und schwankte. Lavot stürzte zu ihr, denn es sah so aus, als würde sie jeden Moment zusammenbrechen. Auf ihrer Oberlippe standen Schweißperlen, und sie setzte sich mit starrem Blick auf den nächsten Stuhl. Der Schmerz in der Leistengegend, der zeitweilig in den Hintergrund getreten war, nutzte die Gunst der Stunde und machte sich wieder heftig bemerkbar. Wie ein Dolchstich.

»Verflixt noch mal!« murmelte sie und hielt sich den Bauch.

»Es ist noch viel zu früh«, sagte Lavot.

»Zu früh? Wofür?«

»Für die Wehen. Sie sollten den Rat vom Boß befolgen und sich Urlaub nehmen.

Lavot konnte nicht ahnen, warum es Marion gerade umgehauen hatte wie einen schlechten Boxer, der den Schlag nicht kommen sah. Nina hatte »geträumt«, daß Olivier Martin in dem Garten gewesen war. Und Mikaël hatte in seiner verstümmelten Sprache gesagt ... Was hatte er noch gesagt?

»Ich, Lili-Rose, mach hin ...« Hatte er wirklich »mach hin« gesagt? Oder war es seine durch den Sprachfehler deformierte Weise, »Martin« zu sagen?

»Olivier Martin« flüsterte sie. »Er war da, im Garten. Denis hat es auch gesagt, sie können nicht alle drei davon geträumt haben ... O mein Gott!«

»Ich habe Ihnen doch von Anfang an gesagt, daß Ihr Medizinmann nicht ganz hasenrein ist«, rief Lavot aus. »Und ich täusche mich selten. Wollen Sie, daß ich seine Pfoten auch gleich überprüfen lasse?«

»Hat das AFIS schon erledigt ... Ohne Ergebnis.«

»Man könnte es noch einmal manuell versuchen.«

»Wenn Sie meinen.«

Lavot drückte Marion, die schon wieder aufgestanden war,

auf ihren Stuhl zurück, damit sie nicht doch noch in Ohnmacht fiel.

»Sie sollten das hier aber trotzdem mal lesen.«

Er deutete auf das von ihm mitgebrachte Blatt Papier, das Marion auf einen der Himalaya-hohen Aktenberge in ihrem Büro gelegt hatte, ohne einen Blick darauf zu werfen. Sie nahm es in die Hand und sprang auf, kaum daß sie die ersten Zeilen gelesen hatte.

Es war tatsächlich eine Vermißtenmeldung. Sie betraf Jeanne Patrie, die aus der psychiatrischen Klinik entwichen war. Die Umstände waren unklar, das Datum ungenau. Auf der Rückseite befand sich die vergrößerte Fotokopie eines aktuellen Fotos der Frau, von der es hieß, daß sie »gefährlich für sich selbst und andere« sein könne. Die Qualität des Fotos war schlecht, der Abzug viel zu dunkel, aber es gab keinen Zweifel: Diese Frau mit dem kurz geschorenen Haar und dem verstörten Blick war Jennifer, Marions angebliche Schwester. Jennifer war Jeanne Patrie.

64

Professor Gentil machte kein Geheimnis mehr aus Jeannes Flucht. Ja, die Geschichte schien ihn nicht einmal übermäßig zu beunruhigen.

»Sie ist apathisch, und sie hat Medikamente«, erwiderte er, als Marion ihrer Verwunderung Ausdruck verlieh. »Sie kann auf die gleiche Weise hinausgelangt sein, wie Sie hereingekommen sind, Frau Kommissarin. Durch einen Trick.«

Marion errötete. Dann war Professor Gentil also gar nicht auf sie hereingefallen. Aber warum hatte er sie dennoch gewähren lassen? Da er keinerlei Bereitschaft signalisierte, darüber zu sprechen, verbiß sie sich die Frage.

»Sie war schon ausgebrochen, als ich das erste Mal gekommen bin, habe ich recht?« sagte sie nur. »Wissen Sie, daß ich hinterher darauf gekommen bin? Die Frau in der Zelle, die Sie mir gezeigt haben, war viel kleiner als Jeanne, und eine apathische Patientin hätte man nicht zu fesseln brauchen …«

Er nickte leicht. Dann trat er ans Fenster und ließ seinen Blick über den Gitterzaun und die Bäume schweifen. Auf den Wegen lag nasses Laub, und der verhangene Himmel versprach nichts Gutes.

»Warum diese Inszenierung, Professor?«

»Ich hielt es für wenig sinnvoll, die Polizei einzuschalten, denn ich glaubte, daß sie sehr schnell zurückkommen würde. Wissen Sie, diese Klinik bedeutet ihr viel, sie fühlt sich hier in Sicherheit.«

»In der Vermißtenmeldung wird behauptet, sie sei gefährlich …«

»Das ist eine Floskel. Sie ist unberechenbar, aber wenn sie schnell genug zurückkommt, wird nichts passieren.«

»Ich hoffe für Sie, daß *ihr* nichts passieren wird.«

Er breitete die Arme aus. Diese Geste und der leere Blick hinter den Brillengläsern bedeuteten wohl, daß nun eben die Polizei ihre Arbeit tun sollte.

Als Marion sich gerade verabschieden wollte, fiel ihr noch etwas ein.

»Ach ja, Professor Gentil. Hat Jeanne eigentlich Besuch bekommen?«

Er dachte kurz nach.

»Nein, nie.«

Die Antwort kam zu schnell, und wieder hatte Marion das unangenehme Gefühl, daß er sie anlog.

»Sind Sie sicher? Ihr Mann, Freunde?«

»Hmm … Am Anfang kam ihr Psychiater, oder der Psychiater ihrer Kinder, ich weiß nicht mehr. Da müssen Sie Andrée fragen.«

Die Oberschwester hatte ein besseres Gedächtnis. Sie erklärte, daß Jeanne zu Beginn ihres Aufenthalts ein paarmal Besuch von einem Arzt bekommen habe, der sie vor der Einweisung betreut hatte. Jeanne erkannte ihn nicht wieder, aber sie erkannte niemanden wieder. Als sie jedoch weiter keinerlei Reaktion zeigte, war er schließlich nicht mehr gekommen. Andrée wußte weder seinen Namen, noch wie er aussah. Aber sie versprach, sich zu erkundigen. An so einem Ort hinterließ jeder Besucher Spuren.

65

Olivier Martin ging nicht ans Telefon; sein Anrufbeantworter ließ verlauten, daß er für ein paar Tage verreist sei. Bei ihren wiederholten Versuchen, ihn zu erreichen, tat Marion etwas, das sie verabscheute, wenn es ihr selbst passierte: Sie hängte auf, ohne eine Nachricht zu hinterlassen. Die Erinnerung an ihre Begegnung vor der psychiatrischen Klinik war auf einen Schlag wieder wach geworden. Der leise Verdacht, der ihr damals gekommen war, schien sich nun zu erhärten: Olivier hatte sie angelogen, als er behauptete, ihretwegen gekommen zu sein. Eigentlich hatte sie keinen Zweifel mehr daran, daß er gekommen war, um Jeanne zu sehen. Ob man ihm gesagt hatte, daß sie weggelaufen war? Ob er dieser geheimnisvolle Seelenklempner war, der sie damals besucht hatte? Marion war keineswegs überrascht, als sie erfuhr, daß man in dem von Jennifer-Jeanne angegebenen Hotel noch nie von ihr gehört hatte. Der Nachtportier meinte zwar, sie auf dem Foto der Vermißtenmeldung irgendwie wiederzuerkennen, aber die genauen Daten ihrer Aufenthalte wußte er nicht.

»Sie ist apathisch«, hatte Professor Gentil gesagt. »Unauffälliger als ein Gespenst. Manchmal vergißt man völlig, daß sie da ist …«

Marion hatte in Bahnhofsnähe angehalten, um darüber nachzudenken, was die Flucht von Jeanne Patrie zu bedeuten hatte. Eine Hypothese drängte sich auf: Jeanne konnte der Bote sein, der ihr die Kinderschuhe gebracht hatte. Aber wie waren sie in ihren Besitz gelangt? Und warum versteckte sie sich? Warum diese Inszenierung? Warum zeigte sie sich nicht? Was heckte sie in ihrem gestörten Hirn aus?

Sie hatte sich einfach in Luft aufgelöst.

Mit einer langsamen Handbewegung griff Marion nach dem Mikrophon ihres Funkgeräts und gab ihrer Dienststelle die Anweisung durch, alle Polizeistreifen auf die Suche nach einem Gespenst mit grauen Haaren zu schicken. Und zwar schnell.

66

Nina gab sich nicht die geringste Mühe, auch nur einen Anflug von Interesse für das zu zeigen, was Marion ihr erklärte. Anstatt die menschliche Mumie, um die es gerade ging, auch nur eines Blickes zu würdigen, hielt sie sich an den Riemen ihres merkwürdig aufgeblähten Rucksacks fest und dachte an den bevorstehenden Kinobesuch; die Ungeduld stand ihr ins Gesicht geschrieben.

»Wo gehen wir hin?« wollte die Kleine wissen.

Die zweiflügelige Tür war abgeschlossen. Ein mit Tesafilm daran befestigter Zettel informierte darüber, daß die Bibliothekarin nicht da sei.

Enttäuscht ließ sich Marion von ihrer plötzlich zu neuem Leben erwachten Tochter fortziehen. Nina hatte wieder Hoffnung geschöpft, doch noch rechtzeitig zur ersten Nachmittagsvorstellung das Kino im Stadtteil Part-Dieu zu erreichen. Da trat ihnen Bigot in den Weg.

»Ich hatte mir doch gedacht, daß Sie das sind!« rief er

aus. »Wenn Sie nicht aufpassen, schlagen Sie noch Wurzeln hier …«

Seine roten Augen trieften vor Neugier. Marion schenkte ihm ein schwaches Lächeln, während Nina sie energisch weiter Richtung Ausgang zog.

»Falls Sie Judy suchen«, fügte Bigot umsichtig hinzu, »die ist gegenüber …«

Er deutete auf die andere Straßenseite, wo sich das Gebäude mit dem Laboratorium der Abteilung Vögel und Säugetiere befand. Marion dankte ihm mit einem Kopfnicken und entfernte sich rasch, um seinen Rotweinausdünstungen zu entfliehen.

»Unten, in der Taxidermie«, rief er ihr noch hinterher.

»Ich finde es schrecklich hier!« empörte sich Nina, als Marion an der Tür des Labors klingelte. »Ich bin früher, mit der Mama von Lili-Rose, auch nicht gern hergekommen …«

»Warum? Wegen der Tiere?«

»Nein, ich weiß nicht warum … Ich finde es eben schrecklich hier. Komm, wir gehen wieder!«

»Nur eine Minute«, beschwor Marion sie.

Die Tür ging auf, und vor ihnen stand der junge, zerzauste Taxidermist, der Marion auch beim ersten Mal hereingelassen hatte; er schien hocherfreut über ihren Besuch. Von ein paar besessenen Forschern einmal abgesehen, verirrten sich nicht gerade häufig Besucher in diese Räume, die nach altem Kohl und verdorbenem Fleisch rochen. Nina rümpfte die Nase. Marion setzte ein breites Lächeln auf.

»Meine Tochter wollte so gerne einmal Ihr Labor besichtigen … Sie interessiert sich unheimlich für Ihre Arbeit und …«

Wütend kniff Nina ihr in den Po, worauf Marion beinahe laut aufgelacht hätte. In Begleitung des Taxidermisten durchquerten sie den ersten Raum; als sie den zweiten Raum betraten, an dessen Wänden sich die Schubladen mit den gesammelten Vögeln und Kleinst-Säugetieren aneinanderreihten, sahen sie plötzlich Judy. Mit dem Rücken zu ihnen saß sie gekrümmt an einem Tisch, vor sich eine Reihe von winzigen, aufgeschlitzten Nagetieren. Sie wandte ihnen ihr Gesicht zu. Es war fahl und tränenüberströmt. Judy weinte lautlos, unfähig, auch nur ein Wort zu sagen.

»Seit dem Unfall war sie nicht mehr hier, heute ist das erste Mal«, flüsterte der Taxidermist, der selbst ganz aufgewühlt war. »Das nimmt sie natürlich ziemlich mit ...«

Judy wischte sich mit dem Ärmel die Tränen ab, und Marion sah, daß Nina auf sie zugegangen war. Mit ihren starr auf den Rollstuhl gehefteten Augen sah sie aus, als wäre sie einem Gespenst begegnet.

»Was ist dir passiert?« fragte sie in merkwürdigem Ton, den Blick nun fest auf Judy gerichtet. Die junge Frau zuckte die Achseln; mit ihrem gesunden Arm betätigte sie die Steuerung des Rollstuhls, machte eine Kehrtwendung und rollte zum anderen Ende des Raums.

»Hast du sie schon einmal gesehen?« flüsterte Marion, zu Nina gebeugt.

»Ich bin mir nicht sicher ...«, sagte die Kleine geistesabwesend, ohne den Blick von Judys Gefährt zu lösen, dessen penetrantes Surren Marion in den Ohren klang.

»Warte hier auf mich, ich bin sofort wieder da.«

Marion erreichte Judy vor dem Tisch, an dem sie Jahre zuvor unter Anleitung von Martin gewirkt hatte. Marion konnte ihr Gesicht nicht sehen, aber ihre zuckenden Schultern verrieten, wie aufgewühlt sie war. Während sie mit der linken Hand die Steuerung des Rollstuhls umklammerte, schrie sie lautlos ihren Kummer hinaus. Am Rand des Tisches lag ein in bunte Fäden gewickelter Nachtvogel. Judy streckte ihre gesunde Hand aus und streichelte zitternd über seine Federn. Marion wagte es nicht, sie anzusprechen, und kehrte auf Zehenspitzen um.

Nina war schon wieder in dem ersten Raum, wo Marion sie mit dem Taxidermisten plaudern hörte. Als sie die beiden entdeckte, sah sie, daß sie eine Reihe von Fotos betrachteten, die einen Teil der Wand einnahmen.

»Siehst du«, sagte der Mann freundlich, »das ist der erste Arbeitsschritt. Man schneidet die Haut auf und nimmt das Tier aus.«

»Tötest du sie?«

»Nein, sie sind schon tot. Die Insekten werden manchmal mit Chloroform eingeschläfert …«

»Was ist das?«

»Eine Flüssigkeit, die entsteht, wenn man Chlor und Alkohol miteinander vermischt. Ein Betäubungsmittel.«

»Ah!«

Sie betrachteten die folgenden Bildtafeln, und Nina, die sich anfangs so gesträubt hatte, machte nun einen fast interessierten Eindruck. Das Surren des elektrischen Motors ließ Marion vermuten, daß Judy zurückkam, doch als sie sich umdrehte, war nichts von ihr zu sehen.

»Wer sind diese Leute?« rief Nina aus. »Oh, den kenne ich, das ist der Doktor …«

Ihre Miene verfinsterte sich. Der Taxidermist trat näher an das Foto heran.

»Das ist Doktor Martin und sein Team«, sagte er voller Stolz. »Siehst du den jungen Grünschnabel da? Das bin ich! Das war während meines ersten Praktikums.«

Nina betrachtete das Foto mit gerunzelter Stirn, dann ging sie langsam zum nächsten. Marion folgte ihr aufmerksam. Das Bild zeigte Olivier Martin in Begleitung einer schönen jungen Frau mit langem, dunklem Haar. Zwischen den beiden hing, von jedem an einem Flügel gehalten, ein riesiger Vogel, dessen Schnabel den Boden berührte.

»Das ist ein Kondor aus Lateinamerika«, sagte der Taxidermist. »Ein Vogel, der zur Zeit der Inkas mumifiziert wurde. Ein Riesenviech war das. Auf dem Foto war er gerade hier in die Werkstatt gebracht worden, weil er voller Ungeziefer war. Fünfzig Jahre Museum, das hält ja keiner aus. Der mußte mal ordentlich geliftet werden!«

Nina betrachtete den Vogel, aber als Marion näher an sie herantrat, merkte sie, daß in Wirklichkeit die dunkelhaarige Frau Ninas Aufmerksamkeit auf sich zog.

»Das ist sie, Mama«, flüsterte sie und griff nach der Hand ihrer Mutter. »Die Frau aus dem Garten. Die mit der Waffe.«

»Eine Waffe?« prustete der junge Mann los. »Wovon redest du denn?«

»Wer ist das?« schaltete sich Marion ein.

»Wer das ist? Wollen Sie mich auf den Arm nehmen? Judy natürlich. Das war zu der Zeit, als sie noch lange pechschwarze Haare hatte.«

Zwischen den Regalen, in denen die toten Vögel auf den Weltuntergang warteten, war es wieder still. Sosehr Marion auch in allen Winkeln und Ecken nach ihr suchte, sie konnte die junge Frau nirgendwo mehr finden.

67

Judy wohnte in einem kleinen, einstöckigen Haus am Stadtrand. Täglich wurde sie von einem speziell dafür ausgerüsteten Taxi abgeholt und zu ihrer Arbeit gefahren, und wenn der Arbeitstag vorüber war, brachte dasselbe Taxi sie wieder nach Hause. Morgens und abends kam ein Krankenpfleger, der ihr beim Aufstehen, Essen, Waschen und Schlafengehen half. Diese Details hatte der junge Taxidermist Marion verraten. Sie wußte, daß Judy hartnäckig darauf bestand, allein in diesem Haus zu leben, trotz der kolossalen Schwierigkeiten, die das für eine Querschnittsgelähmte mit sich brachte. Mit der Außenwelt stand sie durchs Telefon und durch ein Notrufgerät in Verbindung, das an ihrem Bauch klebte und im Fall eines Sturzes oder sonstiger Unannehmlichkeiten ein Signal sendete. Sie lebte in erschreckender Einsamkeit, aber sie hatte es so gewollt.

Das Haus und sein brachliegendes Gärtchen hatte Judy von ihren Eltern geerbt, die bei einem Verkehrsunfall ums Leben gekommen waren, als sie zwölf war. Das Leben mancher Menschen ist eine Abfolge von Dramen.

Und hier, sagte sich Marion, während sie die Umgebung in Augenschein nahm, hat sich also Judys Drama abgespielt.

Das Viertel bestand aus stillen, größtenteils leerstehenden Häusern, die sich in nichts von Judys Haus unterschieden.

Bei Judy Robin waren die Fenster dunkel. Kein Geräusch, kein Lebenszeichen drang nach außen. Marion trat durch das Eisentor, unter dessen blasigem grünem Lack der Rost sein Unwesen trieb. Die Tür war abgeschlossen, und das Haus wirkte verlassen. Um wieviel Uhr kam abends der Pfleger zu einer Querschnittsgelähmten? Und einmal ins Bett verfrachtet, was blieb ihr dann anderes übrig, als zu lesen oder zu schlafen? Fernsehen?

Marion klingelte, dann klopfte sie an der Tür, mehrmals. Bestimmt war Judy da – wo hätte sie auch sonst sein sollen? –, aber sie wollte wohl niemanden sehen. Langsam ging Marion zum Wagen zurück, ohne die Fenster des Hauses aus den Augen zu lassen. Sie setzte sich ans Steuer, dachte an Nina, die bei den Lavots auf sie wartete – nach Kinobesuch und einem Abendessen mit Mathilde und den Kindern. Es war halb zehn, höchste Zeit, die Kleine abzuholen und ins Bett zu bringen. Doch sie konnte sich nicht von diesem Puppenhaus losreißen und hätte zehn gegen eins gewettet, daß Judy sie beobachtete. Plötzlich kam ihr ein alamierender Gedanke: Und wenn die junge Bibliothekarin eine Dummheit begangen hatte? Wenn ihr das Aufrühren all dieser quälenden Erinnerungen die Kraft gegeben hatte, ihrem Leben ein Ende zu bereiten?

Ohne groß nachzudenken, wählte Marion die Nummer der jungen Frau.

Als die lapidare Begrüßungsformel auf Judys Anrufbeantworter beendet war und das Piepen ertönte, das zum Aufsprechen einer Nachricht einlud, dachte Marion an Olivier, der auch nicht ans Telefon ging. Merkwürdig, wie sich das wiederholte.

Erst lange nach dem Piepton beschloß sie, etwas zu sagen. Was, darüber hatte sie nicht nachgedacht. So begann sie, über ihr eigenes Leben zu sprechen, über ihre Tochter, und dann über Judy, deren leblose Beine Nina erschüttert hatten. Ihre Worte drangen in Judys Haus, und sie war sich sicher, daß Judy sie hörte. Marion sprach immer weiter, sagte der jungen Frau, daß sie sich dem Leben nicht länger verweigern dürfe, daß sie Hilfe brauche und diese endlich annehmen müsse. Sich lossagen müsse von ihrem Haß, ihrer Einsamkeit, loslassen. Als immer noch keine Antwort kam, erzählte sie ihr die Geschichte von den kleinen Affen, die bei manchen Volksstämmen in Mittelamerika als Delikatesse gelten. Ihr Fleisch ist eine Köstlichkeit, weil sie sich am liebsten von cremigen, süßen Zwergbananen ernähren, nach denen sie ganz verrückt sind. Um sie zu fangen, braucht man nur eine Banane in einer leeren Kokosnuß zu verstecken. Der Affe, der den Leckerbissen aus etlichen Kilometern Entfernung riechen kann, steckt eine Hand hinein und greift nach seiner Beute. Die gefüllte Faust ist so dick, daß sie nicht mehr durch das Loch paßt und hängenbleibt, was die Jäger nutzen, um den Affen niederzuschlagen. Manchmal findet sich auch ein intelligenter Affe, der den Reflex hat, die Faust zu öffnen, um die Banane loszulassen und seine Haut zu retten … Man kann nicht einer

Banane sein Leben opfern, sagte Marion abschließend und glaubte, ein Lachen zu hören, wenn es nicht ein Schluchzen war. Als der kleine Affe gerade die Flucht ergriff und der Anrufbeantworter sich anschickte, die Verbindung zu unterbrechen, weil das Band voll war, nahm Judy den Hörer ab.

Sie packte aus. Ihr zerstückeltes Leben, die vielen Brüche. Die trostlose Jugend bei ihrer verwitweten, traurigen Großmutter. Und ihre schönsten Jahre, die im Museum, mit Martin. Dann wieder ein Bruch, der Unfall, das Eintauchen in eine andere Welt, die sie als die Welt der lebendig Begrabenen bezeichnete. Die Zeit verrann, Marion ließ es geschehen. Judy wußte nicht, welches Band sie noch ans Leben fesselte. Es war ein Rätsel, eine ständige Frage. Das Beben ihrer Stimme, sobald sie Olivier Martin erwähnte, ließ keinen Zweifel daran, daß er, Martin, dieses Band war, aber Marion hütete sich, ihre Erkenntnis weiterzugeben an diese junge Frau, die so bleich war im Dunkel der Nacht, so rührend in ihrer verzweifelten Schönheit.

»An diesem unvergeßlichen 4. Juli bin ich auf den Hof gefahren und in den Garten gegangen«, gestand sie, ohne daß Marion ihr die Frage gestellt hatte.

»Warum?«

Sie feilte an ihrer Antwort.

»Ich weiß, daß Sie mir nicht glauben«, sagte sie schließlich, während sie mit der gesunden Hand nervös den Saum ihres Bettlakens knetete. »Aber ich schwöre Ihnen, daß Olivier krank im Kopf ist. Gefährlich. Er ist ein Verführer, aber er kann keine Frau halten und erträgt es nicht, wenn sie die Flucht vor ihm ergreift. Dann stellt er ihr nach, er … Es gibt ein Wort dafür, in der Psychiatrie …«

»Erotomanie?«

»Vielleicht. Ich hatte einige Gespräche zwischen ihm und

Jeanne Patrie aufgeschnappt. Er machte ihr denselben Vorschlag wie mir, gemeinsam mit ihm wegzugehen, und sie weigerte sich. Er bedrohte sie. Er drohte damit, der kleinen Lili-Rose etwas anzutun ... Er hatte ja sogar in die Welt gesetzt, daß er der Vater sei ...«

»Stimmt das nicht?«

Judys spöttisches Lachen durchdrang die Dunkelheit. Ein verbittertes Lachen, schneidend wie ein Peitschenhieb.

»Daß ich nicht lache! Er hat derart viele Vaterschaften für sich in Anspruch genommen ... im Museum und sonstwo.«

Marion merkte, daß ihr die Sache allmählich über den Kopf wuchs. Judy war so haßerfüllt, daß sie nicht mehr wußte, was sie sagte. Das alles konnte nicht wahr sein. Martin konnte nicht so ein Psychopath sein, bereit, dem Kind einer Frau, die nichts von ihm wissen wollte, etwas anzutun.

»Ich bin Martin am 4. Juli gefolgt, ich wußte, daß er böse Absichten hatte. Ich wollte Jeanne warnen, damit sie Lili-Rose in Sicherheit brachte, ich wollte Martin daran hindern, eine Dummheit zu begehen.«

»Aus diesem Grund hatten Sie eine Waffe dabei ...«, sagte Marion mit sanfter Stimme.

Judy fuhr zusammen. Ihre Augen blitzten im Halbdunkel.

»Hat Ihnen das Ihre ... Nina gesagt?«

»Das spielt keine Rolle«, erwiderte Marion barsch und bereute zutiefst, daß sie Nina in diese Sache hineingezogen hatte.

»Das war Bluff. Eine Spielzeugpistole. Ich hatte sie im Garten gefunden, die hat wohl diesem zurückgebliebenen Jungen gehört ... Mikaël.«

Das ist Bluff, dachte Marion.

»Als ich dort ankam, war Ihre ... Tochter mit Lili-Rose zusammen. Ich habe mich versteckt. Nina ist dann gegangen, und ich habe Martin aus dem Haus kommen sehen. Er ist bei

Lili-Rose stehengeblieben und hat angefangen, mit ihr zu reden. Sie sind weitergegangen, und ich konnte sie nicht mehr sehen. Dann habe ich merkwürdige Geräusche gehört, so als würde Lili-Rose sich wehren. Sie hat einen kurzen, leisen Schrei ausgestoßen, wie erstickt hörte sich das fast an. Dann war so etwas wie ein Aufprall zu hören. Ich dachte, Martin hätte seine Drohung wahr gemacht, und bin aus meinem Versteck gekommen. Ich wäre fast gestorben vor Angst, aber es war niemand mehr zu sehen.«

»Warum haben Sie so lange damit gewartet, mir das zu sagen?«

»Ich sagte Ihnen doch schon: Martin hat mir angst gemacht.«

Marion glaubte ihr nicht ein Wort. Sie *konnte* dieses Porträt, das Judy von Martin zeichnete, nicht glauben. Sicher hatten die Männer ihr manchmal etwas vorgemacht, aber das war einfach zu viel ...

Judy setzte ihren Bericht fort: Sie war bis zum Haus der Familie Patrie gelaufen. Dort hatte sie gehört, wie Jeanne sich in aller Ruhe mit einem Mädchen unterhielt. Überzeugt, daß es sich um Lili-Rose handelte, der es gelungen war, Martin zu entkommen, hatte sie sich nicht weiter vorgewagt und war unverrichteterdinge heimgekehrt. Marion, die nicht mehr wußte, was sie denken sollte, hütete sich, ihr zu sagen, daß dieses Mädchen, dessen Stimme sie gehört hatte, nicht Lili-Rose gewesen war, sondern Nina.

Die junge Frau gähnte, von ihrem langen Bekenntnis ermattet. Sie wandte den Kopf ab und schloß die Augen, wobei sie sich mit einer mechanischen Handbewegung die Decke bis zum Kinn hochzog, so als wartete sie nur noch auf den Schlaf.

»Eine letzte Frage«, sagte Marion und senkte automatisch die Stimme. »Der Brief mit der Todesanzeige ... Haben Sie mir den geschickt?«

Fast hätte sie sie auch auf die roten Kinderschuhe angesprochen, aber sie konnte sich nicht recht vorstellen, wie Judy es unbemerkt bis zu ihrem Briefkasten hätte schaffen sollen …

Judy machte ein Auge wieder einen Spalt weit auf, ihre Stimme war dumpf und langsam:

»Ich habe nichts geschickt. Was für ein Brief? Was für eine Todesanzeige?«

»Von Olivier Martins Mutter.«

»Seine Mutter ist gestorben? Das wußte ich nicht.«

Marion hatte Mühe, bei den Äußerungen dieser merkwürdigen jungen Frau zwischen Wahrheit und Lüge zu unterscheiden. Jetzt machte sie allerdings wirklich einen ehrlichen Eindruck. Die Kommissarin ließ nicht locker:

»Wollten Sie mich darüber informieren, daß sich Olivier in Lyon aufhielt?«

»Aber das habe ich doch selbst erst erfahren, als Sie mit ihm ins Museum gekommen sind … Ich bin furchtbar müde, bitte …«

Ihre Stimme war nur noch ein Hauch. Marion betrachtete sie eingehend: Auf dem Rücken liegend, mit zur Schulter geneigtem Kopf, machte sie plötzlich einen so friedlichen Eindruck. Wie ein Engel.

Aber gerade Engel sind hervorragende Lügner, höhnte der für Marions Schutz zuständige Vertreter dieser Gattung. Immer schön mißtrauisch bleiben, die ist ein Biest. Judy nutzte ihren Zustand, um anderen Schuldgefühle zu vermitteln, was zur Folge hatte, daß man ihr wohlgesonnen war und empfänglich für ihre Lügen. Aber gerade die größten Geschichtenerzähler sind stets in der Lage, ihr Seemannsgarn mit einigen Wahrheiten zu verflechten.

»Das Entscheidende ist, sie herauszufiltern«, murmelte Marion, während sie sich zurückzog.

Marion konnte der Versuchung nicht widerstehen, Judys Haus zu inspizieren. Berufskrankheit. Der Raum war durch eine zweiflügelige Tür mit dem Wohnzimmer verbunden. Mitten in diesem Zimmer thronte der elektrische Rollstuhl – abgesehen von einem an die Wand geschobenen Tisch das einzige Möbelstück. Stühle gab es nicht, so als würde sich ohnehin nie ein Besucher dorthin verirren. Dann kam eine Küche und ein weiterer leerer Raum, an dessen Ende eine Glastür zu einer winzigen Veranda führte. An der Wand lehnte ein Fahrrad. Leuchtend gelb, neu. Ein Kindermodell. Marion wußte erst selbst nicht, warum sie dieses Fahrrad, das im Haus einer Behinderten reichlich deplaziert wirkte, so anstarrte. Auf dem Sattel stand wie in Erwartung eines hypothetischen Empfängers ein in rotes Papier eingewickeltes Geschenk mit einer prächtigen grünen Schleife. Marion strich über den seidigen Stoff und betrachtete ihre staubbedeckten Finger. Das Paket stand offenbar seit geraumer Zeit dort, und an seinem Inhalt gab es für Marion nicht den leisesten Zweifel: Es war eine Dornröschen-Barbie.

68

Trotz der unchristlichen Stunde beschloß Marion, daß es an der Zeit sei, ein Gespräch mit Doktor Martin zu führen.

Vor seiner Tür tat sie dasselbe wie zwei Stunden zuvor bei Judy und bewies dabei eine solche Hartnäckigkeit, daß schließlich die Nachbarn damit drohten, die Polizei zu rufen. Der Gipfel der Schmach! Paul Quercy hätte in diesem unglaublichen Benehmen – einem ehrlichen Bürger zu nächtlicher Stunde bis in seine Wohnung nachzustellen – einen weiteren Grund gesehen, sie zu beurlauben.

Vor ihrem Auto wartete sie, bis wieder Ruhe in dem Gebäude eingekehrt war, den Blick auf die Fenster im zweiten

Stock geheftet. Plötzlich durchzuckte sie wieder dieser stechende Schmerz im Unterleib, und ein leichtes Schwindelgefühl zwang sie, sich an den Wagen zu lehnen. In ihrer Benommenheit kam es ihr einen Moment lang so vor, als würden sich hinter einem Fenster in der Wohnung der verstorbenen Germaine Martin die Vorhänge bewegen. Sie rieb sich die Augen und stieg in der festen Überzeugung, daß sie halluzinierte, in ihr Auto. Bloß nicht den Bogen überspannen, sagte sie sich.

69

Olivier Martin zog sich vom Fenster zurück und verzerrte das Gesicht zu einer Grimasse, als er bemerkte, daß seine Bewegung den Vorhang in Schwingung versetzt hatte. Mit klopfendem Herzen wartete er darauf, daß Marion endlich ihren Beobachtungsposten verließ. Doch als sie schließlich langsam, scheinbar schweren Herzens anfuhr, ohne gleich die Scheinwerfer einzuschalten, hätte er ihr am liebsten hinterhergerufen, daß sie zurückkommen solle. Sie war die Treppe hochgestiegen, bis zu seiner Wohnung. Sie hatte vor ihm gestanden, auf der anderen Seite der Tür. Er hatte ihr Parfüm wahrgenommen und das leichte Keuchen, das ihre Erregung verriet. Sie hatte geklingelt, gegen die Tür getrommelt. Er hatte die Nachbarn schimpfen hören. Hundertmal hätte es ihn beinahe gepackt, und er wäre zu ihr gelaufen, hätte sie an sich gedrückt und ihr alles gesagt. Aber er hatte es nicht gekonnt. Er konnte es nicht.

Mit eiskalten Gliedern und brennendem Gesicht wandte er sich zur Mitte des Zimmers.

Jeanne, die mit angezogenen Füßen auf dem Bett seiner Mutter lag, fixierte ihn mit glühenden Augen. Sie besaß eine tyrannische Macht über ihn, mit der sie wie damals Besitz von ihm ergriff, seinen Willen ausschaltete. Er hätte gern »Laß mich in Ruhe!« zu ihr gesagt, aber als er den Mund auftat, kam ihm nur ein Lächeln auf die Lippen, jenes freundliche, unschuldige Lächeln, das den Frauen so zu Herzen ging.

Jeanne richtete sich halb auf, und er spürte, wie unter ihrem strengen, anklagenden Blick wieder ein kleiner Junge aus ihm wurde.

»Du hast ihr geholfen ...«

Jeannes heisere, von zahllosen Neuroleptika gebrochene Stimme hallte durch die Nacht. Sie brach sich an den mit Blümchentapeten beklebten Wänden und prallte gegen den Frisiertisch, dessen Spiegel Olivier Martin das Bild einer furchteinflößenden Frau offenbarte. Und auch sein eigenes Bild, das ihn noch viel mehr erschreckte.

»Was sagst du da?«

Die unsichere, zitternde Stimme schien von seinen Lippen zu rieseln und sich über den häßlichen braunen Teppichboden zu ergießen, der sie verschluckte.

»Ich weiß es. Ich will, daß du es mir sagst. Jetzt sofort.«

»Aber was denn, Jeanne? Was soll ich dir sagen?«

»Du hast ihr geholfen, mir Lili wegzunehmen ... Und Judy hat ihr auch geholfen.«

Sie hatte den Namen hervorgestoßen wie ein unanständiges Wort. Oliver Martin wollte seinen Ohren nicht trauen.

»Du irrst dich, Jeanne ...«

»Du hast mit Judy geschlafen. Ihr habt mich zum Narren gehalten.«

»Nein, Jeanne! Du bist diejenige, die ich geliebt habe. Weißt du nicht mehr, wie sehr wir uns liebten? Und Lili-Rose?«

Jeanne ließ ihre Augen über die Blümchentapete schweifen, warf Martin einen kurzen, abwesenden Blick zu und begann zu stöhnen:

»Ich will meine Tochter, ich will Lili-Rose.«

Sie schlang die mageren Arme um ihre eingefallene Brust, zog die Beine noch weiter an. Die Knie stießen an ihr Kinn. Ihre Stimme wurde klagend. Sie sah Martin nicht mehr an.

»Ich will sie. Ich will, daß du sie holen gehst. Ich will nicht, daß Marion sie bei sich hat.«

»Jeanne«, sagte Olivier entsetzt, »das geht nicht, das weißt du doch selbst. Lili-Rose ist fortgegangen, sie kann nicht mehr wiederkommen. Das mußt du begreifen, Jeanne! Ich dachte, du hättest es verstanden.«

»Ohhhh! Neiiiiin!«

Ein langer Klagelaut. In zehn Sekunden würde er sich in das Brüllen eines abgeschlachteten Tiers verwandeln. Dazu durfte es nicht kommen. Um keinen Preis. Er mußte Zeit gewinnen. In der Dunkelheit griff er hastig nach der Spritze, brach die Ampulle auf, zog die trübe Flüssigkeit in den Zylinder.

»Das ist nicht wahr!« schrie Jeanne. »Lili-Rose ist nicht tot. Ich brauche sie. Los, hol sie ... Du mußt gehen! Ich habe nicht mehr genug Kraft.«

»Jeanne ...«

Olivier war langsam nähergekommen, mit am Körper anliegenden Armen, die Spritze in der Hand.

»Hörst du mich!« schrie Jeanne noch lauter. »Du mußt sie zurückholen. Sie hat kein Recht, sie bei sich zu haben.«

»Wer?« fragte Olivier, um noch etwas Zeit zu gewinnen.

»Marion.«

Jeanne hatte gemerkt, daß Martin hinter ihr aufgetaucht war. Jäh erwachte sie aus ihrer Benommenheit und schlug ihm mit einem so heftigen Hieb die Spritze aus der Hand, daß sie gegen die Wand geschleudert wurde und zerbrach. Der langsame Tod, der in Form eines Zentiliters Flüssigkeit darin enthalten gewesen war, ergoß sich über die Blümchen. Olivier versuchte noch zu reagieren, doch er konnte Jeanne, die sich mit erschreckender Kraft auf ihn warf, nicht mehr ausweichen. Er fiel hintenüber, und sein Schädel schlug heftig gegen die Wand.

Er hörte, wie Jeanne etwas hervorstieß, wie sie Lili-Roses und Marions Namen aussprach. Alles verschwamm ihm vor den Augen, und ihm wurde so übel, daß es ihm den Magen umstülpte. Jeanne zog sich zurück, und er entnahm ihren keuchend hervorgestoßenen Worten, daß sie es sich anders überlegt hatte: Da er ihr nicht helfen wollte, würde sie sie selbst holen. Sie warf die Vornamen durcheinander. Lili-Rose, Marion. Wovon redete sie eigentlich?

Am anderen Ende der Welt knallte eine Tür, und es wurde dunkel um ihn her.

70

Talon hatte Denis Patries Zeugenaussage zu Protokoll genommen. Der Mann war erleichtert, all seine elenden Geheimnisse endlich losgeworden zu sein: das tiefe Loch, das sich nach dem Tod seiner Tochter aufgetan hatte, die Zerrüttung der Familie oder dessen, was davon noch übrig war. Denn ein Leben ohne Lili-Rose, das war so, als wäre die Sonne erloschen. Und dann sein langsamer Abstieg in die Gosse. Der eigentlich so langsam nicht war, denn schon nach wenigen Monaten war er so weit, daß er sich mit schöner Regelmäßigkeit ins Delirium versetzte, wo er von Schlangen und weißen Mäusen heimgesucht wurde. Dann eine Entziehungskur. Ein paar Monate Ruhe. Erneutes Abtauchen. Noch tiefer in den Sumpf hinein. Jeanne? Vergessen. Mikaël? Vergessen. Bis auch die Erinnerung an Lili-Rose verblaßte.

»Irgendwann zählt nur noch eins: Wo gibt's was zu saufen, wo kann ich ein bißchen Dope abstauben?«

Nur noch eins: sich mit Leuten desselben Schlages zusammentun, mit einer Flasche in der Hand, und unermüdlich die

Gesellschaft neu erfinden. José Baldur und seine Saufbrüder waren seine Familie geworden. Hier und da ein unsauberes Geschäft, zum Überleben. Und immer wieder Ruhepausen in Form von gefängnisbedingten Entziehungskuren. Eines Tages war Nathalie in dem besetzten Haus aufgetaucht, Nathalie, die genauso normal oder gestört war wie die anderen Besucher auch. Denis wußte nicht, daß Nathalie früher Maurice geheißen hatte. Im übrigen kratzte es ihn nicht, ob sie Männlein oder Weiblein war. Er selbst verzichtete schon seit langem auf beides.

Während Marion die Aussage von Denis Patrie durchlas, holte Lavot eine Flasche Cognac aus seinem Schrank und goß einen kräftigen Schluck in einen Plastikbecher. Denis spülte ihn in einem Zug herunter, und sein Gesicht nahm plötzlich Farbe an. Er schwankte auf seinem Stuhl, so als würde er jede Sekunde zusammenbrechen. Lavot nahm ebenfalls einen Schluck, aber direkt aus der Flasche, und Marion tat so, als hätte sie nichts gesehen.

Gleich am nächsten Morgen um sechs würden sich ihre Jungs den Mörder von Nathalie-Maurice oder Maurice-Nathalie – die Reihenfolge war ja wohl ziemlich egal – zur Brust nehmen. Denis hatte zugesehen, wie er über sie herfiel. An jenem Abend hatte er sich besoffen, war in eine Prügelei geraten und im Bau gelandet. Erst als er José Baldur Wochen später wiederbegegnet war, hatte er das Ende der Geschichte erfahren: Da hatte doch tatsächlich jemand dieses »klasse Mädchen, nur ein bißchen schräg« in seine Einzelteile zerlegt und auf dem gesamten Friedhof verteilt.

»Ist schon gut«, sagte Marion und legte ihm eine Hand auf die Schulter. »Wußten Sie, wer dieser Mann war, der auf sie einprügelte?«

Nein, Denis wußte es nicht. Mit einer Grimasse unterdrückte er ein Rülpsen, während ihm Marion erklärte, daß

Maurice-Nathalie von ihrem Bruder in Stücke geschnitten worden war; von ihrem Bruder, der ihre Geschlechtsumwandlung als Beleidigung, ja als Verrat betrachtete.

»Wissen Sie«, sagte er und starrte Marion aus glasigen Augen an, »Sie hatten recht heute morgen ... Zu viel Liebe kann jemanden zum Mörder machen ...«

»Meinen Sie Jeanne?«

Er streckte seinen Plastikbecher aus. Lavot schenkte ihm wortlos nach.

»Ich habe nicht gesagt, daß Jeanne Lili-Rose umgebracht hat. Sie hat sie geliebt ... viel zu sehr, ich weiß, manchmal war es schon fast krankhaft. Aber sie ist nicht ihre Mörderin.«

»Wer dann?« fragte Marion, deren Stimme plötzlich einen ganz anderen Klang bekam.

»Wenn ich das wüßte ... Vielleicht dieses Arschloch Martin ...«

Er nahm einen tüchtigen Schluck und lief wieder knallrot an. Marion fragte sich, ob es nicht besser gewesen wäre, ihn daran zu hindern, sich weiter vollaufen zu lassen, ob er eigentlich unbedingt wieder mit dem Trinken anfangen mußte.

»Ich habe Ihnen nicht alles gesagt, Kommissarin Marion ...«

Wieder einer, der dir die Wahrheit sagen wird, die ganze Wahrheit und nichts als die Wahrheit ...

Sie fragte ihn nicht, warum er sich jetzt dazu entschloß, denn vermutlich wußte er es selbst nicht. Es gibt einfach Momente, in denen man seinem Herzen leichter Luft macht.

Sie wartete gespannt auf das, was nun kommen würde.

»Es gibt Rühmlicheres als zuzugeben, daß man betrogen worden ist ...«, fuhr Denis mit belegter Stimme fort. »Sogar für einen alten Revoluzzer ... Sie können sich nicht vorstellen, wie ich diesen miesen Scheißer von einem Arzt gehaßt habe. Jeanne hatte mir gestanden, daß sie ... schwach geworden war. Das war in der Zeit, als er im Museum angefangen hatte. Er war bewandert, wußte alles über Vögel, sie verging vor Bewunderung für ihn ... Das hat er ausgenutzt, dieser Saukerl, aber es hat nicht lange gehalten. Sie hat Schluß gemacht, und wir haben Lili-Rose bekommen. Irgendwann hat er angefangen, sie zu erpressen. Jeanne hatte Angst. Ich weiß nicht, was sich genau dahinter verbarg, aber Tatsache ist, daß sie Angst vor ihm hatte.«

Er führte den Becher an den Mund, so als müßte er sich Mut machen, um weiterzusprechen, verschluckte sich, rang nach Luft, begann zu husten. Der Alkohol ließ seine Stimme heiser werden.

»Ich habe Martin überrascht, als er an dem Morgen, an dem ... na ja, eben am 4. Juli zu uns gekommen ist. Ich hatte so einen Verdacht und hatte mich versteckt. Wir haben uns angebrüllt, und irgendwann habe ich ihm eine in die Fresse gegeben. Er hatte es schließlich nicht besser verdient, oder? Unmöglich, einen anderen Menschen so in die Zange zu nehmen. Jeanne ist dazugekommen und hat sich eingemischt, da habe ich sie auch geschlagen. Ich bin total ausgerastet ... Als ich mich irgendwann mal umgedreht habe, stand Lili-Rose da und hat uns beobachtet. Sie ist gleich abgehauen, in den Garten. Ich bin noch hinter ihr hergerannt, um sie festzuhalten, aber sie war so schnell, daß ich sie aus den Augen verloren habe. Dann habe ich Jeannes und Martins Stimmen gehört und bin zurückgerannt, weil ich wissen wollte, worüber sie reden. Ich bin gleich wieder auf Martin los, und der Feigling hat das Weite gesucht. Jeanne hat mir einen Whisky gegeben, zur Beruhigung. Ich habe mir noch einen genommen, allein, und bin mit der Flasche in den Garten gegangen. Meine Tochter habe ich erst abends wiedergesehen, im Brunnen.«

Es wurde still, ein bedrückendes, alkoholumnebeltes Schweigen. Talon hatte aufgehört, mit seinen Papieren zu rascheln. Lavot nahm noch einen Schluck Cognac, und das Geräusch der auf den Grund der Flasche zurückklatschenden Flüssigkeit klang lauter als ein Wasserfall.

»Was wollen Sie mir sagen, Denis?« fragte Marion behutsam.

Er leerte seinen Becher, schnalzte mit der Zunge, beugte sich vor und legte seine Stirn auf das geschundene Holz des Schreibtischs, auf dem der jahrelange Umgang mit Bullen und Pöbel seine Spuren hinterlassen hatte. Nach langem Nachdenken sah er wieder auf.

»Glauben Sie, daß Martin sich dafür, daß Sie ihn geschlagen haben, an Lili-Rose gerächt hat? Glauben Sie, daß es Ihretwegen passiert ist? Ist das Ihre Sorge?«

Mit hilfloser, mitleiderregender Miene schüttelte er den Kopf, so als wollte er das, worüber er seit so vielen Jahren nachgrübelte, von sich weisen.

»Nein, nicht ganz ... Eine Woche bevor ... Lili-Rose gestorben ist, haben Jeanne und ich uns gestritten ...«

»Wegen Martin?«

Er zögerte, und Marion wußte, daß die Antwort ja lautete.

»Nein ... das heißt, ich weiß nicht mehr. Ist auch egal. Lili-Rose hat uns dabei überrascht, sie war in ihrem Zimmer, aber diese Bude war ja löcheriger als ein Schweizer Käse, da hat man alles gehört ... Jedenfalls ist sie aus dem Haus gerannt, als wäre sie von allen guten Geistern verlassen. Wir haben sie oben auf dem Dach vom Schuppen wiedergefunden. Ich weiß nicht, wie sie da hochgekommen ist. Sie hat geschrien und geweint und damit gedroht runterzuspringen. Sie hat gesagt, daß sie sich umbringen würde, wenn wir uns weiter so viel streiten würden ...«

Bei der Vorstellung, daß seine Tochter an jenem Tag nach einem weiteren Krach zwischen ihren Eltern ihre Drohung wahr gemacht hatte und aus freien Stücken in den Brunnen gesprungen war, packte Denis das nackte Entsetzen.

»Es reicht, Denis«, sagte Marion nach einer langen Pause. »Hören Sie auf, sich zu quälen. Ich schwöre Ihnen, daß wir die Wahrheit herausfinden werden, was auch immer das bedeutet. Sie brauchen jetzt erst einmal ein bißchen Ruhe. Wissen Sie was?«

Er reckte den Hals wie ein alter Roboter. Seine Finger mit den abgekauten Nägeln hatten aufgehört, den leeren Becher zu kneten.

»Am Sonntag ist im *Centre des Sources* ein Fest für die Eltern … Mikaël würde sich freuen, Sie zu sehen.«

»Am Sonntag bin ich wieder im Knast.«

»Wegen des Mordes an Nathalie? Ach was! Sie waren nur Zeuge einer Prügelei. Sie konnten nicht wissen, daß er sie umbringen würde. Denken Sie an Mikaël!«

Denis war auf seinem Stuhl in sich zusammengesunken. Sie legte noch einmal ihre Hand auf seine Schulter. Dann fragte sie ihn plötzlich, so als wäre ihr auf einmal etwas Wichtiges wieder eingefallen:

»Wenn Jeanne nicht mehr in der Klinik wäre, wo würden Sie sie dann suchen?«

Denis' Augen, die von dem bißchen Alkohol bereits wieder blutunterlaufen waren, schweiften unruhig hin und her. Für einen kurzen Moment funkelte es zerstörerisch darin.

»Wo soll sie schon hingehen? Zu ihm. Zu Martin.«

71

Marion nahm Nina auf den Arm und wandte sich mit einem erschöpften, dankbaren Lächeln zu Mathilde um.

»Komm, ich helfe dir«, sagte Lavots Frau. »Ich trage sie, du siehst so erschöpft aus.«

»Nein, laß nur«, antwortete Marion.

Marion duzte die Frau ihres Mitarbeiters, während sie den Mitarbeiter selbst siezte. Merkwürdige Kripo-Praktiken ...

»Du solltest im Moment darauf achten, daß du früher nach Hause kommst«, getraute sich Mathilde zu sagen. »Ich habe gehört, wie Nina der Frau vom Jugendamt erzählt hat, daß du abends regelmäßig spät heimkommst. Sie war sehr stolz darauf, aber ...«

Sie lachte, und Marion lachte mit. Ein verkrampftes Lachen.

»Dann schleichen die also immer noch um uns herum ... Ich hab's wirklich so satt!«

»Und meiner Ansicht nach ist die Sache noch nicht ausgestanden«, fuhr Mathilde mit zerknirschter Miene fort. »Die sind zu uns gekommen, haben mit Michel geredet. Und hatten offenbar vor, auch noch zu Ninas Schule zu fahren. Die Frau hat der Schulleiterin am Telefon gesagt, daß sie sozusagen unterwegs wären. Tja ...«

Marion war wie vor den Kopf geschlagen. Ihre Vorsprache im Jugendamt hatte nichts gebracht. Sie starrte Mathilde mit Tränen in den Augen an.

»Ich kann meine Arbeit nicht anders machen«, sagte sie. »Ich kann einfach nicht anders ... Diese Geschichte, die schon fünf Jahre zurückliegt, macht mich ganz verrückt, aber gleichzeitig bin ich richtig in meinem Element. Verstehst du, Mathilde? Ich weiß nicht, ob ich mich irgendwann einmal damit abfinden kann, etwas anderes zu tun ...«

»Versuch's gar nicht erst. Ich bin der gleichen Meinung wie Michel, Nina und die anderen: Du hast nicht das Recht aufzugeben. Man darf nie aufgeben ...«

»Heute abend schon ...«, seufzte Marion. »Ich kann einfach nicht mehr. Ich brauche Schlaf.«

Lavot hatte sich schon zurückgezogen, um sich ein paar Stunden auszuruhen. In aller Frühe, wenn gerade erst der Milchmann unterwegs wäre, würde er aufbrechen, um diesen allzu besitzergreifenden Bruder dingfest zu machen. Seine Kinder hatte er an diesem Abend nicht gesehen, auch am nächsten Morgen würde er sie nicht sehen.

»Bist du sicher, daß sonst nichts ist?«

Mathilde kriegte auch alles mit ... Marion hatte keine Freundinnen, weil die meisten Frauen sie nicht ertrugen. Sie war zu sehr Frau und dabei zu stark. Zu beherrscht und zu herrisch. Gefährlich ... Mathilde war eine Ausnahme. Sie bohrte weiter:

»Dieser Arzt ...«

»Ja«, sagte Marion, »ich würde mich ja gern fallen lassen, aber ich habe wahnsinnig Schiß. Jeder erzählt mir etwas anderes über ihn, und ich will nicht wieder ...«

»Ein Grund mehr, diesen Fall aufzuklären, meine Liebe. Sonst wirst du es nie herausfinden ... Laß dich nicht entmutigen!«

Marion beugte sich vor, um ihr einen dankbaren Kuß auf die Wange zu drücken.

»Ach ja«, rief Mathilde aus, »vergiß nicht den Teddy von deinem Mädel ...«

Marion nahm den Plüschbär und betrachtete ihn verdutzt.

»Ist sie mit dem alten Ding gekommen?«

In diesem Moment beschloß Nina, wieder munter zu werden. Sie befreite sich aus der Umarmung ihrer Mutter, die sie erleichtert absetzte.

»Das ist kein altes Ding«, sagte sie, während sie in den Wagen stieg. »Das ist *mein* Teddy.«

»Wo hast du den denn aufgegabelt?«

»Er war bei Omi. Ich habe alle alten Kartons ausgepackt, um ihn zu finden.«

»Du wolltest ihn wiederhaben, so ganz plötzlich?«

Nina hatte sich auf der Rückbank ausgestreckt, den honigfarbenen Plüschbären fest an sich gedrückt. Sie hatte die

Augen wieder geschlossen und murmelte mit dem Daumen im Mund eine unverständliche Antwort.

»Das habe ich nicht verstanden …«

»Wegen dem Teddy von Lili-Rose habe ich Lust bekommen.«

»Wie, dem Teddy von Lili-Rose?«

»Der Teddy, der in deinem Büro war.«

»Dieses alte Ding … Jetzt sag mir nicht …«

»Das ist kein altes Ding. Das ist der Teddy von Lili-Rose.«

Marion wandte sich zu der in Dunkelheit getauchten Rückbank um. Umringt von den Geistern ihrer Freundin Lili-Rose, die Marion unvorsichtigerweise zu neuem Leben erweckt hatte, war Nina wieder eingeschlafen. Irgendwo schlief auch Judy, versunken in ihrem Elend. Und Denis, vom Cognac benebelt. Lavot, Talon, Mathilde … Letztlich war sie die einzige, die nicht schlief, sondern mit ihren Händen – die Olivier schön genannt hatte – das Lenkrad umklammerte, die Augen brennend vor Müdigkeit, das Herz erfüllt von einer schrecklichen Furcht. Ob irgendwo Olivier und Jeanne zusammenlagen und schliefen?

72

Judy träumte. Über den Augäpfeln, die sich sachte hin und her bewegten, zuckten ihre Lider. Die Bilder, die sie sah, waren schön, lebendig und farbenfroh. Olivier Martin lief durch einen üppigen Park, in dem sich zahlreiche Vögel die Kehle aus dem Hals sangen, auf sie zu. Unter den Blütentrauben und Blättern das leise Rauschen von Wasser. Er streckte die Arme aus, sie würden sich umschlingen. Wie in all ihren glücklichen Träumen lief auch Judy, ja sie flog ihm entgegen und schwenkte dabei die Arme. Das Aufwachen war unerträglich.

Ein Knacken. Die Farben verblassen, Olivier entschwindet

ins Nichts, dafür das Gefühl einer unmittelbaren Gefahr und ein brennender Schmerz auf der Haut, zwischen Brustbein und Magen.

Judy öffnete die Augen, ihr Puls raste. Sie konnte nichts sehen, obwohl ihre Fensterläden eigentlich nie geschlossen waren. Plötzlich trat ihr etwas Anormales ins Bewußtsein, das sie vor Schreck erstarren ließ. Ihre Decke war bis zum Fuß des Bettes zurückgeschlagen und ihr Pyjamaoberteil so weit hochgerutscht, daß ihre Brüste entblößt waren. Sie spürte etwas Kaltes auf ihrer Haut, einen Luftzug, der durch das Zimmer ging, und hatte das beängstigende Gefühl, nicht allein zu sein. Doch das einzige, was sie hörte, war das Ticken ihres Weckers. Ein vertrautes, rhythmisches Geräusch, das ihr ohrenbetäubend laut erschien. Ein unwillkürlicher Blick in seine Richtung, und sie wußte, daß es zwei Uhr morgens war. Ein leises Rascheln am Kopfende des Bettes brachte ihren Herzschlag erneut auf Hochtouren, und sie streckte voller Panik die linke Hand aus, um ihr Notrufgerät zu suchen.

Das einzige, was ihre Finger berührten, war ihre nackte Haut und die klebrigen Spuren des Pflasters, mit dem das Gerät normalerweise daran befestigt war.

Lieber Gott, dachte Judy voller Entsetzen, hilf mir!

Auf dem Nachttisch stand das Telefon. Ein schnurloses, mit programmierten Nummern. Sie schwang ihren Arm zur Seite und warf Lampe und Wecker um, als sie tastend nach dem Gerät suchte. Kein Telefon. Judy stöhnte, sie war am Rande eines Nervenzusammenbruchs. Seit sie hier lebte, war sie mehrmals in Schwierigkeiten geraten, dabei aber niemals von einer so panischen Angst erfaßt worden.

Als sie gerade laut um Hilfe schreien wollte, zeichnete sich gegen das Fensterquadrat eine Silhouette ab, die das bißchen Licht, das von draußen hereinkam, vollends verschluckte. Judy riß die Augen weit auf, um die Gesichtszüge ihres Besuchers zu erkennen, aber in ihrer Wut und Ohnmacht war sie blind vor Tränen. Sie hoffte von ganzem Herzen, daß es Marion sei, die zurückgekommen war, um sie zu verhaften, oder Olivier, der Genugtuung für ihre Lügen fordern wollte. Doch sie wußte, daß ihr Hoffen und Flehen sinnlos war. Der Mensch, der sich jetzt über sie beugte, war nicht Teil der zivilisierten Welt.

Das einzige, was Judy in der Dunkelheit undeutlich erkennen konnte, waren kurze Haare und ein schmales Gesicht. Sie roch auch den Atem, sah das Funkeln der auf sie gehefteten Augen.

»Versuch nicht zu schreien, keiner wird dich hören.«

Was sie erkannte, war die Stimme.

»Was wollen Sie?« stöhnte Judy entsetzt.

»Die Wahrheit«, sagte Jeanne. »Die Wahrheit.«

73

Den ganzen Vormittag versuchte Marion, die unguten Vorahnungen im Fall Patrie, die immer stärker Besitz von ihr ergriffen, zu vertreiben. Im Büro hatte sie als erstes in aller Ruhe die Kinderschuhe und die anderen damals sichergestellten Gegenstände zusammengeräumt, alles wieder in den Müllsack von Joual gestopft und in der hintersten Ecke eines Schranks ein freies Plätzchen dafür gefunden. Die Dinge mußten sich jetzt erst einmal setzen. Zu der Gewißheit, daß sie von allen Beteiligten angelogen wurde und daß irgend jemand versuchte, sie zu manipulieren, gesellte sich nun das schlechte Gewissen, jetzt schon wortbrüchig geworden zu sein und ihr Versprechen, Nina und dem Baby ein anderes Leben zu bieten, nicht eingelöst zu haben. Bei der ganzen Geschichte konnte nichts Gutes herauskommen, und sie merkte ja selbst, in welche Nöte sie Nina brachte, von ihren eigenen Problemen ganz zu schweigen.

In der vergangenen Nacht war Marion in einen komatösen, traumlosen Tiefschlaf gefallen. Beim Aufwachen war ihr übel gewesen, und sie hatte Nina mehrmals angemeckert, weil sich die Kleine vor lauter Müdigkeit benahm wie der größte Tolpatsch. Schließlich waren sie zu spät zur Schule gekommen, und Marion hatte sich geschworen, daß sie an diesem Abend alle beide um acht im Bett liegen würden. Nina war gegangen, ohne ihr einen Kuß zu geben, und hatte ihre Schultasche im Wagen vergessen.

Die ganze Hektik war völlig unnötig gewesen: Olivier Martin glänzte nach wie vor durch Abwesenheit, und Jeanne würde man schon irgendwann ausfindig machen und in die psychiatrische Klinik zurückbringen. Dort könnte sich Marion dann ihre Version der Geschichte erzählen lassen, sofern Jeanne dazu überhaupt in der Lage wäre.

Eine Unterbrechung war um so willkommener, als Talon und Lavot sie um Unterstützung gebeten hatten. Gegen acht war sie zu den beiden gestoßen, die sich bereits im Haus von Simon, dem Bruder von Maurice-Nathalie, aufhielten. Er lebte in Gesellschaft von etwa dreißig Katzen in einem kleinen Häuschen im achten Arrondissement, in unmittelbarer Nähe der Schrebergärten, unweit des *Cimetière de la Guillotière*. In den Räumen hing ein abscheulicher Gestank, und Simon wirkte zwar niedergeschmettert, schien aber nicht bereit, sich zu seinem Verbrechen zu äußern. Während Talon ihm seine Rechte vorlas, um ihn sodann in Polizeigewahrsam zu nehmen, hatte sie zusammen mit Lavot und einem Team vom Erkennungsdienst mit der alles andere als einfachen Haussuchung begonnen. Bis in den letzten Winkel starrte diese Hütte – jede andere Bezeichnung wäre unpassend gewesen – vor Vogeldreck und Katzenkot. Simon versorgte die Hälfte der Stadttauben mit Futter. Überall lag nicht nur dreckige Wäsche herum, sondern auch ein unbeschreibliches Gerümpel, das er aus Mülleimern fischte und auf Flohmärkten verkaufte. Maurice-Nathalie hatte dort mit seinem Bruder gelebt, und man konnte nachvollziehen, warum er (sie) eines Tages beschlossen hatte, sich zu verdünnisieren.

In einer Tiefkühltruhe, die an das Stromnetz des Nachbarn angeschlossen war, entdeckten die Polizisten schließlich das fehlende Puzzleteil. Sorgfältig in einen Gefrierbeutel verpackt, thronte Nathalies Kopf inmitten von anderen Plastiktüten, in denen Kalbslungen für die Katzen eingefroren waren. Was Marion, die damit gerechnet hatte, einen den Fotos von Nathalie entsprechenden Frauenkopf zu finden, am meisten überraschte, war die Entdeckung, daß es sich um einen völlig ungeschminkten, kurzgeschorenen Männerkopf handelte. Noch erstaunlicher war allerdings die Ähnlichkeit mit Simon. Als sie begriffen hatte, daß die beiden Zwillinge waren, konnte sie seine Verbohrtheit etwas besser verstehen.

»Ich habe noch nie Zwillinge gesehen, bei denen es keine Probleme gab«, sagte sie wenig später, als ein Wagen sie und Lavot zur Kripo zurückbrachte, während Talon ihnen mit Simon hinterherfuhr und Maurice-Nathalies Kopf zum gerichtsmedizinischen Institut gebracht wurde. »Ihre Beziehung hat immer etwas von einem Drama. Sie leben in Symbiose, und gleichzeitig hassen sie sich. Weil sie in sexueller Hinsicht quasi ein unteilbares Ganzes bilden, haben viele von ihnen keinen Partner. Und wenn einer von beiden doch im Hafen der Ehe landet, wird der andere krank. Da können Sie sich vorstellen, wie deprimiert Simon war, als er erfahren hat, daß sein Bruder sich in eine Schwester verwandelt hatte …«

»Das schon«, brummte Lavot, dem nach seiner kurzen Nacht die Augen zufielen, »aber deprimiert sein ist ja wohl noch was anderes, als seinen Nächsten in Stücke zu schneiden.

Man kann ja froh sein, daß er ihn nicht gleich aufgefressen hat, um wieder mit ihm zu verschmelzen ... Letzten Endes haben wir in unserem Job nur mit Bekloppten zu tun, das ist deprimierend.«

»Warum sagen Sie so etwas?«

»Ich denke da an Ihre Jeanne ... Ich kann's einfach nicht fassen, wie man die eigenen Kinder quälen kann, um bemitleidet zu werden. Übrigens habe ich mal alles für Sie zusammengefaßt. Die Ärzte, mit denen ich geredet habe, die Krankenhausaufenthalte, die Daten der Arztbesuche, alles, was ich zusammengekriegt habe ... Wie weit sind Sie denn eigentlich?«

»Nicht sehr weit«, sagte sie mit abwesender Stimme. »Ich blicke einfach nicht durch. Es gibt einige übereinstimmende Punkte, aber insgesamt klaffen die Versionen derart auseinander ...«

»Immer noch nichts Neues von Ihrer ... Schwester?«

Sie trafen gleichzeitig mit dem Wagen, der den Häftling transportierte, im Hof des Kripo-Gebäudes ein. Talon stieg aus, gefolgt von Simon, der mit Handschellen an ihn gekettet war. Der Polizist war zwar leichenblaß vor Erschöpfung, aber stolz, unglaublich stolz. Marion lächelte traurig, als ihr bewußt wurde, daß es ihr von Tag zu Tag unmöglicher erschien, alldem den Rücken zu kehren.

Sie wartete auf die Gruppe mit dem Häftling, die auf sie zukam. Talon blieb einen Meter vor ihr stehen, und sie brauchte ihm nichts zu sagen, er wußte auch so, was sie dachte. Marion war stolz auf ihn.

»Bis Sonntag nehme ich mal den Fuß vom Gas«, sagte sie im Aufzug zu Lavot. »Bis dahin wird Jeanne ja wohl wieder aufgetaucht sein ...«

»Und Martin?«

»Keine Nachricht, gute Nachricht. Ich denke, er ist in Paris. Ich frage mich ...«

Lavot wartete auf das Ende ihres Satzes. Doch sie zuckte nur die Achseln.

»Nein, nichts …«

Sie hatten zusammen mit den anderen vor der Kaffeemaschine haltgemacht, um den ganzen Fall noch einmal kurz Revue passieren zu lassen. Wie man letztlich auf Simon gekommen war, wie lange er brauchen würde, um auszupacken. Eine Wette jagte die andere. Einer der Beamten behauptete, daß er ihn dazu bringen würde, auszupacken, ehe die Anwälte aufkreuzten, das könne er nämlich gar nicht leiden, die auch noch zwischen den Füßen zu haben. Marion entfernte sich langsam; sie genoß diese primitiven Gespräche, die etwas ungeheuer Beruhigendes hatten.

»Was ist eigentlich mit Quercy? Hat dem irgend jemand Bescheid gesagt?«

Lavot, der ihr nicht von der Seite wich, sah sie augenzwinkernd an.

»Er ist bis Montag in Urlaub.«

74

Es war fast Mittag, als Marion durch einen Anruf der Zentrale aus Simons Verhör gerissen wurde. Ein Monsieur Bigot wolle sie sprechen, und es dauerte eine ganze Minute, bis sie diesen Namen mit dem Gesicht des Museumswärters in Verbindung bringen konnte. Sie fragte sich, was ihm widerfahren sein mochte, daß er sie bei der Kripo anrief.

Trotz ihres Vorsatzes, den Fall Patrie vorübergehend zu vergessen, ließ sie fünf Minuten später alles stehen und liegen und raste in ihrem Wagen zu Judy.

Man hätte glauben können, daß Lili-Rose sie weiter am Ärmel zog.

»Die ist ja wahnsinnig!« stieß Judy hervor. »Sehen Sie, was sie mit mir gemacht hat!«

Die junge Frau zeigte ihre Handgelenke, auf denen die Seile, mit denen Jeanne Patrie sie an den Bettpfosten festgebunden hatte, Spuren hinterlassen hatten.

»Als ob ich abhauen könnte!«

Sie war außer sich, am Rande eines hysterischen Anfalls.

»Damit wollte sie Sie demütigen und Ihnen klarmachen, daß sie die Stärkere ist.«

»Einen Dachschaden hat die!«

Als um acht Uhr der Krankenpfleger eingetroffen war, hatte er die Haustür nicht öffnen können. Sein Schlüssel ging nicht mehr ins Schloß. Seltsam war außerdem, daß alle Fensterläden geschlossen waren, was in den zwei Jahren, die er sich schon um Judy kümmerte, erst ein einziges Mal vorgekommen war. Da er zwei freie Tage hinter sich hatte, fragte er sich, ob Judy wohl verreist war, ohne ihm Bescheid gesagt zu haben. Aber Judy verreiste nie, und er hatte seine Vertretung angerufen, die ihm bestätigte, am Abend zuvor bei der jungen Frau gewesen zu sein. Daraufhin hatte der Krankenpfleger sich an das Museum gewandt, wo Museumswärter Bigot, nachdem niemand Judy gesehen hatte, irgendwann auf die Idee kam, Marion anzurufen. Die Polizei, dein Freund und Helfer …

Sie hatten vom Garten aus an der Hauswand hochklettern und die Verandatür aufbrechen müssen, um die Bibliothekarin schließlich geknebelt und mit den Handgelenken an die Bettpfosten gefesselt in ihrem Schlafzimmer vorzufinden. Sie zitterte vor Kälte und machte einen ebenso entsetzten wie aufgebrachten Eindruck.

»Was wollte sie?« fragte Marion.

»Sie hat mir mein Notrufgerät vom Bauch gerissen und sich das Telefon geschnappt«, erwiderte Judy ausweichend.

»Damit Sie ihr etwas sagen, aber was?«

»Was weiß denn ich! Mitten in der Nacht kreuzt die hier bei mir auf, schlägt eine Scheibe ein und bedroht mich ... Ich werde Anzeige erstatten wegen ...«

»Was wollte sie?« fiel ihr Marion gereizt ins Wort. »Sie ist schließlich nicht bloß gekommen, um Ihnen einen Schrecken einzujagen.«

»Wegen Lili-Rose. Sie wollte wissen ...«

»Was?«

»Die Wahrheit. Ich habe ihr gesagt, was ich weiß – was hätte ich ihr denn sonst sagen sollen?«

»Und das wäre?«

»Genau das, was ich Ihnen auch gesagt habe«, erwiderte Judy gedehnt, so als wollte sie zeigen, wie schwer es ihr fiel, ihre Gereiztheit im Zaum zu halten.

»Und das hat ihr gereicht?«

»Nein.«

»Sie hat Ihnen nicht geglaubt! Das ist der Grund, warum sie Sie nicht losgebunden hat ...«

»Ich habe nicht die leiseste Ahnung! Ich dachte, sie würde mich umbringen. Sie hatte ein Messer oder eine Rasierklinge, ich hab's nicht richtig gesehen. Sie hätte mich abstechen können ...«

Der Krankenpfleger und Bigot, die wie angewurzelt im Türrahmen standen, gaben keinen Mucks von sich. Marion sah sich in dem chaotischen Zimmer um. Auch die übrigen Räume des Hauses waren auf den Kopf gestellt worden, die Schubladen standen offen, in der Küche herrschte ein heilloses Durcheinander. Vor einer Kommode lag Judys gesamte Unterwäsche auf dem Boden verstreut. Jeanne hatte etwas gesucht. Plötzlich kam Marion ein Gedanke.

Die alten Blumentöpfe auf der Veranda waren nicht angerührt worden. Auch das leuchtend gelbe Fahrrad stand immer noch da. Dafür war das rote Geschenkpaket mit dem grünen Band verschwunden. Jeanne hatte die Dornröschen-Barbie mitgenommen ...

75

Judy saß wieder in gewohnter Position in ihrem Rollstuhl. Neben ihr stand eine Reisetasche. Man hatte sie gewaschen, angezogen und gekämmt. Marion, Bigot als Vertreter des Museums und Judy, die bei der Vorstellung, eine weitere Nacht allein in ihrem Haus zu verbringen, vor Angst schlotterte, hatten einmütig beschlossen, daß die junge Frau provisorisch in einer Klinik untergebracht werden sollte, bis sich ein Platz in einer Spezialeinrichtung für sie fände. Judy, die trotz aller Bestürzung nichts von ihrer Kratzbürstigkeit eingebüßt hatte, erklärte feierlich, daß der Auszug aus ihrem Haus vorübergehend sei. Im Moment des Aufbruchs gab sie vor, in der Küche etwas vergessen zu haben, und verschwand in ihrem surrenden Rollstuhl.

Sie brauchte nur einige Sekunden, um festzustellen, daß ihre Befürchtungen begründet waren: Die Waffe, deren Besitz sie geleugnet hatte, eine kleine Smith & Wesson 22LR, war verschwunden.

76

Genau wie am Abend zuvor klopfte Marion an Martins Tür und klingelte. Dieses Mal versuchte sie jedoch, die Aufmerksamkeit der Nachbarn nicht zu erregen. Dabei wußte sie eigentlich selbst, daß es keinen Sinn hatte, daß weder Jeanne noch Martin da war. Eine alte Dame, die ihren Hund ausführte, bestätigte ihr das – sie wohnte eine Etage höher und hatte gesehen, wie der Arzt Kartons aus der Wohnung trug.

Als sie zu ihm gegangen war, um ihm ihr Beileid auszusprechen, hatten sie ein paar Worte gewechselt: Er würde zunächst ein paar Tage in Paris verbringen und von dort aus wieder ins Ausland reisen. Eine Frau hatte sie weder kommen noch gehen sehen, und sie hatte auch in der Wohnung nicht das leiseste Geräusch gehört. Allerdings war sie etwas schwerhörig und nahm Schlafmittel.

Dann hatte sich Martin also wirklich aus dem Staub gemacht, ohne sich von ihr zu verabschieden; das machte Marion besonders traurig. Aber wenigstens war er nicht bei Jeanne oder Jeanne bei ihm.

Als sie gerade in ihren Wagen steigen wollte, nachdem sie einen kurzen Blick auf die regungslosen Vorhänge im zweiten Stock geworfen hatte, bemerkte sie zehn Meter weiter ein rotes Auto. Es war ein Renault, derselbe, in dem Olivier sie an jenem Abend ins Restaurant *Au Marché des Poètes* ausgeführt hatte. So sehr sie sich auch das Hirn zermarterte, sie konnte sich nicht mehr erinnern, ob es bei ihrer Ankunft schon dort gestanden hatte.

Ein Mietwagen, hatte Olivier behauptet. Ein Modell, von dem es Tausende gab, sagte sich Marion und ermahnte sich, nicht in allem nur Böses zu sehen.

Nichtsdestotrotz notierte sie das Kennzeichen.

77

Olivier Martin erwachte gegen Mitternacht aus seiner Bewußtlosigkeit; er wußte weder, wo er sich befand, noch was ihm geschehen war. Aus der Nase war ihm Blut über das immer noch klebrige Hemd gelaufen. Er hatte stechende Kopfschmerzen, und bei jedem Versuch, sich aufzurichten, wurde ihm so schwindelig, daß er wieder zu Boden ging. Der Teppichboden wogte, und die Decke drohte ihm auf den Kopf zu fallen. Er kam sich vor wie ein Junkie. Keuchend schleppte er sich bis zum Fußende des Bettes, gab den Versuch, sich hochzuziehen, jedoch schnell wieder auf und streckte sich statt dessen vorsichtig auf dem Teppich aus.

Er sank in einen apathischen Dämmerzustand, der hin und wieder von schmerzhaften Wachphasen durchbrochen wurde. Wie lange sich dieser fürchterliche Alptraum schon hinzog, in dem er eine Grimassen schneidende Jeanne vor sich sah, die inmitten von Blutfontänen mit den Armen wedelte, wußte er nicht, als aus der Ferne plötzlich Geräusche an sein Ohr drangen – ein Zirpen, dumpfe Schläge auf Holz –, die sein Unterbewußtes als wichtige Signale wahrnahm. Waren das die Holzfäller in Gabun, deren Äxte dröhnend auf die Zürgelbäume niedergingen, und die Pfeife des Vorarbeiters, der zum Abendessen rief? Für einen Augenblick glaubte er sich schon wieder in Afrika und fragte sich, warum er so schnell dorthin zurückgekehrt war. Er dachte »Marion«, und das reichte, um ihn wieder in die Realität zu holen. Die Wohnung um ihn herum trat langsam in sein Bewußtsein, und er fragte sich, was er im Zimmer seiner Mutter tat. Sein Blick schweifte durch den Raum, verharrte auf der Kommode und auf Jeannes Teddybär. Lili-Roses Teddy. Und ihm wurde alles wieder bewußt.

Bis es ihm gelang, sich aufzurichten, bis die steifen Glieder seinen Befehlen gehorchten und er die Zimmerdecke und den Boden, die aufeinander zustrebten, um ihn zu zermalmen, unter Kontrolle gebracht hatte, bis er der Wände Herr geworden war, die sich wegbogen, sobald er die Arme haltsuchend nach ihnen ausstreckte, hatte das Klopfen an der Tür aufgehört. Er schleppte sich unter Aufbietung all seiner Kräfte in den Flur, den er schweißgebadet erreichte, kurz davor, sich zu übergeben. Draußen hörte er – gedämpft, aber vollkommen real – die Stimme von Marion, die sich mit der alten Dame aus dem dritten Stock unterhielt. Er erkannte die schwerhörige, alte Frau an ihrem Organ und am Ächzen ihres Dackels. Er hörte sie sagen, daß er wieder nach Afrika abgereist sei, und öffnete den Mund, um zu widersprechen und zu beteuern, daß er da sei, hier, gleich hinter der Tür. Kein Ton kam über seine trockenen Lippen, und er fürchtete, daß ihn der heftige Schlag gegen seinen Schädel stumm gemacht hatte. Langsam entfernten sich die Stimmen. Die beiden Frauen gingen bestimmt die Treppe hinunter. Er mußte Marion einholen, sie zu Hilfe rufen. Er zog sich an der Tür hoch und stellte fest, daß sie abgeschlossen war. Vergeblich suchte er den Schlüssel, durchwühlte die Schubladen, die Taschen seiner Jacken an der Garderobe. Nichts.

Jeanne hatte ihn eingeschlossen und den Schlüssel mitgenommen!

Er tastete sich von Möbel zu Möbel und steuerte schwankend auf die Fenster zu, die zur Straße gingen. Als er dort angelangt war, setzte sich Marions Wagen gerade in Bewegung, und sie konnte sein verzweifeltes Winken nicht mehr sehen. Die Straße war leer, das einzig Vertraute dort unten war das rote Auto, das er für seinen Aufenthalt in Lyon gemietet hatte. Er durchquerte die Wohnung. Zum Garten hin standen die Chancen nicht besser, jemanden auf sich aufmerksam zu machen. Die Bäume trugen noch ihre Blätter und versperrten die Sicht. Olivier, der am Ende seiner Kräfte war, ließ sich auf einen Stuhl fallen und legte die Hände an die Schläfen, um die Elefantenherde, die sein Hirn erbarmungslos niedertrampelte, zu beruhigen.

Für einen Augenblick erging er sich in Selbstmitleid und fragte sich, was aus ihm werden würde, wenn Jeanne ihn tatsächlich im Stich gelassen und er einen Schädelbruch hätte, was er befürchtete. In ein paar Wochen würde man aufgrund des Gestanks seinen verwesenden Körper finden. Doch plötzlich bäumte sich alles in ihm auf, und der leidenschaftliche Wille zu überleben war wieder erwacht. Vorsichtig wandte er den Kopf nach rechts, dann nach links. Wenn er sich langsam bewegte, war der Schmerz nicht ganz so heftig. Auf dem kleinen, runden Beistelltisch sah er das Telefon und schleppte sich wie ein Greis mit kleinen Schritten hin. Er wählte die einzige Nummer, die ihm in diesem Moment einfiel.

Jeanne registrierte mit Erleichterung, daß Marion wieder abfuhr. Zum Glück war ihr der am Straßenrand geparkte Dienstwagen aufgefallen. Sonst wäre sie ihr direkt in die Arme gelaufen. Sie schauderte und wurde von einem solchen Haß gepackt, daß sie zu zittern begann.

Marion war ein Hindernis geworden, eine Feindin.

Jeanne umklammerte den Kolben der Smith & Wesson, deren Gewicht die Tasche ihres Regenmantels nach unten zog, und lächelte in ihrem Versteck unter der Treppe leise vor sich hin. Dort, wo Mütter für gewöhnlich ihre Kinderwagen verstauen. Doch da standen jetzt keine mehr. In diesem Haus wohnten nur noch Senioren.

Sie wartete geraume Zeit, sah die Alte aus dem dritten Stock in Begleitung ihres Hundes hinausgehen und stieg geräuschlos die Treppe hoch.

78

Es dauerte ewig, bis Professor Gentil seinen Gesprächspartner erkannte.

Olivier Martin hatte massive Schwierigkeiten, ihm in wenigen Worten klarzumachen, daß Jeanne endgültig übergeschnappt war und fürchterliche Dinge ausheckte. Er sprach schleppend, und der Professor verstand nicht alles. Allerdings immer noch genug, um zu begreifen, daß Jeanne in einem unsäglichen Schlamassel steckte, und er auch. Der Professor versuchte noch ein paar Fragen zu stellen, aber die Explosionen in Oliviers Kopf waren so heftig, daß er Mühe hatte, zwei zusammenhängende Sätze zu sprechen. Vor Schmerz gekrümmt, hatte er sich am anderen Ende der Leitung übergeben. Dennoch hatte er noch die Kraft gefunden, Marions Namen auszusprechen, zu sagen, daß sie eine kleine Tochter hatte, und zu hoffen, daß Professor Gentil verstanden hatte, was er ihm sagen wollte.

Dann knackte in der eisigen Stille der Wohnung das Schloß, und Jeanne stand im Türrahmen, mit aschfahlem Gesicht und irrem Blick und tiefen Schatten unter ihren kranken Augen. Sie zog die Tür hinter sich zu, ging zu Olivier und riß wortlos die Telefonschnur aus der Wand. Dann machte sie sich mit Methode über das Gerät her, um sicherzugehen, daß er keinerlei Chance mehr hätte, Hilfe zu rufen. Stammelnd versuchte er, sie zur Vernunft zu bringen, und dabei starrte sie ihn an, mit zusammengepreßten Lippen, die graue Haut ihrer Wangen so welk wie die eines alten Mütterchens, dem die Zähne ausgefallen sind. Sie zog die Smith & Wesson aus ihrer Manteltasche und hielt sie ihm drohend unter die Nase.

»Siehst du das? Das ist kein Spaß, ich weiß, wie man damit umgeht. Willst du mal sehen?«

»Nein, Jeanne, nein«, stammelte Olivier, der wieder kurz vor einer Ohnmacht stand. »Was hast du getan? Was hast du getan?«

»Hör auf, mich mit deinen Moralpredigten zu langweilen. Wir müssen weg hier, es ist zu gefährlich. *Sie* wird wiederkommen ... Sie ist verrückt nach dir, Olivier ...«

»Nein, Jeanne, du irrst dich, ich kenne sie kaum.«

»Halt den Mund! Das ist mir sowieso scheißegal, sie wird genauso unglücklich sein wie ich. Du bringst einem nur Unglück, Olivier Martin. Los, steh auf!«

»Ich bin verletzt. Ich muß behandelt werden. Ich glaube, es ist ein Bruch ...«

Jeanne lächelte sanft, plötzlich scheinbar besorgt.

»Aber nicht doch, Herr Doktor, mein Sohn *kann* keinen Schädelbruch haben. Er blutet weder aus der Nase noch aus den Ohren, er ist nicht blaß, er übergibt sich nicht, er ist nicht ohnmächtig. Ich weiß besser als Sie, was er hat, Herr Doktor. Ich werde ihn selbst behandeln. Eine Mutter kann das doch immer noch am besten, oder? Aufgestanden, Martin, und immer schön leise!«

Hätte er die Kraft gehabt, so hätte er »Ja, Frau Lehrerin« gemurmelt, und Jeanne wäre zufrieden gewesen. Statt dessen war er dumm genug, sich noch einmal zur Wehr zu setzen.

»Jeanne, komm, wir rufen einen Krankenwagen, dann lassen wir uns beide behandeln.«

Jeanne hob den Arm und spannte den Hahn von Judys Revolver. Sie trat einen Schritt vor und drückte den Lauf mitten auf Oliviers Stirn, genau zwischen die Augen. Kalter Schweiß lief ihm über den Rücken.

»Du gehorchst! Sonst werde ich *sie* töten.«

Er richtete sich schwerfällig auf und folgte ihr in sein Zimmer. Sie legte den Revolver ab, um ihm zu helfen, die blutverschmierten Kleider abzulegen und frische anzuziehen. Sorgfältig und behutsam wie eine Mutter reinigte sie ihn, dann stieß sie ihn zur Tür.

»Und wehe ... kein Wort, keine Bewegung, sonst ... peng, peng! Vergiß das nicht!«

Er ging weiter, mit unsicheren Schritten. Er litt Höllenqualen. Er wußte nicht, wohin sie ihn bringen würde. Er blieb stehen.

»Jeanne, warum Marion?«

»Sie ist in den Brunnen gestiegen. Sie hat Lili-Rose genommen.«

79

Professor Gentil hatte seit geraumer Zeit den Hörer aufgelegt. Er befand sich in einer ausgesprochen unangenehmen Lage. Er wußte, was dieser Anruf seines Kollegen bedeutete. Jeanne war eine Gefahr für sich selbst und für andere. Und das war nicht nur eine Floskel. Jeanne war in ihrer Kindheit mißhandelt worden, hatte als Mutter ihre eigenen Kinder mißhandelt. Inzwischen hatte sich ihr Krankheitsbild verfestigt. Apathisch war sie nur noch dann, wenn sie durch Beruhigungsmittel oder Neuroleptika ruhiggestellt wurde. Ansonsten konnte sie überaus aggressiv sein.

Seinen Berechnungen zufolge stand sie seit achtundvierzig Stunden nicht mehr unter Medikamenten.

Noch einmal wog er das Für und Wider ab. Er fühlte sich nicht wohl in seiner Haut. Dann traf er seine Entscheidung und betätigte die Sprechanlage:

»Andrée«, sagte er betreten, »rufen Sie diese Kommissarin an … Wie heißt sie noch gleich? Marion, genau. Sagen Sie ihr, daß sie sofort kommen soll. Ja, es ist dringend.«

Der Tag neigte sich, und Marion wälzte in Gedanken noch immer das Gespräch mit Professor Gentil. Es war ein Gefühl, als stünde sie vor einer Nebelwand.

»Wozu ist sie fähig, Professor Gentil?«

»Zu allem, wenn Sie so wollen. Sie ist intelligent und durchtrieben, das sagte ich Ihnen ja schon. Und wenn ich richtig verstanden habe, ist sie im Besitz einer Waffe.«

»Einer Waffe? Du lieber Himmel! Was denn für eine Waffe?«

Der Professor breitete die Arme aus.

»Keine Ahnung.«

Judys Schilderungen kamen ihr wieder in den Sinn.

»Ein Messer oder eine Rasierklinge. Kann das sein?«

»Ich weiß nicht. Um ehrlich zu sein, waren die Äußerungen meines Kollegen etwas unklar. Vielleicht könnten Sie mir einmal erklären, welche Rolle Sie selbst in Jeannes Leben gespielt haben.«

Marion kam seiner Aufforderung nach. Er hörte ihr zu, dann strich er zerstreut über seinen Bart, tief in Gedanken versunken.

»Dann sind Sie diejenige, von der sie gesprochen hat ...«

»Bitte?«

»Jahrelang hat Jeanne kein Wort gesagt. Sie schien sich in diesem todesähnlichen Zustand, in dem man ihr alles abgenommen hat, regelrecht zu gefallen. Alle waren nett zu ihr, weil ja ihr Kind gestorben war. Aber in den letzten Wochen hat sie angefangen, über ihre Vergangenheit zu sprechen, vor allem über die Zeit, als ihre Tochter gestorben ist. Ich habe den Eindruck, daß es ein Wendepunkt in ihrem Leben war. Nicht nur, weil das Kind gestorben ist.«

»Sie wollte mit einem anderen Mann ein neues Leben beginnen, wollte mit ihm und Lili-Rose weggehen. Hat sie Ihnen das erzählt?«

»Nicht richtig. Sie hatte sich hinter ihrer Krankheit verschanzt. Hat mit niemandem geredet. Erst am Schluß ... In Jeannes Äußerungen war von Ihnen die Rede, auch wenn sie Ihren Namen nicht erwähnt hat. Sie empfand ein Gefühl der Nähe zu Ihnen, fast so, als wären Sie eine Schwester. Und gleichzeitig habe ich den Eindruck, daß sie Ihnen böse war ... Ich habe das in keinen Zusammenhang bringen können, ich kannte Sie ja nicht ...«

»Und Sie waren zu sehr damit beschäftigt, ihre Flucht vor mir zu verheimlichen ... Wenn ich richtig verstehe, haben Sie Jeanne unterschätzt.«

»Nein, lassen Sie mich Ihnen das erklären ... Jeanne hat

jahrelang in völliger Passivität gelebt, das einzige, was man ihr anmerken konnte, war ihre Zufriedenheit darüber, daß man sich gut um sie gekümmert und sie bemitleidet hat. Als sie dann anfing zu sprechen, Gefühle zu zeigen, sich sogar aufzulehnen, hatte ich den Eindruck, daß sie auf dem Weg der Besserung war. Daß sie zumindest eine Chance hatte, ihr Leben nicht für immer in diesem Gebäude zu fristen. Ich habe nicht damit gerechnet, daß sie ausbrechen könnte, das stimmt schon, aber sie hätte aus ihrer Flucht auch Nutzen ziehen können. Lernen, sich die Welt wieder anzueignen, darin Fuß zu fassen, sich des Todes ihrer Tochter bewußt zu werden, Trauerarbeit zu leisten, ihr Leben wieder in die Hand zu nehmen. Ich hatte nicht gedacht, daß sie lange draußen bleiben würde«, gab er schließlich zu. »Ich glaube, daß irgend etwas Ungewöhnliches passiert ist. Sie hat Hilfe gefunden oder jemanden getroffen, der sie von uns fernhält.«

»Ich bin ihr begegnet, ohne zu wissen, daß sie es war. Es sah nicht so aus, als würde sie in irgendeiner Weise zu etwas gezwungen …«

»Das wollte ich damit nicht sagen. Diese Person hält sie durch ihren Einfluß oder durch das, was sie verkörpert, draußen fest. Oder Jeanne läßt sich von irgendeiner Zwangsvorstellung leiten, einer fixen Idee …«

»Wer hat Sie eigentlich eben angerufen, um Ihnen zu sagen, daß Jeanne etwas im Schilde führt?«

»Ihr Arzt. Der, über den wir einmal gesprochen haben. Er hat sich nicht richtig vorgestellt, aber Andrée hat seinen Namen wiedergefunden. Er heißt René Jamet. Seine Adresse haben wir nicht, aber er muß im Telefonbuch stehen. Ich denke, er hat sie gestern oder heute morgen gesehen. Jedenfalls war er sehr schlecht zuwege, das scheint nicht gut verlaufen zu sein.«

Marion hörte kaum noch hin. Jamet … Der Name sagte ihr

nichts, sie war sich sicher, daß sie niemanden kannte, der so hieß. Trotzdem klang er irgendwie vertraut.

Sie wandte Professor Gentil wieder ihre Aufmerksamkeit zu.

»Er hat von Ihnen gesprochen«, sagte er, »und zwar sehr eindringlich. Und von Ihrer Tochter.«

Marions Herz tat einen Sprung. Wenn dieser Arzt Nina erwähnt hatte, dann mußte Jeanne ihm von ihr erzählt haben …

»Wie, von meiner Tochter?« fragte sie mit belegter Stimme.

»Erzählen Sie mir von ihr.«

Marion erklärte ihm in groben Zügen die Geschichte von Nina und ihrer Adoption. Dann berichtete sie ihm von Lili-Rose und ihrer Entdeckung – nach fünf Jahren –, daß die beiden Mädchen Freundinnen gewesen waren. Mehr als Freundinnen, wie Schwestern …

»O verdammt!« rief der Professor aus, der seine Zurückhaltung plötzlich zu vergessen schien. »Ich ahne, was Jeanne umtreibt und wovon sie überzeugt ist. Sie hat sich in diese schmerzhafte Phase vor fünf Jahren zurückversetzt, und zwar so komplett, daß sie regelrecht darin lebt. Sie hat den Tod ihrer Tochter nie verarbeitet. Sie befindet sich in einem Zustand, den man Trauerblockade nennt.«

»Was bedeutet das genau?«

»Oft wollen Frauen nach so einem Todesfall sehr schnell ein weiteres Kind haben, als Ersatz für das Kind, das sie verloren haben. Jeanne konnte dieses andere Kind nicht haben. Ihr Sohn Mikaël ist kein Mädchen und auch sonst zu verschieden. Sie hat mit dem Tod ihrer Tochter nicht abgeschlossen, sie glaubt, daß sie noch lebt … Hat Jeanne Sie einmal zusammen mit Ihrer Tochter gesehen?«

Marion spürte, wie sie vor Schreck eine Gänsehaut bekam. Am liebsten hätte sie sofort das Thema gewechselt.

»Ich weiß nicht«, stammelte sie. »Möglich ist es. Vielleicht hat sie mir nachspioniert, mich beobachtet …«

»Sie müssen Ihre Tochter schützen.«

»Was will sie ihr antun?« fragte Marion mit tonloser Stimme.

»Ich habe keine Ahnung. Aber lassen Sie auf keinen Fall zu, daß Jeanne in ihre Nähe kommt.«

80

»Wir erhöhen das Polizeiaufgebot, um Jeanne Patrie zu finden. Ich will, daß alle Frauen, die auf der Straße herumlaufen, kontrolliert werden. Sie hat einen auffälligen Gang, leicht schlingernd und etwas seitwärts gerichtet. Geben Sie allen Streifen die Personenbeschreibung durch, informieren Sie die Kommissariate in den Stadtteilen und die Gendarmerien in allen Vororten. Überprüfen Sie die Bahnhöfe und Hotels. Ich will die totale Mobilmachung.«

»Und was machen wir mit Nina?«

Hilf mir, Gott, dachte Marion verzweifelt.

Sie starrte Talon und Lavot an. Sie waren zu ihr nach Hause gekommen, nachdem sie die Ermittlungen gegen Simon X wegen Totschlags offiziell abgeschlossen hatten ... Ein Brudermord.

Nina schlief in ihrem Zimmer, und Marion hatte aus Sicherheitsgründen die Fensterläden verriegelt.

»Bei mir ist sie nicht in Gefahr«, behauptete sie.

Lavot verzog den Mund.

»Das sagen Sie.«

Marions finsterer Blick fegte jeden Zweifel vom Tisch.

»Die soll mal hier auftauchen, dann wird sie schon sehen ...«

»Sie ist durchtrieben, das hat Ihnen der Psychiater doch gesagt. Ich glaube, es wäre besser, Nina wegzubringen.«

»Und Sie glauben, das könnte Jeanne aufhalten? Ich kenne

diese ›durchtriebenen‹ Psychopathen, wie Sie sagen. Das sind Machiavellisten. Die ticken völlig anders als wir. Die bleiben in ihrem Wahn nicht auf halbem Weg stehen, schließlich hält er allein sie am Leben, gibt ihnen Kraft. Deshalb bleibt Nina hier. Sie wird wie immer zur Schule gehen. Wir sagen ihr nichts, das ihr Angst machen könnte. Diese Verrückte wird sie mir nicht wegnehmen, das schwöre ich Ihnen.«

»Na gut, aber wie stellen wir das an?«

81

Am nächsten Morgen, Marion war gerade erst im Büro eingetroffen, wurde sie von Quercy herbeizitiert. Sie rechnete mit dem Schlimmsten und begann unverzüglich, sich mit Gleichmut zu wappnen, um vor dem, was sie zu erwarten hatte, gefeit zu sein.

Quercy sah wieder so aus wie immer, oder fast. Seine Bräune und sein Haar waren noch ungewöhnlich gepflegt, doch er trug wieder seinen alten Blouson.

»Ich bin gestern abend zurückgekommen und habe das mit Nina erfahren ...«

Marion registrierte erleichtert, daß er nicht mehr die Formulierung »man hat mir gesagt« gewählt hatte. Trotzdem hatte sie noch nicht das Gefühl, aus dem Schneider zu sein.

»Sagen Sie mir, was Sie getan haben.«

Der Ton eines Oberlehrers. Aber auch väterlich, zumindest ein bißchen.

»Sie wissen, was ich getan habe«, antwortete Marion, die noch immer auf der Hut war. »Ich habe entgegen Ihren Anweisungen Ermittlungen durchgeführt. Aber das habe ich gemacht, weil mich jemand dazu getrieben hat.«

»Ja, ich weiß, die Kinderschuhe auf Ihrem Briefkasten ...

Aber das wollte ich gar nicht wissen. Was haben Sie getan, um Nina zu schützen? Darum geht es jetzt.«

»Sie ist in der Schule. Ich habe dem Lehrer gesagt, daß sie die Schule nur gemeinsam mit mir verlassen darf. Ich fahre sie hin und hole sie ab. Die übrige Zeit weiche ich nicht von ihrer Seite. Ich bin bewaffnet, ich schlafe mit meiner Pistole unter dem Kopfkissen und habe für die strategische Plazierung von Hilfsmitteln gesorgt.«

»Strategische was?«

Marion lächelte schwach.

»Ach, wissen Sie, das ist so eine Sache, die ich alten Frauen beibringe, wenn ich Vorträge darüber halte, wie man sich zu Hause, auf der Straße, in Parkhäusern oder großen Supermärkten schützen kann. Für zu Hause empfehle ich den Frauen, an verschiedenen Stellen vertraute Alltagsgegenstände zu plazieren, die als Waffen dienen können. Diese vertrauten Alltagsgegenstände sind bei mir Klappmesser, Schlagringe und ein oder zwei Knarren ...«

»Verstehe«, sagte Quercy lächelnd. »Sie sind vielleicht eine Nummer ... Aber das reicht nicht, zum Teufel noch mal. Schicken Sie mir den Mitarbeiter, der die ganze Aktion koordiniert. Darum kümmere ich mich selbst.«

»Chef«, protestierte Marion, »übertreiben Sie's bitte nicht. Die ganze Sache hat Nina schon genug mitgenommen. Schön unauffällig, ja? Kann ich mich auf Sie verlassen?«

»Versprochen. Und Glückwunsch zu dem Transsexuellen-Fall! Da haben Sie einen richtigen Coup gelandet!«

Das gibt's doch nicht, der ist ja wie ausgewechselt ...

Marion konnte sich nicht recht entschließen, den Raum zu verlassen, und auch Quercy schien es nicht eilig zu haben, wieder allein zu sein. Wie zwei Hähne, die sich vor dem Kampf beäugen, musterten sich die beiden, jeder auf der Hut vor dem ersten Hieb. Schließlich fingen sie im selben Moment an:

»Chef ...«

»Hören Sie, Marion ...«

Sie lachten, erst zaghaft, dann aus voller Kehle. Marion wischte sich eine Träne ab, die ihr über die Wange gekullert war. Die Feindseligkeiten zwischen ihr und Quercy hatten schwer auf ihrer Seele gelastet, jetzt fiel ihr ein Stein vom Herzen.

»Mein Versetzungsantrag ...«

»Hören Sie mir damit auf! Wir bringen unseren Fall zu Ende, alles andere sehen wir später. Die Entscheidung treffen Sie.«

Er hatte »unseren« Fall gesagt.

»Danke. Vielen, vielen Dank. Ich ...«

»Schon gut. Los jetzt, verschwinden Sie ... Kümmern Sie sich um Nina.«

Sie streckte ihm die Hand entgegen. Er drückte sie mit beiden Händen. Ihrem Blick entnahm er, daß sie dieses plötzliche Umschwenken nicht begreifen konnte. Er seufzte.

»Mir ist etwas ganz Idiotisches passiert ...«

»Eine Leidenschaft?«

Sein Blick wanderte kurz zur Decke.

»So könnte man es nennen ... Na ja, und außerdem haben Sie mich mit Ihrem Antrag in eine Stinklaune versetzt. Ich hatte nichts dagegen in der Hand, da mußte ich Sie halt provozieren. Und wenn Sie wüßten, was ...«

»Schon gut, Chef, ich will's gar nicht wissen.«

82

Der Tag schleppte sich so elend dahin, daß es kaum zu ertragen war. Bei jedem Anruf und jedes Mal, wenn im Gang etwas eiligere Schritte zu hören waren, fuhr Marion hoch. Alle dreißig Minuten rief sie im Führungs- und Lageraum an.

»Immer noch nichts.« Sie konnte es nicht mehr hören.

Alle um sie herum waren unterwegs. Alle im Einsatz, auf der Suche nach Jeanne Patrie. Man hatte das *Centre des Sources* alarmiert, die Klinik, in der sich Judy befand, das Museum, die Psychiatrie. Ein Team befand sich auf Beobachtungsposten vor dem Haus in der Rue des Haies, für den Fall, daß Jeanne sich zu Denis geflüchtet hatte. Ein anderes Team hatte in der Montée de l'Observance Stellung bezogen, vor Olivier Martins Wohnung. Die Gendarmen hatten sich soeben bereit erklärt, dem früheren Patrie-Hof einen Besuch abzustatten und dort eine Straßensperre zu errichten. Aber immer noch nichts.

Auch die Ermittlungen brachten sie nicht weiter. Der rote Renault, dessen Kennzeichen sie notiert hatte, war tatsächlich ein Leihwagen, den Olivier gemietet und bislang nicht zurückgegeben hatte. Marion wartete auf einen Anruf des Teams, das vor dem Wohnhaus auf der Lauer lag, um zu erfahren, ob der Wagen immer noch dort war. Sie hoffte darauf, daß Martin ihn tatsächlich dort hatte stehenlassen, um nach Paris zu fahren. Damit bliebe ihr eine kleine Chance, ihn wiederzusehen. Eine weitere Schlappe war, daß man in ganz Lyon und Umgebung keinen Arzt namens René Jamet gefunden hatte. Eine Anfrage bei der Ärztekammer war bisher unbeantwortet geblieben. Das Klingeln des Telefons ließ sie von ihrem Stuhl hochfahren, und wieder hoffte sie, daß nun endlich Bewegung in die Sache käme.

Es war nur der Erkennungsdienst. Der Opernsänger bat sie dringend zu sich in den fünften Stock. Er hatte die verschiedenen Schriftstücke und Unterlagen, mit denen er gearbeitet hatte, vor sich ausgebreitet. Er wirkte stolz wie ein Jäger, der fürs Erinnerungsfoto posiert, ein Fuß auf dem Bauch des erlegten Tiers, dem er so lange nachgestellt hatte.

»Ich hab Ihren Fingerabdruck«, sagte er und wedelte mit einem Pappkärtchen.

Sie nahm es ihm aus der Hand, und das ganze Zimmer begann sich zu drehen: Olivier Martin. Das war der Name, der auf dem Kärtchen stand. Der Abdruck auf dem Springseil stammte also von einem Finger des charmanten Doktors ... Die Buchstaben tanzten, und der feige, stechende Schmerz in der Leistengegend nutzte den günstigen Moment, um wieder aufzuflammen. Der Gynäkologe, ich muß zum Gynäkologen ... Sie zog eine Grimasse und sank auf den nächsten Stuhl. Der Mann vom Erkennungsdienst schwelgte derart in seinem Glück, daß er nichts bemerkte. Begeistert fuhr er mit seinem Bericht fort:

»Und das ist noch nicht alles. Der Vergleich mit dem Umschlag des anonymen Briefs hat zu einem positiven Ergebnis geführt. Die Fingerabdrücke stammen *auch* von diesem Martin. Rechte Hand.«

Der Schmerz ebbte langsam ab. Marion schluckte, während sie methodisch ein- und ausatmete.

»Allerdings habe ich auf dem Brief weitere Fingerabdrücke gefunden, die nicht von ihm sind. An der Sache war mindestens eine weitere Person beteiligt.«

Marion warf einen Blick auf den anonymen Brief, auf dem das Ninhydrin zahlreiche violette Flecken hinterlassen hatte. Plötzlich sprang sie mit einem solchen Ruck auf, daß ihr Stuhl umfiel und der Beamte zusammenfuhr. Die Todesanzeige! Madame Germaine Martin, geborene Jamet. Jamet wie René Jamet.

83

Die nächsten Stunden waren noch schwerer zu ertragen. Olivier Martin stand sehr wohl auf der Liste der künftigen Vertreter von *Ärzte ohne Grenzen* in Angola, was Marions anfänglichen Ermittlungen zunächst widersprach. Allerdings war er erst vor drei Tagen in die Liste eingetragen worden. Das erklärte, warum sie ihn nicht gefunden hatte. Seine Abreise war für den 15. September geplant, in vier Tagen. Bei *Ärzte ohne Grenzen* hatte er sich nicht mehr gemeldet, worüber man sich dort sehr wunderte, da noch einige Formalitäten zu erledigen waren.

Marion war nicht überrascht, als sie erfuhr, daß ein gewisser Dr. René Jamet fünf Jahre lang unermüdlich dem Wohl der Menschen in Ruanda, Nigeria und der Republik Kongo gedient hatte. Vor einem Monat war er aus dem Dienst ausgeschieden.

Nachdem Marion den Leuten von der Ärztekammer Druck gemacht hatte, wurde ihr schließlich das Ergebnis der dortigen Nachforschungen ausgehändigt: René Jamet hatte tatsächlich eine Arztpraxis geführt, war aber vor zwei Jahren, im Alter von achtzig Lenzen, gestorben. Zu diesem Zeitpunkt war er bereits seit über fünfzehn Jahren im Ruhestand. Marion kam zu dem Schluß, daß dieser René Jamet ein Onkel von Olivier Martin sein mußte, der Bruder seiner Mutter. Olivier hatte seinen Namen für die geplante Flucht mit Jeanne benutzt und ihn später verwendet, um sie in der psychiatrischen Klinik zu besuchen. Andrée, die Oberschwester der Abteilung von Professor Gentil, erinnerte sich mit einiger Verspätung wieder daran, daß Doktor Jamet vergangenen Montag um die Mittagszeit in die Klinik gekommen war. Da Jeanne bereits ausgebrochen war und er sie nicht hatte sehen können, hatte die Schwester es für wenig zweckdienlich erachtet, Marion etwas davon zu sagen. Marion fiel wieder ein, wie Martin plötzlich hinter ihr aufgetaucht war. »Ich bin Ihretwegen gekommen. Auch ich habe meine Informanten …« Was du nicht sagst! Kurz darauf hatte auch das in die Montée de l'Observance geschickte Team angerufen, um ihr zu sagen, daß der rote Renault dort nicht zu sehen war. Angesichts dessen, was sie soeben über das Treiben von Martin erfahren hatte, stellte sie sich nun auf das Schlimmste ein.

Bedrückt machte sie sich zur Wohnung von Doktor Martin auf, in der festen Überzeugung, daß er in Lyon und nicht in Paris war, daß er Jeanne bei ihrer Flucht aus der Psychiatrie geholfen hatte und daß die beiden Komplizen waren in einer Sache, die sie sich kaum vorzustellen wagte.

84

Quercy hatte seinen Einfluß geltend gemacht, damit schnellstmöglich ein Ermittlungsverfahren eingeleitet wurde. Der Staatsanwalt hatte sich erst geziert: Marions inoffizielle Ermittlungen waren ihm gegen den Strich gegangen, erst eine ordnungsgemäß eingereichte Anzeige von Judy Robin hatte ihn überzeugen können. Wegen Freiheitsberaubung, Bedrohung mit einer Waffe und Tätlichkeiten gegen eine hilflose Person hatte Richter Férec, der allmählich zum Spezialisten für abwegige Fälle wurde, schließlich ein Ermittlungsverfahren eingeleitet. Als erste Maßnahme war eine Hausdurchsuchung bei Olivier Martin alias René Jamet vorgesehen, von dem vermutet wurde, daß er die Hauptverdächtige des Überfalls auf Judy Robin, Jeanne Patrie, bei sich versteckt hielt und ihr Hilfe leistete.

Der Schlosser brauchte nur zehn Sekunden, um die Tür von Martins Wohnung zu öffnen. Nachdem Marion alle Räume sorgfältig unter die Lupe genommen hatte, wußte sie nicht mehr recht, was sie glauben sollte. Das herausgerissene Telefonkabel, die dunklen Flecken auf dem Teppichboden des Schlafzimmers, Oliviers blutgetränkte Kleider, an denen noch sein Geruch haftete, taten ihr in der Seele weh. Er war verletzt! Jesus Maria, wo steckte er nur?

Als sie dann auf der Kommode den Plüschbären entdeckte, den Jeanne mit zur Kripo gebracht und den sie ihr, blöd wie sie war, auch noch zurückgegeben hatte, anstatt sie zu verhaften und so lange wie möglich aus dem Verkehr zu ziehen, hatte sie keinen Zweifel mehr: Jeanne war hier gewesen. Doch vielleicht hatte der verletzte Olivier, sofern er in diesem Moment – wo auch immer – mit ihr zusammen war, ihre Gesellschaft nicht aus freien Stücken gesucht. Gegen Mittag hatte er Professor Gentil angerufen. Das hatte er getan, um ihn um Hilfe zu bitten und weil er wußte, daß Jeanne eine Bedrohung für Marion und Nina darstellte. Aber wo, zum Donnerwetter, war er jetzt?

Zurück im Büro, erfuhr sie von Lavot und Talon, daß Judy Robin, von Schuldgefühlen geplagt und über die Ausmaße, die diese Geschichte allmählich annahm, zutiefst erschrocken, mit Marion hatte sprechen wollen. Da die Kommissarin nicht zu erreichen war, hatte Lavot sich geopfert und ihr einen Besuch abgestattet.

»Judy Robin hatte eine Schußwaffe in ihrem Haus. Nach Jeannes Besuch hat sie festgestellt, daß die Waffe verschwunden war.«

Jeanne hatte die Dornröschen-Barbie mitgenommen, aber es lag klar auf der Hand, daß sie wegen einer Barbie nicht das ganze Haus auf den Kopf gestellt hatte.

Jeanne Patrie war nicht nur durchtrieben, sondern auch im Besitz einer Waffe.

85

Der Sonntag kam, ohne daß die Ermittlungen neue Erkenntnisse gebracht hätten. Weder von Jeanne Patrie noch von Olivier Martin gab es Neuigkeiten. Der Samstag hatte sich nur so dahingeschleppt. Marion hatte eine Unpäßlichkeit vorgeschoben, um das Haus nicht verlassen zu müssen. Nina hatte es ihr nicht übelgenommen: Mit ihrer Playstation und den Hausaufgaben war sie ausreichend beschäftigt. Marion hatte den Tag genutzt, um sich einige Dinge, die im Haushalt liegengeblieben waren, vorzunehmen, und da der Schmerz in der Leistengegend wieder abgeklungen war, hatte sie darauf verzichtet, den Gynäkologen zu belästigen. Abends hatte Doktor Marsal bei ihr angerufen. Er wollte sich nach ihrem Befinden erkundigen und erfahren, warum sie sich nicht mehr bei ihm gemeldet hatte. Peinlich berührt, hatte Marion sich dafür entschuldigt, daß sie ihn nicht auf dem laufenden gehalten hatte, worauf Marsal über die wohlbekannte Undankbarkeit der Frauen gespottet hatte.

»Ich hoffe nur, daß Sie meine Falkenkralle nicht verloren haben ...«

»Nein, nein«, hatte Marion gestammelt, und sich dabei gefragt, was wohl aus der Zehe von Horus geworden war.

Es kam ihr so vor, als läge diese Episode Jahre zurück. Aber es war unnötig, Marsal wegen eines Vogelsporns in Sorge zu versetzen, auch wenn er geweiht und Tausende von Jahren alt war. Sie berichtete ihm in groben Zügen, was geschehen war, und versprach – um ihm eine Freude zu machen –, daß sie gleich am Montag bei ihm vorbeischauen würde.

»Das wollte ich Ihnen sowieso vorschlagen, Frau Kommissarin. Ich habe interessante Neuigkeiten für Sie.«

Mehr wollte er nicht sagen, aber Marion, die schon wieder mit dem Schlimmsten rechnete, ließ nicht locker.

»Am Pierre-Bénite-Staudamm haben sie eine Leiche aus dem Wasser gezogen.«

Alle Menschen, die in der Saône oder Rhone ertranken, landeten irgendwann unweigerlich dort. Die Information des Gerichtsmediziners hatte nichts von einer Sensation. Dennoch spürte Marion, wie ihr Puls hochschnellte. Seit vier Monaten wartete sie auf diesen Moment und diesen kurzen Satz.

»Noch ist nichts sicher. Ich rechne für heute abend mit der Lieferung. Ich weiß jetzt schon, daß Teile fehlen, wohl aber ein Kopf vorhanden ist ...«

Genau umgekehrt wie bei der armen Maurice-Nathalie. Marion betete zu wem auch immer, daß es tatsächlich der Leichnam von Sam Nielsen sein möge. Als sie an diesen ganzen Irrsinn zurückdachte, und an Léo, der seinem Sohn niemals ein Lächeln schenken würde, überkam sie eine schreckliche Traurigkeit.

86

Im *Centre des Sources* ging es hoch her. Marion bog in die Allee ein, die von bunten Ständen gesäumt war. Die jungen Bewohner schlenderten mit ihren Eltern umher, linkisch in ihren Sonntagskleidern, verwirrt durch die Unterbrechung ihres gewohnten Alltags. Aus einer schaurigen Lautsprecheranlage knatterte Musik, die den Besuchern in den Ohren wehtat. Zum Glück war das Wetter schön, fast sommerlich.

Je weiter Marion voranschritt, desto größer wurde ihre Beklemmung, desto mehr hatte sie das Gefühl, auf der Hut sein zu müssen, ohne daß sie hätte sagen können, worin die Bedrohung eigentlich lag. So ging das schon seit dem Morgen, trotz der sonntäglichen Ruhe, die allenthalben herrschte. Oder vielleicht gerade deshalb.

Nina war zu Hause geblieben, in Begleitung von Lisette, Talon und der Familie Lavot, die aus gegebenem Anlaß den Auftrag erhalten hatte, einen Grillabend vorzubereiten. Zwei von Quercy geschickte, bis an die Zähne bewaffnete Leibwächter sorgten für die Sicherheit der Kleinen, indem sie regelmäßig den Garten und die nähere Umgebung inspizierten. Man hatte Nina nicht gesagt, daß die Männer ihretwegen gekommen waren. Die Lavots und Talon hatten sich vorgenommen, das Mädchen nach besten Kräften von ihnen abzulenken.

Marion hatte trotz aller Sorgen gut geschlafen, doch das Gefühl, wieder einmal zur Zielscheibe geworden zu sein, zerrte unsäglich an ihren Nerven.

Sie hatte einen Fußball für Mikaël gekauft, einen besonders schönen, auf dem die französische Nationalmannschaft als Sieger der Weltmeisterschaft abgebildet war und von dem sie wußte, daß er auch dem jungen Erzieher gefallen würde. Mit ihrem Geschenk unter dem Arm machte sie sich auf die Suche nach dem Jungen.

87

Das Mädchen saß auf einer niedrigen Mauer, die quer durch den Park des *Centre des Sources* führte; dahinter lag die Villa von Raoul Desvignes.

Verdrossen sah es aus der Ferne dem Treiben der Kinder zu, dieser Deppen, die noch mit ihren Eltern Händchen hielten. Es ließ die Beine baumeln. Ab und zu stützte es sich auf seine Arme und schwang die Füße in die Luft. Dann ließ es sich wieder auf die Mauer plumpsen, seufzend vor Langeweile. Ein Rascheln erregte seine Aufmerksamkeit. Einer der Jugendlichen aus dem Zentrum stand da und betrachtete das Mädchen mit halb geöffnetem Mund, aus dem ihm Speichel übers Kinn lief. Sein lauernder Blick war nicht auf das Gesicht des Kindes geheftet, sondern auf das weiße Höschen, das hin und wieder unter dem Rock hervorlugte.

»Was gaffst du so?« sagte das Mädchen barsch.

Mikaël stammelte ein paar Worte, ohne das beunruhigende weiße Stück Stoff aus den Augen zu lassen. Seine Wangen wurden heiß, und der Speichel lief ihm wie aus einem undichten Wasserhahn über die gespaltene Lippe.

»Hier, dann guck mal genau hin, das willst du doch sehen!«

Das Mädchen spreizte mit einem Ruck die Beine, blieb für einen Moment so sitzen, klappte die Beine wieder zusammen und sprang von der Mauer.

»Hau ab«, schrie es und kehrte ihm den Rücken. »Geh und spiel mit deinen Freunden, du armer Irrer!«

Mikaël sah, wie es fortging, und blieb einen Augenblick stehen, in der Hoffnung, daß das Mädchen umkehren und ihm noch einmal sein Höschen zeigen würde, ja vielleicht sogar das, was sich unter dem weißen Stoff verbarg. Er verlagerte das Gewicht auf sein gesundes Bein, um den verletzten Knöchel, der ihm Schmerzen bereitete, zu entlasten. Das Mädchen ging etwa zwanzig Meter weiter, wippte dabei mit seinem kurzen Röckchen und schüttelte das lange, von einem weißen Band zusammengehaltene Haar. Dann blieb es stehen und wandte sich zu ihm um. Sein Blick schien ihm zu sagen, daß er ihr folgen solle.

Als Mikaël sich nicht rührte, zuckte es verächtlich die Schultern und ging tiefer in den Park hinein, fort vom Trubel der Festlichkeiten, Richtung Teich.

Da folgte Mikaël dem Mädchen, ohne noch länger zu zögern.

88

»Es tut mir leid«, sagte Raoul Desvignes, »aber ich kann ihn nirgendwo finden.«

Marion war seit einer Stunde da, sie hatte sich mit Ludo in einem Wurf- und dann einem Angelspiel gemessen, bei dem sie einen von den Kindern gebastelten Schlüsselanhänger gewonnen hatte. Auf der Bühne, die vor der Freitreppe des Schlosses errichtet worden war, würde bald die Vorstellung beginnen, und Mikaël war immer noch nicht aufgetaucht.

»Ist das beunruhigend?« erkundigte sie sich, während sie den Ball in seinem blau-roten Papier in den Händen drehte.

»Nein, Mikaël fürchtet sich vor solchen Veranstaltungen, weil er nie Besuch bekommt. Um ihm eine mögliche Enttäuschung zu ersparen, habe ich ihm nicht gesagt, daß Sie eventuell kommen. Aber er wird schon auftauchen, seien Sie unbesorgt.«

Der Direktor entfernte sich, um nach den Schauspielern zu sehen, die unter Madame Desvignes' wachsamen Blicken die letzten Vorbereitungen trafen, und als Marion sich zum Haupteingang des Zentrums umwandte, sah sie plötzlich einen großen, etwas linkisch wirkenden Mann, der sich in seinen sauberen Kleidern unwohl zu fühlen schien: Denis Patrie. Auch er erkannte Marion und kam auf sie zu.

»Alles in Ordnung?« fragte sie mit einem prüfenden Blick in sein graues Gesicht.

Er nickte nur kurz und sah sich suchend um.

»Ich weiß nicht, wo Mikaël steckt ... Ich habe ihm ein kleines Geschenk mitgebracht. Hier, geben Sie es ihm, ich muß weg.«

Sie reichte ihm den Ball, wofür Denis Patrie ihr mit ein paar unbeholfenen Worten dankte. Sie winkte ab und beugte sich zu ihm vor.

»Gut, daß Sie gekommen sind, Denis.«

89

Es war halb neun. Draußen war es noch so warm, daß Marion im Garten den Tisch gedeckt hatte. Talon war dabei, die Fleischspießchen zu wenden, und der Duft nach Würstchen und mariniertem Huhn wehte in die benachbarten Gärten. Mathilde tauchte mit einer riesigen Salatschüssel auf und rief: »Zu

Tisch!« Die Kinder und die von Quercy geschickten Polizisten saßen schon. Die beiden braunhaarigen Jungs von Mathilde bewarfen sich prustend mit Brotkügelchen. Nina betrachtete versunken die beiden Leibwächter. Die dicken Knubbel unter ihren Jacken, die die Männer unbeholfen zu kaschieren versuchten, waren ihr nicht entgangen und versetzten sie in eine gewisse Unruhe. Lisette, die als Nachtisch eine Überraschung versprochen hatte, war noch in der Küche zugange. Marion und Lavot standen abseits der anderen am Grill und sahen Talon, der mit der Grillzange hantierte, auf die Finger.

»Gestern abend habe ich mehrere anonyme Anrufe bekommen«, sagte Marion leise.

Lavot nahm einen Schluck Bier aus der Dose.

»Immer noch? Das ist doch nicht normal.«

»Was du nicht sagst«, erwiderte Talon, dessen Wangen durch die Hitze des Grills gerötet waren, mit einem ironischen Grinsen.

Der Capitaine, lässig in Jeans und Polohemd, zuckte die Achseln.

»Ich kümmer mich morgen drum«, sagte er. »Und heute war nichts?«

»Gegen 18 Uhr hat jemand angerufen und gleich wieder aufgelegt, als ich drangegangen bin. Ich frage mich schon, wer dieser Idiot ist.«

»Das kriegen wir raus, keine Bange!«

Auch hier war mit einem »immer noch nichts« zu rechnen, denn die Rückverfolgung der Anrufe endete grundsätzlich an einer Telefonzelle. Marion war bisher der Auffassung gewesen, daß diese Sache nicht wichtig genug sei, um ihr weiter nachzugehen.

»Diese Anrufe«, sagte sie nach einigem Nachdenken, »haben vor zwei Wochen angefangen. Genau an dem Abend, als die Kinderschuhe auf meinem Briefkasten gelandet sind.«

Aus Marions Tasche tönte *Amazing Grace* und bereitete dem Gespräch ein jähes Ende.

»Das war Raoul Desvignes«, sagte sie, als sie mit sorgenvollem Gesicht ihr Handy ausschaltete. »Mikaël ist immer noch nicht aufgetaucht. Sie haben ihn überall gesucht, er ist spurlos verschwunden. Desvignes hat die Gendarmen gerufen, und die Feuerwehr sucht das Gelände um den Teich herum ab.«

»Herrgott noch mal«, knurrte Lavot. »Was hat denn das schon wieder zu bedeuten?«

»Ich weiß nicht. Ich fahre hin. Essen Sie noch einen Happen mit den Kindern, dann kommen Sie nach.«

Unauffällig machte sie sich davon. Fünf Minuten später traf sie im *Centre des Sources* ein.

90

Es war immer derselbe Alptraum, der jedes Mal wieder von vorne begann. Marion hätte nicht sagen können, wie oft sie schon in dieser Situation gewesen war. Kulisse und Darsteller wechselten, aber die Atmosphäre war stets genauso beängstigend.

Es war zwei Uhr morgens, und man sah den Gesichtern die Anspannung an. Raoul Desvignes konnte nicht stillsitzen und zuckte zusammen, sobald ein Telefon klingelte. Denis Patrie, der schweigend in einer Ecke saß, schien der einzige zu sein, der die Ruhe bewahrte; Grund dafür war allerdings sein Vollrausch vom Abend zuvor.

Die Gendarmen hatten zusammen mit einer Gruppe von Kriminalbeamten jeden Winkel des Parks durchsucht. Eine andere Truppe hatte das Schloß umstellt, und im Speisesaal hatte man die todmüden Kinder versammelt, die angesichts eines solchen Polizeiaufgebots starr vor Staunen waren. Freiwilligen Helfern, die den Anweisungen einiger Polizeibeamter folgten, hatte man die Nebengebäude anvertraut, während die Feuerwehrleute im Scheinwerferlicht den Teich absuchten. Das dafür notwendige Stromaggregat erzeugte ein durchdringendes Geräusch, das nie wieder aufhören zu wollen schien.

Alle Familien, die dem Fest beigewohnt hatten, waren benachrichtigt worden. Ein Vater, der sich einmal kurz in die Büsche geschlagen hatte, um seine Notdurft zu verrichten, hatte kurz vor 16 Uhr einen Jungen Richtung Teich gehen sehen. Seiner Beschreibung nach mußte es Mikaël gewesen sein. Der Junge war an seinem T-Shirt mit roten und schwarzen Blockstreifen und vor allem an seinem verbundenen Knöchel leicht zu erkennen. Dem Zeugen zufolge war der Jugendliche einem etwa zehnjährigen Mädchen gefolgt, dessen Identität trotz der Beschreibung noch im dunkeln lag.

Ludo, den man von der Aufsicht über seine Gruppe freigestellt hatte, beantwortete Marions Fragen unwillig und mit grimmiger Miene.

»Was ist los?« fragte sie ihn, während er sich nervös das lange Haar glattstrich.

»Ich habe genug von Ihren Fragen. Sie unterstellen, daß Mikaël diesem kleinen Mädchen vielleicht etwas angetan hat ...«

»Nein, ich frage Sie – und das seit mehreren Stunden –, ob Sie glauben, daß er so etwas getan haben könnte. Bisher haben Sie nicht gesagt, daß er dazu nicht in der Lage wäre ...«

»Aber man weiß doch nicht einmal, ob dieses angebliche Mädchen ... Und überhaupt ...«

Er schwieg und wandte sich ab.

»Los, nun reden Sie schon weiter«, sagte sie aufmunternd, obwohl auch sie es langsam satt hatte.

»Das ist alles Ihre Schuld!« brach es mit einem Mal aus ihm heraus.

In diesem Moment schaltete sich Raoul Desvignes ein:

»Jetzt reicht's, Ludo! Gib endlich mal konstruktive Antworten. Wer schuld ist, finden wir später heraus.«

»Das liegt ja wohl klar auf der Hand!« rief Ludo aus. »Wenn sie nicht gekommen wäre und ihm mit seiner toten Schwester zugesetzt hätte ...«

»Das erklären Sie bitte mal!« schnaufte Marion.

»Er hat ständig davon geredet, er hat Alpträume gekriegt. Er hatte Angst, daß man ihn ins Gefängnis steckt. Er ist geistig zurückgeblieben, aber nicht blöd. Sie haben ihm Angst gemacht.«

»Sie glauben, daß er mich heute nachmittag gesehen hat und gedacht hat ...«

Ludo zuckte die Achseln, und Desvignes schlug zur Beschwichtigung eine Kaffeepause vor. Marion war so verunsichert durch Ludos Hypothese, an die sie selbst nicht gedacht hatte, daß sie ablehnte.

Um drei Uhr morgens warfen die Gendarmen schließlich den Zeugen, der Mikaël und das Mädchen gesehen hatte, aus dem Bett. Er mußte noch einmal zu der Stelle gehen, die er nachmittags aufgesucht hatte, und so konnte Marion genau rekonstruieren, wo die beiden Kinder entlanggegangen waren, bis der Mann sie aus den Augen verloren hatte. Es war der Weg, der zum Teich führte. Der von den Gendarmen mitgebrachte Spürhund folgte der Fährte, aber vor dem Wasser zögerte er und machte zunächst wieder kehrt. Als Marion merkte, daß er nicht weiter wußte, schlug sie dem Hundeführer vor, den Teich zu umrunden. Auf der anderen Seite angelangt, nahm der Hund mit aufgeregtem Bellen eine neue Fährte auf, die in den unwegsamsten Teil des Parks führte. Im Licht der Taschenlampen erschien vor ihnen plötzlich die Außenmauer des Geländes. Der Hund drehte sich eine Weile im Kreis, dann lief er links durch Büsche und Brombeersträucher davon, die sich unter dem Gewicht der ungepflückten Beeren bogen. Zwanzig Meter weiter stießen sie auf eine kleine Tür, die einen Spalt weit aufstand. Auf der anderen Seite der Straße, die um den Park herumführte, entdeckte Marion eine Haarspange mit einem langen Satinband.

Erst als der Zeuge sagte, das Mädchen habe ein weißes Haarband getragen, tauchte Denis Patrie aus seiner Lethargie auf.

»Ich habe das Mädchen gesehen«, behauptete er.

Marion fuhr zusammen.

»Wo?«

»Auf der Straße, hinter dem Schloß ...«

Denis schämte sich so für sein jahrelanges Schweigen, daß er gefürchtet hatte, Mikaël könnte ihn nicht wiedererkennen. So hatte er sich nicht getraut, das *Centre des Sources* durch das große Schloßtor zu betreten, sondern war an der Mauer entlanggelaufen, bis er die kleine Tür gefunden hatte, die bereits einen Spalt weit aufstand. Abgeschreckt durch die Brombeerbüsche und das dichte Gestrüpp, hatte er jedoch kehrtgemacht und das Mädchen gesehen.

»Sie stand auf der Straße. Sie hat mit einem Mann und einer Frau geredet, die in einem Auto saßen, und mit dem Finger zum Park gezeigt ... Meine ich zumindest.«

Er hielt inne, und während sein Blick von Talon zu Marion wanderte, machte sich eine bleierne Stille breit, die nur aus der Ferne durch das hartnäckige Brummen des Stromaggregats gestört wurde. Marion nickte ihm zu, damit er fortfuhr.

»Etwas später habe ich gehört, wie das Auto losgefahren ist. Als ich mich umgedreht habe, fuhr es gerade weg, in die andere Richtung ... Und die Straße war leer.«

»Das Auto?«

»Es war ein roter Renault.«

91

Montag

Gegen neun Uhr morgens kehrte Marion heim, zu Tode erschöpft und mit Bauchschmerzen, die jede Vorstellung überstiegen. Sie hatte Mühe zu gehen, und bei jedem Schritt fragte sie sich, ob sie sich nicht einfach auf den Boden fallen lassen sollte wie eine alte, ausrangierte Puppe. Weil ihr die Kraft fehlte, sich ein heißes Bad einlaufen zu lassen, schleppte sie sich unter die Dusche. Im Haus war es still. Lisette hatte Nina zur Schule gebracht, ehe sie heimgegangen war, und die beiden Leibwächter hatten so unauffällig wie möglich in der Nähe der Schule Position bezogen. Marion war auf dem Heimweg vom *Centre des Sources* bei ihnen vorbeigefahren, um zwei Worte mit ihnen zu wechseln und ihr übliches »immer noch nichts« loszuwerden. Da es nicht dieselben Männer waren wie am Abend zuvor, hatte sie nicht in Erfahrung bringen können, wie Nina auf ihr plötzliches Verschwinden und darauf, daß sie die ganze Nacht weggeblieben war, reagiert hatte. Bestimmt nicht gerade erfreut.

Der Anrufbeantworter hatte wieder zwei Telefonate gespeichert, bei denen wortlos der Hörer aufgelegt worden war. Marion informierte Lavot, der ihr trotz der schlaflosen Nacht, die auch er hinter sich hatte, versprach, bei France Telecom die nötigen Schritte einzuleiten. Eingemummelt in ihren Bademantel, ließ sie sich vorsichtig aufs Sofa sinken und bemühte sich, ruhig zu atmen, in der Hoffnung, daß die beiden Aspirin-Tabletten, die sie geschluckt hatte, dem Schlagbohrer in ihrem Unterleib Einhalt gebieten würden. Sie ließ die düsteren Bilder der vergangenen Nacht noch einmal Revue passieren und dachte an Mikaël. Als der Morgen dämmerte, war die Suche abgebrochen worden. Die Beamten waren übermüdet und brachten ohnehin nichts mehr zustande.

Marion hatte die ersten Morgenstunden damit zugebracht, dem roten Renault nachzuspüren, während die Gendarmen Straßensperren errichteten, obwohl alle wußten, daß dieser Wagen, sofern er etwas mit Mikaëls Verschwinden zu tun hatte, einen Vorsprung von zehn Stunden besaß. In der Zeit konnte man zwei Grenzen überqueren. Ein weiteres Team hatte alle Familien, die auf der Kirmes gewesen waren, nach einem etwa zehnjährigen Mädchen gefragt, mit rotem Rock und weißem Haarband; dann war man alle Aussagen, die eventuell auf das Kind verwiesen, Punkt für Punkt noch einmal durchgegangen. Ohne Erfolg. Allmählich kam die Frage auf, ob dieses Mädchen wirklich existierte. Nichtsdestotrotz waren sämtliche Sicherheitskräfte aus der Region im Einsatz; in allen Hotels wurden systematische Kontrollen durchgeführt. Gegen 3 Uhr 30 waren die ersten Journalisten aufgetaucht. Marion mußte, ob sie es wollte oder nicht, davon ausgehen, daß in dem roten Renault mit einiger Wahrscheinlichkeit Jeanne gesessen hatte – Jeanne und am Steuer Olivier, der sie um das *Centre des Sources* herumkutschierte. Als sich die Gelegenheit bot, hatten sie Mikaël und das Mädchen womöglich mitgenommen. Diese Hypothese war bislang weder bestätigt noch widerlegt worden, denn die Suche nach dem Paar hatte immer noch nichts ergeben.

Die Bilder in ihrem Kopf verschwammen, und Marion tauchte ins Reich der Träume ab.

Das Telefon riß sie aus dem Schlaf. Sie brauchte über eine Minute, um zu sich zu kommen, während die Melodie von *Amazing Grace* und das Klingeln des Festgeräts miteinander wetteiferten. Sie vermutete, daß etwas passiert war, und hielt sich die Hand an ihr heftig pochendes Herz. Ein Blick auf das Display des Telefons, und sie wußte, daß es 13 Uhr 15 war.

Die Stimme der Leiterin von Ninas Schule klang panisch,

und Marion haßte sie im selben Moment für das, was sie ihr sagen würde.

»Entschuldigen Sie die Störung, Madame Marion. Ist Nina bei Ihnen?«

Das Wohnzimmer begann sich wie ein Karussell zu drehen, und Marion hatte das Gefühl, als würde es sie plötzlich von innen zerreißen. Eine warme Flüssigkeit floß aus ihrem Bauch und lief an ihren Schenkeln hinab. Sie umklammerte den Hörer, während sie die andere Hand unwillkürlich zwischen die Beine preßte. Sie sah, daß es Blut war, und sank in völliger Verzweiflung auf das Sofa zurück, wo sie ein kaum noch vernehmbares »Nein, warum?« flüsterte.

»Sie ist nicht in der Schule«, erwiderte die Frau im Ton eines Kindes, das etwas ausgefressen hat. »Wir können sie nirgendwo finden …«

»Nein«, sagte Marion mit viel zu ruhiger Stimme. »Sie müssen sich täuschen, ich hatte Ihnen gesagt, daß Sie Nina nicht aus den Augen lassen dürfen. Herrgott noch mal!«

Marions Aufschrei ließ die Frau am anderen Ende erstarren. Sie setzte an, eine Erklärung zu liefern und jede Verantwortung von sich zu weisen (wenn ein Kind in Gefahr schwebt, schickt man es nicht in die Schule), aber als Marion ihr eiskalt befahl, die Klappe zu halten, schwieg sie.

»Ich komme sofort«, sagte Marion in schneidendem Ton. »Und Sie sollten besser dafür sorgen, daß Nina bis dahin wieder aufgetaucht ist, sonst bringe ich Sie um.«

Die beiden Leibwächter waren bleicher als Marion. Und die Vollbremsung, mit der sie drei Zentimeter vor ihrem Wagen zum Stehen kam, ließ sie noch mehr erbleichen. Sie gab ihnen ein Zeichen, ihr zu folgen. Einer der beiden erging sich in Entschuldigungen und beteuerte, daß er nichts gesehen, nichts gehört habe. Es sei nichts vorgefallen, rein gar nichts.

Niemand habe das Schulgelände betreten, weder zu Fuß noch in einem Wagen, weder auf einem Fahrrad noch auf einem Motorrad oder Pferd. Marion wandte sich um und starrte ihm ins Gesicht.

»Nichts ist vorgefallen? Meine Tochter hat das Gelände dieser Schule verlassen, und Sie haben sie nicht gesehen. Abgesehen davon ist nichts vorgefallen.«

»Aber ich schwöre Ihnen …«

Der zweite Leibwächter tat keinen Mucks, denn das, was er in den schwarzen Augen der Kommissarin las, war ihm Warnung genug.

»Wir haben den Eltern verboten, den Schulhof zu betreten, wir haben alle Mitarbeiter überprüft. Sogar die Sozialarbeiterin vom Jugendamt, die hier übrigens nicht gern gesehen wird.«

»Was sagen Sie da?«

Marion stürzte sich auf die Schulleiterin. Die Frau konnte mit einem Mal nachvollziehen, wie aus den höflichsten, sanftmütigsten Menschen bisweilen gnadenlose Mörder wurden. Sie machte sich ganz klein. Marion musterte sie.

»Ich höre«, sagte sie.

Die im überdachten Teil des Schulhofs in Reih und Glied versammelten Schüler sahen Marion schweigend nach. Sie gab sich größte Mühe, aufrecht zu gehen, obwohl sie am liebsten zu Boden gesunken wäre und sich einfach auf dem Asphalt ausgestreckt hätte, sich am liebsten ein für alle Mal ergeben hätte. Aber sie schuldete es Nina, aufrecht und stolz zu bleiben. Schließlich war sie doch ihre Heldin …

Sie ließ sich auf den Autositz fallen und rief Lavot an, der zusammen mit Talon im Büro auf sie wartete, hektisch und krank vor Angst, aber bereit, ihre Befehle entgegenzunehmen.

»Das ist ein Alptraum«, sagte sie in merkwürdig abgehacktem Ton. »Sie müssen Quercy informieren …«

»Haben wir schon«, sagte Lavot. »Alle zur Verfügung stehenden Kräfte sind im Einsatz. Alle Landstraßen werden überwacht. Weil Sie in der Nähe der Autobahn wohnen, haben wir auch auf den Zubringerstraßen Leute plaziert, und die Mautstelle sieht aus wie ein Militärstützpunkt. Die Gendarmen sind sehr kooperativ, der Streifendienst tut, was er kann. Wir werden sie finden.«

»O mein Gott ...«, stöhnte Marion. »Warum tut dieses Miststück mir so etwas an?«

»Was ist denn eigentlich passiert?« schaltete sich Talon ein, der es für wenig sinnvoll hielt, seine Chefin zu fragen, wen sie mit »Miststück« gemeint hatte.

»Sie hat so getan, als wäre sie die Beauftragte vom Jugendamt ...«

»Wie bitte? Und die Schulleiterin ist darauf reingefallen? Das ist unglaublich.«

Marion klangen die Worte von Professor Gentil in den Ohren: Jeanne ist intelligent und versteht es, Leute zu manipulieren ...

»Wie kann man nur so unverfroren sein«, empörte sie sich, während sie Saint-Genis mit hoher Geschwindigkeit hinter sich ließ, um schnellstmöglich die Zentrale der Kripo in Lyon zu erreichen. »Und ich rechne mit dem Schlimmsten, was die richtige Sozialarbeiterin betrifft. Seit gestern abend ist sie nicht mehr gesehen worden.«

»Aber wie konnte sie überhaupt wissen, daß da eine Untersuchung lief und daß auch ein Besuch in der Schule geplant war ...?«

Lavot war fassungslos.

»Das würde ich wirklich gern wissen ...«

92

Unterwegs mußte Marion anhalten. Das Blut pochte in ihren Schläfen, und sie spürte, wie es langsam aus ihrem Körper rann. Sie zitterte wie ein Segelboot im Sturm. Die Vorstellung, daß Nina sich in der Gewalt von Jeanne befand, der Gedanke daran, was diese Irre ihr antun könnte, waren unerträglich.

»Jesus Maria, Gott im Himmel, ich flehe dich an ...«

Sie hatte Nina in diese Sache hineingezogen, hatte sich über alle Ratschläge, an erster Stelle den von Quercy, hinweggesetzt und war blindlings vorangestürmt, mit dem Ergebnis, daß sie sich von Jeanne hatte überlisten lassen. Denn das wußte sie nun mit Gewißheit: Jeanne hatte alles eingefädelt. Aber mit welchem Ziel?

Die Antwort liegt doch klar auf der Hand ... flüsterte der Engel, der in letzter Zeit kaum noch seine schützende Hand über sie hielt. Um sich Nina zu holen! Eine schreckliche Idee begann in ihrem Kopf Gestalt anzunehmen. Ein Alptraum, der sie häufig heimgesucht hatte, als sie noch ein kleines Mädchen war, kam ihr jählings in den Sinn. Sie lief auf ihre Mutter zu, und als sie sie endlich erreicht hatte, war es eine andere Frau, die ihr die Arme entgegenstreckte. Oder sie betrachtete sich in einem Spiegel, und das Gesicht, das sie sah, war nicht ihr Gesicht, sondern das einer anderen. Und wenn nun alles, was sie seit dem Auftauchen der Kinderschuhe zu sehen und zu verstehen geglaubt hatte, nichts als trügerischer Schein war? Wenn Jeanne das alles nur mit dem Ziel inszeniert hatte, sich Nina zu holen? Sich Nina *zurückzuholen*?

»Du wirst sie nicht kriegen«, knurrte Marion, die intuitiv spürte, daß sie dicht an der Wahrheit dran war. »Nina gehört mir. Sie ist nicht Lili-Rose.«

Dieser letzte Gedanke, den Marion laut ausgesprochen hatte, ließ sie zusammenfahren, und sie spürte, wie es ihr kalt und heiß den Rücken hinunterlief. Ihr war soeben klargeworden, was Jeanne sich in den Kopf gesetzt hatte. Sie griff noch einmal zum Telefon.

»Machen Sie Professor Gentil ausfindig, bringen Sie Judy Robin und Denis Patrie ins Büro. Ich glaube, ich weiß, wo sie Nina hinbringen wird …«

93

Im Führungs- und Lageraum hätte man eine Fliege husten hören können. Die meisten Männer waren im Einsatz, und abgesehen von den Beamten, die an den Telefonen Dienst taten, waren nur Quercy und die beiden treuen Mitarbeiter von Marion anwesend.

»Ich glaube, daß sie zum Hof fahren wird«, sagte sie mit wieder gefestigter Stimme. »Aber ich brauche den Psychologen und die anderen Hauptpersonen in diesem Fall.«

Professor Gentil mußte jeden Augenblick eintreffen, und eine Streife war bereits unterwegs, um Judy in ihrer Klinik abzuholen. Denis Patrie war soeben von einem schlechtgelaunten Wächter unsanft in den Raum geschoben worden und noch wie betäubt, weil man ihn aus dem Schlaf gerissen hatte.

Quercy, der gerade über Funk ein Gespräch führte, unterbrach die Verbindung und kam zu der Gruppe zurück. Er wirkte besorgt.

»Die Gendarmen haben ihre Einsatzkräfte verlagert, um weniger aufzufallen. Ich habe ein paar Leute zum Hof geschickt, die möglichst nah, aber unauffällig Stellung beziehen und nur bei Gefahr eingreifen werden. Im Moment ist dort niemand, da regt sich nichts. Sind Sie sich Ihrer Sache sicher?«

Marion fuhr sich hektisch durch ihr wirres Haar.

»Nein, aber wenn wir weiter aufs Geratewohl nach ihr suchen, verlieren wir Zeit und schmälern Ninas Chancen. Wir können nur hoffen, daß sie dort auftaucht. Wenn sie das ganze Polizeiaufgebot sieht, wird sie nicht weiterfahren. Wenn sie niemanden sieht, wird sie's vielleicht versuchen.«

In diesem Moment betraten Judy, die weitaus umgänglicher wirkte als sonst, und Professor Gentil, den man mitten aus einer Vorlesung geholt hatte, den Raum. Als Marion ihn sah, wurde ihr wieder einmal bewußt, daß sie sich an Ärzte in Zivil niemals gewöhnen würde. Er trug einen schwarzen Anzug, ein weißes Hemd und eine Fliege, die ihm Ähnlichkeit mit einem Pinguin verlieh. Der Bart stand von seinem Kinn ab, und aus seinen kurzsichtigen Augen sprach große Sorge.

»Man hat mir alles erklärt«, sagte er, um keine Zeit zu verlieren. »Ich hatte Ihnen gesagt, daß Sie Ihre Tochter schützen sollen.«

Marion warf ihm einen finsteren Blick zu.

»Für Ermahnungen ist es zu spät, Professor Gentil, das Unglück ist nun einmal geschehen. Jeanne hat meine Tochter in ihrer Gewalt, und ihr Sohn Mikaël ist verschwunden ...«

Professor Gentil runzelte die Stirn.

»Mikaël? Sie glauben, daß sie ihn auch entführt hat?«

»Die Wahrscheinlichkeit ist groß. Halten Sie das für plausibel?«

Der Mann in Schwarz dachte intensiv nach.

»Vielleicht will sie das Geschwisterpaar wieder zusammenbringen«, murmelte er schließlich. »Warum nicht? Mikaël, Ihre Tochter ...«

»Aber warum Nina?«

»Jeanne lebt in einer Wahnwelt. Sie ist überzeugt, daß *Sie* ihr *ihre* Tochter weggenommen haben. Das Bild, wie Sie das Kind aus dem Brunnen ziehen, gibt ihr diese Gewißheit. Sie glaubt, daß ihre Tochter noch lebt, und als sie Nina – wann auch immer – an Ihrer Seite gesehen hat, mußte sie daraus den Schluß ziehen, daß es sich um Lili-Rose handelte. Sie will sie Ihnen wieder wegnehmen. Wenn sie nun den Ort aufsucht, an dem ihre Tochter gestorben ist, dann sicherlich mit dem Ziel, sie noch einmal selbst aus dem Brunnen zu ziehen, wobei Nina Lili-Roses Platz einnehmen soll. Symbol der Wiedergeburt, oder der Entbindung, wenn Sie so wollen.«

Lavot blickte ungeduldig auf seine Uhr.

»Okay, prima, sie hat nicht alle Tassen im Schrank ... Chef, ich kann nicht verstehen, warum Sie ...«

Einer der Telefonisten meldete sich zu Wort. Alle Blicke richteten sich auf ihn. Der Mann nahm verlegen seinen Kopfhörer ab und errötete.

»Nein, leider nichts Neues, Chef. Die haben nur die Nummer identifiziert, von der aus Samstagabend und Sonntag bei Ihnen angerufen wurde.«

Er sah Marion an. Sie nahm ihm den Zettel aus der Hand und las voller Anspannung vor:

»Judy Robin, Route de ...« Verwirrt hielt sie inne. Alle Köpfe drehten sich zu Judy, die kreidebleich wurde.

»Was soll denn das heißen? Ich habe niemanden angerufen. Ich habe mein Haus am Freitag verlassen ...«

Marion und Lavot sahen sich an, worauf der Beamte zu seiner Jacke stürzte und nach seiner Waffe tastete.

»Wir sind vielleicht bescheuert!« fluchte er, während er zur Tür hastete. »Total bescheuert!«

Marion hielt ihn zurück.

»Immer mit der Ruhe, Lavot! Bloß nicht unüberlegt handeln! Aber wir sind wirklich bescheuert, Scheiße!« rief sie aus und schlug sich an die Stirn. »Das ist der einzige Ort, den wir nicht überwachen lassen.«

»Und zwar aus gutem Grund«, sagte Talon. »Warum sollten wir auch eine leere Hütte unter Polizeischutz stellen.«

»Sehen Sie, wie gerissen diese Frau ist«, schaltete sich Professor Gentil ein. »Und auch sehr intelligent. Sie registriert

Ihre Schwachstellen und Versäumnisse. Sie hat eine beängstigende Intuition ...«

»Oh, jetzt ist aber mal gut!« schimpfte Lavot.

»Nehmen Sie mir das bitte nicht übel, ich sage nur, daß bei Ihnen das Hirn normal funktioniert und Sie nach Ihren Regeln der Vernunft argumentieren. Jeanne verfolgt eine völlig andere Logik ... Warten Sie nicht zu lange.«

94

Quercy bestand darauf, Marion und Professor Gentil in seinem Wagen mitzunehmen. Judy Robin wurde wegen ihres Rollstuhls im Kastenwagen transportiert, während Denis Patrie bei Talon und Lavot mitfuhr. Quercy hatte bereits ein paar Beamte in einem Observationswagen zu Judys Haus geschickt, mit dem Auftrag, alles, was sich in der Umgebung regte, zu beobachten, aber um keinen Preis einzugreifen. Solange man nicht wußte, wo sich das Mädchen befand, war es völlig ausgeschlossen, irgend etwas zu unternehmen. Die Männer hatten unmittelbar nach ihrem Eintreffen angerufen, um mitzuteilen, daß alles ruhig sei, die Fensterläden geschlossen und kein rotes Auto in Sicht. Da das Haus über keine Garage verfügte, beschlich Marion der beunruhigende Gedanke, daß sie sich vielleicht getäuscht und die Situation falsch eingeschätzt haben könnte.

Ein kalter Schauer lief ihr über den Rücken, während der Schmerz in der Leistengegend wieder aufflammte.

»Herr im Himmel«, sagte sie laut, »mach, daß sie noch lebt!«

»Sie hat keinerlei Grund, ihr etwas anzutun«, sagte Gentil mit ruhiger Stimme. »Außer natürlich, Ihre Tochter versucht, sich ihr zu widersetzen oder ihr zu entwischen ...«

Wozu Nina durchaus in der Lage war.

Quercy fuhr schnell, der Kastenwagen kam kaum mit. Er warf Marion einen kurzen Blick zu. Sie war kreideweiß und am Ende ihrer Kräfte, dabei jedoch erstaunlich gefaßt.

»Sie muß sie unter Drogen gesetzt haben«, sagte sie, »sonst wäre Nina ihr nicht gefolgt.«

»Das ist nicht sicher«, erwiderte der Professor. »Haben Sie mir nicht erzählt, daß Jeanne früher Ninas Erzieherin war? Es ist möglich, daß Nina ihr spontan wieder Vertrauen und Gehorsam entgegenbringt, selbst nach so langer Zeit, vor allem, wenn sie diese Erzieherin mochte. Wie hat sie es geschafft, an sie ranzukommen, wissen Sie das?«

Marion schluckte, während sie die rechte Hand an ihren Bauch preßte, in dem ein Feuer zu lodern schien.

»Jeanne ist um kurz vor zwölf in der Schule aufgetaucht. Sie hatte ein Papier vom Jugendamt dabei und die Karte der Sozialarbeiterin, die sich um den Fall kümmert. Sie hat die Personenkontrolle ohne jede Schwierigkeit überwunden, sich der Schulleiterin vorgestellt, sie über Nina befragt und dann den Klassenlehrer aufgesucht. Ganz professionell. Kein Wunder, schließlich kennt sie Nina gut ... Sie hat gewartet, bis das Mittagessen vorüber war und die Kinder Pause hatten. Dann hat sie darum gebeten, ein Gespräch unter vier Augen mit meiner Tochter führen zu dürfen. Wir gehen davon aus, daß sie durch eine Küchentür, die nach hinten geht, das Gelände verlassen hat. Der Wagen muß dort auf sie gewartet haben ...«

Wer war der Fahrer? Marion wollte nicht daran denken, daß es vielleicht Olivier Martin gewesen war, aber der Engel – boshaft, wie er war – versicherte ihr, daß es niemand anders gewesen sein konnte. Ihr Schädel wurde so heiß, daß er jeden Moment zu zerplatzen schien.

Sie fuhren am Einkaufszentrum vorbei. Die Erinnerung an Nina, überglücklich mit ihrer Playstation im Arm, erschütterte Marion. Sie glaubte zu hören, wie das Kind »Wir müssen uns beeilen, in einer halben Stunde ist Schluß!« zu ihr sagte, und merkte, wie ihre letzten Kräfte schwanden. Das Funkgerät rettete sie vor dem endgültigen Zusammenbruch.

»Zielfahrzeug erkannt«, sagte eine anonyme Stimme. »Zwischen Ausfahrt Saint-Laurent und Landstraße. Richtung Les Sept-Chemins. Eine Person im Wageninneren. Ich wiederhole, eine Person im Wageninneren. Verstanden? Alpha 2, übernimm du … ich klinke mich aus.«

Marions Zähne klapperten, und sie hielt sich die Hand vor den Mund. Fast hätte sie »Und Nina, wo ist Nina?« gebrüllt.

Quercy legte seine kräftige Hand auf ihren Arm. Auf dem Rücksitz versuchte Professor Gentil, sie zu beruhigen.

»Sie ist vielleicht eingeschlafen. Geraten Sie nicht in Panik!«

95

Jeanne fährt vorsichtig. Dafür, daß sie seit Jahren nicht mehr am Steuer gesessen hat, kommt sie ganz gut zurecht. Reiner Instinkt. Dem, was draußen vor sich geht, schenkt sie keinen Blick, es interessiert sie nicht. Sie hat nur Augen für das Mädchen, das auf der Rückbank vor sich hin döst, halb liegend, den Kopf auf seinen Teddybären gebettet.

»Wir sind bald zu Hause, Schätzchen. Freust du dich?«

»Ja, Madame Patrie«, antwortet ein schwaches Stimmchen.

»Aber, aber! Nenn mich doch nicht ›Madame Patrie‹! Außerhalb des Unterrichts kannst du Mama zu mir sagen …«

Hinter dem Einkaufszentrum, an dessen Existenz sie sich nicht erinnert, weiß Jeanne nicht recht weiter, weil sich alles verändert hat. Dann sieht sie das Schild. Les Sept-Chemins …

»Wir sind fast da … Wenn wir zu Hause sind, gibt Mama dir eine Spritze, da wirst du doch nicht weinen, oder?«

»Nein, Madame Patrie.«

»Du bist krank, Lili-Rose. Sehr krank. Aber du wirst sehen, Mama wird dich schön pflegen.«

Jeanne hat weder Alpha 2 noch das Motorrad bemerkt, das hinter der Ausfahrt des Einkaufszentrums die Verfolgung übernommen hat. Sie fährt, sieht kaum die Straße. Alle paar Sekunden dreht sie sich zu dem Kind um, das die Augen geschlossen hat.

96

Quercys Renault Safrane drosselte das Tempo, damit der Kastenwagen wieder aufschließen konnte. Lavot, der am Steuer des Peugeot saß, bildete das Schlußlicht des Konvois. Es war wichtig, daß alle gleichzeitig ankamen, in einer Gruppe.

»Sie ist jetzt zwei Kilometer von der großen Kreuzung entfernt«, drang die Stimme des Motorradfahrers aus dem Funkgerät. »Ich übergebe. Alpha 4, du übernimmst ...«

Marion und Professor Gentil hatten sich inzwischen mit Headsets ausgerüstet, durch die sie in ständigem Kontakt zueinander stehen konnten. Quercy würde dasselbe tun, sobald sie ihr Ziel erreicht hätten. Gentil könnte Marion auf diese Weise – falls nötig – aus der Distanz Hilfestellung leisten, während Quercy die Möglichkeit hätte, seine Leute eingreifen zu lassen, falls etwas schiefgehen sollte. Um die Verbindung zu testen, begannen Marion und der Professor ein Gespräch, während Quercy seine Beamten mit ein paar knappen, präzisen Anweisungen in Stellung brachte.

»Professor«, sagte Marion mit zittriger Stimme. »Eines verstehe ich nicht: Jeanne glaubt, daß ich ihr ihre Tochter weggenommen habe, daß Lili-Rose noch lebt, und jetzt will sie sie zurückholen. Wenn das tatsächlich ihr Ziel ist, warum dann die ganze Inszenierung mit den Kinderschuhen auf meinem Briefkasten? Sie hat mich dazu gebracht, die Ermittlungen wieder aufzunehmen und meine Nase in diese Sache zu stecken ... Das paßt nicht zusammen.«

Gentil ging darauf ein. Er wußte, daß Marion mit diesem Gespräch versuchte, der Angst Herr zu werden, die ihren Plan in letzter Sekunde zunichte machen konnte. Sie versuchte, die Ereignisse zu analysieren, um nicht an Nina zu denken.

»Für *Sie* paßt das nicht zusammen, sicher, weil Sie rational reagiert haben. Aber Jeanne hat Ihnen die Kinderschuhe nicht gebracht, damit Sie den Fall wieder aufrollen ...«

»Warum denn dann? Ich verstehe überhaupt nichts mehr, mir kommt es so vor, als wäre ich völlig benebelt.«

»Mit den Kinderschuhen wollte sie ihren Wunsch deutlich machen, daß Sie ihr Lili-Rose zurückgeben. Sie wollte ihrer Tochter die Schuhe zurückbringen und ihren Todestag wieder Realität werden lassen, denn an diesem Tag ist für Jeanne die Zeit stehengeblieben ...«

»Aber sie hätte doch Kontakt mit mir aufnehmen können, zum Teufel noch mal! Sie bombardiert mich mit anonymen Anrufen, schleicht vor meinem Haus und sogar um mein Büro herum, gibt sich als meine Schwester aus. Sie hätte hundert Gelegenheiten gehabt, mit mir zu reden ... Ich hätte ihr zugehört.«

»*Sie* sind gesund. Jeanne kann Worte aussprechen, aber sie beherrscht diese Worte nicht. Sie leidet unter Wahnvorstellungen. Das, was Sie gesagt haben, konnte sie nicht tun.«

Quercy gab Marion ein Zeichen, daß sich wieder etwas tat. Sie zog den Hörer aus einem Ohr.

»Sie ist gerade in den Weg eingebogen. Sie hat sich nicht ein einziges Mal umgeschaut. Sie ist kein bißchen vorsichtig.«

»Das kümmert sie nicht«, sagte Professor Gentil. »Sie zieht ihren Plan durch. Sie leidet unter komplettem Realitätsverlust. Es geht ihr sehr schlecht. Wir müssen aufpassen, und zwar sehr.«

»Kapiert«, murmelte Marion, während der Wagen vor dem Weg stehenblieb, um die Ausfahrt zu blockieren.

»Sind Sie bereit? Haben Sie alles verstanden? Ich will, daß Sie die Wahrheit sagen.«

Marion merkte, daß ihre Knie zitterten.

Sie sah Judy und Denis abwechselnd in die Augen.

»Haben Sie begriffen, daß das, was gleich passiert, von größter Wichtigkeit ist?«

Beide nickten gleichzeitig. Judy war bleich und verkrampft. Denis gelang es nicht, das Zittern seiner Hände unter Kontrolle zu bringen.

»Also los!« sagte Marion.

Hätte sie den Mut dazu gehabt, so hätte sie sich bekreuzigt. Sie war zu allem bereit.

97

Die Sonne schien strahlend auf den verwahrlosten Park. Man hätte nicht ahnen können, daß überall Polizisten lauerten. Still und unsichtbar. Allenfalls ein leises, verdächtiges Rascheln war hin und wieder zu hören. Aber Professor Gentil hatte es ja gesagt, Jeanne war auf die andere Seite des Spiegels gewechselt, was jetzt um sie herum geschah, realisierte sie nicht. Sie befand sich dort, wo vor fünf Jahren für sie die Zeit stehengeblieben war. Mikaël bewarf Vögel mit Steinen, ihre Tochter Lili-Rose spielte in der Nähe des Brunnens mit ihrem Springseil.

Auf dem Feldweg, der zum Bach führte, entdeckte Marion den parkenden roten Wagen. Ihr Herz schlug schneller. Sie beschloß, den anderen Weg zu nehmen, um Jeanne einen kleinen Vorsprung zu lassen, und bog in die breite Allee ein, ohne größere Vorsicht walten zu lassen.

Ihre beiden Mitarbeiter, Quercy und Professor Gentil hatten sich unauffällig verdünnisiert. Über den Empfänger in ihrem Ohr wurde sie darüber informiert, daß man in der Nähe des Bachs verdächtige Geräusche wahrgenommen hatte und daß Jeanne sich vermutlich bereits im Park befand.

»Allein?« flüsterte Marion in das Mikrophon, das am Kragen ihres Blousons befestigt war.

Schwer zu sagen. Jeanne hatte sich durch ihre Schritte verraten, aber niemand hatte sie gesehen. Marion hatte das Gefühl, als würde sich ein dicker Betonklotz in ihrem Hals verkeilen.

Das hohe Gras und die Brennesseln machten es Denis schwer, Judys Rollstuhl zu schieben. Die junge Frau hielt ein Paket in der Hand, das sie krampfhaft umklammerte.

Die unsichtbaren Wachtposten bestätigten, daß niemand in die Nähe des Hauses gelangt sei, und Marion schlug einen weiten Bogen darum. Als sie den Brunnen sah, fiel ihr als erstes auf, daß die Bretter, die man über den Brunnenschacht gelegt hatte, entfernt worden waren. Sie biß sich auf die Lippen: Niemand hatte dieses Detail bemerkt, was darauf schließen ließ, daß Jeanne schon vor einigen Tagen hiergewesen war, bevor die Gendarmen mit der Überwachung des Hofs begonnen hatten. Um die Ausführung ihres Plans vorzubereiten ... Die Bretter lagen sorgfältig übereinandergestapelt am Fuß der Brunnenmauer, die so hoch war, daß Marion sich wieder fragte, wie Lili-Rose es angestellt haben sollte ...

Mit lauter Stimme, damit Jeanne in ihrem Versteck sie hören konnte, sagte sie:

»Judy, Denis, kommen Sie her! Wir fangen an, die Ereignisse zu rekonstruieren ...«

Vom Echo getragen, verhallten ihre Worte zwischen den Eichen, doch sie erkannte ihre eigene Stimme kaum. Durch die Stille und den Anblick der dunklen Brunnenöffnung alarmiert, fragte sie sich, ob ihr nicht gerade ein gewaltiger Irrtum unterlief.

»Los«, fuhr sie dennoch fort. »Heute ist der 4. Juli … Es ist kurz nach elf. Denis, zeigen Sie mir, wo Sie stehen …«

Denis deutete auf eine flache Bodenerhebung, die von halb vertrockneten, mediterranen Pflanzen bedeckt war.

»Sie haben sich dort versteckt und warten … Was passiert dann?«

»Doktor Martin taucht auf. Jeanne kommt aus dem Haus. Sie läuft auf ihn zu. Sie sieht ihn an, sie wirkt so …«

»Verliebt?«

»Ja. Ich ertrage das nicht. Ich stürze mich auf Olivier Martin und schlage auf ihn ein. Jeanne fährt dazwischen. Ich schlage sie auch. Ich bin wie von Sinnen, ich habe den Verstand verloren. Ich will nicht, daß sie mich verläßt. Ich will nicht, daß sie ihn liebt.«

»Und dann?«

»Er geht weg, da entlang.«

Er deutete auf den Weg, der vom Haus zum Brunnen führte.

»Wo ist Lili-Rose?«

»Ich weiß nicht, am Brunnen wahrscheinlich.«

»Olivier ist gegangen. Was machen Sie?«

»Jeanne führt mich ins Haus und schenkt mir ein großes Glas Whisky ein. Das macht sie immer, wenn ich wütend werde. Es beruhigt mich. Sie sagt, daß es die einzige Lösung ist …«

»Das haut sie ziemlich um, oder?«

»Ja. Ich trinke noch ein Glas. Da kommt ein Auto. Das sind Madame Joual und ihre Tochter, die kleine Nina. Ich will sie nicht sehen. Ich bin schon betrunken. Ich gehe mit der Flasche in den Gemüsegarten. Danach weiß ich auch nicht mehr. Ich habe noch mehr getrunken und bin wohl eingeschlafen.

Als ich wieder zu mir gekommen bin, war Jeanne auf der Suche nach Lili-Rose. Das ist die Wahrheit.«

Im Kopfhörer die Stimme von Gentil:

»Sehr gut, Kommissarin, nur Mut!«

»Sagt er die Wahrheit?« preßte Marion zwischen halb geschlossenen Lippen hervor.

»Ich denke schon. Machen Sie weiter. Jeanne wird sich zeigen.«

»Jetzt Sie, Judy!« fuhr Marion fort und zwang sich, wieder mit fester, lauter Stimme zu sprechen. »Warum sind Sie hier?«

»Ich ...«

Judy sah auf ihre Knie und fing an, heftig den Kopf zu schütteln, so als wollte sie sagen: »Tut mir unendlich leid, aber ich kann nicht ...«.

»Judy, Sie müssen die Wahrheit sagen. Ihnen wird nichts geschehen, das verspreche ich Ihnen.«

Judy blickte wieder auf. Marion starrte in ihre dunklen, schmerzerfüllten Augen. Und plötzlich begann Judy zu sprechen wie jemand, der sich ins Leere stürzt.

»Ich konnte es nicht ertragen, daß Olivier Jeanne liebte. Ich habe ihm im Museum nachspioniert, ich bin ihm überallhin gefolgt. Ich wollte, daß er mich wieder so liebte wie am Anfang, als wir uns kennenlernten, vor Jeanne.«

»Sie haben erfahren, daß die beiden zusammen mit Lili-Rose weggehen wollten ...«

»Ja, sie war ihre gemeinsame Tochter.«

Sie sah mit einem leisen, entschuldigenden Lächeln zu Denis. Er wich ihrem Blick aus und starrte auf einen unsichtbaren Punkt.

»Ich konnte diesen Gedanken nicht ertragen. Ich wollte nicht, daß es dazu kam.«

»Mit welcher Absicht sind Sie hergekommen?«

»Ich wollte Lili-Rose entführen.«

Das war wenigstens einmal eine klare Auskunft.

»Erzählen Sie.«

»Ich bin mit dem Auto gekommen und habe auf dem kleinen Weg auf der anderen Seite des Baches geparkt. Ich habe das Auto versteckt und bin in den Park gegangen. Das hier hatte ich mit.«

Sie schwenkte das Paket, das sie in der Hand hielt, und öffnete es. Marion sah ein gelbes Glasfläschchen mit einem halb zerrissenen Etikett. Sie beugte sich vor und las »...orm...«.

»Was ist das?«

Judy zog den Stopfen heraus, und sofort stieg Marion ein intensiver Geruch in die Nase, den sie unter Tausenden erkannt hätte.

»Formalin! Natürlich ... Aber warum Formalin?«

»Ich habe mich vertan. In dem Fläschchen war immer Chloroform gewesen, das wir zum Töten der Insekten und zum Betäuben der Vögel benutzten. Vermutlich war es leer gewesen, jemand hatte Formalin eingefüllt und das Etikett abgerissen, damit es keine Verwechslung gab. Ich habe es genommen, ohne den Inhalt zu überprüfen.«

»Und die Waffe, der Revolver?«

»Die hatte ich in Amerika gekauft ... Damit wollte ich die beiden beeindrucken, falls es Ärger geben würde.«

»Wollten Sie sie umbringen?«

Judy antwortete nicht, aber Marion sah ihr an, daß sie daran gedacht hatte.

»Was wollten Sie mit Lili-Rose tun?«

Judy zuckte die Achseln.

»Ich weiß nicht. Ich wollte die beiden dazu bringen, sich alles noch einmal zu überlegen, ich wollte Olivier daran hindern wegzugehen. Ich wollte ihr nicht wehtun, das schwöre ich.«

»Erzählen Sie weiter. Sie nehmen den Weg, der vom Bach in den Park führt ...«

»Am Brunnen sehe ich Lili-Rose. Sie springt Seilchen. Ich gehe weiter, und dann höre ich die beiden reden. Olivier und Jeanne. Jeanne sagt, daß sie noch nicht bereit ist, weil Lili-Rose ihren Geburtstag feiern will, sie hat ihre Freundinnen eingeladen. Sie verabreden sich für den nächsten Tag. Er faßt sie an den Händen, sie küßt ihn. Das macht mich rasend. Ich kehre um, zurück zu Lili-Rose. Sie springt immer noch Seilchen. In der Ferne höre ich ein Kind schreien, vermutlich den Sohn von Jeanne und Denis Patrie.«

»Was noch?«

»Am Brunnen lehnt ein Fahrrad. Ein gelbes Fahrrad. Lili-Rose sieht mich nicht, und als ich schon ganz nah bei ihr bin und sie gerade überwältigen will, taucht ein Mädchen auf. Es ist Nina. Ich kenne sie, ich habe sie schon einmal zusammen mit den anderen Kindern aus Jeannes Gruppe gesehen. Ich habe gerade noch Zeit, mich zu verstecken. Ich dachte, sie hätte mich nicht gesehen, aber da habe ich mich offenbar getäuscht ...«

Dann war also Ninas Erinnerung der Auslöser für Judys unerwartetes Geständnis.

»Die beiden spielen eine Zeitlang«, fuhr Judy hastig fort, »sie reden miteinander, ich sehe sie nicht. Dann höre ich nichts mehr, nur Lili-Rose, die wieder Seilchen springt. Ich komme aus meinem Versteck, und da steht plötzlich Olivier bei Lili-Rose. Er hält das Springseil, die beiden unterhalten sich leise. Lili-Rose lächelt. Und er ... er hat ein völlig ... verklärtes Gesicht. Er gibt ihr einen zärtlichen Kuß und geht weg, ohne mich zu sehen, er ahnt wahrscheinlich gar nicht, daß ich da bin. Ich nehme das Fläschchen und ein Taschentuch aus meiner Tasche und stürze mich auf Lili-Rose. Natürlich funktioniert die Sache nicht, weil in dem Fläschchen Formalin ist. Lili-Rose wehrt sich, sie schlägt mir die Flasche aus der Hand, und das ganze Formalin ergießt sich über sie. Sie fängt an zu schreien, ich muß sie zum Schweigen bringen. Ich höre ein Geräusch hinter mir. Es ist der Junge, der mich ansieht. Er wird Alarm schlagen. Ich bin außer mir vor Wut. Lili-Rose schreit nicht mehr, sie weint und reibt sich die Wange. Ihre Kleider sind in Formalin getränkt. Ich nehme das Springseil und werfe es irgendwohin, so weit ich kann. Es war keine Absicht, aber das Springseil ist in den Brunnen gefallen. Lili-Rose fängt wieder an zu schreien wie verrückt. Sie rennt zum Brunnen und ...«

»Und was? Los, Judy ... Sie hören jemanden kommen und verstecken sich wieder?«

»Ja. Dann höre ich Geräusche, so als gäbe es ein Gerangel, gedämpfte Schreie, sicher von Lili-Rose, einen dumpfen Aufprall, und dann nichts mehr ... Als ich wieder aus dem Gebüsch gekommen bin, war niemand mehr zu sehen, weder der Junge noch Lili-Rose. Aus Rache habe ich das Fahrrad mitgenommen, und ein Paket, das daneben lag. Völlig idiotisch ...«

»Wer ist gekommen, als Lili-Rose zum Brunnen gelaufen ist?«

Judy kniff die Lippen zusammen. Sie hätte gern »Olivier« gesagt. Marion spürte es, las es in ihrem verzweifelten Blick. Ihr Wunsch nach Rache war immer noch nicht erloschen, er würde niemals erlöschen. Denn ihre Annahme, Olivier habe sie im Park nicht gesehen, war falsch – Olivier hatte sie gesehen, und genau dafür hatte er an jenem Abend vor dem Unfall, der sie ihre Beine gekostet hatte, eine Erklärung von ihr fordern wollen. Es war wieder still, eine drückende, Unglück verheißende Stille. Im Kopfhörer die Stimme von Talon:

»Achtung, Chef, zehn Meter vor mir bewegt sich was ...«

Dann Lavots Stimme, dumpf und rauh vor Angst:

»Ich sehe sie, ich habe sie gesehen, für den Bruchteil einer Sekunde ...«

Marion hätte am liebsten den Namen ihrer Tochter gebrüllt und sich das Headset abgerissen, um loszurennen und das Kind zu suchen.

»Allein?« hauchte sie, ohne die Lippen zu bewegen.

»Ich sehe nichts ... Doch, jetzt! Ich habe ihre Hand gesehen, ihren Arm. Nina ist da, sie steht. Aus, ich sehe nichts mehr.«

»Machen Sie weiter, Marion«, befahl Professor Gentil mit ruhiger Stimme. »Sie soll erzählen, was dann passiert ist. Alles. Jeanne wird rauskommen, sie ist ganz in der Nähe.«

»Wer, Judy? Wer ist gekommen?« stieß Marion unter Aufbietung all ihrer Kräfte hervor. »Sagen Sie mir die Wahrheit.«

»Jeanne«, sagte Judy mit kaum hörbarer Stimme.

»Sie soll das noch mal sagen«, drängte Gentil, »das war nicht zu verstehen.«

»Wer?« brüllte Marion, um die junge Frau anzutreiben.

»Jeanne. Jeanne ist gekommen, sie hat mit Lili-Rose geredet. Ich habe nichts davon verstanden. Sie war ärgerlich, ich weiß nicht mehr ...«

»Machen Sie weiter«, sagte Gentil. »Erfinden Sie den Rest. Sie hat ihre Tochter in den Brunnen gestoßen, das wissen Sie ...«

Marion ging zu dem Bretterstapel, stieg hinauf und wandte sich zu Judy um, die sie mit weit aufgerissenen Augen fixierte. Denis war wie erstarrt.

»Natürlich wissen Sie es, Judy. Sehen Sie her. Hier, so hat es sich abgespielt: Lili-Rose hat sich auf das Fahrrad gestellt und versucht, über den Brunnenrand zu schauen, weil sie wissen wollte, wo ihr Springseil hingefallen war. Sie stand auf den Zehenspitzen, der Oberkörper hing halb in der Luft. Da ist Jeanne gekommen. Wo ist sie? Wo ist Jeanne?«

Denis und Judy starrten Marion an, die dastand wie eine leidenschaftliche Rednerin vor einer unsichtbaren Menge. Dann ein Rascheln im Gras, ein Knirschen auf dem Kies.

»Ich sehe sie«, sagte Lavot in Marions Ohr. »Sie sind da. Achtung.«

»Phase zwei«, sagte Quercys Stimme. »Judys Haus wird jetzt umstellt, und hier bereiten wir uns zum Einsatz vor.«

»Sie hat die Waffe in der Hand«, flüsterte Talon.

»Nina steht unter Beruhigungsmitteln«, meldete sich Professor Gentil. »Das erkenne ich an ihrem Gang. Sie ist fügsam, sie gehorcht Jeanne.«

Großer Gott im Himmel, dachte Marion, die kurz vor einer Ohnmacht stand. Dann plötzlich wieder dieser unsägliche, unerträgliche Schmerz in ihrem Bauch. Blut begann an ihren Schenkeln herabzulaufen. Das rote Rinnsal ergoß sich in ihre Mokassins, quoll über die Ränder. Zwei Tropfen fielen auf die Bretter. Marion schwankte. Sie wagte nicht, den Kopf zur Seite zu drehen. Das Knirschen im Kies wurde lauter, und schließlich sah sie sie. Jeanne, die sich eine schwarze Mütze weit in ihr graues, abgezehrtes Gesicht gezogen hatte, kam auf sie zu. An der Hand hielt sie Nina, die ihr mit unsicheren Schritten folgte, fast wie beim Turnen, wenn sie auf den Schwebebalken mußte.

»Komm, Lili-Rose«, sagte Jeanne. »Wir müssen gehen.«

»Ja, Madame Patrie.«

Denis setzte an, sich auf Jeanne zu stürzen, aber Marion fand noch die Kraft, ihm mit einer energischen Handbewegung Einhalt zu gebieten. Jeanne trat noch einen Schritt vor und sah Marion auf dem Bretterstapel stehen.

»Oh, nein, du kannst nicht hier sein! Du bist doch tot.«

»Glaubst du, Jeanne? Ich bin aber hier, und du kommst jetzt zu mir, schön langsam.«

Jeanne schlug einen weinerlichen Ton an. Wie ein Mädchen, dem man seine schönste Puppe genommen hat.

»Lili-Rose gehört mir. Ich lege sie jetzt wieder in ihr Bettchen, und dann wecke ich sie auf.« Sie deutete auf den gähnenden

Brunnenschacht. »Du kannst sie nicht aufwecken. Sie gehört mir.«

»Du hast sie hineingestoßen, Jeanne, du hast Lili-Rose in das Loch geschubst.«

»Sie ist sehr krank ... Sie kann nicht geheilt werden. Ich muß sie hinlegen, da. Geh weg.«

»Komm, Jeanne, komm zu mir ...«

»Sie muß Ninas Hand loslassen«, drang Professor Gentils Stimme aus dem Kopfhörer. »Sie dürfen sie nicht zusammen mit ihr auf die Bretter steigen lassen. Sie ist so stark wie ein Mann.«

Jeanne war kaum noch einen Meter vom Brunnen entfernt, und Nina hatte nur Augen für sie. Marion war durchsichtig, unsichtbar. Womit hatte Jeanne sie nur vollgepumpt?

»Jeanne, du kannst Lili-Rose nicht hinlegen, solange ich da bin«, schrie Marion mit dem Mut der Verzweiflung. »Da mußt du zuerst mich umbringen.«

»O nein ... ich kann doch meine Mama nicht umbringen.«

»Doch, Jeanne, es muß sein, komm!«

Sie streckte ihr die Hände entgegen, während immer mehr Blutstropfen auf die Bretter fielen. Jeanne hob den bewaffneten Arm und wischte sich mit dem Handrücken über die Stirn. Marion zuckte ein wenig zusammen, dann war ihr so, als hörte sie ringsum in den Büschen ein Klicken, wie wenn Pistolen entsichert werden. O nein, bloß nicht, flehte sie innerlich. Nina ist zu nah, bitte schießt nicht ...

Dann begriff sie, daß Jeanne diese Handbewegung gemacht hatte, weil sie sich die Augen zuhalten wollte. Das Blut vor Marions Füßen schien mit einem Mal ihr ganzes Denken zu beherrschen. Wie erstarrt fixierte sie die rote Pfütze. Dann gab sie langsam, wie in Zeitlupe die Hand von Nina frei, die wie angewurzelt stehenblieb, schwankend und mit hängenden Armen, während Jeanne Marions Hand ergriff und sich neben sie auf die Bretter stellte. Die Smith & Wesson hatte sie nun in den Falten ihres Rockes versteckt. Sie musterte Marion, berührte ihr Haar, ihre Wangen, ihre Brust.

»Lassen Sie sie«, flüsterte Gentil.

»Ich zähle bis drei, dann springen Sie«, sagte Quercy. »Eins ...«

Jeannes Hand tastete sich langsam weiter vor. Schließlich ruhte sie auf Marions Bauch. Die Frau sah auf, und in ihrem umnachteten Blick las Marion, daß sie dieser Welt definitiv den Rücken gekehrt hatte. Dann hob Jeanne den bewaffneten Arm, den Zeigefinger auf dem Abzug ... Ein leichter Druck mit dem Finger, und alles würde hier, auf einem Haufen vermoderter Bretter enden, am Rand eines Brunnens, der nach Tod roch.

»Zwei«, hörte Marion.

Sie empfand unendliches Mitleid mit dieser Frau, die sich anschickte, sie umzubringen. Der Lauf des Revolvers drückte nun gegen ihren Bauch, und Marion hatte das Gefühl, als würde es sie zerreißen, als würde ihr Körper zweigeteilt.

»Bringt sie nicht um!« flehte sie, während der Druck des Revolverlaufs ihr verriet, daß Jeanne unter extremer Spannung, zugleich aber auch in einem dramatischen inneren Konflikt stand.

Langsam hob Marion die Hände, um zu zeigen, daß sie nichts Böses im Schilde führte. Wie gern hätte sie Jeanne ihre Hände auf die Schultern gelegt, aber hinter ihr, dort unten, stand Nina. Sie bereitete sich innerlich vor.

»Drei!«

Und sie sprang, mit ausgebreiteten Armen. Ein kurzer Hechtsprung, der eine Ewigkeit zu dauern schien. Vom Körper ihrer Mutter umgerissen, stürzte Nina zu Boden, während ihre Trommelfelle unter den Schüssen erbebten. Ein Aufprall, Schreie, dann eine plötzliche Benommenheit. Worte, die aus dem Kopfhörer drangen:

»Operation beendet. Im Haus eine Person, ein gewisser Olivier Martin, ans Bett gefesselt, bewußtlos …«

Sie hörte, wie jemand »verletzt«, »abtransportiert«, »Krankenhaus« sagte, doch die Worte verhallten in einem fernen Echo. Quercys Stimme, die ganz nah war, sprach den Namen Mikaël aus.

»Negativ«, sagte die ferne Stimme, »kein Kind im Haus …«

Marion hatte noch Zeit, ein Glück, daß Nina klein ist, zu denken, ehe es um sie herum dunkel wurde.

98

Es klang so, als würde ein kleiner, eigensinniger Vogel unermüdlich dieselbe Melodie trällern. Die Sonne flimmerte zwischen den Blättern und warf lange Strahlen aufs Gras. Träge gab sich Marion einem überraschenden Glücksgefühl hin. Sie öffnete die Augen und sah auf eine weiße Wand.

»Na, Sie Faulenzerin …«

Sie wandte den Kopf zur Seite und erkannte – wenn auch nicht auf Anhieb – Professor Gentil.

»Was …? Warum bin ich hier? Nina?«

»Psst … Regen Sie sich nicht auf. Nina geht es sehr gut. Sie hat zwei Tage geschlafen. Sie übrigens auch. Aber jetzt müssen Sie mir erst einmal zuhören.«

Dieser Aufforderung hätte es kaum bedurft. Marion wollte sich aufrichten, aber ein stechender Schmerz in ihrem Bauch fesselte sie ans Kopfkissen. Die Worte von Professor Gentil durchdrangen ihre Hirnrinde wie Dolchstöße. Sie hatte ihr Baby verloren, es war ihm wichtig gewesen, ihr das selbst zu sagen, weil er sich verantwortlich fühlte. Sie schloß die Augen. Eine dicke Träne rollte über ihre Wange und versickerte geräuschlos im Kopfkissen.

»Jeanne ist tot?« fragte sie.

Die Schüsse, der Pulvergeruch und dann dieses merkwürdige Gefühl der Befreiung, als sie unter sich den zuckenden Körper der Kleinen gespürt hatte ... Marion stellte sich aus irgendwelchen Gründen vor, daß Jeanne genau dort gestorben war, wohin sie »ihre« Tochter wieder hatte befördern wollen. Im Brunnen.

»Sie hat sich selbst in den Bauch geschossen«, belehrte Gentil sie eines Besseren.

Die anderen Schüsse hatten nur der Abschreckung gedient. Sie hatten niemanden getroffen. Marion hatte vermeiden wollen, daß Jeanne erschossen wurde, und ihre Leute hatten gehorcht. Wie ein Film spulten sich die Ereignisse im Zeitraffer vor ihren Augen ab. Marion richtete sich doch wieder ein bißchen auf, ihre Pupillen waren geweitet.

»Und Mikaël?«

Gentil kratzte sich an seinem Kinnbart.

»Sie werden's nicht glauben! Während Sie sich mit Jeanne auseinandergesetzt haben, hat ein Ehepaar, das in der Nähe des *Centre des Sources* wohnt, von Mikaëls Verschwinden gehört. Sofort haben die beiden das mit der Geschichte, die ihnen ihre Tochter erzählt hatte, in Verbindung gebracht ... Sie war von sich aus auf die Kirmes gegangen, sozusagen als Nachbarin. Das erklärt auch, warum niemand sie vermißt hat. Mikaël hat sie gesehen und ist ihr bis zur Straße gefolgt. Er war ... aufdringlich, und das hat sie auch ihren Eltern gesagt, als die kamen, um sie abzuholen. Um den Jungen einzuschüchtern, haben die Eltern davon gesprochen, die Polizei zu verständigen, und ihm mit Gefängnis gedroht.«

»Verstehe, und das hat er wörtlich genommen. Der arme Junge!«

»Er ist auf einen Baum geklettert und hat sich bis zum Abend dort versteckt. Gerade als er wieder herunterklettern wollte, sind die ganzen Polizisten gekommen. Vor lauter Panik hat er sich nicht runtergetraut. Erst sein Erzieher hat ihn schließlich in seinem Versteck aufgestöbert, am nächsten Abend.«

Marion schloß die Augen und dachte darüber nach, wie sich die Worte und Taten anderer auf schwache, wehrlose Menschen auswirken konnten. Während sie sich die Decke bis zum Kinn hochzog, traten ihr wieder Tränen in die Augen.

»Ich möchte Nina sehen«, sagte sie.

Die Kleine war noch etwas blaß und nicht ganz so energiegeladen wie sonst, aber sie hatte ihr Bett verlassen, und ihre Augen strahlten wie nie zuvor.

»Bist du traurig wegen dem Baby?« fragte sie, während sie sich dicht neben ihre Mutter aufs Bett setzte.

Marion schlang ihren Arm um sie. Nina roch nach frischer Luft und Brot, von dem noch ein paar Krümel an ihrem Pullover hingen.

Marion ließ ihre Tränen fließen, wie sie ihr Blut hatte fließen lassen. »Ja, traurig, mein kleines Ninchen, und vor allem machtlos ...«

»Wir kriegen noch eins, du wirst sehen ... Das hat mir Olivier gesagt.«

Olivier! Marions Herz tat einen Sprung.

»Weißt du«, sagte Nina mit gerunzelter Stirn, »früher war Jeanne immer nett. Ich weiß nicht, warum sie das gemacht hat ... Sie hat mir Spritzen gegeben, stell dir das mal vor! Ich hasse Spritzen.«

»Olivier?« murmelte Marion. »Wo ist er?«

»Im Krankenhaus ... aber ihm geht's nicht schlecht. Morgen wird er entlassen. Er hat gesagt, daß er uns alle beide sehr lieb hat.«

Nina zog die Nase kraus, so als müßte sie über den Sinn dieser Liebeserklärung nachdenken.

99

Er war gekommen, und Marion hatte ihn nicht gehört. Aber sie hatte seine Gegenwart gespürt, hatte bis in ihren geschundenen Bauch hinein die sonderbare Macht gespürt, die er über sie hatte. Er trug einen Straßenanzug, und man hatte ihm die Haare geschoren, um die Schädelhaut, die bei seinem Aufprall gegen die Wand aufgeplatzt war, zu reinigen und wieder zusammenzunähen. Glücklicherweise hatte er keinen Schädelbruch erlitten, sondern nur eine äußere Verletzung, die schnell heilen würde.

Er sah sie an, ohne ein Wort zu sagen, doch seine grauen Augen sprachen ihre eigene Sprache. Sie baten um Entschuldigung und flehten um Zuspruch.

»Olivier«, sagte Marion leise, »ich möchte nur eins: daß Sie mir sagen, daß Sie Jeanne aus Liebe geholfen haben ... Alles andere könnte ich nicht ertragen.«

»Ich habe sie geliebt, ja. Ich hatte mir ein Leben mit ihr und Lili-Rose vorgestellt ...«

Seine Stimme war heiser, und Marion konnte in seinen Augen lesen, wie sehr ihn diese Episode seines Lebens gebrochen hatte.

»Ich habe mir niemals eingestehen wollen, wer Jeanne wirklich war. Ich habe mit ihr unter ihrer Kindheit gelitten. Auch meine Kindheit war traurig, ich hatte gedacht, daß wir uns gegenseitig helfen könnten ...«

»Haben Sie denn nichts bemerkt? Ich meine, die Kinder ...«

»Manchmal hatte ich so meine Zweifel, aber die bezogen sich eher auf die Kompetenz meiner Kollegen ... Verstehen Sie?«

Natürlich ... Jeanne besaß Überzeugungskraft und konnte Menschen manipulieren. Sie nutzte jeden aus, und erst recht einen verliebten Mann, auch wenn er selbst Arzt war.

»Als ich anläßlich der Beerdigung meiner Mutter zurückgekehrt bin«, fuhr Olivier nach längerem Schweigen fort, ohne Marions bleiches, abgespanntes Gesicht aus den Augen zu lassen, »wollte ich mir Klarheit darüber verschaffen, inwieweit ich in der Lage wäre, ohne die beiden zu leben ... Bis dahin hatte ich überlebt, und ich fragte mich, ob ich es eines Tages schaffen würde ... Kurzum, ich bin auf den Friedhof zu Lili-Roses Grab gegangen und dann in die psychiatrische Klinik. Ich glaube, mein Besuch war der Auslöser für Jeannes Abgleiten in eine Wahnwelt. Sie hat mich wiedererkannt, sie hat über ihre Tochter gesprochen. Ich habe nicht sofort begriffen, daß für sie noch immer der 4. Juli war, vor fünf Jahren. Sie wollte Lili-Rose sehen, und ich dachte, daß es gut wäre, sie zum Grab zu bringen ... Ich muß zugeben, daß ich das alles nicht habe kommen sehen.«

»Haben Sie ihr bei der Flucht geholfen?«

»O nein! So etwas hätte ich nicht getan. Das hat sie selbst organisiert. Als sie eines Abends bei mir vor der Tür stand, hat sie mir erzählt, daß sie nur ein paar Tage bräuchte, dann würde sie in die Klinik zurückgehen.«

»Und Sie haben ihr geglaubt? Sie haben Professor Gentil nicht benachrichtigt?«

»Doch. Aber ich habe ihm nicht gesagt, daß Jeanne bei mir war. Ich habe ihn nur gefragt, welche Medikamente sie benötigte ... für den Fall, daß sie bei mir auftauchen würde. Ich habe ihm ein Märchen aufgetischt ...«

»An dem Tag, als ich Ihnen vor der Klinik begegnet bin ... sind Sie da gekommen, um Jeannes Medikamente zu holen?«

Er nickte angespannt. Er hatte nicht wissen können, was Jeanne im Schilde führte, er wollte ihr nur eine Chance geben, ins normale Leben zurückzukehren. Und sich selbst ein Bild machen, was noch von ihrer Liebe übrig war. Marion versuchte, die Antwort in seinem Gesicht zu lesen. Oliviers Miene verfinsterte sich.

»Da war nichts mehr. Das einzige, was ich für sie empfunden habe, war Mitleid. Und sie ... konnte nicht mehr zu uns zurück, es war zu spät. Ich wollte ihr helfen, ich habe eine Katastrophe ausgelöst ... Ich habe ihre Flucht gedeckt, ich habe Sie belogen ... Ich habe Jeanne alle Informationen über Sie gegeben, die sie brauchte ...«

Marion schüttelte energisch den Kopf.

»Hören Sie auf, sich zu kasteien, Olivier. Sie haben dazu beigetragen, daß Jeannes Wahnvorstellungen ihren Lauf genommen haben, mehr aber auch nicht. Erst als sie Nina an meiner Seite gesehen hat, ist alles gekippt. Es ist schrecklich, aber ich kann den Gedanken nicht abschütteln, daß sie fürchterlich gelitten haben muß.«

»Ein selbstloser Gedanke ...«

»Nein, überhaupt nicht. Ich bin mir sicher, wenn Jeanne Nina etwas angetan hätte ... Im übrigen hätte ich es dann auch nicht ertragen, daß Sie mich ausgenutzt haben.«

Während er am Fußende des Bettes Platz nahm, trat langsam ein offenes, warmes Lächeln auf seine Lippen. Sie richtete ihren Oberkörper auf und brachte ihr Gesicht so nah vor das seine, daß er ihr in die Augen sehen mußte.

»Olivier«, sagte sie langsam, »ich habe unzählige Hypothesen aufgestellt, um den Tod von Lili-Rose zu erklären. Alle Menschen, die ihr nah waren, oder fast alle, konnten sie umgebracht haben. Nachdem wir das Geschehen zusammen mit Judy und Denis rekonstruiert haben, bin ich mir fast hundertprozentig sicher, daß Jeanne Lili-Rose in den Brunnen gestoßen hat. Olivier, haben Sie Jeanne gesehen, als sie das getan hat?«

Olivier wurde kreidebleich und sah zu Boden, so als könnte er Marions Blick nicht mehr standhalten. Marion ahnte, welch schmerzhaftes Dilemma sich unter den langen, glänzenden Wimpern verbarg. Mußte er die Wahrheit sagen? Mußte er dafür das Gedenken an Jeanne und ihre erloschene Liebe preisgeben? Als er die Augen wieder öffnete, glänzten sie feucht. In einem Augenwinkel bildete sich eine Träne, die langsam hervorquoll und an seinem Nasenrücken herablief. Marion wußte, daß er ihr in diesem Moment die Antwort gab, auf die sie gewartet hatte, daß er sie jedoch niemals in Worte fassen würde. Sie hätte ihn gern in den Arm genommen und streckte ihm beide Hände entgegen.

100

Eine Woche später wurde Marion entlassen. Professor Gentil hatte sie täglich besucht. Anhand von Jeannes Geschichte hatte er versucht, auch die ihre zu verstehen. Seiner Ansicht nach hatte sie sich die schweren Prüfungen, die sie in ihrem Leben immer wieder hatte durchmachen müssen, unbewußt selbst auferlegt, um sich für eine Art Erbsünde zu bestrafen, die ihr als Frau tief ins Gedächtnis eingebrannt war. Gentil wollte ihr helfen, diesen Mechanismus zu überwinden. Irgendwann hatte Marion ihn gebeten, nicht mehr zu kommen. Sie war alt genug, allein dafür zu sorgen, daß ihr kein Unglück mehr widerfuhr.

Dieser Ansicht war auch Marsal, der nicht darüber hinwegkam, daß er das Finish im Fall Patrie nicht aus nächster Nähe hatte miterleben dürfen, sondern zugunsten eines Seelenklempners, dessen Namen er nur mit Verachtung in den Mund nahm, ausgeschlossen worden war.

»Aber es stimmt natürlich, daß Sie nur mit Gelehrten Kontakt pflegen«, sagte er voller Groll, als er sie in seinem makabren Refugium empfing, um ihr zu zeigen, was er mit der Wasserleiche vom Pierre-Bénite-Staudamm angestellt hatte.

»Es tut mir wirklich leid«, brummte er. »Ich habe diesen Kollegen für den besten Gynäkologen der Stadt gehalten.«

Den besten Gynäkologen … dem trotz Ultraschall nicht aufgefallen war, daß Marion eine Bauchhöhlenschwangerschaft hatte. Bei einem fast vier Monate alten Fötus …

»Jedenfalls hatte die ganze Sache sowieso schon keinen guten Anfang genommen«, sagte Marsal, um das Thema zu beenden, und schaltete den Röntgenbetrachter an.

Er hatte eine Reihe von Aufnahmen vor sich ausgebreitet. Zwei davon wählte er aus und befestigte sie an dem Gerät. Die beiden Schädelaufnahmen schienen vollkommen identisch zu sein.

»Sehen Sie den Stirnbereich und den dunklen Fleck in der Mitte?«

»Ich erinnere mich an diese Aufnahmen, Doc, so lange ist das nicht her … Aber das hat jetzt sowieso keine Bedeutung mehr.«

»Ach so«, sagte er gekränkt. »Ich dachte, Sie wären erleichtert zu wissen, daß Sam Nielsen im Leichenschauhaus liegt.«

»Es erleichtert mich, aber das ist mir egal …«

Er schaltete das Gerät wieder aus und sah Marion unschlüssig an.

»Das mit der Fehlgeburt ist wirklich nicht schön, aber Sie kriegen bestimmt noch eins. Dieser junge Kollege, wie heißt der noch, Martin?«

»Versuchen Sie bloß nicht, mich unter die Haube zu bringen, Doc. Er ist wieder nach Afrika gegangen, für mindestens ein Jahr. Schauen wir mal, was nächstes Jahr wird, wenn er wieder da ist. Sagen Sie, Doc …

Marsal hatte begonnen, die Aufnahmen, von denen Marion nichts mehr wissen wollte, wieder wegzuräumen.

»Sie haben doch einmal gesagt, daß Sie mich um etwas bitten würden, als Gegenleistung für Ihre Hilfe …«

»Ach ja, aber das macht jetzt keinen Sinn mehr.«

»Sagen Sie's trotzdem!«

»Ich hatte daran gedacht, ein paar interessante Experimente zu machen – mit Ihnen und Ihrem ... Fötus. Zum Beispiel seine Reaktionen aufzuzeichnen, wenn Sie am Schießstand stehen ... messen, wie stark er in einer schwierigen Situation unter Streß gerät ...«

»Also, Sie sind wirklich ...« empörte sich Marion, die Arme in die Hüften gestemmt.

»Abscheulich, ich weiß ... Darin liegt mein Charme.«

Marsal zog sie in sein Büro, wo das Chaos kaum noch zu überbieten war.

»Ich habe angefangen, ein bißchen aufzuräumen«, sagte der Gerichtsarzt entschuldigend.

Marion wühlte in ihren Taschen und zog einen gefalteten Umschlag hervor. Sie reichte ihn dem Gerichtsmediziner.

»Hier, die Kralle von Horus. Sie können sie dem Labor zurückgeben.«

Der Arzt öffnete den Umschlag, zog mit spitzen Fingern die Vogelzehe heraus und betrachtete sie im fahlen Licht einer altersschwachen Neonleuchte. Dann steckte er die Kralle mit dem Geruch der Ewigkeit wieder in den Umschlag und drückte ihn Marion in die Hand.

»Die sind dermaßen schlampig in diesem Labor, daß es ihnen nicht mal auffallen wird. Behalten sie das Ding als Erinnerung, zusammen mit ihren anderen Beutestücken ...«

Lachend ging Marion zur Tür.

»Ich gebe es dem Museum zurück, da gehört es ja wohl am ehesten hin.«

Als sie aus dem Büro getreten war, winkte sie Marcello zu, der zwischen den Kühlkammern umherstrich – auf der Suche nach einer schönen Leiche, die sie sich als nächstes vorknöpfen würden. Marsal zögerte einen Moment, dann ging er rasch hinter Marion her und holte sie wieder ein.

»Ich weiß nicht, ob es richtig ist, Ihnen das zu sagen«, fing er an, »aber Ihr Kind ...«

Marion sah ihm fest in die Augen.

»Es war von Léo, ich weiß.«

101

Lavot und Talon sahen Marion dabei zu, wie sie mehrere Stapel Akten, fest in dicken Sammelmappen verschnürt, auf dem höchsten Regal ihres Büros verstaute. Sie stieg wieder vom Stuhl und nahm die letzte Akte in die Hand. Die beste.

»Der Fall Patrie ...« sagte sie nachdenklich. »Es fällt mir schwer, mich an den Gedanken zu gewöhnen. Ist doch schon komisch. Da fängt man mit einem ungelösten Fall an, und am Ende hat man wieder einen ungelösten Fall, so was nennt man ja wohl, sich im Kreis drehen, oder?«

»Ja, aber gelangweilt haben wir uns in der Zwischenzeit nicht ...«

Talon hatte sich die viel zu langen Haare schneiden lassen, sich den spärlichen Bart abrasiert und seine Brille geputzt, kurzum, seinem Aussehen wieder einen gewissen Schliff gegeben.

Lavot dagegen schien keinen Anlaß zum Eingreifen zu sehen. Von Tortilla zu Tortilla wurde er allmählich immer runder.

Die beiden beobachteten Marion; sie warteten auf etwas.

»Letzten Endes ist Joual schuld an dem Ganzen«, sagte sie und tat dabei so, als hätte sie nichts bemerkt. »Er hat Jeanne Patrie einmal in seinem Büro empfangen, als sie vorgeladen war. Wahrscheinlich war er besoffen, sie hat eins der Asservate mitgehen lassen, er hat nichts gesehen.«

»Sie glauben, daß sie auf diese Weise an die Kinderschuhe gekommen ist?« fragte Lavot.

Talon stimmte Marion zu: Es gab keine andere Erklärung. Man hatte Jeanne Patries Vorgehensweise rekonstruiert und war zu dem Schluß gekommen, daß sie nach ihrer Flucht aus der Psychiatrie zum Hof zurückgekehrt war, wo sie zwischen den Sachen von Lili-Rose die edlen roten Kinderschuhe wiedergefunden hatte, die sie Jahre zuvor bei der Kripo entwendet und aufgehoben hatte. Die Schuhe und der Teddybär mußten einen hohen Symbolwert für sie gehabt haben. In ihrem Wahn war das Bild von Marion, wie sie Lili-Rose aus dem Brunnen zog, wieder vor ihr aufgetaucht, und sie hatte das Paket auf ihrem Briefkasten abgelegt. Damit man ihr ihre Tochter zurückgab.

Der Auslöser für Jeannes Flucht war Olivier Martin. Da Marion als einzige mit ihm gesprochen hatte, konnte das außer ihr niemand wissen. Sie beschloß, daß ihre beiden Mitarbeiter das Recht hatten, es ebenfalls zu erfahren.

»Nach dem Tod von Lili-Rose ist Olivier Martin wie geplant abgereist«, sagte sie. »Unter falschem Namen. René Jamet …«

»Vielleicht hatte er etwas auf dem Gewissen«, überlegte Lavot.

»Ich glaube nicht, daß es deswegen war. Er war sehr unglücklich und hatte das Bedürfnis, Abstand zu gewinnen. Als seine Mutter gestorben ist, hat er sich von seiner falschen Identität verabschiedet und sich wieder unter richtigem Namen bei *Ärzte ohne Grenzen* eingeschrieben …«

»Was für eine Symbolik«, murmelte Talon.

»Ich denke, daß durch den Tod seiner Mutter der Wunsch in ihm wach geworden ist, reinen Tisch zu machen – in seinem Kopf und in seinem Leben. Das muß man schließlich manchmal, um wieder ganz von vorn anfangen zu können … Er ist zu Jeanne in die Klinik gegangen. Sie hatte ihn seit ihrem Zusammenbruch nicht mehr bewußt gesehen. Für sie war es so, als wäre sie Dornröschen und er der Prinz, der gekommen war, um sie wach zu küssen …«

»Aber er hat nicht nur ihre Liebe wiedererweckt«, wandte Lavot ein. »Auch all ihre niederen Instinkte. Was ich nicht ganz verstehe, ist Martins Verhalten … Immerhin hat er gute Miene zum bösen Spiel gemacht …«

»Vermutlich hatte er noch Gefühle für sie …«

Nicht Liebe, hatte Olivier gesagt, sondern Empathie, ein starkes Mitgefühl.

»Irgendwie hat Jeanne ihn auch fasziniert. Das sagt jedenfalls der Psychiater.«

Das Telefon klingelte. Alle drei fuhren zusammen. Die beiden Männer betrachteten Marions abgemagertes Gesicht und ihren schmalen Körper, während sie angespannt telefonierte.

»Das Jugendamt«, sagte sie in schroffem Ton, nachdem sie aufgelegt hatte. »Die Sozialarbeiterin hat Anzeige erstattet. Das wird mir nicht zugute kommen …«

»Aber Jeanne ist tot, sie kann sie nicht mehr verklagen.«

Die Beauftragte des Jugendamts war zutiefst erbost. Ausgerechnet sie, die unentwegt gute Ratschläge verteilte, hatte sich an der Nase herumführen lassen wie ein dummes Kind. Und überhaupt, zwölf Stunden in einem Wandschrank eingesperrt zu sein … Selbst wenn die Anzeige sich gegen eine Tote richtete, wollte sie deutlich machen, daß sie sich so etwas nicht gefallen ließ.

Niemand wurde mehr juristisch verfolgt. Judy Robin würde für ihren Entführungsversuch, der fünf Jahre zurücklag und nur aufgrund ihres Geständnisses Geltung hatte, nicht zur Verantwortung gezogen werden. Sie hatte Olivier zu sehr geliebt, hatte ihn mit derselben Leidenschaft gehaßt. Auch Denis Patrie hatte sich aus Liebe schuldig gemacht. Seine größte Angst war gewesen, daß Lili-Rose sich umgebracht haben könnte, um die Erwachsenen für ihre

Streitereien zu bestrafen. Aber er hatte alles getan, um Jeanne zu schützen, obwohl er tief in seinem Inneren wußte, daß sie ihre Tochter in den Brunnen gestoßen hatte. Mikaël liebte nur Bälle und Kaugummi, ihm würde nichts passieren, solange er das Bild der Mutter, die seine kleine Schwester in ein Loch wirft, weiter in einen dunklen Winkel seines beschränkten Hirns verbannen würde.

Blieb nur noch Olivier ... War er wirklich der Vater von Lili-Rose? Das beteuerte er, aber ein Vaterschaftstest war niemals durchgeführt worden, auch wenn Denis Patrie das Gegenteil behauptete. Und Lili-Rose würde man mit Sicherheit nicht exhumieren, bloß um das herauszufinden. Olivier hatte Jeanne geliebt, und er hatte sie auch noch geliebt, als sie nichts mehr war als ein krankes, von Wahnvorstellungen besessenes Geschöpf. Er hatte sie bei sich aufgenommen, sie versteckt. Als Marion in sein Leben trat, hatte er zu zweifeln begonnen und schließlich begriffen, daß das, was ihn mit Jeanne verband, weggebrochen war. Er hatte versucht, Jeanne zur Vernunft zu bringen, sie mit der Realität zu konfrontieren, und sie hatte instinktiv gespürt, daß er im Begriff war, sie zu verraten. Sie wollte Lili-Rose, sie würde Lili-Rose haben, ob mit oder ohne ihn. Beinahe wäre ihr das ja auch gelungen. Olivier konnte sich seine Blindheit, seine Schwäche nicht verzeihen. Aber er war eben ein Mensch aus Fleisch und Blut, ein Liebender ...

»Hat Jeanne Patrie Lili-Rose wirklich in den Brunnen gestoßen?« fragte Talon.

Es war weniger eine Frage als ein lautes Nachdenken. Wer würde das jemals mit Gewißheit sagen können?

»Ist schon komisch«, sagte Lavot mit nachdenklicher Stimme, so als würden gerade die Geister seiner eigenen Vergangenheit an ihm vorüberziehen, »diese Geschichten von Leuten, die sich lieben ... sich unendlich lieben, viel zu sehr, bis aus der großen Liebe eine zerstörerische Liebe wird. So was geht immer schlecht aus.«

Marion hob seufzend die schwere Akte hoch.

»*C'est la vie*«, fügte Talon abschließend hinzu.

Dann hatte also das Leben Lili-Roses Tod verursacht …

»Da ist noch eine Sache, die mir keine Ruhe läßt«, fing Marion wieder an. »Ich frage mich, warum das AFIS die Fingerabdrücke von Olivier Martin nicht mit den Fingerabdrücken auf dem Springseil in Verbindung gebracht hat …«

»Als wir angefangen haben, alle Fingerabdrücke in die Computerkartei zu übertragen«, erklärte Talon, »haben wir am Anfang immer nur acht Finger eingegeben. Den kleinen Finger haben wir nicht gespeichert, weil der so selten Spuren hinterläßt …«

»Tja …« sagte Lavot und unterdrückte ein Rülpsen. »Ein Loblied auf die guten alten Karteikarten …«

Marion stellte sich auf die Zehenspitzen und deponierte die Akte auf dem obersten Regalbrett.

»Fall erledigt.«

Die beiden Männer sahen sie an, sie warteten noch immer. Marion fiel auf, daß ihr ein wenig flau im Magen war. Es mußte schon zwölf sein, oder fast. Während sie ihren Blouson überzog, verkündete sie, daß sie alle Anwesenden zum Essen einladen würde. Die beiden rührten sich nicht. Marion verschränkte die Arme und sah sie an.

»Sie haben's doch selbst gesehen«, fing Talon an. »Die ganzen Statistiken über ermordete, mißhandelte Kinder, sexuellen Mißbrauch und was sonst noch alles … Das hat rapide zugenommen. Ich weiß nicht, wie wir das schaffen sollen. Im Edouard-Herriot-Krankenhaus hat jetzt sogar eine Gruppe von Kinderärzten begonnen, Fällen von plötzlichem Kindstod nachzugehen und sich um Eltern zu kümmern, die im

Verdacht stehen, ihre Kinder zu mißhandeln oder am Münchhausen-Syndrom zu leiden. Wir werden unter den vielen Fällen zusammenbrechen.«

Marion lächelte.

»Ich sehe schon, worauf Sie hinauswollen ... Sie sind genau wie Nina. Wissen Sie, was sie gestern abend zu mir gesagt hat? ›Ich will nicht, daß wir nach Versailles gehen. Da ist es nicht schön, und da haben wir Lavot und Talon und Mathilde nicht. Und außerdem gibt es hier so viele Kinder, die du retten mußt ... Was sollen die denn machen, wenn du weg bist? Du kannst sie doch nicht im Stich lassen.‹«

»Da hat sie nicht unrecht«, sagte Lavot, während er einen gerührten Blick auf die Lampe warf, unter der noch immer die roten Kinderschuhe und der bei Olivier Martin wieder aufgetauchte Teddy von Lili-Rose thronten. »Aber der polizeiliche Staatsschutz ist wie geschaffen für Sie, bestimmt.«

»Das frage ich mich ... Nun ja, Versailles ...«

Zwei Augenpaare hefteten sich auf Marion.

»Quercy wird nie im Leben hinnehmen, daß ich meinen Antrag zurückziehe ...«

Sie hatte ihren Satz noch nicht beendet, da standen die beiden Männer schon an der Tür.

»Wir reden mal ein Wörtchen mit ihm.«

Marion packte den Teddy von Lili-Rose an einem Ohr und drückte ihn zärtlich an sich. Zum ersten Mal seit langer Zeit fühlte sie sich im reinen mit sich und der Welt.